少

a 大学时期的菲茨杰拉德（第一排左起第三个）
b 菲茨杰拉德的妻子泽尔达和女儿斯科蒂
c 菲茨杰拉德与妻子泽尔达（1921）

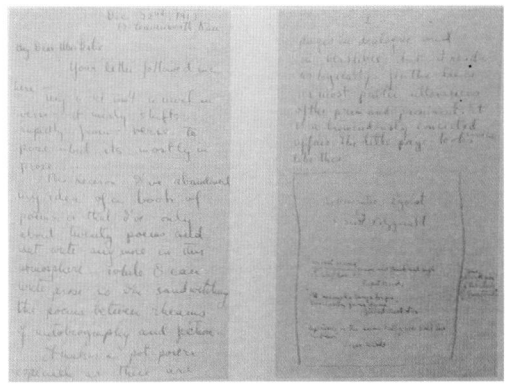

1917年菲氏写给谢恩·莱斯利的信中列出了一部小说的扉页内容,这部小说后来经过大量修订,就成了《人间天堂》。

《人间天堂》手稿

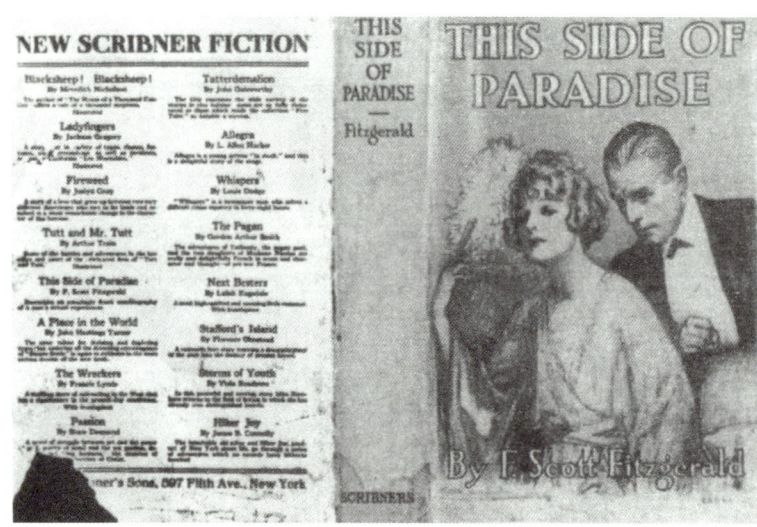

《人间天堂》初版护封

《人间天堂》初版封面(1920)

F.S.Fitzgerald

THIS SIDE OF PARADISE

人间天堂

〔美〕F.S.菲茨杰拉德 著　　吴建国 主编　　吴建国 译

F. S. Fitzgerald
This Side of Paradise

Simplified Chinese edition copyright © 2017 by Shanghai 99 Readers' Culture Co., Ltd.
All rights reserved.

图书在版编目(CIP)数据

人间天堂/(美)F.S.菲茨杰拉德著;吴建国主编;吴建国译.—北京:人民文学出版社,2017
(菲茨杰拉德作品全集)
ISBN 978-7-02-013150-1

Ⅰ.①人… Ⅱ.①F… ②吴… Ⅲ.①长篇小说-美国-现代 Ⅳ.①I712.45

中国版本图书馆 CIP 数据核字(2017)第 191063 号

责任编辑　朱卫净　邱小群
封面设计　汪佳诗

出版发行　人民文学出版社
社　　址　北京市朝内大街 166 号
邮政编码　100705
网　　址　http://www.rw-cn.com

印　　制　莱芜市圣龙印务有限责任公司
经　　销　全国新华书店等

开　　本　890 毫米×1240 毫米　1/32
印　　张　13.5
字　　数　337 千字
版　　次　2017 年 11 月北京第 1 版
印　　次　2017 年 11 月第 1 次印刷

书　　号　978-7-02-013150-1
定　　价　46.00 元

如有印装质量问题,请与本社图书销售中心调换。电话:010-65233595

对经典的呼唤
——《菲茨杰拉德作品全集》总序

一 引 言

"经典"(canon)一词,源自希腊文 kanon,原为用于丈量的芦苇秆,后来其意义延伸,表示尺度,并逐渐演化为专指经书、典籍和律法的术语。随着人类文明的发展,经典开始进入文学、绘画、音乐等范畴,成为所有重要的著作和文艺作品的指称。如今人们所说的文学经典,一般指得到读者大众和批评家公认的重要作家和作品。

文学经典的形成(canonization),始于柏拉图和亚里士多德提出的对文学原理以及史诗和悲剧的界定。由于文学经典边界模糊,不确定因素颇多,随着时代的发展,会不断有新的优秀作家和作品纳入其中,已被认定为经典的作家和作品则永远会受到时代的挑战,有些会逐渐销声匿迹,有些则会被重新发现并正名为经典。二十世纪后半叶以来,尤其在文化多元化的氛围下,人们对文学经典和对"入典"标准的质疑,已成为批评界热衷讨论的重要话题。事实上，文学经典的形成往往会经历一个复杂而又漫长的过程，会受到特定时代的意识形态、文化模式、读者情感诉求等诸多因素的介入和影响，"一部作品或一个作家能否真正成为经典，需要经历起码一个世纪的时间考验"[①]。美国小说家 F. 司各特·菲茨杰拉德（Francis Scott Key Fitzgerald，1896—1940）的批评接受史，便在一定程度上印证了这一界说。

"在美国现代小说家中，司各特·菲茨杰拉德是排在福克纳和海明威之后的第三号人物。"[②] 然而大半个世纪以来，菲茨杰拉德的文学声誉却经历了一个从当初蜚声文坛，到渐趋湮没，到东山再起，直至走向巅峰的演变过程。二十世纪五六十年代美国文坛掀起的"菲茨杰拉德复兴"（Fitzgerald Revival），终于将他稳稳推上了经典作家的高位。他的长篇小说《人间天堂》（This Side of Paradise，1920）、《漂亮冤家》（The Beautiful and Damned，1922）、《了不起的盖茨比》（The Great Gatsby，1925）、《夜色温柔》（Tender Is the Night，1934）和《末代大亨》（The Last Tycoon，1941），以及他的四部短篇小说集：《新潮女郎与哲学家》（Flappers and Philosophers，1920）、《爵士乐时代的故事》（Tales of the Jazz Age，1922）、《所有悲伤的年轻人》（All the Sad Young Men，1926）和《清晨起床号》（Taps at Reveille，1935），已被列入文学经典之列。如今，人们已不再怀疑，菲茨杰拉德是二十世纪世界文坛上的一位杰出的社会编年史家和文学艺术家。

---

① 转引自《西方文论关键词》，赵一凡等主编，外语教学与研究出版社，2006年版，第282页。
② 董衡巽语，引自《菲茨杰拉德研究·序》，吴建国著，上海外语教育出版社，2006年版，第1页。

回望菲茨杰拉德在我国的批评接受史的发展走向,我们不难看出,这位在美国极负盛名的小说家,在我国却经历了一个从全盘否定,到谨慎接受,再到充分肯定的曲折过程,这其中所包含的诸多错综复杂的原因,值得我们认真分析和反思,从中找出经验或教训,供后人记取。

二 被"误读、曲解"的一代文豪

如果我们以美国文学评论家 M. H. 艾布拉姆斯所提出的"文学四要素",即世界、作家、作品、读者,及其所构成的关系作为参照,来考量文学作品的接受状况,即可看出,实用主义文学观在中外文学史上长期占据着主导地位。实用主义文学观强调的是作品与读者之间的效用关系,即作品应当是达到某种目的的手段,从事某种事情的工具,并以作品能否达到既定目的作为判断其价值的标准,即所谓文学的功能应当是"寓教于乐,既劝谕读者,又使他喜欢,才能符合众望"[1]。各文化群体对外族文学作品的取舍和译介也概莫能外。

我国对美国现当代文学的译介已有百年历史。自"五四运动"以降,尤其在二十世纪三四十年代,就已有不少作品被翻译成中文出版,杰克·伦敦、德莱塞、马尔兹、萨洛扬、刘易斯、海明威、斯坦贝克等作家,都是我国读者较熟悉的名字,他们的作品曾对我国新文化运动的开展和民族救亡斗争起过一定的促进作用。然而菲茨杰拉德

---

[1]《诗学·诗艺》,亚里士多德、贺拉斯著,杨周翰等译,人民文学出版社,1962年版,第155页。

却一直未能引起我国学人的注意,菲茨杰拉德的作品在那战火纷飞的岁月里也未能在中国找到合适的市场。从总体上说,在新中国成立以前,菲茨杰拉德的作品在我国几乎没有译介,这位作家的名字在我国读者中较为陌生。

上世纪五十年代初,刚刚摆脱了连年战祸的新中国百废待兴,恢复经济建设、重整社会秩序是这一年代的主基调,对美国现代文学的译介和研究则相对较为迟缓。但是,在不少有识之士的努力下,我国五十年代中、后期和六十年代初期在美国现代文学研究方面仍取得过突破性的成绩。然而受当时主流文化的影响和历史条件的制约,菲茨杰拉德在中国受到的依旧还是冷遇。虽有不少通晓美国文学的专家、教授开始关注这位作家,但尚无评介文章出现,他的作品也没有正式出版的中文译本,他的代表作《了不起的盖茨比》甚至被称为"下流的坏书"。著名学者巫宁坤由于将他从美国带回中国的英文版《了不起的盖茨比》借给学生,竟受到了严厉批判,并背上"腐蚀新中国青年"的黑锅近三十年。菲茨杰拉德当年在我国的接受状况由此可见。

一九六六年至一九七七年这十余年间,我国对美国现代文学的译介和研究基本处于停顿状态。一九七八年后,美国文学中的一些重要作品开始重返我国学界。但及至上世纪七十年代末,菲茨杰拉德的作品在中国大陆仍无中译本,他的文学声誉在我国很低迷。受"极左"思想的束缚,我国学术界对这位作家依然持批判、否定的态度,他的作品在一定程度上被误读、曲解了。例如,在一部颇具权威性的学术专著中,就有如下这段评述:

……二十年代文艺作品日趋商业化和市侩化，当时的畅销书有菲茨杰拉德的小说《爵士乐时代的故事》(1922年出版)，内容是宣扬资本家的嗜酒、狂赌和色情生活，他的另一作品《伟大的盖茨比》(1925年出版)，把这个秘密酒贩投机商吹捧成英雄人物，加以颂扬。菲茨杰拉德是二十年代垄断资本御用的文艺作者的典型代表，是美化美国"繁荣"时期大资本家罪恶勾当的吹鼓手。及至一九二九年严重经济危机爆发，使美国经济的"永久繁荣"落了空，也暴露了菲茨杰拉德的丑恶灵魂。①

　　这一评说在当时的中国学界具有一定的代表性。客观地说，在那个非常时期，人们或许也只能以这种方式来点明菲茨杰拉德"资产阶级文艺作者典型代表"的身份，姑且先简略介绍一下他的代表作和"畅销书"。至于这位作家本身以及他的作品所包含的思想性和艺术性，只好留待后人去分析和评说。这其中的缘由与苦衷是十分微妙的。在三十多年以后的今天来看，这种现象自是荒诞无稽，但我们仍能感觉到当年意识形态领域里的"非常政治"对学术的严重干预和影响。

三　对经典的呼唤

　　法国启蒙主义思想家德尼·狄德罗曾说："任何一个民族总有些偏见有待抛弃，有些弊病有待革除，有些可笑的事情有待排斥，并且

---

①《美国通史简编》，黄绍湘著，人民出版社，1979年版，第536—537页。

需要适合于他们的戏剧。假使政府在准备修改某项法律或者取缔某项习俗的时候善于利用戏剧，那将是多么有效的移风易俗的手段啊！"①

一九七八年后，在"洋为中用"思想的指导下，我国文艺理论界卓有见识的学者们认真审视了过去几十年我国在外国文学批评领域的得失，详细制定了今后的研究计划、路径和方法，使我国的外国文学研究得以迅速而健康地开展起来。在此同时，我国学界对菲茨杰拉德的评价也已有所转变。一些学者撇开仍很敏感的政治话题和过去已形成的定论，以新的视角对菲茨杰拉德的创作思想和艺术特色进行了实事求是的讨论和分析，其中最值得关注的是董衡巽的观点和研究方法。早在学术研究刚刚开始复苏的一九七九年初，董衡巽就指出："外国现代资产阶级文学，像外国古典文学一样，有它的价值，有它的思想意义。不过，我认为除了这两条，还应该承认它在艺术上的成就。我们所说的思想是通过一定的艺术形式表现出来的思想；我们所说的艺术是指包含一定思想内容的艺术。它们难能分家。""评价外国文学，最好两头都能照顾到，既分析思想内容，又顾及艺术特征……"②董衡巽分析了菲茨杰拉德的创作思想和文体风格，第一次在中国大陆为这位美国作家恢复了他应有的声誉和地位：

一位作家之所以不会被读者忘记，是因为他有自己的特色。如果说他在思想上没有告诉我们新的东西，艺术形式沿用老一

---

① 《论戏剧艺术》，狄德罗著，转引自童庆炳著《维纳斯的腰带》，中国人民大学出版社，2009年版，第7页。
② 《艺术贵在独创》，董衡巽著，刊《外国文学集刊》（第一辑），中国社会科学出版社，1979年版，第60—61页。

套,那么他凭了什么活在读者的记忆中呢?菲茨杰拉德的作品不多,可是当代美国人喜欢读,他的代表作《了不起的盖茨比》已经成了一部现代文学名著。人们通过他的作品重温美国绚丽奢侈的二十年代,那种千金一掷的挥霍、半文不值的爱情,那种渴望富裕生活却又幻灭的心情,清醒了又无路可走的悲哀……引起读者的共鸣。今天的美国,贫富的鸿沟依然存在,凡是存在贫富悬殊的地方,"富裕梦"总是有人做的,但是,幻灭恰似梦的影子,永远伴随着做梦的人们。菲茨杰拉德去世将近四十年,他的作品在美国还是那么走红,除了这个思想上的原因,他那优美而奇特的文体也是美国读者不能忘怀的一个因素。①

可以这样说,在菲茨杰拉德研究中,我国最具权威的学者当数董衡巽。他是中国大陆研究和介绍这位美国作家的第一人。他的观点、研究思路,以及他的若干专论,对我国的菲茨杰拉德研究具有重要而深刻的影响。

一九八三年,由巫宁坤翻译的《了不起的盖茨比》正式出版,与菲茨杰拉德的八篇短篇小说一同收录在《菲茨杰拉德小说选》里。这是中国大陆首次正式出版的这位美国小说家的中译本,是上海译文出版社推出的"二十世纪外国文学丛书"的一种,为我国的美国现代文学研究填补了一项空白,使我国读者对这位"迷惘的一代"的代表作家有了直接的感性认识。巫宁坤在译本"前言"里高度评价了菲茨杰

---

① 《艺术贵在独创》,董衡巽著,刊《外国文学集刊》(第一辑),中国社会科学出版社,1979年版,第72页。

拉德的艺术成就和他的作品所包含的思想意义,称他是"二十世纪最重要的美国小说家之一"。①

一九八六年出版的《美国文学简史》,是一部具有开创意义的史学著作。董衡巽在这部专著中第一次向我国读者全面评述了菲茨杰拉德的文学生涯、创作思想和艺术特色,同时也阐明了对这位作家展开研究的意义所在。从此,我国对菲茨杰拉德的译介和研究正式拉开了序幕。

上世纪整个八十年代期间,我国正式发表的专题评论菲茨杰拉德的文章并不多,且大都集中在《了不起的盖茨比》上,但我国学者已从他的作品中发现了远比他所描绘的那个年代更为重要的价值,认为他既是战后美国年轻一代的典型代表,又是"喧腾的二十年代"的批判者。他的创作标志着十九世纪浪漫主义传统向二十世纪现代主义文学的过渡,他的《了不起的盖茨比》是为"美国梦想"和"爵士乐时代"奏起的一首无尽的挽歌。"他是美国小说家中最精湛的艺术家。他的最佳作品在内容上体现了高度的精确性,在语言上表现了高度的简练性。"②在这一时期,我国出版的各类美国文学教材,也使菲茨杰拉德走进了高校课堂,并成为不少院校的学位课程。至上世纪八十年代后期,全国已有近十篇以菲茨杰拉德为研究对象的硕士学位论文,如刘欣的《菲茨杰拉德〈人间天堂〉及〈了不起的盖茨比〉中对幻想破失与灭败的社会批评》(1986)、左晓岚的《论〈了不起的盖茨比〉

---

① 《菲茨杰拉德小说选》,巫宁坤等译,上海译文出版社,1983年版,第1页。
② 《当代美国文学——概述及作品选读》(上册),秦小孟主编,上海译文出版社,1986年版,第62页。

中象征手法的作用》(1989)等。这充分表明,这位作家已开始引起我国学人的高度关注。

及至上世纪九十年代末,菲茨杰拉德在我国的接受状况已大有改观。最为明显的例证是,《了不起的盖茨比》在中国大陆出版了八种中文译本和两种中文注释或中英文对照本;《夜色温柔》有五种中文译本。除此之外,还有三本《菲茨杰拉德短篇小说选》译本问世。我国学者在这十余年间发表的专论菲茨杰拉德的文章在数目上也有明显增加。我国在这一时期出版的美国文学专著,如王长荣的《现代美国小说史》(1992)、常耀信的《美国文学史》(1995)、史志康的《美国文学背景概观》(1998)等,也都对菲茨杰拉德予以了高度的肯定。杨仁敬在《二十世纪美国文学史》中指出:"菲茨杰拉德的作品,作为'荒原时代'的历史记录,今天已显得越来越重要了。"[1] 这是我国学界在沉寂多年之后对这位经典作家的呼唤。

四 关于菲茨杰拉德作品的译介与研究

1. 关于《了不起的盖茨比》。至上世纪七十年代初,台湾已有四种中文译本。由于种种原因,这些译本很少为大陆读者所知。一九八二年,我国首次出版了这部小说的注释本《灯绿梦渺》。注释者在此书"前言"中说:"书名有译《伟大的盖茨比》者,似乎失之平淡;有译《大亨小传》者,但实非传记体,盖茨比也算不得大亨。

---

[1]《二十世纪美国文学史》,杨仁敬著,青岛出版社,2000年版,第247页。

仔细读来，盖茨比的经历颇富传奇性，小说情节又类'言情'，作者用意当在批判，注释者姑译为《灯绿梦渺》。"[1] 注释者还指出了作者独具匠心的象征手法的运用："绿色实为盖茨比毕生梦想的象征。绿色代表生机，绿色使人欢快，绿色又是万能的美元钞票的颜色。出身农家的盖茨比抵抗不住财富和美色的诱惑，走上了一条典型的美国式的奋斗道路。黛西则象征着财富和美色的结合。此种象征手法书中屡见不鲜……但其着力点不在机械地比附，而在气氛的烘托……书尾处的安慰激励之词亦不能稍减其渺茫之感。盖茨比凄凉的下场是美国生活的悲剧。"[2] 在评价这部小说的语言特色时，注释者说：

> 作者遣词造句朴素真挚，极少十九世纪小说中的冗长繁缛，也没有当时已萌芽的现代主义的奇奥艰深。可是他行文并不单调平直。他时而后退三步，描绘中夹着若隐若出的讽刺和淡淡的幽默；他时而又置身其中，情不自禁地激昂动情；他时而又诗意盎然，不乏华丽之词，是浪漫气质的自然流露。[3]

注释者还将此书与中国古典名著《红楼梦》作了比较，认为："这本书绝不仅是'负心女子痴情汉'的恋爱悲剧。从中读者可以触摸到美国社会生活的脉搏，可以看到美国一个历史阶段的文艺画卷。"[4] 这些话语足见注释者的慧眼识金和对这部小说的喜爱。他的观

---

[1]《灯绿梦渺》，菲茨杰拉德著，周敦仁注释，上海译文出版社，1982年版，第1页。
[2] 同上，第1页。
[3][4] 同上，第2页。

点也代表着我国读者对这位美国作家的接受态度。

巫宁坤也在《了不起的盖茨比》"译后记"中指出：

> 菲氏并不是一个旁观的历史家。他纵情参与了"爵士乐时代"的酒食征逐，也完全融化在自己的作品之中。正因为如此，他才能栩栩如生地重现那个时代的社会风貌、生活气息和感情节奏。但更重要的是，在沉湎其中的同时，他又能冷眼旁观，体味"灯火阑珊，酒醒人散"的怅惘，用严峻的道德标准衡量一切，用凄婉的笔调抒写战后"迷惘的一代"对于"美国梦"感到幻灭的悲哀。不妨说，《了不起的盖茨比》是"爵士乐时代"的一曲挽歌，一个与德莱塞的代表作异曲同工的美国的悲剧。[①]

随着研究的不断深入，我国学者对这部经典之作的叙事艺术和文本结构的挖掘也在深化。例如，程爱民认为："从叙述的角度看，叙述者尼克的故事似乎是条主线，从头至尾时隐时现地贯穿于整个小说；而盖茨比的故事只是尼克的故事的一部分。但从故事的内容和重心来看，盖茨比的故事实际上才是小说的主体。如果采用'红花绿叶'比喻的话，那盖茨比的故事毫无疑问是红花，尼克的故事只是扶衬的绿叶。因此，小说的叙述主线只是作为一个背景，一个舞台，实际上演的是盖茨比的'戏'。这种叙述手法的安排及产生的艺术效果是颇具匠心的。""这部作品并不局限在使用单一视角上……小说不时

[①]《了不起的盖茨比·夜色温柔》，菲茨杰拉德著，巫宁坤等译，译林出版社，1999年版，第125页。

地变换叙述视角和叙述者,有时还采用视角越界等手段,使得叙述呈多元化展开。不同的侧面展示组合在一起,仿佛不同镜头的变换,构成了一幅反映盖茨比故事的立体图像。"① 程爱民还分析了菲茨杰拉德与亨利·詹姆斯之间在叙述者和人物设计上的相同和不同之处:"菲茨杰拉德的独特或高明之处,就在于他创造了尼克这个'一半在故事里、一半在故事外'的存在,并利用这一人物的特殊位置把(作者自己的)两种不同的看法统一在了《大人物盖茨比》这部作品之中……起到了传统的第一人称叙述或第三人称全知叙述均不能起到的作用,产生了独特的艺术效果。"②

时至今日,我国已出版五十余种《了不起的盖茨比》的中译本(包括台湾地区)。我国研究者在各类学术刊物上发表的专论《了不起的盖茨比》的文章已达一百三十余篇;以这部作品为研究对象的硕士和博士学位论文有四十余篇。由此可见我国读书界对这部经典作品的接受程度和研究的深度。

2. 关于《夜色温柔》。《夜色温柔》是一部"令人越读越感到趣味无穷的小说"(海明威语)③,但中文译本一九八七年才在中国大陆首次出现,然而我国学者对这部曾经受到冷遇的作品的艺术构造和思想意义的解读却颇有独到之处。王宁等认为:"若是将小说的结构与福克纳的《喧哗与骚动》以及乔伊斯的《尤利西斯》的结构相比,我们

---

① 《英美文学研究论丛》(第一辑),虞建华主编,上海外语教育出版社,2000年版,第184—185页。
② 同上,第188页。
③ Carlos Baker, ed., *Ernest Hemingway: Selected Letters, 1917—1961*, New York: Scribners, 1981, P.483.

便不难发现,《夜色温柔》仍是一部以现实主义传统手法为主的小说,远没有前两位意识流大师那样走极端。因此,若想从结构上来贬低这部小说的重大价值,看来是难以令人接受的。"①

陈正发等在论及这部作品错综复杂的叙事结构时也指出:"我们完全可以把它看作是作者颇具匠心的艺术处理……菲茨杰拉德善于在叙述中一而再、再而三地中断,或是场面骤然更替,而内中又有逻辑上的必然联系。这样读者便可渐渐不受作者的主观影响,化被动为主动,独自对作品做出自己的阐释。"②

不管这些评论是否准确,都足以表明,我国学者对这部作品已有自己的认识和理解,并在学术上开始逐渐走向了成熟。

继《了不起的盖茨比》后,《夜色温柔》也引起了我国读者浓厚的兴味。如今,《夜色温柔》在我国已有十六种中文译本(包括台湾地区);从不同角度探讨这部作品的专题研究论文有三十余篇,以这部作品为研究对象的硕士和博士学位论文近二十篇。目前,我国学者对这部作品的研究仍在不断深入。

3. 关于菲茨杰拉德的短篇小说。上世纪九十年代后期是我国菲茨杰拉德译介和研究规模空前的时期。在这一时期,我国出版了三部《菲茨杰拉德短篇小说选》的中文译本,他的一百六十多篇短篇小说中,有二十三篇被翻译成中文正式出版。不少研究者认为,他的短篇小说"情节生动,遣词造句流畅舒展,字里行间充满诗情画意,艺术感极强……塑造和记录了生活在已逝去的那个特定时间和特定空间

---

① 《夜色温柔》,菲茨杰拉德著,王宁等译,山东文艺出版社,1999年版,第7页。
② 《夜色温柔》,菲茨杰拉德著,陈正发等译,安徽文艺出版社,1996年版,第3—4页。

里的一批特定的人物……弥漫着一种梦幻色彩,充满敏感和颖悟,令读者不得不紧张地同他一起去品味和感受人生与世界。"[1] 他"是美国二十世纪二十年代最具代表性的作家",[2] 是"第二次世界大战前美国主要短篇小说家""他的作品在风格上与欧·亨利很接近""会使人想起克莱恩的嘲讽手法和藏而不露的用语技巧""《重访巴比伦》的叙事技巧可说是天衣无缝,炉火纯青,思想上也很有深度。这使它成为传世之作"。[3]

时至今日,菲茨杰拉德的四部短篇小说集已有三部被译成中文,尽管受各种条件所限,目前的研究尚不够深入,评价的方法和观点仍可进一步商榷,我国学人对他的短篇小说的阅读和研究兴趣正在与日俱增。

五 "回声嘹亮"

"文学作品并不是对于每一个时代的每一个观察者都以同一种面貌出现的自在的客体,并不是一座自言自语地宣告其超时代性质的纪念碑,而像一部乐谱,时刻等待着阅读活动中产生的、不断变化的反映。只有阅读活动才能将作品从死的语言中拯救出来,并赋予它现实生命。""文学作品的历史生命力没有接受者能动的参与是不能想象的。"[4]

---

[1]《菲茨杰拉德短篇小说选》,菲茨杰拉德著,曹合建译,湖南文艺出版社,1998年版,第4页。
[2]《爵士乐时代的代言人——菲茨杰拉德短篇小说选》,菲茨杰拉德著,吴楠译,外文出版社,2000年版,第3页。
[3]《现代美国小说史》,王长荣著,上海外语教育出版社,1992年版,第306—307页。
[4]《接受美学与接受理论》,(德)H.R.姚斯、(美)R.C.霍拉勃著,周宁等译,辽宁人民出版社,1987年版,第24、26页。

纵观我国对菲茨杰拉德的批评接受史,我们可以看出,我国对这位美国小说家的译介和研究相对较晚,真正意义上的研究高潮期出现在本世纪以来这十余年间,以《菲茨杰拉德研究》(2002)为标志。据文献检索,仅在近十年来,《了不起的盖茨比》在我国就有四十二种风格各异的中译本,《夜色温柔》有十五种中译本,《人间天堂》有四种中译本,《漂亮冤家》有四种中译本,各类短篇小说集有十八种;我国学者发表的各类学术论文有二百四十一篇,硕士和博士学位论文七十二篇。在近十年出版的美国文学论著中,如王守仁等的《新编美国文学史》(2002)、虞建华等的《美国文学的第二次繁荣》(2004)等,都以较大篇幅评述了菲茨杰拉德的文学生涯,分析了他的创作思想和艺术成就,并肯定了"菲茨杰拉德和海明威作为青年文化的文化英雄的历史地位"[①]。这位小说家如今已受到我国越来越多的读者的喜爱和评论家的广泛重视。虽然现有的译文质量参差不齐,某些论文或论著也有拾人牙慧之嫌,但目前在我国读书界出现的"菲茨杰拉德研究热"却足以表明,我国对这位经典作家的研究正方兴未艾。

就总体而论,我国对菲茨杰拉德的译介和研究远不及对海明威等同时代作家的研究那样有深度和体系化,譬如,我国学界对《人间天堂》《漂亮冤家》及"巴兹尔系列小说""约瑟芬系列小说""帕特·霍比系列小说"等作品的评论文章,目前仍不多见,对这位作家复杂的文学生涯、创作思想、语言艺术、文学性等方面的深层特征,以及对他何以成为经典作家的文化和社会历史背景的剖析,也有待从理论上

[①]《美国文学的第二次繁荣》,虞建华著,上海外语教育出版社,2004年版,第202页。

进一步深化。

作为"爵士乐时代"杰出的代言人和忠实的"编年史家",菲茨杰拉德对他所处的那个特定历史时期原生状态社会生活和精神风貌的主要特征的准确把握、他独具匠心的叙事艺术、他那富有隐喻和象征意义的优美的语言风格,以及他隐埋在作品话语结构中的真切的感受、真挚的情感和真诚的理念,最大限度地拉近了作者——文本——读者之间的时空距离,使他作品中的那些人格被异化了的男女主人公的形象和虚幻的故事情节呈现出真实的人生历练和历史的可感性,能激发起读者对现实生活的联想和对人生意义的思考,在人们的心灵上产生共鸣。他的作品中所表现出的高度的艺术真实、所传达的精神价值取向和道德判断要素,具有一种令评论家难以还原到概念上来的持久的艺术张力。在大半个世纪已经过去的今天,在中国这个特定的文化语境下,我们发现,当今这个时代所出现的许多事物,当今这个世界所存在的诸多问题,早已在他那些优秀的作品里被生动形象地记录和描绘过了,因此,我们在重读经典时,依然能感到他的作品十分清新,具有历史理性与人文关怀之间的张力。他的作品的生命力已在中国这片大地上得到了延伸。

六 并未终结的结语

文学从来就是生活和时代的审美反映。一个作家以什么样的姿态来从事创作,他的作品究竟能否真实地反映现实生活和时代精神,要看这位作家是否真正走进了现实生活,获得了真切的体会,发现了真正闪光的思想和真正有血有肉的人物形象。作家光凭着自己极高的天赋、满腔的热情、良好的愿望是远远不够的。他必须站在时代潮流的前列，以高度的使命感和强烈的忧患意识去贴近现实、观察社会、感受人生，以自己独特的写作姿态和艺术形式去如实反映人与社会、人与自然、人与自我的关系，去揭示和描绘时代的变迁对社会道德、文化习俗和人的个性发展所产生的深刻影响。唯有这样，才能写出"像样的"、有深度的、经得起时代考验的经典之作来。这是菲茨杰拉德留给我们的启示。

锐意进取，不断创新，羞于重复，格外重视个人的文体风格和独特的创作个性，这是名作们之所以名不虚传的一个重要原因。"文体风格如同作家的专有印记，刻下了他独特的创作个性。"[①] 凡是严肃的、对艺术有所追求的作家，都会以十足的劲头去探索新的艺术表现形式和具有个性特点的写作风格，而绝不会与他人雷同。菲茨杰拉德与海明威、福克纳、沃尔夫、多斯·帕索斯等作家生活在同一个历史时代，但菲茨杰拉德笔下的世界一眼望去，便知是菲茨杰拉德的，绝不会与其他作家所创造的世界相混淆。这是因为他一生都在执着地追求具有自己独特个性的写作技巧和文体风格，力求以自己的方式来描绘现实，表现人物的精神面貌和性格特征，"像奴隶一样对每句话都进行艰苦细致的推敲"，"在每一篇故事里都有一滴我在内——不是血，不是泪，不是精华，而是真实的自我，真正是挤出来的"。[②] 正

---

① 《艺术贵在独创》，董衡巽著，刊《外国文学集刊》(第一辑)，中国社会科学出版社，1979年版，第69页。

② Matthew J. Bruccoli, ed. *F. Scott Fitzgerald On Authorship*, South Carolana: University of South Carolana Press, 1996, P.178.

因如此,他笔下的人物才那样栩栩如生,他创造的那个艺术世界才那样富有魅力,感人至深。这是他的作品之所以会引起历代读者和评论家兴趣的原因之一。

菲茨杰拉德在我国的批评接受史,恰好是对二十世纪文学史上出现的"菲茨杰拉德现象"的有力补充。在当前世界各地出现的"菲茨杰拉德研究热"中,相信我国学者对这位经典作家的研究将会有自己的声音,将会与国外学者的研究同步,得出更加深入、更加令人信服的成果来。"菲茨杰拉德有福了,他将以他不朽的诗篇彪炳千秋"。[1]

吴建国
2013年12月29日
于上海维多利书斋

---

[1] 巫宁坤语,见《了不起的盖茨比·夜色温柔》,巫宁坤等译,译林出版社,1999年版,第128页。

目录

总序 　　　　　　　　　　　　　　　　　　　　　　　1

第一卷　浪漫的自我中心主义者

第一章　艾默里，比阿特丽斯之子　　　　　　　　　3
第二章　锥形尖塔与怪兽滴水嘴　　　　　　　　　　54
第三章　自我中心主义者开始思考　　　　　　　　　126
第四章　那耳喀索斯不再顾影自怜　　　　　　　　　167

插曲　一九一七年五月至一九一九年二月　　　　　　216

第二卷　一位重要人物的成长历程

第一章　初入社交圈的少女　　　　　　　　　　　　229
第二章　康复期的各种试验　　　　　　　　　　　　270
第三章　年轻人的荒唐事　　　　　　　　　　　　　304
第四章　傲视一切的牺牲　　　　　　　　　　　　　335
第五章　自我中心主义者成长为一位重要人物　　　　350

传统价值体系与现代伦理话语的悖论
　　——评菲茨杰拉德长篇处女作《人间天堂》　　389

……唉，这片人间天堂……
根本就没有什么快乐与安康。

——鲁伯特·布鲁克 ①

经验是数不胜数的人
给自己的错误取的别名。

——奥斯卡·王尔德 ②

---

① 鲁伯特·布鲁克（Rupert Chawner Brooke，1887—1915），英国诗人，毕业于英国剑桥大学，第一次世界大战爆发后任英国海军军官，在地中海地区服役时因患败血症身亡。布鲁克生前风采照人，才华横溢，尤以其热情洋溢、富有艺术独创性的爱国主义诗篇闻名，死后被誉为"为国捐躯"的典范和战争诗人，是英国青年的楷模。英国作家沙恩·莱斯利（Shane Leslie，1885—1971）既是本书作者的好友，也是布鲁克的生前好友。莱斯利当年在向斯克里布纳父子出版公司举荐本书时，曾称本书作者是"美国的鲁伯特·布鲁克"。此处的两行诗引自布鲁克的名作《塔希提岛提亚雷酒店》（Tiare Tahiti，1915）。
② 奥斯卡·王尔德（Oscar Wilde，1854—1900），爱尔兰剧作家、小说家、诗人、哲人，19世纪末英国唯美主义的主要代表人物。他提倡的"为艺术而艺术"的主张在他唯一的长篇小说《道连·格雷的画像》（The Picture of Drian Gray，1890）中尤为突出。王尔德在喜剧创作上成就巨大，主要代表作有《少奶奶的扇子》（Lady Windermere's Fan，1892）和《认真的重要》（The Importance of Being Earnest，1895）等。王尔德充满警句和讽刺意味的写作风格对本书作者影响甚大，尤其反映在这部小说中。此处的两行诗即引自王尔德的长篇小说《道连·格雷的画像》。

献给

西格尼·费伊[1]

---

[1] 西格尼·费伊（Father Cyril Sigourney Webster Fay，1875—1919），美国天主教神甫，曾担任美国新教圣公会的教长，以学识渊博、富有智慧而著称，曾代表美国天主教会秘密出使苏联（1917）。菲茨杰拉德在新泽西州的纽曼预备学校就读时，恰逢费伊担任该校的校长（1912）。费伊神甫对少年菲茨杰拉德的志向的确立和他以后的创作生涯均产生了很大影响，菲茨杰拉德曾称他为自己的"再生父亲"。本书中的人物"达西大人"即以费伊神甫为原型。"大人"一词（Monsignor）是对天主教高级神职人员的敬称。

第一卷
浪漫的自我中心主义者

第一章　艾默里，比阿特丽斯之子

艾默里·布莱恩继承了他母亲身上的每一个秉性特征，只有为数极少的那几个不合常理，也难以言说的特点除外，就凭这一点，他也值得来这个世上走一趟。他的父亲，一个原本劳而无获，又不善言辞的人，只是对拜伦①怀有一种偏爱，还有一个习惯，总爱在翻阅《不列颠百科全书》的时候打瞌睡，年方三十岁时他才忽然时来运转，成了一个很富有的人，因为他那两个事业有成、在芝加哥做经纪人的哥哥都相继去世了。于是，在平生头一次品尝到坐拥财富的喜悦，感觉这世界当真是属于他自己的时候，他便兴冲冲地去了巴尔港②，继而又在那里认识了比阿特丽斯·奥哈拉。随后，斯蒂芬·布莱恩便把他那将近六英尺的身高和每到关键时刻就摇摆不定的性格传给了他的后代，从他身上抽象出来的这两大特点在他儿子艾默里的身上都有所体现。许多

---

① 拜伦（George Gordon Byron, 1788—1824），英国诗人，其诗对欧洲浪漫主义运动影响甚大；参加过希腊独立战争，大战前死于疟疾。代表作有《恰尔德·哈罗尔德游记》(*Childe Harold's Pilgrimage*, 1812—1818)、《唐璜》(*Don Juan*, 1819—1824) 等。
② 巴尔港（Bar Harbor），美国迈阿密南端的海岛小城，位于汉考克县境内，是著名旅游、避暑胜地，美国大西洋学院、杰克逊实验室等科研机构也坐落在此。

年来,他一直徘徊在一家人生活的幕后,是一个遇事从不作决断的徒有虚名的主儿,一张脸被毫无生气、柔弱如丝的头发遮去了一半,满脑子想着的都是怎么"照顾好"他的太太,却又因为自己老是理解不了,也根本没法理解他的太太而深感苦恼。

可是,比阿特丽斯·布莱恩就大不一样!世上就有这样一种女人!从她早年在威斯康星州日内瓦湖畔她父亲的那座庄园里拍摄的那些照片上,或者从她在罗马圣心女子修道院拍摄的那些照片上——她年轻的时候在教育方面所享有的那种奢华待遇,只有特别富有的人家的女儿才能享受得到——人们一眼就能看出她清秀、靓丽的容貌,她身上的衣服做工也极其考究,款式简洁大方。她的确接受过绝好的教育——她的青春时代是在文艺复兴时期的经典华章中度过的,她对那些历史悠久的古罗马家族的最新内幕传闻熟悉得能倒背如流;甚至连主教维多利、意大利女王玛格丽塔①,以及必须具有相当文化背景的人才会有所耳闻的那些更加神秘的社会名流,都能说得出她的芳名,都知道她是一个非常富有的美国姑娘。她是在英国学会爱喝威士忌加苏打水而不爱喝葡萄酒的那套做派的,于是,有一年冬天住在维也纳时,她闲聊的话题也在两个方面得到了拓宽。总而言之,比阿特丽斯·奥哈拉获得了那种从今往后再也不可能有的教育;那是一种根据一个人或可嗤之以鼻,或可爱之入迷的人和物的多寡来衡量的个别指导式的教育;那是一种富有一切艺术和传统,但却贫瘠得全无任何思想的文化,这就好比在那过去的岁月里,一个伟大的园丁剪去了所有劣质的玫瑰,单单只让一朵完美的花蕾绽放之后最终产生的文化。

在她不再那么受人重视的时候,她回到了美国,遇见了斯蒂

---

① 玛格丽塔(Margherita Maria Teresa Giovanna,1851—1926),意大利女王,在位时期1878—1900。

芬·布莱恩，于是就嫁给了他——她作出这样的决定几乎完全是因为她感到有点儿厌倦，有点儿伤心了。她的独生子是在一个令人慵懒的季节里意外怀上的，后来，在一八九六年的一个春日，他便被带到了这个世界上。

艾默里长到五岁的时候，就已经是一个能和她做伴儿，能让她开心的小可人儿了。这孩子长着一头赤褐色的头发，有一双总有一天会长得非常非常漂亮的大眼睛，还有一个非常机灵、很有想象力的小脑袋，对化装舞会上的那些舞蹈服饰也挺有审美眼光。四岁到十岁的这些年里，他时常陪伴他的母亲坐在他外公的私家车里外出去探险旅行。从科罗纳多①，一直南下至墨西哥城。在科罗纳多时，他母亲忽然变得十分烦躁，结果在一家时尚人士经常光顾的大酒店里精神失常了；到了墨西哥城时，她竟染上了一种轻度的、几乎是流行性的肺结核病。没想到，得了这种毛病反倒让她高兴起来，她后来居然还把这种微恙派上了用场，把它当成了她生活氛围中一个固有的组成部分——尤其是在喝了几口让人大惊失色的烈性酒之后。

所以，当那些多少也算得上幸运的有钱人家的小顽童们还在纽波特市②的海滩上试图抗拒家庭女教师的管教，或是在挨打，或是在挨训，或是在乖乖地听大人们给他们读《敢作敢为》③或者《密西西比

---

① 科罗纳多（Coronado），又称科罗纳多岛，位于加利福尼亚州圣迭哥境内，为美国著名旅游胜地。该城富庶繁华，其风景秀丽的海滩位居美国第二位，因而也是全美居住、生活费用最为昂贵的地区之一。
② 纽波特市（Newport），位于罗德岛，美国新英格兰地区著名避暑胜地，曾是美国前总统艾森豪威尔和肯尼迪的"夏日白宫"。
③ 《敢作敢为》，又名《无畏小子发迹记》(*Do and Dare, or A Brave Boy Fight for Fortune*, 1884)，是美国19世纪儿童文学作家霍拉肖·阿尔杰（Horatio Alger Jr, 1832—1899）的一个名篇。阿尔杰极为多产，一生创作有一百多部长、短篇小说和一百多首诗歌，主要以贫儿发迹为题材，作品极为畅销，其主题"从衣衫褴褛走向受人敬重的上等社会"(from rags to respectability)，曾对"镀金时代"（Gilded Age）的美国产生过深远的影响。

河上的弗兰克》①的故事的时候，艾默里就已经在曼哈顿的华尔道夫大酒店里捉弄那些默默服从的搬运行李的服务生了，他对高雅的室内音乐和交响乐已经不再有那种出自于儿童天性的反感，并且还从他母亲那里获得了一种高度专门化的教育。

"艾默里。"

"哎，比阿特丽斯。"（真是奇怪，竟然如此直呼自己母亲的名字；可是她却怂恿他就用这个称呼。）

"亲爱的，还没到该起床的时候，别老惦记着要起床。我对这一点向来持怀疑态度，幼年阶段就早早起床会使人的情绪处于紧张不安的状态的。克洛蒂尔德会派人把你的早餐送到楼上来的。"

"好吧。"

"艾默里，我感觉今天的我已经非常衰老啦，"她常常这样叹息，她的面容宛如一幅精美绝伦、富有感伤力的浮雕，她柔声细语的说话声娓娓动听，她的双手温软灵巧得就像莎拉·伯恩哈特②的那双手一样，"我的每一根神经都感到紧张不安——不安啊。我们明天必须离开这个吓人的地方，去寻找明媚的阳光。"

每当艾默里听到他母亲的这番话，他那双尖锐的绿眼睛就会透过蓬乱的头发警觉地凝望着她。即便在这个小小年纪，他也没有对她抱有任何的幻想。

"艾默里。"

---

① 《密西西比河上的弗兰克》(*Frank on the Mississippi*)，此书为美国儿童文学作家查尔斯·奥斯汀·福斯迪克（Charles Austin Fosdick, 1842—1915）早年创作的最有名的两部描写少年历险的长篇小说之一，出版于1867年。福斯迪克曾于美国南北战争期间在联邦海军服过役，作品常以自身经历为题材，一生创作颇丰，是美国南北战争结束后出现的"儿童文学的黄金时代"最受青少年读者喜爱的作家之一。

② 莎拉·伯恩哈特（Sarah Bernhardt, 1884—1923），法国名伶，是19世纪末、20世纪初世界最著名的戏剧和电影演员，素有"天才莎拉"(The Divine Sarah)之美称。

"啊，我在这儿呢。"

"我要你去洗一个滚烫的热水澡——水温越热越好，只要你能受得住，这样，你的紧张感就能得到放松了。你要是愿意看看书，可以躺在浴缸里看。"

在他还不满十岁的时候，她就开始向他灌输《戏装游乐图》①里的部分诗篇了；到了十一岁的时候，他已经能神气活现地大谈勃拉姆斯、莫扎特、贝多芬了，即使这样说颇有点儿追怀往事之嫌。有一天下午，他被独自一人留在了温泉城②的那家大酒店里，他闲来无事，便品尝了几口他母亲喝的杏子酒，这种又甜又香的露酒很合他的口味，他就多喝了几口，结果竟微微有了些醉意。这原本只是一时好玩而已，可是在当时那种异常兴奋的情况下，他竟又想着要去品尝一下吸烟的滋味，于是就抵挡不住诱惑，做出了一个非常粗鄙、非常低俗的反应。尽管这件事情的发生令比阿特丽斯大为惊骇，却也让她暗暗觉得好笑。后来，这件事竟成了下一代人会时不时地称她为"一路人"的组成部分了。

"我的这个宝贝儿子啊，"有一天，他听见她对着满满一屋子无比敬畏、无比仰慕的女人说，"十分的老成，相当的可爱——就是有些娇气——我们这些人全都有些娇气。这儿，你们知道的。"她把一只光华四射的手贴在美丽的胸脯上；接着，她便把嗓音放低到说悄悄话的程度，把儿子偷喝杏子酒的事儿告诉了她们。她们听完后一个个

---

① 《戏装游乐图》(*Fêtes Galantes*，1869)，又译《佳节集》，是法国著名象征主义诗人保罗·魏尔伦 (Paul Verlaine，1844—1896) 的代表作之一。这部诗集以反映青年男女身穿戏装在月光下翩翩起舞，及时行乐为主题，书中有风流放浪的男女裸体插图。魏尔伦早期颇受波德莱尔《恶之花》的影响，但他后来在诗歌创作上注重内心情感的抒发，以自然、朦胧、诗画结合、富有音乐节奏为其主要艺术特色。
② 温泉城 (Hot Springs)，美国阿肯色州中部的一个城市，以温泉众多得名，自然景色优美，旅游业十分兴旺，是美国著名休闲、疗养、度假胜地之一。

全都乐了,因为她很会讲故事①,这件事被她描绘得有声有色,不过,那天夜里,许多人都在忙不迭地到处找钥匙,凡是能上锁的餐具柜统统都被上了锁,就是为了提防有人可能会把持不住自己而丧失了气节,不管是小子还是姑娘……

那些安排在家里的朝圣活动从来都是很讲究排场的:两个女佣、私家车,还有布莱恩先生,假如他能够抽空出来露露脸的话,往往还会有一名内科医生。艾默里患百日咳的时候,家里有四名看见就叫人嫌恶的专职人员整日弓腰驼背地围绕在他的床前,然而彼此之间却在怒目相视;他染上猩红热的时候,前来伺候他的人数,包括几名内科医生和几个护士,总共有十四人之多。不管怎么说,血毕竟要浓于肉汤,他总算度过危险,安然无恙了。

布莱恩这户人家并不留恋任何一个大城市。他们归属于坐落在日内瓦湖畔的布莱恩家族;他们要招待的亲戚多得足以让他们应接不暇,因而也就没法顾及那些朋友了,从帕萨迪纳一直到科德角②,他们都拥有令人羡慕的地位。可是,比阿特丽斯却变得越来越倾向于只愿意跟新结识的朋友交往了,因为确实有这样那样的一些事情,比如说,她自己的病史,以及跟她的病史有关的许多新出现的情况,回忆回忆她从前在国外度过的那些岁月,如此等等,她觉得这些事情都有必要定期再讲述一遍。就像弗洛伊德③的释梦之说一样,过去的那些事情都必须释放出来,否则它们就会大面积地、迅速地郁结在心中,困扰她的神经系统,弄得她不得安宁。不过,比阿特丽斯对美国女人

---

① 此处原文为法语 raconteuse,意为"很善于讲故事的女人"。
② 帕萨迪纳(Pasadena)为美国西海岸加利福尼亚州城市,位于洛杉矶东北部的圣加布里埃尔山脉中;科德角(Cape Cod)位于美国东海岸的马萨诸塞州东南部,是沙质半岛。此处暗指该家族的势力遍及整个美国。
③ 西格蒙德·弗洛伊德(Sigmund Freud, 1856—1939),奥地利心理学家、精神分析学派创始人。

却特别爱挑剔，尤其对以前从美国西部地区涌来的那些流动人口，她总没好话。

"她们说起话来口音很重，亲爱的，"她对艾默里说，"她们说的既不是南方口音，也不是波士顿口音，哪个地方的口音都不是，就是口音很重——"她神情恍惚起来。"她们拾人牙慧，说的是那种早已过时的、像是被虫蛀了似的伦敦口音，如今这种口音已经不吃香啦，可是总得有人来说呀。她们说起话来就像一个在芝加哥某个大歌剧团里待过好几年的英国男管家那样。"她已经近乎语无伦次了——"假如说——每一个西部女人的一生中都会碰到那种时刻——她觉得自己的丈夫已经富庶得足以让她去拥有——口音——她们想给我留下个好印象呢，亲爱的——"

尽管她觉得自己的身体简直就是一堆弱不禁风的肉体，但是她认为，她的灵魂同样很不健康，因而在她的生活中至关重要。她过去曾是一名天主教徒，然而她发现，当她渐渐丧失了对母教的信仰，或者正处于想重新找回这种信仰的过程中时，那些神职人员屡屡会表现出比平时更大的关注，于是，她干脆就一直保持着那种非常可爱的摇摆不定的态度。她常常悲叹，美国天主教神职人员的品格怎么像中产阶级分子那样俗不可耐，她深信，倘若她还生活在欧洲大陆那些大教堂的庇荫下，她的灵魂就依然是罗马大圣坛上的一道微弱的火光。话虽这样说，除了医生之外，神职人员仍旧是她最喜欢打交道的人。

"啊，韦斯顿主教，"她时常会这样说，"我不愿谈及我自己的事情。我能想象得出那些情绪无比激动的女人络绎不绝如小鸟展翅般匆匆奔向你的门口，恳求你能行行好同她们亲近亲近的情景——"接着，在与这位神职人员交往了一段时日之后——"可是我的心态——还是——很奇怪，还是不能苟同。"

只有对大主教以及职位更高的神职人员，她才会吐露自己曾经跟某某神职人员有过一段恋情的秘密。她第一次回到祖国的时候,曾经有过一个恋人,他是一个没有任何宗教信仰的人,一个家住阿什维尔市①的斯温伯恩②式的年轻人,他那充满激情的亲吻和绝非感情用事的谈话,正是她内心确实非常向往和喜欢的——他们从正反两个方面讨论了这件事,展开了一场完全凭理智行事而绝无任何虚情假意的浪漫恋爱。然而她最终还是铁下心来跟门当户对的人结婚了,而那个不信教的阿什维尔青年在经受了一场精神危机之后,毅然加入了天主教会,此人就是现在的——达西大人。

"的确如此,布莱恩太太,他现在依然还是大家都很喜欢的朋友——更是主教最得力的助手。"

"艾默里总有一天会去找他的,我知道,"漂亮的太太舒了一口气,"达西大人会理解他的,就像他当年理解我一样。"

艾默里长到十三岁了,身子骨出落得又高又苗条,也越来越能猜透他那具有凯尔特人血统的母亲的心思。他偶尔也接受家庭教师的辅导——请家庭教师的用意只是为了让他能"跟得上",让他把每一样"没有完成的功课都补上去"。然而请来的家庭教师竟没有一个能找得出他没有完成的功课,都不知该从何处着手,因此他的自我感觉依然非常的好。照这样下去再过几年他会是一个什么状况还真是个问题。不管怎么样,反正他跟随比阿特丽斯乘船离开美国前往意大利了,想不到,船才离港四个小时,他的阑尾就穿孔了,大概是由于长期过多地躺在床上进餐的缘故吧。在拍发出一连串焦急万分的电报到欧洲和

---

① 阿什维尔市(Asheville),美国北卡罗来纳州城市。
② 斯温伯恩(Algernon Charles Swinburne,1837—1909),英国诗人、剧作家、小说家、文学评论家,《不列颠百科全书》第十一版的主要撰写人之一,主张无神论,艺术创作上有唯美主义倾向,对伊丽莎白和詹姆斯一世时期的戏剧研究的复兴作出过重要贡献,还发表过很多有关勃朗特姐妹的颇有影响的研究作品。斯温伯恩在1903年至1909年间曾数次获得诺贝尔文学奖的提名,却终未获奖。

美国两地之后，令一船旅客惊诧不已的是，这艘巨大的轮船竟慢慢掉过头来驶回了纽约，将艾默里送上了码头。你不得不承认，假如不是性命攸关的事情，这种做法未免也太慷慨大方了。

艾默里的阑尾炎手术之后，比阿特丽斯又出现了一次精神失常，这次发病颇有点儿像疑似震颤性谵妄的症状，于是艾默里就被留在了明尼阿波利斯①，并且注定要在随后的两年时间里跟他的姨妈和姨父生活在一起。在那边，西部文明浑然天成、粗犷豪放的气氛第一次深深吸引了他——可以说是一次已经深入到他内衣下面，和他的肉体赤裸裸地接触了。

献给艾默里的一个吻

看到下面这张纸条时，他噘了一下嘴唇。

  我打算举办一场雪橇晚会，时间为十二月十七日，星期四，下午五点，假如你能光临，我会非常高兴的。
  请尽快答复。

你的真诚的
迈拉·圣克莱尔

他在明尼阿波利斯已经生活两个月了，在这里，他感到最难应付的是，如何尽量掩饰好自己，"不让学校里的那帮家伙知道"他内心深处的自我优越感是多么的强烈，然而这种自以为是的优越感却是建立在变幻莫测的流沙之上的，很不牢靠。有一天，在一堂法语课上（他

---

① 明尼苏达州东南部密西西比河畔的工业港市。

被分在高级法语班),他炫耀了一下自己的法语水平,把里尔登先生弄得一头雾水,尴尬至极。艾默里打心眼儿里瞧不起这位法语老师,因为他说法语时带有浓重的口音,然而班上的同学却都非常开心。从此,这位里尔登先生——他十年前曾在巴黎待过几个星期——只要一打开书本上课,就会拿法语动词变位来报复。然而艾默里并不接受教训,有一天,在上历史课的时候,他又卖弄了一回,结果却惹下了大祸,因为班上的那些男生都跟他同龄,于是,在接下来的整整一个星期里,他们彼此之间说起话来就一直尖着嗓子阴阳怪气地含沙射影了:

"噢——我是这样看的,你们知不知道哇,美国革命,在很大程度上说,只是中产阶级所关心的事情。"或者——

"华盛顿出身于名门望族——噢,有非常高贵的血统呢——我是这样看的。"

艾默里采取了一些机动灵活的方法,比方说,故意犯一个很愚蠢的错误,借此为自己挽回一点面子。两年前他就开始读一部有关美国历史的史学著作了,虽然这本书只讲到殖民战争时期为止,但是他母亲却赞不绝口,说它非常引人入胜。

他的主要弱点表现在体育运动方面,但是一经发现体育运动才是检验一个人在学校里的实力和人缘的试金石之后,他便立即开始全力以赴、锲而不舍地发愤锻炼起来,目的是要争取在这年的校冬季运动会上脱颖而出,夺得优胜。即便在脚踝疼痛、腰怎么也挺不起来的情况下,他也依然勇敢顽强地坚持每天下午到洛利莱溜冰场去一圈一圈地锻炼,不过他心里却在纳闷,要多久才能学会不让冰球的球棍与他脚上的溜冰鞋莫名其妙地绊在一起。

迈拉·圣克莱尔小姐盛情邀请他参加雪橇晚会的那封信在他的外衣口袋里度过了整整一个上午,在那里与一块脏兮兮的花生薄脆糖发生了恋爱,彼此黏连得难分难舍。到了下午,他总算把那纸条和糖块儿拉扯开来，舒了一口气，打了个腹稿之后，他在科勒和丹尼尔合编的那本《初级拉丁语读本》的封底上写下了一个草稿：

亲爱的圣克莱尔小姐：

　　今天早上非常高兴地收到了你下星期四晚上要举办晚会的文笔非常优美的邀请信。我深表感谢，并非常乐意出席下星期四的晚会。

忠于你的
艾默里·布莱恩

于是，星期四这天，他心事重重地沿着那条已被人家用铁锹铲平、很容易打滑的人行道缓步向前走去。走着走着，迈拉家的那幢房屋便渐渐映入了眼帘，不过时间已经是五点过了半个钟头，他心里在遐想着，他母亲准会非常赞赏他这种晚到半个钟头的做法的。他在门口的台阶上停留了片刻，故意把两眼若无其事地微微闭上，而脑子里则在谋划着要以怎样精确的姿态迈进门去。他会迈步走过厅堂——但是步伐不能迈得过于匆忙——去见圣克莱尔太太，然后就用那种完全正确的语调说：

"亲爱的圣克莱尔太太，非常抱歉，我来晚了，可是我家那个女佣——"说到这儿，他要停顿一下，因为他觉得自己很可能会像在背课文一样说话——"可是，我和我姨父得去看望一个人——哦，对了，我是在舞蹈学校里认识您这位非常可爱的女儿的。"

然后，他会运用那种略带点儿外国人派头的动作微微弯一下腰，跟那些态度拘谨的小女人们一一握手，并且朝在一旁站着的那些人点头致意，他们一个个都会惊讶得不知所措，抱成一团浑身僵直地相互依靠着呆立在那儿的。

就在这时，一名男管家（明尼阿波利斯的三大男管家之一）推开了门。艾默里迈步踏进门里，脱下自己的帽子和外套。他感到颇有点儿意外的是，居然没有听到隔壁房间里有尖厉嘈杂、大呼小叫的说话声，他判断，这一定是很讲究礼节的缘故。他很赞同这样的规矩——就像他很赞同眼前这位男管家的举止一样。

"迈拉小姐。"他说。

令他大为惊讶的是，这位男管家竟然很恐怖地撇着嘴笑了笑。

"哦，是呀，"他朗声说，"她在家。"这位男管家并没有意识到，他没能说一口带伦敦口音的话已经损害了他的身份。艾默里冷冷地凝视着他。

"不过，"男管家又接着说，他的嗓门竟无端地高了起来，"只有她一个人待在家里还没走。前来参加晚会的人早都走光啦。"

艾默里顿时就被这毫无来由的恐怖之言吓得目瞪口呆。

"什么？"

"她一直在等艾默里·布莱恩。那个人就是你吧，对吗？她母亲说了，假如你能在五点半之前赶到此地，你们两个就乘派克车①去追他们。"

迈拉本人的出现更是让艾默里的绝望之情雪上加霜，只见她穿着一件厚绒呢轻便大衣，衣领一直裹到了耳朵边，脸上带着明显的愠色，只是说话的口气勉强还算客气。

"呀，艾默里。"

"哎，迈拉。"他还曾经形容过自己充满活力、生机勃勃的精神状态呢。

---

① 美国的一种豪华型名牌汽车，由底特律的派克汽车公司制造，第一批生产于1899年，最后一批生产于1958年，早年在国际市场上曾经与梅赛德斯-奔驰等名牌车并驾齐驱。

"哎——不管怎么说，你总算来啦。"

"哎——我向你解释一下吧。我估计你还不知道，送我来的那辆车子路上出车祸了，"他开始信口开河，胡编乱造了。

迈拉瞪大了眼睛。

"谁是肇事者？"

"哦，"他继续夸大其词编故事，"姨父姨妈还有我。"

"撞死什么人没有？"

艾默里停顿了一下，然后点了点头。

"是你姨父吗？"——脱口而出的是一声惊叫。

"啊，不是——就一匹马——好像是一匹灰色的马。"

听到这里，那个说话带有苏格兰高地盖尔人口音的男管家偷偷地笑了。

"大概是汽车的引擎被撞死了吧。"男管家提示了一下。艾默里真想毫不留情地让他尝尝上酷刑的滋味。

"我们该走了，"迈拉冷冷地说，"跟你说，艾默里，我们预订了好几辆五人坐的大雪橇呢，再说大家也都到齐了，所以我们就不能再等——"

"哦，我也是身不由己呀，对吗？"

"所以妈妈才说，我可以等到五点半。我们要赶在雪橇到达'明尼哈哈乡村俱乐部'之前追上他们才行，艾默里。"

艾默里心中仅剩的一点儿镇定也已消失殆尽了。他脑海里浮现出这样一幅画面：一群快乐的人儿乘着铃儿叮当响的雪橇正飞驰在铺满积雪的大街上，这辆大型豪华型轿车追了上去，他和迈拉极其招摇、从天而降般地出现在这些人的面前，六十来只眼睛一个个都充满责怪地盯着他俩，他向人们道歉——这回一定要真心实意地道歉啦。他声音很响地叹了一口气。

"怎么啦?"迈拉关心地问。

"没什么。我只是打了个哈欠。我们肯定能赶在他们到达那儿之前追上他们吗?"他在给自己心中仅存的一线微弱的希望打气,也许他们的汽车会悄悄驶进明尼哈哈乡村俱乐部,在那里跟那帮人相见,也许他们可以找一个他早已玩腻了的僻静的地方,舒舒服服地坐在暖融融的壁炉前,然后再设法重新找回他失去的矜持。

"啊,迈克有把握,我们会追上他们的,没问题——我们抓紧吧。"

他忽然觉得胃里似乎不大舒服。他们刚登上这辆豪华型的机械运载工具,他就急忙按照自己预先构想好的、颇有点儿像一个方格形计划表的方案,噼里啪啦地说着带有外交辞令色彩的话语来。那是他根据在舞蹈学校里慢慢搜集到的几句"恭维话"构思出来的,大意是说他"长得非常英俊,有几分像英国人"。

"迈拉,"他说,声音放得很低,而且字斟句酌,"我万分抱歉。你能原谅我吗?"

她很认真地打量着他,他那双专注的绿眼睛,他的嘴巴,对于她这样一个年龄才十三岁、爱慕时尚,但在舞会上只配在一旁坐着看的小女孩来说,那无疑就是浪漫的典范。是的,迈拉轻而易举地就可以原谅他。

"呃——嗯——当然可以。"

他又朝她看了看,然后垂下了双眼。他的眼睫毛很长。

"我感觉很难受,"他伤心地说,"我跟人家不一样。我也不知道我为什么会做出某些有失检点的事情来。我想,大概是因为我不拘小节的缘故吧。"接着,他又漫不经心地说了一句,"我烟抽得太多。我已经得了烟毒性心脏病[①]啦。"

[①] 烟毒性心脏病(tobacco heart),一种因吸烟过度而导致的心脏病。

迈拉脑海中立即浮现出那种通宵达旦、烟雾腾腾、纵酒宴乐的场面,她仿佛看见艾默里脸色惨白,身子在不住地摇晃,在灌满了双肺的尼古丁的作用下,人已变得昏昏沉沉。她轻轻地惊叫了一声。

"啊,艾默里,不要再吸烟了。这样会阻碍你的发育的!"

"我才不在乎呢,"他愁容满面地坚持说,"我非抽不可。我已经养成抽烟的习惯了。我干的许多事情要是让家里人知道了——"他故意迟疑了一下没有说下去,好让她有想象的时间去勾画那种阴森恐怖的情景——"上星期我去看滑稽歌舞杂剧①了。"

迈拉差点儿没昏过去。他那双绿眼睛又朝她看了看。

"全城我最喜欢的女孩子只有你一个,"他一阵激动,感情奔放地大声说,"你非常讨人喜欢。"

迈拉自己也没有把握她究竟是不是这样的人,不过这话听起来很时髦,尽管隐隐约约总觉得有些不妥。

车窗外,浓重的暮色已经开始降临,就在这时,那辆大型豪华型轿车突然来了个急转弯,把她甩得紧紧依偎在他身上;他们的手碰到了一起。

"你真不该吸烟啊,艾默里,"她悄声说,"这一点你难道不明白?"

他摇了摇头。

"谁在乎呢。"

迈拉一时有点儿犹豫。

"我在乎。"

艾默里心里咯噔了一下。

"啊,没错,你在乎!你早就迷恋上蛤蟆帕克了。照我看,这是人人都知道的事情。"

---

① 滑稽歌舞杂剧(burlesque show),一种粗俗的歌舞表演,包含滑稽短剧、脱衣舞等节目。

"没有，我没有。"她期期艾艾地说得非常缓慢。

一阵沉默，而艾默里的心里却是一阵狂喜。迈拉舒舒服服地依偎在他身边，与外面阴暗的天色、刺骨的寒气相隔绝，样子真是楚楚动人。迈拉全身都包裹得严严实实，像一个小小的衣服卷儿，她的溜冰帽下面露出了几缕弯弯曲曲的黄头发。

"因为我也有一个让我很迷恋的人——"他话还没有说完就停顿下来，因为他忽然听见远处传来了一阵少年特有的哄笑声。他赶忙透过结了霜的车窗玻璃朝华灯照耀的大街上望去，果然一眼就看到了在飞驰的雪橇上坐着的影影绰绰的那群人。他必须迅速行动起来了。他猛地一用力，坐起身来，伸过手去，一把抓住迈拉的手——确切地说，是抓住了她的一只大拇指。

"你叫他不要停下来，直接开到明尼哈哈去，"他悄声说，"我有话要跟你说——我一定要跟你好好谈一谈。"

迈拉看出了前方的那群人，紧跟着就看见了她的母亲，然后——哎呀，也得顾及一下礼节吧——她瞥了一眼她身边的那双眼睛。

"理查德，沿着这条小街开下去，直接开到明尼哈哈俱乐部去！"她对着话筒大声喊道。艾默里沉下身子倒在座位的靠垫上，宽慰地舒了一口气。

"我可以亲她一下吧，"他心里在想，"我敢打赌，我可以亲的。我敢打赌，我可以亲她一下的！"

头顶上方的天空一半清澈透明，一半雾霭蒙蒙，周围的夜色寒气逼人，也充满了让人战栗的紧张气氛。从乡村俱乐部门前的台阶旁边，纵横交错的道路向外伸展开去，就像白色床单上的深颜色的皱褶；林立在道路两旁的巨大雪堆宛如一排排高大的防波大堤。他们在台阶上逗留了片刻，眺望着洁白的假日月亮。

"银白色的月亮，就像今晚的这轮明月一样——"艾默里做了一个让人感到很茫然的手势——"总是给人平添一层神秘感。你的模样活像一个摘下了帽子，露出了一头乱蓬蓬的头发的迷人的小巫婆——"她伸出双手捋了捋自己的头发——"啊，别动它，这样很好看。"

他们飘然登上扶梯，迈拉在前面引路，进入了一间他在梦中已经见过无数次的小小密室，室内的炉火正暖融融地燃烧着，炉火前有一张宽大舒适的软沙发。几年以后，这里将会成为艾默里的一个大舞台，成为许多人精神危机的摇篮。现在，他们在这里暂时谈论的还是有关这次雪橇晚会的事情。

"世上总是有这么一帮子羞羞答答的人，"他大发议论地说，"她们坐在雪橇的尾部，躲在那儿一边说着悄悄话，一边还彼此你推我搡的。还有，人总是会遇到一个愚蠢得要命、长着一双斗鸡眼的女孩子——"他做了一个能吓死人的模仿斗鸡眼女孩子的动作——"她似乎总爱对陪她外出参加舞会的男孩子喋喋不休个没完。"

"你真是一个很滑稽的人。"迈拉有些困惑不解地说。

"你这么说是什么意思？"艾默里立即警惕起来，他终于脚踏实地回到了自己原有的状态。

"哦——老是谈这些无聊得要命的事情。你明天为什么不来陪我和玛丽莲一块儿去溜冰呢？"

"光天化日的，我不喜欢跟女孩子待在一起，"他随即接口说，但话一出口，又觉得这话说得有点儿唐突，便又加了一句，"不过，我喜欢你。"他清了清喉咙，"我喜欢你，排在第一位、第二位、第三位的都是你。"

迈拉顿时两眼蒙眬，如做梦般飘飘然起来。这句话要是说给玛丽莲听，那该多生动啊！此时此刻，在这张沙发上，跟这么帅气的男孩子坐在一起——面前是暖融融的炉火——整幢大楼里只有他们两个人单独相守在一起，那是一种什么样的感觉啊——

19

迈拉立即缴械投降了。这种氛围再合适不过啦。

"我喜欢你,排在前二十五位的都是你,"她坦白了,声音在颤抖,"蛤蟆帕克排在你后面,是第二十六位。"

蛤蟆帕克的地位在不到一个小时的时间里就下跌了二十五位。然而,那家伙现在甚至都还不知道这一点呢。

可是,他艾默里此时此刻人就在当场啊,他飞快地探过身去,在迈拉的脸颊上亲吻了一下。他以前从来没有亲吻过哪个女孩子,因此,他很好奇地舔了舔嘴唇,就像津津有味地吃到了一种以前从未尝过的水果一样。之后,他们的嘴唇,犹如野外迎风怒放的嫩花瓣儿一样,在不停地相互碰擦着。

"我们太过分了。"迈拉满心欢喜地柔声说。她把一只手轻轻伸进他的手里,把脑袋软绵绵地靠在他的肩膀上。一阵反感突然涌上艾默里的心头,真恶心,他对整个这一幕都感到十分厌恶。他恨不得立即夺路而逃,再也不要见到迈拉,再也不要亲吻任何人。他能感觉到他的脸和她的脸贴到了一起,他能感觉到他们的手紧紧握在了一起,因此,他恨不得能从自己的躯体里钻出去,躲到某个安全的见不到人的地方,躲在他内心深处的某个角落里。

"再亲我一下嘛。"她的声音宛如从一个巨大的空穴中飘来。

"我不想亲了。"他听见自己的声音在说。随后又出现了一个停顿。

"我不想亲了!"他情绪激昂地又说了一遍。

迈拉猛地跳起来,被严重挫伤的虚荣心弄得她两颊绯红,后脑勺上的那只硕大的蝴蝶结令人万分怜悯地颤抖着。

"我恨你!"她大叫起来,"从今往后,你休想再厚着脸皮来跟我说话!"

"你说什么?"艾默里结结巴巴地说。

"我要告诉我妈妈,你亲过我的嘴!我会这么说的!我会这么说的！我要告诉妈妈，她不会再让我跟你玩的！"

艾默里站起身来，无助地瞪大眼睛望着她，仿佛她是地球上迄今为止从来还没有人听说过的一种新出现的野生动物一样。

就在这时，房门突然开了，迈拉的母亲出现在门槛边，手里抚弄着她的长柄眼镜。

"唔，"她开口说，一边慈祥地调节着眼镜，"接待处的那个男人告诉我说，你们两个孩子上楼来了——你好呀，艾默里。"

艾默里密切注视着迈拉，等待她劈头盖脸地大骂一通——然而什么事情也没有发生。气得高高噘起的嘴唇已经平复，满脸的绯红也已经消退，而且迈拉在回答她母亲的问话时，声音也平静得如同夏日的湖面。

"哦，我们很迟才动身的，所以我想我们不如就——"

当他默默地跟在这母女两人的身后走下楼梯时，他听见楼下传来了一阵尖厉的哄笑声，还闻到了巧克力热饮和茶点的淡淡的香味。留声机播放出的乐曲声和许多姑娘嘻嘻哈哈的说话声交织在一起，嗡嗡作响，不绝于耳，他忽然感到脸上在微微地发热，随后，这股热流便涌遍了全身：

　　凯西·琼斯——他攀上了火车头
　　凯西·琼斯——他调度命令手中握
　　凯西·琼斯——他攀上了火车头
　　他挥手告别奔向希望之乡的英姿永不落。①

---

① 凯西·琼斯（John Luther "Casey" Jones，1863—1900），美国铁路工程师和火车司机，1900年4月30日，他驾驶的旅客列车在密西西比州与一满载货物的列车相撞，他独自一人奋勇阻止了仍在运行中的列车，挽救了所有乘客的生命，事故中只有他一人身亡。他的献身精神使他成为美国铁路史上的一名不朽的英雄。后来人们创作了很多颂扬他的英勇事迹的歌曲。此处是其中的一首合唱歌曲。

自我中心主义者少年时代的生活快照

艾默里在明尼阿波利斯已经度过了将近两年的时光。第一年冬天，他脚上穿的是一双莫卡辛①软帮鹿皮鞋，这双鞋新穿上脚的时候是黄色的，但是在擦了无数次鞋油，沾了无数次灰尘之后，便渐渐显现出一种成熟的颜色，一种脏兮兮、黄中带绿的棕褐色；他身上穿的是一件灰色的麦基诺②彩格厚呢双排纽束腰短大衣，头上戴的是一顶红色的绒线编织的滑雪帽。他养的那条狗，名叫戴尔蒙特伯爵，一看见这顶红色的绒线帽就要衔走，于是他姨父又给了他一顶灰色的、可以拉下来捂住整张脸的滑雪帽。这顶帽子有一个缺点，脸捂在里面呼吸时，呼出来的气会很快结冰。有一天，这该死的帽子竟跟他的脸颊冻在一起了。他用雪在脸上使劲儿搓，但冻伤的地方照样还是一片乌青。

有一回，戴尔蒙特伯爵竟吃下了整整一盒蓝色漂白剂，没想到，吃了这种东西居然对它也无大碍。然而后来它发疯了，在大街上到处乱跑，朝篱笆墙上撞，在路边的排水沟里打滚，一离开艾默里就做出各种古怪的举动。艾默里倒在床上大哭。

"可怜的小伯爵啊，"他哭叫着，"啊，我可怜的小伯爵！"

过了几个月之后，他怀疑伯爵是一个很会演戏的家伙。

艾默里和蛤蟆帕克都认为，文学上最著名的台词出现在《亚

---

① 北美印第安人穿的一种鹿皮无后跟软帮鞋。
② 一种北美地区流行的方格拉毛厚呢面料。

森·罗平》①的第三幕。

他们总是坐在星期三和星期六的午场演出的第一排。这句台词是：

"假如你不能成为一名伟大的艺术家或是一名杰出的军人，那你就退而求其次，去当一名恶名昭彰的罪犯吧。"

艾默里又恋爱了，还写下了一首小诗。诗是这样写的：

玛丽莲和萨莱，

两个姑娘都让我着迷。

玛丽莲要比萨莱更心仪

让我爱得深挚又甜蜜。

他的兴趣爱好非常广泛：明尼苏达的麦戈文是否会名列全美最佳橄榄球运动员的榜首或者得第二名，扑克牌魔术是怎么变的，硬币魔术是怎么玩的，变色领带又是怎么一回事儿，婴儿究竟是怎么生出来的，"三指布朗"②当棒球投球手是否真的比克里斯蒂·马修森③还要厉害。

他涉猎的书籍也很庞杂，例如《为校争光》《小妇人》（两遍）、《普通法》《萨福》《危险的丹·麦克格鲁》《宽阔的公路》（三遍）、《阿什尔庄园的倒塌》《三周》《小长官的好友玛丽·韦尔》《营房

---

① 《亚森·罗平》（Arsene Lupin）是法国作家莫里斯·勒布朗（Maurice Marie Leblanc，1864—1941）所创作的系列侦探小说，后被改编成不同版本的剧本在欧美各地上演。勒布朗的侦探小说以侠盗亚森·罗平为主人公，在20世纪初叶风行一时，与英国作家亚瑟·柯南道尔所创作的系列侦探小说《福尔摩斯》齐名。但此处所指似应为本书作者与他人合作改编的一个四幕剧，1908年10月28日在巴黎首次公演。
② "三指布朗"是美国职棒大联盟曾名噪一时的投球手莫迪凯·布朗（Mordecai Peter Brown，1876—1948）的绰号。他的右手早年在农场被机器所伤，失去二指，但他发愤图强克服残疾，终于练就一手无人能敌的曲线球，成为一名优秀的棒球投球手。
③ 克里斯蒂·马修森（Christopher "Christie" Mathewson，1880—1925），美国职棒大联盟著名投球手，绰号"老六（Big Six）"，曾入选"棒球名人堂"（American Baseball Hall of Fame）前五位。

谣》①、《警察杂志》、《*Jim-Jam Jems*》② 杂志等等。

在历史方面，他全盘接受了亨迪③ 对历史事实有失偏颇的见解，而且尤其爱读玛丽·罗伯茨·莱因哈特④ 令人回肠荡气的探案小说。

上学倒反而使他的法语荒废了，而且还使他对一些公认的权威作家的作品颇为反感。他的老师们一致认为，他这个人很懒散，不可靠，爱耍徒有其表的小聪明。

他收集了不少女孩子的头发。他手上戴着好几个人的戒指。终于

---

① 《为校争光》(*For the Honor of the School*, 1900)，美国小说家拉尔夫·亨利·巴勃（Ralph Henry Barbour, 1870—1944）所著的一部以中学生校园生活和校际间体育活动为题材的长篇小说；《小妇人》(*Little Women*, 1868—1869)，美国女作家露伊莎·梅·奥尔科特（Louisa May Alcott, 1832—1888）所著的两卷本长篇小说；《普通法》(*The Common Law*, 1881)，美国法学家、大法官小奥利弗·温德尔·霍尔姆斯（Oliver Wendell Holmes, Jr., 1841—1935）所著的一部论述精辟的法学著作；《萨福》(*Sappho*, 1884)，法国小说家阿尔丰斯·都德（1840—1897）的一部长篇小说；《危险的丹·麦克格鲁》(*Dangerous Dan McGrew*, 1907)，加拿大作家罗伯特·塞尔维斯（Robert W.Service, 1874—1958）的一部抒情诗集；《宽阔的公路》(*The Broad Highway*, 1911)，英国历史小说家杰弗里·法诺尔（Jeffery Farnol, 1878—1952）所著的一部较有影响的长篇小说；《阿什尔庄园的倒塌》(*The Fall of the House of Usher*, 1839) 美国作家埃德加·爱伦·坡（Edgar Allan Poe, 1809—1849）的著名短篇小说；《三周》(*Three Weeks*, 1907)，英国女作家艾丽诺·葛林（Elinor Glyn, 1864—1943）所著的以女性生活为题材的长篇小说；《小长官的好友玛丽·韦尔》(*Mary Ware, the Little Colonel's Chum*, 1908)，美国著名儿童文学作家安妮·菲洛斯·约翰斯顿（Annie Fellows Johnston, 1863—1931）的系列长篇小说之一；《营房谣》(*Gunga Dhin*, 1890)，英国诗人、作家、诺贝尔文学奖得主约瑟夫·鲁德亚德·吉卜林（Joseph Rudyard Kipling, 1865—1936）所著的叙事长诗。
② 这是20世纪初叶出版于美国北达科他州的一本杂志，月刊，每期60页，内容涉及政治、经济、文化生活等方面，文笔犀利辛辣，配有幽默风趣的插画，每期以虚构的作者"小杰姆·詹姆"语气撰写。
③ 亨迪（George Alfred Henty, 1832—1902），多产的英国小说家、记者，尤其擅长写以历史事件为题材的冒险小说，一生著有120多部历史小说，在19世纪末期颇有影响。但他有时持右翼观点，不少批评家认为他有随意捏造、歪曲史实之嫌。
④ 玛丽·罗伯茨·莱因哈特（Mary Roberts Rinehart, 1876—1958)，美国作家，著有多部脍炙人口的探案小说，素有"美国的阿加莎·克里斯蒂"之称。

有一天，他再也借不到戒指了，因为他有一个不良习惯，情绪一紧张就会咬戒指，一个个都咬得变了形。这个坏习惯似乎通常会引起下一个戒指主人的提防和猜忌。

在整个夏季的那几个月里，艾默里和蛤蟆帕克每个星期都要到那家专业剧团去看演出。看完演出之后，他们就一起徜徉在八月之夜芬芳怡人的空气中，慢慢走回家去，沿着亨内平和尼克列林荫大道，穿行在快快乐乐的人群中，两人一边走，一边漫无边际地遐想着。艾默里心里老是纳闷，人们怎么就注意不到他这个将来注定要出人头地的少年呢，每当人群中有人侧过脸来朝他看、朝他投来说不清是什么意味的目光时，他脸上就会流露出无比浪漫的表情来，仿佛双脚是走在气垫上而不是柏油马路上一样。这个十四岁的少年啊。

每次都这样，只要在床上躺下来之后，他就感到有无数的声音在说话——模模糊糊，越来越轻，越来越让人想入非非——那些声音仿佛就在他的窗外，在快要入睡的前一刻，他总是会做一个醒着的时候最喜欢做的梦，有时会梦见自己将要成为一名非常出色的橄榄球前卫，有时梦见日本人入侵，自己将要被任命为世界上最年轻的将军去接受嘉奖。他梦见的始终是处于转变过程中的自己，却从来没有梦见过自己已经完成了转变，这一点也是非常符合艾默里的性格的。

自我中心主义者少年时代的行为准则

在即将被召回日内瓦湖畔的前夕，他表面上看去似乎很腼腆，内心深处却兴奋不已，第一次穿起了西装长裤，系上一根紫色的折叠式领带，配上一条两侧的边角都熨烫得无可挑剔的"培尔蒙"衣领，紫色的短袜，镶着紫边的手绢在他胸前的口袋里微微探出一角。然而他的变化并非只停留在这个外表上，他已经建立起了自己的第一个人生哲学，一个要在生活中遵循的行为准则，这个准则，说得尽可能贴切一点儿吧，其实就是一种自视高贵、以"我"为中心的利己主义。

他已经认识到，他的最大利益注定会跟某一个有差异的、正处于不断变化中的人的利益紧紧捆绑在一起，这个人有一个称呼，也正因为有了这个称呼，他过去的一切经历说不定会始终跟他紧密联系在一起，这个称呼就是艾默里·布莱恩。艾默里已然将自己标榜成了一个少年得志的幸运儿，具有无限拓展的能力，无论是好还是坏。他并没有把自己当成一个"意志坚强的人"，他靠的是自己颇有灵气的脑袋（学习新事物挺快，差不多一学就会），靠的是自己优越的心态（已经阅读过大量内容深奥的书籍）。他感到颇为得意的是，他绝不会成为一个机械方面的或者自然科学领域里的天才。至于攀登其他领域里的任何高峰，他都将所向无敌。

身体方面——艾默里觉得自己长得非常英俊，无人能比。他确实非常英俊。他自负地认为自己是一个很有发展前途的运动员，也是舞场上的一名肢体柔韧、动作轻盈的舞者。

社交方面——在这方面，他具有的条件会使他非常不安全，或许是吧。他承认自己有个性，有魅力，有吸引力，有泰然自若的姿态，有居高临下驾驭所有同龄男性的本领，有令所有女人心荡神驰的天赋。

心态方面——有绝对的、不容置疑的优越感。

说到这里，有一点倒是必须要交代清楚的。不管怎么说，艾默里还是有一颗清教徒般的良心的。这样说并不意味着他会完全听从于这颗良心的支配——在他后来的人生中，他几乎把它彻底绞杀了——而是说他在刚满十五岁的时候，这颗良心会让他感到自己确实比别的男孩子要坏很多……不讲道德，肆无忌惮……几乎在任何方面都有一种想左右别人的欲望,甚至是恶意……有某种冷酷,还缺乏感情,有时甚至会发展到残忍的地步……有一种变幻不定的荣誉感……一种邪恶的自私心理……凡是与性爱有关的事情他都感兴趣,煞费苦心,鬼鬼祟祟。

此外,他身上还存在一种让人感到奇怪,却贯穿于他的整个性格特征中的弱点……倘若某个年龄比他稍大一点的男孩子(一般来说,年龄比他大一点的男孩子都讨厌他)嘴里迸出了一句刻薄的话,他那泰然自若的心态很可能就会荡然无存,变得乖戾、敏感,或者露出胆怯的蠢态……他是一个完全被他自己的情绪所支配的人,他感到自己尽管有时候也能表现得很鲁莽,甚至胆大妄为,但是他既没有勇气,也没有毅力,也没有自尊。

虚荣心,混杂着自我怀疑,姑且不说有无自知之明,他的潜意识里有一种把别人都当作机械装置而甘愿服从于他的个人意志的特点,有一种想"超过"尽可能多的男生,登上朦胧的世界之巅的欲望……在这样一种大背景下,艾默里飘飘忽忽地进入了他的青春期。

重大历险之前的心理准备

列车带着仲夏的倦怠缓缓停靠在日内瓦湖畔,随即,艾默里就一眼看见了他的母亲,她正坐在她自己开的那辆电动汽车里等着他呢,车子就停在火车站前的那条环形砾石路上。那是一辆古色古香的电动汽车,是早期车型的一种,外表已经漆成了灰色。一看见母亲坐在那儿的模样,苗条而又挺拔的身姿,她的脸庞,美丽与尊严兼而有之的脸庞,和她那如凝霜般渐渐融化开来,绽放为梦幻般的凝神静思的微笑,他心中顿时便会涌满以她为荣的自豪感。他们冷静地见面,亲吻之后,他坐进了那辆电动汽车。但是他一坐上车心里就立即担忧起来,唯恐他已经失去了往日的那种必不可少的魅力,达不到她所期望的标准而让她感到失望。

"我亲爱的孩子——你都长这么高啦……你看一下车子后面,瞧瞧有没有别的车子呀什么的上来……"

她朝左右两边看了又看,然后才小心翼翼地将车速慢慢降到了每小时两英里,一边开,一边还不断叮嘱艾默里要当好警戒;行至一个交通繁忙的十字路口时,她硬要他下车跑到前面去,让他像一名交通警察一样指挥着她往前开。比阿特丽斯真可谓一名谨慎驾驶的司机呀。

"你真的长高啦——不过你依然还很英俊——你已经悄然度过了青春期这个尴尬的年龄啦,是十六岁了吧,也许是十四岁或者十五岁吧,我从来记不住,不过你已经悄然度过青春期这个尴尬的年龄啦。"

"别出我的丑啦。"艾默里嘟哝了一声。

"可是,我亲爱的孩子,瞧你这身怪模怪样的衣服!你穿的这身衣服看上去就像是配套的——不是吗?你的内衣也是紫色的吗?"

艾默里很不礼貌地哼了一声。

"你必须到布鲁克斯兄弟服装公司① 专卖店去买几套真正上等的衣服。哦,今天晚上我们要好好说说话儿,要不就每天晚上吧。我要跟你好好谈谈你的心——你这颗心大概早就被你忽略了吧——你自己恐怕还不知道呢。"

艾默里心想,对于刚刚成长起来的他这一代人来说,衣服只要能蔽体就行了,这一代人对服饰的要求是多么草率啊。除了微微有一点儿害羞之外,他感到他和他母亲之间原有的那种爱冷言冷语地说挖苦话的关系丝毫也没有破除。在回家后的最初几天里,他时常在几个花园里、在湖岸边漫无目的地溜达,然而他心中只有一种极度孤独的感

---

① 布鲁克斯兄弟服装公司(Brooks Brothers),美国历史最悠久,也最负盛名的服装公司,由亨利·布鲁克斯(Henry Sands Brooks)创办于1818年,总部设在纽约曼哈顿麦迪逊大街,其男士服装素有"总统御衣"之称,是历代社会名流首选的服装公司。

觉,只是在车库里同其中的一名司机一起抽公牛牌香烟时,他才有那么一点儿昏昏然的满足感。

占地面积达六十英亩的庄园里,星罗棋布地点缀着旧有的和新建的避暑别墅,还有许许多多喷水池,以及那些掩藏在树叶低垂的僻静之处,时不时会蓦然闯入人眼帘的白色长凳;还有那一大家子,而且数量仍在不断增加的白猫,它们白天悄无声息地潜行在众多的花坛花圃里四处觅食,一到夜里就在黑魆魆的树丛里窜来窜去寻找求欢的对象。就在这里的一条树影幢幢的幽暗小径上,在布莱恩先生像往常一样一到晚上就躲进他那别人进不去的书房之后,比阿特丽斯终于逮住了艾默里。在责怪了他几句为什么老是躲着她的话之后,她留住了他,在月光下与他进行了一次长时间的促膝谈心。但是他怎么也没法使自己静下心来面对她的美貌,而这美貌正是他自己的俊秀容貌的由来,他也没法静下心来面对这近乎完美的脖颈和双肩,一个才三十来岁的幸运女人的绰约风姿。

"艾默里,亲爱的,"她柔弱地轻声轻气地说,"离开你之后,这段日子真是莫名其妙,不可思议啊。"

"真的吗,比阿特丽斯?"

"我上一次犯病的时候——"她说这件事就像在说一个刚毅豪侠、堂而皇之的英雄事迹一样。

"那些医生们对我说——"她换了一副敞开心扉、非常信任的口吻,声音甜美地娓娓道来——"假如这世上任何一个男人像我这样长期不间断地酗酒,那他的身体一定早就垮掉啦,我亲爱的孩子,早就一命呜呼,进了坟墓——早就进了坟墓啦。"

艾默里禁不住浑身打了个哆嗦,心想,不知蛤蟆帕克听了这话会做何感想。

"可不是吗,"比阿特丽斯悲怆地继续说,"我老是做梦——梦中看到的全是些令人惊叹的情景。"她抬起双手紧紧捂住自己的眼睛。"我看见紫铜色的河水拍打着大理石砌的河岸,看见巨鸟在空中展翅翱翔,全是些色彩斑斓的鸟,长着彩虹般灿烂的羽毛。我听见奇怪的音乐,听见蛮荒时代的号角哇里哇啦的吹得震天响——怎么啦?"

艾默里暗自好笑。

"怎么啦,艾默里?"

"我是说,你再接着往下讲吧,比阿特丽斯。"

"讲完啦——只不过这些梦老是在反反复复地重现——梦中的那些花园里百花争妍,五彩缤纷,相比之下,眼前的色彩就显得非常单调啦,梦中的那些月亮在旋转,在向天边倾斜,比冬天的月亮要暗淡一些,比秋天的月亮更显得金灿灿的——"

"你现在的心情还好吧,比阿特丽斯?"

"挺好——以后肯定也会和现在一样好。没人理解我呀,艾默里。我知道我不该向你这样表白,艾默里,可是——没人理解我的心啊。"

艾默里深受感动。他伸出一只胳膊搂住他的母亲,把脑袋靠在她肩膀上轻轻磨蹭着。

"可怜的比阿特丽斯——可怜的比阿特丽斯啊。"

"跟我谈谈你自己的事儿吧,艾默里。你这两年日子过得糟糕透了吧?"

艾默里本来是想撒个谎的,可是他转念一想,还是打消了这个念头。

"没有啊,比阿特丽斯。我这两年过得很快活。我主动去适应中产阶级的生活。我已经变得墨守成规啦。"他连自己都感到很惊讶怎么会说出这样的话来,他想象着,假如蛤蟆帕克在场,他准会听得目瞪口呆。

"比阿特丽斯,"他突然冒出一句话来,"我想到外地去读书。在明尼阿波利斯，人人都在谋划着要去外地读书呢。"

比阿特丽斯显得有些惊慌。

"可是，你才十五岁呀。"

"是的，可是人家都是在十五岁的时候外出去念书呀，我也想去嘛，比阿特丽斯。"

由于比阿特丽斯示意他不要再往下说了，在接下来的散步中，这个话题就再也没有被提起。没想到，过了一个星期之后，她却让他喜出望外，因为她说：

"艾默里啊，我已经拿定主意了，就让你照你自己的意思办吧。如果你还有这个想法的话，你可以去外地念书啦。"

"真的吗？"

"就到康涅狄格州的圣里吉斯预科学校吧。"

艾默里一下子兴奋起来。

"这件事已经快要安排妥当了，"比阿特丽斯接着说，"你还是去外地念书为好。我本来是希望你最好能去伊顿公学念书的，毕业后就直接进牛津大学的基督堂学院深造，可是现在看来，这个想法好像行不通啦——眼下我们还是把念大学的问题暂且先放一放吧，以后自然会水到渠成。"

"你自己有什么打算呢，比阿特丽斯？"

"天知道。我的命运似乎已经无可改变啦，我就待在这个国家里吧，在无穷无尽的烦恼中耗尽我的宝贵年华吧。做一个美国人我连一秒钟也没有后悔过——说真的，我认为爱说后悔的话是非常庸俗的人的典型特征，我坚定地认为，我们是一个伟大的前途无量的民族——然而——"她叹了一口气，"我觉得我的生命本来是应当紧紧依傍着一个更加古老、更加成熟的文明悠然自得地消磨的，在一个到处都生机盎然、秋日里硕果累累的国度里度过的。"

艾默里没有回答，于是他母亲又继续说：

"我感到遗憾的是，你至今还没有去过国外，不过我依然觉得，既然你是一个男子汉，你就应该在这儿，在鹰的嚎叫声中成长——鹰的嚎叫，我的这个比喻贴切吗？"

艾默里承认这个比喻很贴切。反正她是不会赞成日本人入侵的。

"那我什么时候出去念书呢？"

"下个月吧。你得早一点儿动身才行，要先到东部去参加考试。考完试之后，你会有一个星期的休息时间，所以，我要你沿着哈得孙河溯流而上，去拜访一个人。"

"拜访谁？"

"拜访达西大人呀，艾默里。他很想见见你。他上过英国的哈罗公学①，后来进了耶鲁大学——毕业后成了一名天主教徒。是我请他找你谈一谈的——我觉得他对你会有很大帮助的——"她轻轻抚摩着他的赤褐色的头发。"亲爱的艾默里，亲爱的艾默里——"

"亲爱的比阿特丽斯——"

于是，九月初，艾默里带着家人为他准备好的行装，六套夏天穿的内衣，六套冬天穿的内衣，一件运动套衫或者叫T恤衫，一件针织套衫，一件大衣，冬天的衣物等等物品，动身前往新英格兰②这个名校云集的地方。

那里果真是一个名校林立之地，马萨诸塞州的安多弗高级中学和新罕布什尔州的埃克斯特学校会勾起人们对已经逝去的从新英格兰地

---

① 哈罗公学（Harrow School），英国的一所历史悠久的私立寄宿制学校，创办于1243年，位于伦敦西北部的哈罗城，与伊顿公学齐名。丘吉尔、鲍德温等八位英国前首相，以及欧洲各国的诸多政要、名流均毕业于此校。
② 美国东北部沿海地区，由六个州组成，因该地区文化习俗、道德风尚、建筑风格等均保持着传统的英国格调而得此名。

区成长起来的社会各界名流的回忆——这两所学校的校园都很大，还有像大学一样的民主管理制度；马萨诸塞州的圣马可学校、格罗顿学校，康涅狄格州的圣里吉斯预科学校——都从波士顿和纽约各地招收其祖先为荷兰移民的人家的子弟；新罕布什尔州的圣保罗中学的几个溜冰场都很壮观；康涅狄格州的庞弗雷特学校和罗德岛州的圣乔治学校的校园都非常富丽堂皇，建筑物的外观都十分华美；康涅狄格州的塔夫脱学校和霍奇基斯学校利用美国中西部的财富培养学生，为他们将来在耶鲁大学求学时取得社交场上的成功铺平道路；还有纽约州的保林学校，康涅狄格州的威斯敏斯特学校、乔特学校、肯特学校等等，名牌高级中学和各类教会学校多达上百所。年复一年，所有这些学校都励精图治，拳打脚踢地培养出了一批又一批体格健壮、思想传统、令人敬佩的才隽学人；它们对学生的精神激励就是大学的入学考试；它们没有明说的意图在上百个文告里都已阐明，例如"授业传道，强调智育、德育、体育的全面发展，培养具有基督教献身精神的绅士，使每一个孩子健康成长，具备应对他那个时代和他那一代人的问题的能力，为他们在文理各科打下坚实的基础"。

艾默里在圣里吉斯预科学校里待了三天，以睥睨一切的自信心参加了各科的考试，然后顺原路折返，去纽约拜访他学业上的监护人了。除了清晨时分从哈得孙河的一艘蒸汽船上看见了那些白色的高楼大厦，体会到了一种洁净感之外，这座城几乎还没有来得及过一眼的大都会并没有给他留下什么印象。的确，他满脑子里充斥着的都是怎样在学校里获得体育运动方面的超强实力的梦想，因此，他把这次登门造访也只看作是他重大历险前一个相当讨厌的序曲而已。然而，去了之后他才知道，这次拜访并非如此。

达西大人的宅第是一座非常古朴、墙头爬满了藤蔓的建筑物，坐落在一座俯瞰哈得孙河的小山冈上。这座宅第的主人除了外出到他的罗马天主教世界去四处云游，其余时间都住在这里，颇像一名被流放的斯图亚特王朝的国王，在等待着被召回，去统治他的国家。达西大人这年四十四岁，总是来去匆匆，奔忙于各种事务——他的身材稍嫌矮胖了一点儿，因而显得不够匀称，浓密的头发很像金丝线的颜色，是一个头脑极其聪颖、个性深藏不露的人。当他穿着紫色的盛装从头到脚一身齐整的打扮走进某一个房间时，那模样看上去很像特纳①的一幅夕照风景画，让人既顿生仰慕，又肃然起敬。他写过两部长篇小说：其中一部是反天主教的，言辞非常激烈，那是他在即将皈依天主教的前夕写下的。五年之后，他又写了另一部，在这部小说中，他试图将他针对天主教的所有巧妙的嘲弄，转化为更加巧妙的针对美国新教圣公会含沙射影的攻击。他是一个态度强硬的崇礼派，常有极具煽动性的惊人之举，因热爱上帝的思想十分坚定而立誓终身不娶，并且非常喜欢他的邻居。

孩子们崇拜他，因为他模样长得就像一个孩子；年轻人特喜欢与他为伴，因为他依旧还是一名青年，即便有出格的言行举止，也不会让人感到震惊。倘若生逢其地，生逢其时，他没准就是一个黎塞留②——目前他是一个品行非常端正、信仰非常坚定（即使并不特别虔诚）的神职人员，非常擅长神秘地玩弄那套幕后操纵的陈腐手段，也尽情地体味生活的乐趣，即使并不完全喜欢这样。

他和艾默里一见面，相互之间顿时就生出了一种亲近之感——这边是一位快活如天神朱庇特，让人肃然起敬的高级教士，他可以在大

---

① 特纳（Joseph Mallord William Turner，1775—1851），英国画家，擅长画风景画，尤以画暴风雨中的海景闻名，重视以原色描绘光的力量，常以旋风来表现，代表作有《雨·蒸汽·速度》(*Rain, Steam, Speed*，1844)、《特迈拉尔战舰》(*Temeraire*，1838) 等。
② 黎塞留（Armand Jean du Plessis Richelieu，1585—1642），法国枢机主教、政治家，1624 年至 1642 年担任法国国王路易十三的首相时，曾让法国政府唯命是从，1635 年创建法兰西学院。

使馆的舞会上翩翩起舞，令满场宾客眼花缭乱，艳羡不已；那边是一名绿眼放光、神情专注的少年，一名有生以来第一次穿起西装长裤的少年。在半小时都不到的交谈中，他们各自在心里已经完全接受了他们之间这种父与子的关系。

"我亲爱的孩子，为了见你这一面，我已经等了好多年啦。搬一张大椅子过来，我们要好好聊一聊。"

"我刚从学校过来——圣里吉斯预科学校，你知道的。"

"你母亲说了——她是一个很了不起的女人啊；来抽支香烟吧——我可以肯定，你是抽烟的。唔，如果你像我，你就该讨厌所有的理科和数学——"

艾默里激动地使劲点头。

"这些科目我统统都不喜欢。我喜欢英文和历史。"

"当然是这样的。你在一段时间里还会产生厌学情绪呢，不过，我很高兴你马上要去就读的是圣里吉斯预科学校。"

"为什么？"

"因为这是一所培养绅士的学校，再说，民主也不会这么早就在你心中萌生。等将来进了大学之后，你会发现民主是随处可见的。"

"我想进普林斯顿大学，"艾默里说，"我也说不清自己为什么偏偏就想进普林斯顿大学，我只是觉得，哈佛大学的所有男生都有点儿娘娘腔，就像我过去那样，耶鲁大学的所有男生都穿着宽大的蓝色运动衫，抽烟斗。"

达西大人开心地嘿嘿笑着。

"我就是其中的一名呢，你是知道的。"

"哦，你可不一样——我认为普林斯顿大学的学生们个个都有些慵懒，个个都相貌俊秀，有贵族气质——你知道的，好比一个春光明媚的日子。哈佛大学则似乎有一点儿闭门谢客、故步自封的味道——"

35

"而耶鲁大学则有点儿像十一月的天气,清冷,充满活力。"达西大人总结说。

"完全正确。"

他们轻松愉快地交谈着,不知不觉中竟说起了非常私密的话来,一时间两人都没法从中解脱出来。

"我一度曾喜欢过'漂亮王子查理'①,"艾默里宣布说。

"你当然喜欢——你还喜欢过汉尼拔②呢——"

"没错,我还喜欢过南部联邦呢。"他对于要不要做一名爱尔兰爱国主义者持相当怀疑的态度——他怀疑做了爱尔兰人就免不了会有庸俗土气的表现——但是达西大人却明确对他说,爱尔兰是一个浪漫的、注定要失败的事业,不过爱尔兰人民还是非常可爱的,因此,做一个爱尔兰人务必要成为他的主要偏好之一。

他们进行了一个小时的畅谈,内容非常丰富,其间当然也抽了好多支香烟。言谈之间,达西大人得知,艾默里居然没有被培养成一名天主教徒,这一点虽说没有让他感到极其厌恶,却也令他觉得十分意外。长达一小时的畅谈结束之后,他便宣布说,他还有一位客人要来访。没想到,这位客人原来竟是波士顿的桑顿·汉考克阁下,他曾是美国驻海牙的前公使,是一部内容博大精深的中世纪史的作者,是一个声名显赫、爱国、成就辉煌的家族的最后一位成员。

"他是到这儿来休息的,"达西大人推心置腹地说,他已经把艾默里当成他的一个同龄人了,"我这里就像是一处逃避消沉乏味的不可

---

① 即查理·爱德华·斯图亚特(Charles Edward Stuart,1720—1778),觊觎英国王位的,詹姆斯·斯图亚特的长子,史称"漂亮王子查理"(Bonnie Prince Charlie),又称"年轻的觊觎王位者"(The Young Pretender)。他策动了1745年的雅各宾叛乱,并亲自率军杀出苏格兰,战败后又被赶回苏格兰。此举使他成为一名"虽败犹荣的浪漫人物"。
② 汉尼拔(Hannibal,公元前247—公元前182),迦太基将军,在第二次布匿战争(Punic War)中,取道阿尔卑斯山数次击败罗马军队,但始终未能攻克罗马城。

知论的庇护所，再说我也自认为我就是这世上唯一了解他的人，这个顽固不化的旧脑筋确实已如在海上迷失了方向，渴望能有一块像教会这样结实的桅杆抓住不放呢。"

他们在一起享用的这第一顿午餐是艾默里少年时代最难以忘怀的几件大事之一。他脸上洋溢着非常得意的笑容，浑身散发着一种特有的聪慧和魅力。达西大人通过发问和提示，把这个少年自认为他身上最得意的一面全都充分调动起来，而艾默里也在侃侃而谈中表现得智慧勃发、才气横溢，好像他有千万个冲动、愿望、反感、信念、恐惧一样。他和达西大人你来我往、滔滔不绝地说着，哪容得别人有插话的机会，而一旁坐着的那位长者，由于接受能力稍差，又不大愿意接受新思想，好在他的心态肯定还不是那么冷漠，所以他似乎也就只能心安理得地洗耳恭听，沐浴在他们这两个人之间洒满的和煦的阳光之中了。达西大人对于许多人来说大概也就等于是普照的阳光；艾默里在他青春年少的岁月里也是阳光普照的，而且在年龄增长了许多之后，他还有一定程度上的灿烂，但是他们彼此之间如此自然的感情流露却是再也不会有了。

"他真是一个光彩照人的孩子呀，"桑顿·汉考克心里在暗暗称奇，他可是一个阅历丰富、见多识广的人，曾亲眼见证两个大陆的辉煌，他与巴涅尔[①]、格莱斯顿[②]、俾斯麦亲王[③]等人都有过直接的交

[①] 巴涅尔（Charles Steward Parnell, 1846—1891），爱尔兰民族主义领袖，1880年成为爱尔兰自治运动的领导人，并旗帜鲜明地主张通过议会的阻挠手段来解决爱尔兰的问题，与基蒂·奥希夫人之间的奸情被曝光之后，被迫于1890年退出政坛。
[②] 格莱斯顿（William Ewart Gladstone, 1809—1898），英国政治家、英国自由党领袖，曾四度出任英国首相，在任职期间，他引进了初等教育，通过了爱尔兰土地法案，发起了爱尔兰自治运动，对外推行殖民扩张政策。
[③] 俾斯麦亲王（Otto von Bismarck, 1815—1998），普鲁士王国的宰相，德意志帝国的政治家，1871—1890年出任德意志帝国的宰相，史称"铁血宰相"；他是德国统一的主导力量，并为此而策划了德国与丹麦（1864）、奥地利（1866）、法国（1870—1871）之间的一系列战争。

谈——事后，他又郑重其事地对达西大人说，"但是他的教育不应该只托付给某一所中学或大学来负责。"

但是，在接下来的四年里，艾默里的聪明才智中最精华的那部分都被他集中用在追逐流行时尚之类的事情上了，用在大学里的纷繁复杂的社交关系上了，用在比尔特摩大酒店的茶点和温泉城的高尔夫球场所代表的美国上流社会之中了。

……总的来说，令人非常愉快的一个星期转眼就过去了，这个星期见证了艾默里思想深处所发生的彻底转变，他的上百个理论变得更加坚定了，他的生活乐趣也已结晶成上千个远大志向了。并不是因为这次谈话的内容都跟他今后的学业密切相关——但愿不要跟学业相关！至于萧伯纳这人究竟是做什么的，艾默里心里只有模糊得不能再模糊的一丁点儿印象——不过，达西大人倒是大读特读《可亲可敬的流浪汉》①和《奈杰尔骑士》②之类的书籍的，但是他非常注意说话的分寸，艾默里一次也没有感觉到自己学识浅薄，缺少应有的深度。

但是，艾默里欲与他自己这一代人展开初次交锋的号角却已经在他心中吹响。

"当然，在这离别之际，你也不要感到遗憾——对于我们这样的人来说，我们的家就是我们不会感到遗憾的地方。"达西大人说。

"可我还是感到有点儿遗憾——"

"不对，你不能感到遗憾。这世上没有一个人对你我来说是必不

---

① 《可亲可敬的流浪汉》(*The Beloved Vagabond*)，出生于圭亚那（英属）的英国小说家、剧作家威廉·约翰·洛奇（Wlliam John Locke，1863—1930）所著的一部长篇小说，出版于1906年，描写一位前途无量的青年建筑师与他心爱的姑娘之间发生的阴差阳错的感人爱情故事。
② 《奈杰尔骑士》(*Sir Nigel*)，英国著名侦探小说家柯南道尔创作于1906年的一部长篇历史小说，是下文出现的系列长篇历史小说《铁甲骑士队》(*The White Company*，1891）的前篇，描写英国历史上"百年战争"时期效忠于英王爱德华三世的骑士英雄奈杰尔的传奇故事。

可少的。"

"好吧——"

"再见。"

自我中心主义者的倒霉经历

艾默里在圣里吉斯预科学校就读的这两年,尽管既有痛苦不堪的时候,也有扬扬自得的时候,但是对于他自己的生活来说其实并没有什么太大的意义,正如美国的"预科"学校,由于一直被踩在各所大学的脚后跟下而备受其苦,对于一般美国人的生活也没有多大意义一样。我们没有伊顿公学这样的学校来培养统治阶级理应具备的那种自我意识;我们只有纯洁正派、软弱无力、无关紧要的预科学校。

他从进校伊始,就在各个方面都表现得不大对头,别人一般都认为他这人既自高自大,又傲慢无礼,因此大家普遍都很讨厌他。他非常热衷于打橄榄球,有时候为了在球场上大出风头,他会表现得十分莽撞,但是一有危险他就明哲保身,躲得越远越好,只要面子上能过得去就行。有一回在跟一个块头同他自己一般大小的男生打架时,他竟吓得惊恐万状而溜之大吉,围观的人全都对他嗤之以鼻,而过了一个星期之后,在被逼无奈的情况下,他又铤而走险,与另一个块头比他大很多的男生恶斗了一场,结果惨遭失败,被人家打得鼻青脸肿,可是他反而感到很自豪。

凡是行使权威对他严加管束的老师,他都怀恨在心,再加上他对功课吊儿郎当、满不在乎的懒散态度,终于激怒了学校里的每一位老师。他自己也变得越来越沮丧了,觉得自己似乎已经成了一个遭人蔑视、被人遗弃的人;唯一的办法就是躲进角落里去生闷气,熄灯以后才开始看书。因为害怕没有人搭理他,他主动结交了几个朋友,不过，由于这几个人在这所学校里并不是出类拔萃的高才生，他同他们交往的目的，纯粹就是为了把他们当作镜子来反衬自己，在他摆出一副对自己来说十分要紧的架势时，能够有人充当看客。他感到孤独得难以忍受，非常的不愉快。

聊胜于无的慰藉偶尔也还是有的。每当艾默里被种种打击所湮没的时候，最后沉下去的那个部分往往是他的虚荣心，所以，当学校里那位耳聋的老勤杂工呜哩呜哩地说他是她这辈子所见过的长得最漂亮的男生时，他心里依然还会泛起一股颇觉欣慰的喜感。他仍为自己是学校第一支橄榄球队里身手最灵巧、年龄也最小的队员而沾沾自喜。有一回，在一场激烈的课堂讨论结束时，杜格尔博士对他说，只要他愿意下功夫，他还是可以拿到全校最高分的，听了这话，他又感到高兴起来。然而，杜格尔博士的说法是错误的。就艾默里的禀赋而言，他要得全校最高分是怎么也做不到的。

苦闷，成天被关在学校的围墙里，老师不喜欢，同学合不来——这就是艾默里度过的第一个学期。但是在圣诞节的时候，他回过一趟明尼阿波利斯，对学校里的种种不快当然是守口如瓶的，而且还很奇怪地表现出一副兴高采烈的样子。

"哦，我起初因为刚到那边，有些摸不着头脑，"他摆出一副居高临下的样子对蛤蟆帕克说，"不过，我很快就应付裕如了——我是学校橄榄球队里身手最灵巧的队员。你也应该离开家乡去外地念书啊，蛤蟆。这可是天大的好事情呢。"

好心老师办的一件小事

在他第一学期最后一天的晚上，资深老师马戈特逊先生派人传口信到自修大厅，要艾默里在九点的时候到他的办公室去一趟。艾默里心中疑惑，看来一番大道理是怎么也逃不掉了，不过他已拿定主意，这回一定要谦恭有礼一点，因为这位马戈特逊先生平时对他还算挺客气的。

召见他的这位老师表情很严肃地接待了他，并示意他在一张椅子上坐下来。他清了清嗓子，嗯嗯呃呃地连哼了好几声，而且还有意摆出一副态度很和蔼的样子，就像一个深知事情很难办，说话须小心谨慎的人那样。

"艾默里啊，"他终于开口了，"我派人叫你来，是要跟你谈一谈有关个人的事情。"

"是，先生。"

"我今年一直在注意观察你，我——我还是挺喜欢你的。我觉得你身上具有——具有成为一名非常优秀的人所需要的潜质。"

"是，先生，"艾默里努力口齿清楚地说出话来。他很不喜欢别人议论他，仿佛他就是一名无话可说的考试不及格的差生一样。

"不过，我已经注意到了，"这位年事已高的长者继续糊里糊涂地说，"你在男生中不是很有人缘啊。"

"是这样的，先生。"艾默里舔了舔嘴唇。

"啊——我觉得你也许并不一定完全明白，他们——呃——他们不喜欢的是什么。我来给你讲讲吧，因为我认为——啊——如果一个男孩子知道自己的问题所在，他就能更好地应对这些问题了——就跟别人对他的期待一致起来了。"他小心翼翼、欲言又止地又嗯嗯啊啊哼了几声，然后才接着说，"他们好像认为你——啊——太恬不知耻了。"

艾默里已经忍无可忍了。他腾地一下从椅子上站起身来，张口说话时几乎都控制不住自己的声音了。

"我知道——啊，难道你以为我真的不知道吗？"他的嗓门越来越高，"我知道他们那些人是怎么想的；你是不是觉得这话非得由你来告诉我不可啊?"他稍稍停顿了一下。"我要——我现在该回去了——但愿我没有失礼——"

他匆匆离开了这间办公室。在户外凉爽的空气中,在返回寝室的路上,他为自己拒绝了别人对他的帮助而感到扬扬得意。

"这个该死的老浑蛋!"他狂喊了一声,"好像我真的不知道似的!"

不管怎么说,他心里早已盘算好了,反正有这样一个挺不错的借口,今晚可以不回自修大厅了。于是,他舒舒服服地躺在自己的寝室里,一边大嚼着纳贝斯克公司①生产的巧克力夹心饼干,一边把《铁甲骑士队》这部长篇小说看完了。

美貌少女引发的一件小事

二月里有一颗熠熠生辉的明星横空出世了。在华盛顿诞辰日这一天,随着人们期盼已久的这一盛事所特有的辉煌景象的出现,纽约着实让他大开了一回眼界。在他最初投去的一瞥中,这座城市犹如湛蓝天空中的一道耀眼的白光,在他心中留下了一幅无比绚丽的画面,那画面简直堪与《天方夜谭》里的那些梦幻城市相媲美;不过,他这次看到的纽约是万盏华灯照耀下的纽约,从百老汇一个接一个的如滚滚战车般不断闪现的招牌上,到云集在阿斯特大酒店里的那些时髦女人的眼眸里,无处不闪烁着浪漫迷人的色彩,他和圣里吉斯预科学校的小帕斯卡特就是在这里用餐的。当他们走在剧院座位间的通道里时,迎面传来的是琴弦尚未调好的小提琴的紧张的拨弦声和极不协调的刺

---

① 纳贝斯克公司(Nabisco),美国历史悠久,且极负盛名的食品生产厂家,也是美国著名的食品商标,尤其生产的巧克力夹心饼干和华夫饼干而闻名,总部在新泽西州。

耳噪音，扑鼻而来的则是浓郁的、沁人心脾的胭脂与妆粉的芳香味，这时的他已经徜徉在这讲究高档享受的愉悦气氛里了。周围的一切都令他心醉神迷。上演的音乐剧是乔治·M.科恩主演的《小百万富翁》[①]，舞台上有一个特别漂亮的黑发少女牢牢吸引了他，她的婀娜舞姿深深打动了他，使他两眼噙着泪花，坐在那里看得出神。

啊——你——美丽的好姑娘，
你是一个多么美丽的好姑娘——

那位男高音歌手在引吭高歌，艾默里在心里默默地、充满激情地应和着。

你的——甜美的话语——声声
打动着我的心——

小提琴齐奏的乐曲声在最后那几个音符上骤然加大，颤音也随之增强，琴声激越，扣人心弦，那个少女在舞台上慢慢倒下，变成了一只折了翅膀的蝴蝶，这时全场爆发出了一片热烈的掌声。啊，要是伴随着这样一支旋律柔和、美妙动听的乐曲，在这样的气氛中谈恋爱，那该多么令人心驰神往啊！

最后那一幕戏的背景是一个屋顶花园，此时，大提琴正朝着音乐

---

① 乔治·M.科恩（George M.Cohan，1878—1942），美国著名艺术家，集剧作家、诗人、作曲家、戏剧导演、喜剧演员、歌唱家、舞蹈家于一身，有"美国音乐喜剧之父"之称。在20世纪的前二十年里，科恩是纽约百老汇独领风骚的传奇人物，他的轻喜剧风格引领着美国的舞台，由他亲自担任编剧、作曲、导演、主演的"百老汇音乐剧"多达三十多部，他一生创作的歌曲有五百多首，在20世纪的美国一直为人们所喜爱。《小百万富翁》是他的优秀剧作之一，他一家三口在该剧中出演。

剧中的月亮发出声声叹息，而轻快的冒险经历和像肥皂泡沫一样飘溢流动的喜剧情节则在舞台石灰光灯的作用下来来回回地迅速变幻着。艾默里心中的激情在燃烧，渴望自己能成为剧中那些屋顶花园里的一名常客，去跟一个姑娘幽会，她应该长得跟舞台上的那个姑娘一样漂亮——最好就是那个姑娘本人；她的头发沐浴在金色的月光中，而在他的胳膊肘旁边，一个听不懂他们在说什么的侍者正在为他汩汩地斟葡萄酒。在帷幕最后一次落下的时候，他发出了一声长长的叹息，太长的叹息声弄得坐在他前排的人都一齐扭过头来诧异地看着他，他们说话的声音也很大，他听见他们在说：

"长得多么好看的一个男生啊！"

听到这句话，他立即就忘乎所以了，连这个音乐剧也忘了，他心中有些疑惑，在纽约民众的眼里，他是不是真的那么英俊呢。

他和帕斯卡特默默地朝他们下榻的那家酒店走去。先打破沉默，开口说话的人是帕斯卡特。他那尚未定型的十五岁男孩子的嗓音，他那带着一丝忧郁的说话口吻，打破了艾默里的沉思：

"我真想今晚就跟那个姑娘结婚。"

没必要去追问他说的那个姑娘是谁。

"我会很自豪地把她带回家去，把她介绍给我们家的所有的人。"帕斯卡特继续发表宏论。

艾默里确实大为震动。他真希望这句话是由他而不是由帕斯卡特说出来的。这句话要是由他说出来，听上去会成熟很多。

"我对那些女演员很好奇，她们都很坏吗？"

"不能这么说吧，先生，外表是根本看不出来的，"老于世故的少年加重语气说，"不过，我知道，那姑娘很善良，有一颗金子般的心呢。我可以肯定。"

他们一路朝前走去，夹杂在百老汇大街的人群中，听着从各家咖啡馆里飘溢出来的音乐,一边走一边想入非非。一张张新面孔时而忽然闪现,时而又倏地隐去,就像无数千变万化的灯光一样,有脸色惨白的,也有浓妆艳抹的,虽然疲惫不堪,但依旧让带着倦意的兴奋撑持着。艾默里痴迷地注视着这些人。他在谋划着他的人生。他要在纽约居住,要成为纽约每一家餐馆和咖啡馆都熟知的常客,穿一身燕尾服,从傍晚一直消受到清晨,然后用睡眠来打发午前那段令人沉闷乏味的时光。

"说实话,先生,我真想今晚就跟那个姑娘结婚。"

满场喝彩的英雄

在圣里吉斯预科学校就读的第二年,即最后一年的十月,是艾默里记忆中的一个亮点。那是一个生气勃勃、令人振奋的下午,与格罗顿中学的那场橄榄球比赛从午后三点开始,一直进行到秋风习习、凉气袭人、光线曚昽的黄昏时分,在球场上,艾默里担任四分卫[①],一直在声嘶力竭又大失所望地大喊大叫,做出无法做到的擒抱,呼喊进攻套路的代号,直到嗓音减弱为沙哑、狂怒的嘶叫,然而他照样还能忙中偷闲,尽情享受脑袋上缠着被鲜血浸透的绷带所带来的意气风发的兴奋,在强插猛扑、身体冲撞、四肢疼痛的时候,他照样还能体味到紧张而又光荣的英雄气概所带来的那种快感。在那样的时刻,勇气就像十一月的傍晚时分从酒桶中流出的葡萄酒那样取之不竭,源源不断,因此他就是一位不朽的英雄,他就是屹立在古代斯堪的那维亚大木船船艏上的一名北欧海盗,他就是罗兰[②],他就是霍雷修

[①] 橄榄球队中负责组织和指挥进攻的枢纽前卫。
[②] 罗兰是法国中世纪英雄史诗《罗兰之歌》(*Le Chanson de Rolan*,约 1100 年)中的主人公,以膂力、勇气、善战、骑士精神著称。

斯①，他就是奈杰尔骑士，他就是泰德·科伊②，他经受了磨练，把自己的状态调整到最佳，然后凭借自己的顽强意志挺身而出，遏制住了对方进攻的势头，他听见了远处传来的雷鸣般的喝彩声……最后鼻青脸肿，筋疲力尽，但是对方依然抓不住他，他绕过一个边卫，转身、变速、伸臂隔挡……一头扑向格罗顿队最后卫的身后，对方有两名队员压在他的腿上，这是这场比赛中唯一的一次达阵得分。

老滑头的人生哲学

艾默里从他六年级那年的备受人嘲弄的优越感和他所取得的成就出发，带着玩世不恭的惊讶，对自己上一年度的境况作了一个回顾。他已经完全判若两人，假如艾默里·布莱恩的身上应该发生些什么样的变化，这些变化已全都发生过了。艾默里加上比阿特丽斯加上他在明尼阿波利斯度过的那两年——这些就是他当初进入圣里吉斯预科学校就读时的性格特征上的几大构成要素。但是在明尼阿波利斯度过的那两年岁月并不是一层厚实得揭不开的覆盖物，遮掩不了一所寄宿制学校里的那些雪貂般爱搜索的目光，人们必定会翻查出"艾默里加上比阿特丽斯"这层关系的底细，所以，圣里吉斯预科学校就非常费力地把比阿特丽斯这层关系从他身上挖了出来，并且立即着手在艾默里的这一根本性构件上铺设了一层新的、更为传统的加固物。然而，无

---

① 霍雷修斯（Publius Horatius Cocles），古罗马传说中的英雄。据传，在公元前508年左右，霍雷修斯和另外两名壮士坚守在罗马城与伊特拉斯坎斯之间的一座木桥上，阻击了前来进攻罗马的伊特拉斯坎斯人的大军，罗马城得救后，他才跳入台伯河，游至对岸，有"一夫当关，万夫莫开"的英雄气概。
② 泰德·科伊（Edward Harris "Ted" Coy, 1888—1935），美国著名橄榄球运动员，是第一次世界大战前后最负盛名的球星之一。

论是圣里吉斯预科学校还是艾默里本人都没有察觉到,他的这一根本性构件并没有发生任何实质性的变化。他自己曾经吃过苦头的那些性格特点,也就是他的喜怒无常,他的爱装腔作势,他的散漫懒惰,以及他的爱干蠢事的这些特点,如今已经被当作天经地义了,已被视为一个有明星范儿的四分卫、一个聪明的男演员、《圣里吉斯预科学校闲话》杂志的主笔所特有的怪癖了:看到一些可塑性很大的小男生在那儿刻意模仿非常虚荣、非常自负的行为,他就觉得大惑不解,因为这些行为不久前还是一些让人鄙视的弱点呢。

  橄榄球赛季过去之后,他的情绪又回落到先前如梦如幻般的自满自足上来了。假日前的那个舞会之夜,他竟一个人悄然溜走,早早上了床,享受着聆听小提琴的乐曲声飘过草地,如波浪奔腾般涌向他的窗前的乐趣。有许多个夜晚,他都躺在床上睁着眼睛想入非非,他梦见了蒙马特高地①上的那些隐秘的夜总会,在那个地方,有许许多多肤色白皙如象牙的女人在陪伴着那些外交官和雇佣军人追逐浪漫的神秘,而乐队则在一边演奏着匈牙利圆舞曲,气氛浓郁,富有异国情调,充满着诱惑、月光和激动人心的奇遇。春天里,他按照老师的要求阅读了《快乐的人》②,于是,他灵感大发,想着要抒发情怀,文思如泉涌,脑海里浮现出阿卡狄亚田园牧歌式的生活,想象着古希腊神话中畜牧神潘的排箫。他把床移动了一下,好让清晨初升的太阳一早就叫醒他,这样,他就可以穿上衣服,走出室外,走向那个老式秋千,秋千就悬挂在六年级教室旁边的一棵苹果树上。坐上这个秋

---

① 蒙马特高地(Montmartre),巴黎北部地区,位于塞纳河畔的山上,山顶上的白色圣心教堂、众多的夜总会、酒吧和咖啡馆,以及众多艺术家创作室使得该地区在20世纪初闻名遐迩。
② 《快乐的人》(*L'Allegro*,1632),英国著名诗人约翰·弥尔顿(John Milton,1608—1674)短诗中最优美的姊妹篇之一(另一篇为《幽思的人》),歌颂了田园牧歌式的乡村生活以及歌舞升平的都市景象。

千后，他要越荡越高，越荡越高，要一直荡到他能产生这样一种感觉，感到他仿佛是在荡向辽阔的天空，荡向森林之神和众多仙女们游玩的仙境，而那些仙女的容貌又会使他联想到他在纽约伊斯特切斯特大街上见过的那些金发少女的容貌。待到秋千荡到最高点时，他或许会看到，阿卡狄亚式的世外桃源说不定就在某一座小山的山脊后面，那条棕褐色的道路会越来越窄，直到完全消失，变成一个金色的圆点。

刚满十八岁那年，他整个春天都在一本接一本地阅读那些大部头的书籍，譬如：《印第安纳绅士》《新天方夜谭》《马库斯·奥登那的道德标准》《名叫星期四的男人》，这本书他读不懂，但还是很喜欢；《斯托弗耶鲁求学记》①，这本书简直成了一本教科书；《董贝父子》，他之所以读狄更斯的这本书，是因为他觉得自己真的应该读点儿比较经典些的书籍了。此外，他还读了罗伯特·钱伯斯②、大卫·格雷厄姆·菲利普斯③的一些作品，以及 E. 菲利普斯·奥本海姆④ 侦探小说全集，还零零星星地读了丁尼生和吉卜林的诗歌。然而，在他应当完成的所有功课中，只有《快乐的人》以及立体几何学那逻辑严密、条

---

① 《印第安纳绅士》(*The Gentleman from Indiana*, 1890)，美国作家布思·塔金顿（Booth Tarkington, 1869—1946）的一部长篇小说，描写一名乡村编辑与政治腐败做斗争的故事。塔金顿曾多次获普利策奖，对本书作者有过较大影响。《新天方夜谭》(*The New Arabian Nights*, 1882)，英国作家史蒂文森（Robert Louis Stevenson, 1850—1894）所著短篇小说集。《马库斯·奥登那的道德标准》(*The Morals of Marcus Ordeyne*, 1905)，英国作家威廉·洛奇所著长篇小说。《名叫星期四的男人》(*The Man Who Was Thursday*, 1908)，英国作家切斯特顿（G. K. Chesterton, 1873—1952）所著侦探小说。《斯托弗耶鲁求学记》(*Stover at Yale*, 1912)，美国作家欧文·约翰逊（Owen Johnson, 1878—1952）所著，是美国文学史上最早的以美国大学校园文化生活为题材的长篇小说之一。
② 罗伯特·钱伯斯（Robert Chambers, 1802—1871），苏格兰作家、出版家、自然科学家。
③ 大卫·格雷厄姆·菲利普斯（David Graham Phillips, 1867—1911），美国小说家、新闻记者。
④ E. 菲利普斯·奥本海姆（E.Phillips Oppenheim, 1866—1946），英国小说家，自创小说风格，文体优美，别具一格，擅长惊悚小说和探案小说，颇多作品被改编成电影剧本。

分缕析的某些特点，多少还能激发起他懒洋洋的兴趣。

随着六月的临近，他感到有必要找人谈谈，以便阐述自己的思想和观点，然而令他颇感意外的是，他发觉六年级的班长拉希尔居然是一个可以和他在一起谈论哲学的人。在许多次交谈中，无论是走在大马路上，无论是肚皮贴地匍匐在棒球场的边缘，还是在夜深人静的时候点起香烟在黑暗中吸得一亮一亮的，他们都能在一起探讨如何解决学校教育的问题，正是在这样的一些交谈中，"老滑头"这个说法被正式提出来了。

"有烟吗？"有一天夜里，熄灯以后才五分钟，拉希尔就把脑袋探进门来悄声问道。

"当然有啊。"

"那我就进来啦。"

"拿两只枕头过去，就躺在窗台上吧，你看行不行？"

艾默里从床上坐起来，点起一支香烟，拉希尔也安顿下来，拉开准备聊天的架势。拉希尔最喜欢聊的话题就是六年级学生各自的未来，而艾默里替他着想，描绘起各自的未来时也从来不知疲倦。

"泰德·康弗斯吗？那小子好办。他会有多门功课考试不及格，整个夏天就泡在哈斯特伦姆家补习功课吧，他可以凭借四个条件进谢菲尔德大学，然后就在大学一年级的时候因考试不及格而中途退学。然后他就回他的西部老家，折腾上一年半载，最后由他的父亲把他弄去做油漆生意。他会很早就结婚，然后生下四个儿子，全都傻乎乎的。他会永远认为是圣里吉斯预科学校葬送了他的前程，所以他会把他的几个儿子都送到波特兰的私立走读学校去上学。他会在四十一岁的时候得脊椎痨死掉，他的老婆会制作一个洗礼架，随便你管它叫什么吧，送到长老会去，上面写着他的名字——"

"打住打住，艾默里。这也太他妈的悲观啦。说说你自己吧，你怎么样?"

"我肯定是要进优等班的。你也是。我们都是哲学家嘛。"

"我可不是。"

"你当然是啦。你肩膀上扛着这么聪明的一颗脑袋呢。"不过,艾默里也知道,不管他说得多么头头是道,任何抽象的、理论的、概念性的东西,统统打动不了拉希尔,除非他能就这方面的具体细节挑出几个大错误来。

"我没有那么聪明,"拉希尔坚持说,"我的一片好心都在这儿让人给利用了,可是我自己却一点儿好处也没有捞到。我是我那帮朋友的牺牲品啊,真他妈的糟糕透了——帮他们做功课,帮他们解决各种问题,夏天还傻兮兮地到他们家去走访,还老是要陪着他们的小妹妹玩。他们一个个都很自私,我还得耐住性子不发火,接下来的情况是,他们认为他们投了我一票,称我一声圣里吉斯预科学校的'老大哥',就算给了我回报了。我希望能到一个人人都自己的功课自己完成的地方去,我可以给人家指点一下做题的方法。我已经厌倦了,再也不想去讨好学校里的每一个可怜虫了。"

"你还算不上一个老滑头。"艾默里突然冒出这样一句话来。

"什么?"

"一个老滑头。"

"你这话到底是什么意思?"

"呃,这话的意思是说——这话——这里面包含的意思多着呢。你算不上一个老滑头,我也算不上,不过,我比你更像一点儿。"

"谁是老滑头呢?怎样才算得上一个老滑头呢?"

艾默里沉吟了一下。

"嗯——呃,依我看,如果哪个家伙蘸了水把头发朝后梳得油光光、滑溜溜的,那就是老滑头的标志了。"

"像卡斯泰尔斯那样吗？"

"对——没错。他就是一个老滑头。"

他们讨论了两个晚上，想找到一个确切的定义。这个能称得上老滑头的人应当有一副非常漂亮的长相，或者说，长得白白净净的。他应当很有头脑，也就是说，很有人际交往的头脑，他采用一切手段在诚信的大道上勇往直前，博取人心，赢得赞美，而且从不卷入任何是非纷争。他衣冠楚楚，尤其注重外表的整洁，顾名思义，他的头发必然修剪得很短，抹了大量的水，或者是生发水，二分头，并且按照目前市面上最流行的发型，朝后梳得油光溜滑的。当年的老滑头们都戴玳瑁眼镜，以此作为他们老滑头身份的标志，这一点使他们很容易辨认，所以艾默里和拉希尔从来没有认错过人。这样的老滑头似乎在全校各处都有分布，他们总是显得比同龄人要高明一点儿，精明一点儿，手下或多或少总有几个叫得动的人，而且处事非常谨慎，总是把自己滑头的地方藏得好好的，毫不显露。

艾默里一直觉得老滑头这个分类是非常有价值的，直到他读大学三年级那年才发现，这个粗线条的概括性描述已经显得很含糊，况且也很难界定，还得进行多次细分才行，结果却仅仅成了一个性格特点而已。艾默里心中不为人知的理想目标倒是具备做一个老滑头所需要的一切必要条件。但是，除此之外，他还缺乏勇气，也没有非常出色的头脑和才干——连艾默里自己也很不情愿地承认，他身上的确有一个非常怪诞的特点，这个特点与做一个正宗的老滑头水火不相容。

这是一种富有首创意义的真正决裂，完全背离了学校的传统所具有的虚伪性。耍滑头是取得成功的一个必要因素，与预科学校的"老大哥"有着本质上的区别。

老滑头	老大哥
1. 精明，深谙人际交往的价值。	1. 生性愚笨，不懂人际交往的价值。
2. 穿着讲究。假装衣着只是外表——其实心里明白，穿着绝非只是外表而已。	2. 认为衣着只是外表，因此往往不太注意穿着打扮。
3. 凡是能表现自己的活动必定参加。	3. 凡事尽心尽责，责任感强。
4. 考入大学，因此名利双收。	4. 考入大学，但前景如何仍有疑问。因脱离了原有社交圈而感到失落，因此总是说中学时代毕竟最快乐。回到母校，做报告大谈圣里吉斯预科学校学生时代的意义。
5. 头发梳得油光溜滑。	5. 从不把头发梳得油光溜滑。

艾默里已经明确表示要报考普林斯顿大学，哪怕圣里吉斯预科学校这一届学生中只有他一个人报考该校。根据他在明尼阿波利斯曾听到的那些传闻，根据已经入选过"骷髅会"①的圣里吉斯预科学校往届毕业生们的种种说法，耶鲁大学的确具有一定的浪漫色彩和诱惑力，然而最吸引他的还是普林斯顿大学。普林斯顿大学的校园气氛非常浓郁，色彩鲜艳，素有全美国最怡情悦性的乡村俱乐部的美称，因

---

① "骷髅会"(Skull and Bones)，耶鲁大学的秘密学生组织，成立于1832年，至今仍是耶鲁大学重要学生社团之一。自1879年以来，该组织每年春季都从该校的低年级学生中选取十五名优秀学生干部或成绩突出的优等生补充入会，许多美国政要都曾是该社团的成员。

而享有令人神往的名望。不可小觑的大学入学考试在即,相比之下,艾默里的中学时代已经黯然失色,成了过眼烟云。许多年以后,重返圣里吉斯预科学校时,他似乎已经忘却了他在六年级那年所取得的种种成就,只能依稀回想起自己那时候还是一个适应不了环境的小男生的情景——每当他沿着走廊匆匆走过去时,那些脑子里塞满了世俗常理的、非常偏激的同龄人都在一旁讥笑他。

第二章 锥形尖塔与怪兽滴水嘴

起初，艾默里只注意到漫天洒落的阳光非常充裕，阳光在漫长的绿茵茵的草坪上悄然移动着，在镶着铅条的一块块窗玻璃上耀眼地闪烁着，在一个个锥形尖塔、一座座高耸的楼宇和一个挨一个的围墙垛上悠悠地飘忽着。他渐渐缓过神来，这才意识到自己真的是走在普林斯顿大学校区里的大学路上，并且因为手里还提着一只皮箱而感到有些赧然，连走路也换了一个新的姿势，一旦碰到有人迎面走来时，他就两眼直视着前方。有好几次，他可以断定，人们都扭过头来用异样的眼光打量着他。他心里隐隐约约地有点儿忐忑，不知自己的衣着是否有不当之处，心想，要是早晨在火车上刮一刮胡子就好了。那些身穿白色法兰绒衣裤、头上不戴帽子的青年准是大学三年级或四年级的学生，从他们精明干练的样子和信步走来的姿势就可以看出，走在这些人中间，他会没来由地感到很不自然、局促不安的。

他发现大学路十二号原来竟是一幢规模很大，却圮废失修的大楼，目前显然还无人居住，但是他知道，这幢大楼里一般情况下是要住进十几名大学一年级新生的。匆匆忙忙与那位管理宿舍的女房东交涉了几句之后，他就飘然走了出来，想壮起胆子四处去走走看看，熟悉一下这个新的环境，没想到，一排楼房几乎还没有走过去，他就忽然很恐怖地意识到，他一定是城里独一无二的戴着礼帽的人。他急忙回到大学路十二号，摘下他的圆顶礼帽，光着脑袋又出了门，沿着拿骚大街一路向前走走停停地闲逛着。走到一家商店的橱窗前时，他停了下来，仔细端详着展示在橱窗里的一批运动员的照片，其中就有橄榄球队的队长艾伦比的一张大幅照片，随后，一家甜品店橱窗上方的"冰激凌圣代"的招牌吸引了他的眼球。这个好像挺熟悉的，于是他就悠闲地迈进门去，在一个高脚凳上坐了下来。

"巧克力冰激凌圣代。"他对一个黑人店员说。

"一杯双份巧克力冰激凌圣代吗？还要点儿什么吗？"

"呃——是的。"

"要培根小面包吗？"

"呃——好的。"

他津津有味地吃下了四个面包，觉得味道挺爽口的，于是就又享用了一杯双份巧克力冰激凌圣代，这才觉得舒服，满足了。粗略地巡视了一遍陈列在四周的那些枕套、皮锦旗和墙上贴满的"吉布森少女"[①]画之后，他离开了这家甜品店，两手插在裤子口袋里，继续沿着拿骚大街悠闲地向前溜达着。他已经渐渐学会怎么样去辨别高年级学生和刚进校的新生了，即使新生的帽子要到下个星期一才会有。那

[①] "吉布森少女"（*Gibson Girl*）是美国水墨画家吉布森（Charles Dana Gibson，1867—1944）创作的系列水墨画。吉布森以自己的妻子为模特画出的少女画，在19世纪末和20世纪初曾风靡美国，画中少女的形象成为人们追捧的偶像式的美女，而"吉布森少女"的发型、裙装式样等则成为美国女性追求的时尚标准。在20世纪初的近20年时间里，美国的台布、枕头套、烟灰缸、杯托、阳伞、扇子等商品和礼品上都印有"吉布森少女"像。

些过分明显地、过分兴奋地表现得毫无拘束的人就是大一新生，因为每一趟列车都会送来这样一批新到的学生，他们一到马上就融入了头上不戴帽子、脚上穿白鞋、怀里抱着一摞书本的人群中，这些人的任务仿佛就是在大街上来来回回不停地走，漫无目的地四处游荡，抽着新买来的烟斗，吐出一团团的青烟。到了午后，艾默里发觉，那些最新踏进校门的人已经把他当成高年级老生了，于是，他也就竭力摆出一副既像是风趣幽默地见多了不怪，又像是漫不经意地非常挑剔的样子来，这副模样已经非常接近他经过分析才得出的那些高年级老生们千篇一律的面部表情了。

到了下午五点的时候，他觉得很有必要听一听他自己的声音，于是他撤退下来，返回自己的住处，看看还有没有别的新来的人。他攀上摇摇晃晃的楼梯，带着无可奈何的心情把自己的房间仔仔细细看了个遍，结论是，除了班级的旗子和合影之外，要想再布置什么有生气的东西是根本没有指望了。就在这时，门口传来了一阵敲门声。

"进来！"

一张清秀的脸蛋，两只灰色的眼睛，一个挺幽默的笑容，出现在门口。

"有锤子吗？"

"没有——对不起。也许十二号太太，随便叫她什么吧，也许她那儿有。"

这位毫不相识的人竟大摇大摆走进了房间。

"你也是这所疯人院收容进来的人？"

艾默里点点头。

"我们交这么多租金就住这么个像谷仓一样的破烂屋子。"

艾默里不得不认同这个说法。

"我原想到校园里去走走的，"他说，"可是人家说了，新生太少，去了会迷路的。所以就只好在这儿干坐着,动动脑筋找点儿事情来做吧。"

这位灰色眼眸的人决定作一下自我介绍。

"我姓霍利迪。"

"我姓布莱恩。"

他们以非常时尚的突然低位出手的动作,伸出手去抄起对方的手握了握。艾默里咧开嘴笑了笑。

"你是哪一所预科学校来的?"

"安多弗——你呢?"

"圣里吉斯。"

"噢,是吗?我有一个表兄是从那里毕业的。"

他们详详细细地谈论起这位表兄来,过了一会儿,霍利迪便宣布说,他要去看他的弟弟了,约好六点一起用餐的。

"你也来吧,我们一块儿去撮一顿。"

"行。"

在凯尼尔沃斯饭店,艾默里见到了伯恩·霍利迪——他是弟弟,那个灰眼睛是哥哥,名叫克里——饭菜淡而无味,汤清淡如水,蔬菜萎蔫疲软,在吃这顿饭的过程中,他们一直在盯着其他那些大一新生看,只见他们有的三三两两坐在一起,样子显得非常拘谨,也有三五成群聚在一块儿的,看上去似乎格外轻松自在。

"我听说,公共食堂的伙食差得很呢。"艾默里说。

"那是谣传。不过你也只好去那里吃呀——要不就花钱到外边去吃呗。"

"简直是犯罪!"

"简直是欺诈!"

"哦,到了普林斯顿,在头一年里,你凡事都得学会忍气吞声。

就跟他妈的一所预科学校一模一样。"

艾默里表示赞同。

"反正很像预科学校,"他坚持说,"我本来是一百万个不想进耶鲁的。"

"我也是。"

"你打算参加什么社团吗?"艾默里问那个哥哥。

"我才不参加呢——这位伯恩老弟打算参加普林斯顿——普林斯顿人日报社,你知道的。"

"对,我知道。"

"你打算参加什么社团呢?"

"唔——对了。我打算加入大一年级的新生橄榄球队,去玩玩呗。"

"你在圣里吉斯预科学校就玩得挺不错吧?"

"一般般,"艾默里自谦地说,"不过,我现在他妈的人已经瘦了很多啦。"

"你不算瘦啊。"

"嗯,去年秋天我倒是很壮实的。"

"哦!"

吃完晚饭以后,他们就去看电影了。在电影院里,艾默里的前排有一个人一直在那儿口若悬河、没完没了地点评,让他听得心乱神迷,电影里的那些野性十足的尖叫声和呼喊声,也让他听得神魂颠倒。

"哟呵!"

"啊,我的心肝宝贝——你长得这么粗大,这么强壮啊,真想不到,噢,你竟这么温柔体贴!"

"抱一下!"

"啊,快来抱一下!"

"亲亲她，亲亲那个女人，快亲啊！"

"噢——噢——噢——！"

有一帮人开始吹起了口哨，吹的是《在大海边》这首歌的曲子，全场观众顿时便热闹非凡地附和起来。紧接着，人们唱起了一首谁也听不清歌词的歌曲，其间还夹杂着一片混乱不堪的跺脚声，随后又是一首无休无止、互不连贯的哀歌。

  噢——噢——噢——
  她上班的地方是一个果酱厂
  哎呀——那—也—没—关系
  可是你不能—拿我—当—傻子啊
  因为我看得——清清——爽爽
  她决不会整夜在厂里做果酱！
  噢——噢——噢——！

他们夹在人群中挤挤攘攘地走出了电影院，一边走一边朝别人投去好奇而又冷傲的目光，别人投来的也是那种好奇而又冷傲的目光，这时候，艾默里断定自己是喜欢看电影的，而且还希望能够像坐在前排的那些高年级同学那样去欣赏电影，像他们一样把胳膊搭在座位的靠背上，用盖尔语来发表一通辛辣尖锐的议论，在态度上既要包含批评家的智慧，又不乏富有宽容之心的诙谐幽默。

"要不要来一个圣代——我是说，要不要吃一个冰激凌圣代？"

"当然要啦。"

他们饱餐了一顿夜宵，吃完后依旧在大街上徜徉，然后才慢悠悠地回到大学路十二号。

"真是一个开心之夜啊。"

"令人心满意足的安排。"

"你们哥儿俩要开箱子整理东西了吧?"

"是该理理东西了。走吧,伯恩。"

艾默里打算在门前的台阶上再坐一会儿,于是他就跟那小哥儿俩道了晚安。

枝叶扶疏的参天大树在黄昏的最后一抹光线消退之后变得黑魆魆的,犹如鬼影幢幢。早早爬上天际的月亮在那些回廊、拱门上洒下了一层淡淡的青光,在月光编织出的薄如轻纱般的缝隙之间,断断续续地飘来了一支歌,一支曲调非常忧伤的歌,歌声转瞬即逝,充满无限的惆怅。

他记得有一位九十年代[1]的毕业生曾经对他说起过布思·塔金顿[2]寻找乐趣的办法:半夜里站在校园的正中央,仰面向着星空,扯开喉咙用他那男高音的嗓子拼命唱歌,结果激发起了蜷缩在长沙发上、心情各不相同的本科生们的喜怒哀乐。

此时,大学路远处影影绰绰的路径上,一群白衣飘飘的人影打破了夜的黑暗,他们穿着白衬衫、白长裤,胳膊挽着胳膊,昂首挺胸、高视阔步地一路走来,这支行进的队伍,伴着吟唱的节奏,在马路上踏出一片铿锵有力的脚步声:

回去喽——回去喽,
回去喽——回到——拿骚——楼[3],

---

[1] 指19世纪90年代。
[2] 布思·塔金顿(Booth Tarkington, 1869—1946),美国小说家、戏剧家,1893年毕业于普林斯顿大学,在该校读书期间,他创办了普林斯顿大学的学生戏剧社团"三角俱乐部"(Triangle Club),自编、自导、自演过不少戏剧节目,还担任过《拿骚文学》杂志的编辑。
[3] 拿骚楼(Nassau Hall),普林斯顿大学最早建成的综合性大楼(1754年),内有教室、图书馆、小教堂、师生住宿区等多功能设施。

回去喽——回去喽——

　　回到——最舒适——最古老的——安乐窝儿

　　这世俗的——舞场——莫回头哟，

　　我们——认清——道路——往回走——

　　回——去——喽——回到——拿骚——楼！

　　随着这支如幽灵般行进着的队伍越来越近，艾默里闭上了眼睛。这歌声的音调越来越高，一个个都唱不上去了，只剩下几个男高音还在硬撑持着，他们几个终于使旋律胜利度过了危难时刻，然后就把调门交还给了精彩的男声合唱。艾默里这才睁开眼睛，然而心里未免有那么点儿不乐意，唯恐眼前的这伙人会破坏了他心中丰富、和谐的幻景。

　　他充满渴望地叹息了一声。气宇轩昂地大步走在这排白衣队伍最前面的人正是橄榄球队的队长艾伦比，苗条的身材，目空一切的神态，仿佛他已意识到这所大学今年的希望全都落在他的身上似的，仿佛人们都在期待着他用他那一百六十磅的身躯左躲右闪，穿插突破那深蓝与猩红构成的界限，去赢得胜利一样。

　　艾默里被眼前这情景迷住了，他注视着那些手挽着手，肩并着肩齐刷刷地向前迈进着的人群，尽管他们的脸看不大分明，但是能够看得出，他们都穿着 Polo 衬衫，歌声是四音步凯旋曲的和谐的男声合唱——转眼间，这支队伍穿过幽暗的坎贝尔拱门，在校园里折向了东面逶迤而去，歌声也渐渐远去了。

　　时间在一分一秒地流逝，艾默里却依然安安静静地端坐在那儿。学校明文规定，大学一年级新生在晚钟敲响之后一律禁止外出，对于这一条规定，他感到非常遗憾，因为他很想沿着那些树影婆娑、香气袭人的小径去四处走走，去看看那幢威瑟斯庞大楼，她就像一个深沉

61

的母亲俯视着她的两个孩子——辉格楼和克利奥楼；那幢黑乎乎的哥特式建筑就是利特尔楼，它宛如蟒蛇般蜿蜒伸向凯勒楼和巴顿楼；这些楼宇又把神秘的色彩投向了湖边那片静谧的、起伏不定的坡地。

白昼的普林斯顿开始慢慢渗透进他的意识深处了——韦斯特学院与返校的往届毕业生们欢聚一堂，使人回想起六十年代①的大学生活；七十九号楼，红砖黄瓦，傲然矗立；上派恩楼和下派恩楼，宛如雍容华贵、不屑与商店经营者为伍的维多利亚时代的淑女；而雄居群楼之首、渴望直冲霄汉的则是霍尔德塔楼和克利夫兰塔楼那梦幻般的巨大尖顶。

从进校的第一天起，他就热爱普林斯顿——它那慵懒懈怠的美，它那意味深长、让人难究其义的韵味，身披月光在大学生联谊会上的纵情狂欢，还有那些相貌英俊、春风得意、四处寻找危险大目标的人群，而在这一切的下面则是渗透进全年级每一个人心灵深处的明争暗斗的气氛。那一天，大一年级的新生们一个个睁大眼睛，精疲力竭，穿着紧身运动衫，端坐在健身馆里，推选出了从希尔学校毕业的某个人当了班长，推选出了从劳伦斯学校来的一个名人当了副班长，推选出了毕业于圣保罗学校的一个冰球明星担任了秘书长。从那一天起，直到大学二年级结束，这种气氛从来就没有消停过，这样的社交体系真让人喘不过气来。对于来历不明的"老大哥"要那样地顶礼膜拜，真令人困惑不解，因为"老大哥"这样的称呼几乎从来就没有被正式提起过，也从来就没有被真正认可过。

首先，要看你来自于哪所学校，而艾默里，只有他一个人来自圣里吉斯预科学校，因此他只能站在一旁观望着那些群体组合，扩大，

---

① 指19世纪60年代。

再组合；圣保罗学校、希尔学校、庞弗雷特学校，他们都在公共食堂心照不宣地为他们预留好的餐桌上吃饭，健身馆里都有他们专用的更衣室，这就无形中在他们周围筑起了一道由不是很重要，但有社交野心的人所组成的屏障，以此来保护他们自己，排斥友好却又颇为困惑的，来自于其他高中的分子。从艾默里明白了这一情况那一刻起，他就对社交屏障感到愤愤不平，认为这是强者为了支持追随他们的弱者，排斥接近于他们的强者而人为设立的差别待遇。

他已拿定主意，也要成为班上的一个神人，于是，他报名参加了新生橄榄球队的训练，不料，在第二个星期里，在他已经成为球队的四分卫，而且在《普林斯顿人》日报的角落上已经有过一段报道的情况下，他的膝关节严重扭伤，这个赛季剩下的几场比赛他都不能参加了。这使他不得不退下来，并重新考虑这一局面。

"大学路十二号"内隐藏着十多个各式各样的问号。这里住着三四个很不起眼而且如惊弓之鸟的、从劳伦斯学校毕业的男生，两个来自纽约一所私立学校的业余狂人（克里·霍利迪还别出心裁地给他俩取了一个绰号，叫"粗俗的酒鬼"），一个犹太青年，也是从纽约来的，此外——也算对艾默里的一种补偿吧，还有霍利迪兄弟俩，对于这对兄弟，他一下子就喜欢上了。

有谣传说，霍利迪哥儿俩是孪生兄弟，然而实际情况却是，黑头发的这一位，也就是克里，比他的金发兄弟伯恩年长一岁。克里身材高挑，天生一双幽默诙谐的灰色眼眸，常常会让人意想不到地露出一脸很有魅力的微笑。他立即就成了这幢大楼内诲人不倦的良师益友，成了长势过旺的麦穗的收割者，成了监管自高自大行为的监察者，成了那些难得听到的讽刺幽默笑话的贩卖者。艾默里已经为他们未来的友谊备好了一桌酒菜，至于大学生活应该意味着什么而实际又意味着什么这一问题，艾默里早已胸有成竹。克里由于性格上的原因，暂且还不太可能会认真对待这些问题,因此就言语婉转地责备艾默里不该在这个不合适的时机来探究社交体系这一错综复杂的问题,不过,他还是挺喜欢艾默里的,对他非常关心,和他在一起也感到妙趣横生。

伯恩一头金发,性格非常文静,对学业专心致志,在这幢楼里的形象仅仅只是一个忙忙碌碌的身影,晚上很迟才悄无声息地进来,一大清早又悄无声息地出去,整天泡在图书馆里忙他的功课——他一心想竞聘《普林斯顿人》报社的第一把交椅,竞争非常激烈,因为有四十个人虎视眈眈地盯着这个令人垂涎欲滴的位子呢。十二月的时候,他因得了白喉而退出了竞争,于是另外某个人在这场角逐中获胜,但是二月里回到学校时,他又再次无所畏惧地投入到竞争中,要争夺这个人人羡慕的位子。毋庸讳言,艾默里与他的交情只限于上下课来回路上的三分钟闲聊而已。因此,他无法深入了解伯恩唯一全身心投入的这个兴趣到底好在哪里,没法发现埋藏在这下面的究竟是什么。

艾默里绝不肯就这样得过且过。他怀念他当初在圣里吉斯预科学校曾经赢得的地位,怀念那种人人知晓、人人钦佩的声望。当然,普林斯顿大学如今也在激励着他,前面还有许许多多的东西要去权衡利弊,这些东西有可能会唤醒蛰伏在他身上的那种为达目的而不择手段的秉性,只要他能像一枚楔子一样锲而不舍地插进去。就拿高年级学长的那些俱乐部来说吧,早在去年夏天,他就硬缠着一名不愿多说的毕业生打听过有关这方面的情况,这些各具特色的俱乐部大大激起了他的好奇心:常春藤俱乐部超凡脱俗,具有令人喘不过气来的高贵和势利;别墅俱乐部给人的印象非常深刻,那是由杰出的冒险家和穿着考究的玩弄女性者所组成的一大群杂乱的人;老虎假日酒店俱乐部,那里的人个个都虎背熊腰,健壮有力,因忠实地遵循入学前详细制定的各项标准而平添活力;方帽与长袍俱乐部,他们反对酗酒,隐隐约约地信奉宗教,政治上强大;此外还有喜欢夸夸其谈的殖民主义俱乐部，文学四方院俱乐部，以及其他十几个俱乐部。加入这些俱乐部的人年龄不尽相同，地位也迥然有异。

凡是把一名低年级学生拉到太耀眼的聚光灯下让他抛头露面的任何做法，都会被贴上一个非常恶劣的标签，叫作"出风头"。电影因为有了那些极具讽刺挖苦性的点评而场场爆满，但是作点评的人往往就是在出风头；谈论俱乐部就是在出风头；非常强烈地支持任何一种主张，譬如说，支持举办狂欢酒会，或者支持绝对禁酒主义的主张，那就是在出风头。总而言之，凡属个人崭露头角、惹人瞩目的行为，都是不可容忍的，而真正举足轻重的人则是不承担任何义务的人，照这样下去，挨到二年级俱乐部的选举告一段落之后，人人都必须在今后的整个大学生涯中把自己装进某个口袋里缝起来了。

艾默里发现，向《拿骚文学》杂志投稿是不会有什么结果的，但是倘若能进入《普林斯顿人》日报社的编辑部，谁都会取得巨大的收益。他要参加"英语戏剧协会"做不朽的表演的朦胧愿望也逐渐消退了，因为他发觉最足智多谋、最才华横溢的人才全都集中在"三角俱乐部"里，那是一个音乐喜剧组织，每年在圣诞节期间都会外出举行一次大型巡回演出活动。有一段时间，他只要一进公共食堂就会莫名其妙地感到非常孤独，感到烦躁不安，而内心里还不断有新的渴望和新的抱负在躁动，他任由自己的第一学期就这样在羡慕嫉妒恨之间摇摆着过去了，他羡慕处于萌芽状态的成功，他时常对克里诉说心中的烦恼和苦闷，他们也算得上班级里出类拔萃的人物啊，可为什么就不能马上被别人所接纳呢。

许多个午后，他们都懒洋洋地倚在大学路十二号的窗前，注视着班上的同学要么到公共食堂去，要么从公共食堂回来，注意到那些追随者们已经众星捧月似的巴结上了那些更加出名的人，注视着那些形影相吊、只顾埋头读书的人在行色匆匆地走着，两眼低垂着，对于那些来自名校、三五成群地走在一起的人所拥有的那份快乐的自信充满了羡慕。

"我们都属于倒霉的中等阶层,这就是问题的关键所在!"有一天他这样对克里发牢骚说,他当时正叉开四肢躺在沙发上,带着一脸深思熟虑的神情,一支接一支地抽着法蒂玛牌香烟[①]。

"哦,这样有什么不好吗?我们考进了普林斯顿大学,因此我们不妨也可以用这种方式来对待那些没有什么名气的院校嘛——比他们优越,比他们更有自信心,衣着更加考究,出门更加风光——"

"啊,我并不是因为这个缘故才特别在意那种光怪陆离的等级制度的,"艾默里承认说,"我也很喜欢穿那种胸前印着一群辣猫的T恤呀,可是,哎呀,克里,我一定要成为它们当中的一只辣猫。"

"可是,就目前而言,艾默里,你只不过是一个浑身散发着汗臭味的小市民罢了。"

艾默里躺在那儿,一时语塞。

"我用不了——多久,"他终于说出话来,"但是我不喜欢靠埋头苦干来达到任何目的。你不知道,我一定要露一手给他们看看。"

"全都是体面的伤疤罢了。"克里忽然伸长脖子望着窗外的马路,"瞧,朗格杜克来了,你要不要看看他的模样——亨伯德就跟在他身后。"

艾默里腾地一下从沙发上站起身来,疾步来到窗前。

"啊,"他一边说,一边仔细打量着这些杰出的人物,"亨伯德的样子倒像是一个气度不凡的人,但是这个朗格杜克嘛——他属于很粗犷的那一类人,对不对?我对这一类人就是信不过。所有的钻石在加

---

① 法蒂玛牌香烟(Fatima Cigarettes),美国19世纪出产的一种具有土耳其烤烟风味的香烟,"法蒂玛"为土耳其或阿拉伯女性的名字,烟盒上印有头盖纱巾的女人形象。

工之前看上去都很粗糙的。"

"哎哟,"兴奋之余,克里说,"你可真是一个文学天才呀。就看你下一步怎么发展啦。"

"我也疑惑——"艾默里停顿了一下,"我会不会真是一个文学天才呢。说句老实话,有时候我还真觉得自己是呢。这话说得好像太有点自以为是了,不过,除你之外,这种话我对谁也不会说的。"

"哎呀——赶紧行动起来吧。把你的头发留起来,像文学杂志上的这个名叫丹维里埃的人一样去写诗吧。"

艾默里懒洋洋地伸手去拿放在桌上的一摞杂志。

"读过他最近写的东西吗?"

"从不错过。都是难得一见的杰作。"

艾默里拿起其中的一本杂志翻阅起来。

"哇!"他惊讶地说,"他是一名大一新生啊,是吗?"

"没错。"

"你听听这首诗!我的上帝啊!"

  一位正准备上菜的夫人在说话:
  黑丝绒抖开犹如天幕徐徐落下,
  支支小白烛,已在银烛台里插,
  烛光摇曳如憧憧幽影在迎风起舞,
  皮雅,蓬皮雅,来吧——快来吧——

"嗨,这首诗到底是什么意思啊?"

"这是一首描写餐具室的即景诗。"

  她脚趾紧绷如一只白鹤在展翅飞翔;

> 她躺在床上，身下垫着洁白的床单，
> 她双手合十捂着酥胸好似一名圣徒，
> 贝拉·库妮莎，正奔向那天国之光！

"我的老天，克里，这首诗描写的究竟是什么呀？我发誓，我根本看不懂他在写什么，本人怎么说也是一名文学爱好者啊。"

"这首诗确实很难捉摸，"克里说，"你在读这首诗的时候，只要心里想着运灵柩的车和变了味儿的牛奶就行了。"

艾默里把杂志朝桌上一扔。

"唉，"他叹息道，"我肯定是云里雾里，吃不准的。我知道，我并不是一个循规蹈矩的人，不过话说回来，要是别人不循规蹈矩，我却试讨厌。我也拿不定主意我到底是该陶冶心性，做一名了不起的戏剧家，还是应当对《英语诗歌集锦》[①] 嗤之以鼻，做一个普林斯顿大学的老滑头。"

"为什么要拿定主意？"克里建议说，"还是随波逐流为好，像我这样。我打算靠着伯恩的提携，顺水推舟地扬名于天下呢。"

"我不能随波逐流——我要成为万众瞩目的中心，我要做一个在幕后操纵别人的人，哪怕是为了别人的利益，或者登上《普林斯顿人》编委会主席的宝座，或者担任'三角俱乐部'的主席。我就想做一个受人仰慕的人，克里。"

"你考虑自己的事情考虑得太多啦。"

艾默里一听这话立即坐了起来。

"我不是只为自己考虑。我也在为你考虑呢。假如做一个自命不

[①]《英语诗歌集锦》(Golden Treasury of English Song and Lyrics，1861)，英国著名文学批评家、诗人弗朗西斯·特纳·帕尔格莱弗（Francis Turner Palgrave，1824—1897）所选编、出版的诗歌集，共有五卷。

凡的人很好玩的话，我们现在就应该走出去，立即跟全班同学打成一片。比方说，在六月举办班级舞会的时候，我不妨随便去拉一个小妞儿带进来——不过，我会以非常温厚的态度处理好这件事的，否则我也不会去找人来——我要把她介绍给所有爱勾引女性和玩弄女性的头面人物，把她介绍给橄榄球队的队长，还有那些四肢发达、头脑简单的家伙。"

"艾默里，"克里有点儿不耐烦了，"你纯属在绕来绕去地兜圈子、瞎转悠。假如你真的想出人头地的话，那就走出去，为博取功名付出努力；假如你不愿意，那就顺其自然吧。"他打起了哈欠。"行啦，让我们把这满屋子的烟散一散吧。待会儿我们一起下楼去看橄榄球训练。"

艾默里慢慢也接受了这个观点，决定明年秋天再正式拉开他的成名之旅的序幕，现在则安于现状，看着克里挖空心思在大学路十二号内大肆发掘能逗乐解闷的趣事。

他们在那个犹太青年的床上撒满了柠檬派；他们在艾默里的房间里往煤气灶的喷嘴里打气，让煤气倒灌，弄得整幢楼夜夜都弥漫着煤气味儿，害得"十二号太太"和那位负责本楼修缮工作的管道工惊慌失措；他们把那两个"粗俗的酒鬼"的财物——照片、书本、家具等等——统统搬进了厕所里，这两个家伙从特伦顿①一夜狂欢喝醉了酒回来时，迷迷糊糊地发现东西全都搬了家，一时间都不知究竟是怎么一回事儿；当这两个"粗俗的酒鬼"把这件事全然当作开玩笑之后，艾默里他们便感到索然无味，无比失望了；他们吃完晚饭就打扑克牌，一直打到天亮，玩比大小、二十一点、累积赌注等等；有一回，

---

① 特伦顿（Trenton），美国新泽西州的首府，也是该州最大的城市之一。

恰逢一个同学过生日，他们便撺掇他买香槟酒来庆贺，让大家放开来喝个够。看到那个生日聚会的出资人没有多喝酒，克里和艾默里便出其不意地把他扔下了两段楼梯，事后两人又觉得脸上无光，也后悔莫及，于是就在接下来的整整一个星期里不断跑到校医院去看望人家。

"喂，这些女人都是些什么人呀？"有一天，克里用诘问的口气这样说，责怪艾默里怎么会有这么多信件，"我近来一直在注意你这些信件上的邮戳呢——法尔明顿、多布斯、韦斯托弗、达纳霍尔[①]——你究竟在动什么歪脑筋啊？"

艾默里咧开嘴笑了笑。

"她们全都是双子城[②]人。"他如数家珍地向克里逐一介绍起这些女孩子来，"这个是玛丽莲·德·威特——她长得很漂亮，而且自己有一辆小汽车，有车就他妈的方便多啦；这个名叫萨莉·韦瑟比——她如今是越长越胖啦；这个是迈拉·圣克莱尔，她是我过去的一个老相好，和她接吻是很容易的事儿，只要你愿意——"

"你用了什么灵丹妙药让她们乖乖就范的？"克里问，"我什么法子都试过了，可是那些活泼机灵的疯丫头们压根儿就不怕我。"

"你还是属于'乖孩子'一类的。"艾默里暗示说。

"确实是这么回事儿。我老妈老是觉得，哪个姑娘跟我在一起都安全得很，保准不会出事儿。说句老实话，这也挺烦人的。要是我主动伸手去牵某个人的手，她们就笑话我，任由我伸手去牵，就好像那只手没长在她们身上似的。一旦我真把一只手握住了，她们马上就像

---

① 法尔名顿（Farmington），康涅狄格州的一所高级中学；多布斯（Dobbs），纽约州的一所寄宿制预科学校；威斯托弗（Westover），康涅狄格州的一所私立寄宿制女子预科学校；达纳霍尔（Dana Hall），马萨诸塞州的一所私立寄宿制女子预科学校。以上学校均为名牌高级中学。
② 双子城（Twin Cities），指美国明尼苏达州的明尼阿波利斯和圣保罗两市。该地区是本书作者的故乡，也是书中人物艾默里出生和成长的地方。

触电似的把手甩开,把我晾在一边了。"

"那你就假装生气呗,"艾默里建议说,"跟她们说,你都快要发疯了,好让她们来开导你——回到家里就装疯——半个小时之后再回来——吓唬她们。"

克里连连摇头。

"没有缘分啊。去年我给圣蒂摩西女子学校①的一个姑娘写过一封信,真的是一封情意绵绵的信呢。信写到有一个地方时,我因为一时激动,不知道该怎么表达才好,于是就写上了,'我的上帝啊,我多么爱你!'她倒好,拿了一把修指甲的小剪刀,把'我的上帝啊'这几个字挖掉,然后就把我这封信拿给全校的人传阅了。根本就没有效果啊。我就是一个'老好人克里',缘分就是这么烂。"

艾默里笑了笑,脑子里在竭力想象着假如自己是"老好人艾默里"会是个什么模样。他怎么也想象不出那会是什么模样。

二月里雨雪绵绵不断,像刮龙卷风似的大一新生的学年中期考试总算结束了,"大学路十二号"里的生活依然还是那样趣味盎然,即使不算很有意义。艾默里照例每天总有一顿饭要到"乔家餐馆"去吃,去享用那里的总会三明治②、玉米片、土豆丝,通常都会邀上克里或者亚历克·康涅奇一起去。后者是一个性格文静,却相当清高的老滑头,毕业于霍奇基斯学校,他就住在隔壁房间里,由于他的中学同班同学全都考进了耶鲁大学,因此他也跟艾默里一样,不得不天马行空,独来独往。"乔家餐馆"店堂里的装饰毫无审美情趣可言,而且还略显不洁,但是食客却可以在那里无限制地赊账,这个方便正是艾默里非常喜欢的。他父亲一直在尝试做矿业股票的投资,因此,尽管他每月的

---

① 圣蒂摩西女子学校(St. Timothy All Girls School),马里兰州的一所私立寄宿制女子高级中学。
② 总会三明治(club sandwich),一种三层的当中夹有肉、蛋、番茄、生菜的三明治。

津贴照有不误,却根本不能如他所企盼的那样花起来大手大脚。

"乔家餐馆"还有一个优点,它是个僻静的去处,可以避开高年级同学猎奇的目光,所以,每天下午四点,艾默里要么带着朋友一起来,要么就一个人夹着一本书来,反正他总归要上这儿来考量一下他的消化功能。三月里的一天,他走进餐馆,却发现里面早已座无虚席,没有一张空桌了,于是他便径直朝最末端的一张餐桌走去,在一名大一同学对面的一张椅子上悄然坐了下来,那名大一同学正低着头在专心致志地看一本书。他们彼此简单地点了点头。二十分钟里,艾默里坐在那儿一边吃熏肉小圆面包,一边看《华伦夫人的职业》[1](萧伯纳的这部作品是他学年中期考试期间在图书馆里浏览书刊的时候极偶然地发现的);他对面的那名大一同学也在一边慢慢品尝着一份三合一巧克力麦乳精,一边专心致志地看他的书卷。

久而久之,艾默里的目光便好奇地转向了与他同桌共进午餐的那位用餐人手里的书。他从对面倒着看,终于拼出了那本书的作者和书名——斯蒂芬·菲利普斯的《玛佩萨》[2]。然而这本书对他来说并没有任何的意义,因为他在诗歌格律方面的修养只限于诸如"快到花园来吧,莫德"[3]这一类星期天唱的经典歌曲,以及他最近才不得不死记

---

[1] 《华伦夫人的职业》(Mrs. Warren's Profession,1894)是爱尔兰剧作家萧伯纳的"不愉快的戏剧"系列中的三个剧本之一。剧中的华伦夫人出身贫苦,后来走上了开妓院为生的道路。萧伯纳通过剧中人物的悲惨境遇,对资本主义制度进行了猛烈的抨击。这出戏当年在伦敦和纽约两地都遭到了禁演。

[2] 斯蒂芬·菲利普斯(Stephen Phillips,1864—1915),英国著名诗人、剧作家。《玛佩萨》(Marpessa,1897)是他所作的一部长诗,取材于古希腊神话中伊托利亚公主玛佩萨与山神艾达斯和太阳神阿波罗之间的爱情故事。下文中所提及的大卫·格雷厄姆·菲利普斯(David Graham Phillips,1867—1911)则是美国新闻记者、小说家。

[3] 这是英国桂冠诗人阿尔弗雷德·丁尼生勋爵(Alfred Lord Tennyson,1809—1892)所作的一部独白诗剧《莫德》(Maude,1855)中的一首著名抒情诗。这首诗于1857年由英国音乐家迈克尔·巴尔夫(Michael Balfe,1808—1870)谱曲,由当时的英国著名男高音歌唱家西姆斯·里弗斯(Sims Reeves,1821—1900)演唱。时至今日,这首经典歌曲已历经众多歌唱家的翻唱,仍久盛不衰。

硬背的莎士比亚和弥尔顿零零星星的几句诗。

由于很想跟坐在对面的人搭讪，他便佯装手中的书一时间让他读得津津有味的样子，接着就煞有介事、仿佛不由自主地大叫了一声：

"哈！好东西！"

对面那位大一同学终于抬起头来，艾默里脸上立即显露出假装出来的尴尬表情。

"你说的是你的熏肉小圆面包吗？"他的沙哑、亲切的声音与他那副宽大的眼镜以及给人的那种书卷气很浓的印象恰好相配。

"不，"艾默里回答说，"我说的是萧伯纳的剧本。"他把手中的书翻转过来解释说。

"我还从来没有拜读过萧伯纳的作品呢。我一直想读。"这孩子停顿了一下，然后又接着说，"你有没有读过斯蒂芬·菲利普斯的作品，你喜欢诗歌吗？"

"喜欢，当然喜欢，"艾默里给了一个热切而又肯定的回答，"不过，我还没有读过多少斯蒂芬·菲利普斯的诗作。"（其实他只知道那位已经作古的大卫·格雷厄姆·菲利普斯，根本就没有听说过还有别的姓菲利普斯的作家。）

"这一点很公平，我觉得。当然，他是维多利亚时代的人。"于是，他们开始妙语如珠地讨论起诗歌来，在讨论的过程中，他们彼此作了自我介绍，万万没有想到，艾默里的这位同伴不是别人，正是"那位诗学素养极高的名人托马斯·帕克·丹维里埃"，他就是在《文学杂志》上发表充满激情的爱情诗的那个人。他也许才十九岁，两肩微微下垂，浅蓝色的眼睛，而且，正如艾默里从他的总体外表上可以看出来的那样，他对于社交场上的竞争以及诸如此类令人十分关注的现象并没有多少概念。尽管如此，他很喜欢读书，艾默里似乎已经很久没有遇见过喜欢读书的人了；只要邻桌上的毕业于圣保罗预科学校的那一群人不要把他也错看成一个文学爱好者，今天的这个邂逅相逢他就会觉得意义特别重大。那些人似乎并不注意这边，于是他也就不再担心，变得忘乎所以起来，在说起作品时，一说就是好几十本书——他已经读过的书，他粗略浏览过的书，他听说过的书，他从来没有听说过的书，滔滔不绝、非常流利地一口气报出一大串书名来，就像布兰塔诺书店①里的店员一样。丹维里埃部分地受了蒙骗，但由衷地感到高兴。他因为心性敦厚，所以几乎就认定，普林斯顿大学的学子们一部分属于十足的平庸之辈，一部分则完全属于心无旁骛、埋头苦读的人，能够遇见一个可以一点儿都不结巴地说出济慈的名字，然而又不留下任何明显的把柄让人捉住的人，也算得上一件其乐无穷的事了。

"有没有读过奥斯卡·王尔德？"他问。

"没有。这部作品是谁写的？"

"这是一个人的名字——难道你不知道？"

"哦，当然知道。"艾默里的记忆深处有一根隐隐约约的和弦被触动了，"幽默轻歌剧《忍耐》②，写的不就是他吗？"

"没错，就是这个人。我刚刚看完他的一部作品，《道连·格雷的画像》，我当然希望你也读一读这本书。你会喜欢的。要是你想读，我可以借给你。"

"哇，我会非常喜欢的——多谢了。"

"你想不想上楼到我的房间去坐坐？我还有几本别的书呢。"

艾默里犹豫了一下，并朝圣保罗学校的那群人瞥了一眼——那群人里有一名就是那位天资极高、身份尊贵的亨伯德——他正在考量这

---

① 布兰塔诺书店（Brentano Bookstore），美国著名书店兼出版商，成立于1853年，总部坐落在纽约市第五大道，尤以出版法国经典文学作品闻名。
② 《忍耐》(Patience, 1881)，1881年4月在伦敦首次上演的轻喜剧，当年共演出578场，主要讽刺王尔德和流行于19世纪七八十年代的"唯美主义运动"。

个新结识的朋友会有多坚定呢。他从来没有走到过结交一批朋友然后又很快把他们甩掉的地步——他还没有冷酷到会做出这样的举动来——于是,他便用藏在玳瑁眼镜后面的那双咄咄逼人、冷若冰霜的眼睛仔细衡量着托马斯·帕克·丹维里埃的诱人之处和价值所在,因为他总觉得邻桌的那帮人正在那边虎视眈眈地望着他。

"行,我会去的。"

于是,他翻出了《道连·格雷的画像》,以及《神秘而又阴郁的多洛雷斯》和《无情的美人》[1];一个月里不会再有任何别的东西能让他心驰神往了。世界也变得灰暗无光,引人入胜起来,他甚至处心积虑地想用奥斯卡·王尔德和斯温伯恩的那种饱经世故的眼光来观察普林斯顿——时常故作风雅地用诙谐的口吻戏称王尔德为"加菲尔·欧弗拉蒂",戏称斯温伯恩为"阿尔杰农·查尔斯"[2]。他夜夜都在埋头读书,阅读量也相当的大——萧伯纳、切斯特顿、巴里、皮内罗、叶芝、辛格、欧内斯特·道森、亚瑟·西门斯、济慈、苏德曼、罗伯特·休·本森、萨沃伊轻歌剧[3]等等——不分文类派别,不拘长

---

[1] 《神秘而又阴郁的多洛雷斯》(Mystic and Sombre Dolores,1866)为斯温伯恩所作的长诗;《无情的美人》(Belle Dame sans Merci,1819)是济慈的诗作。

[2] "加菲尔·欧弗拉蒂"是王尔德全名当中的两个名字;"阿尔杰农·查尔斯"是斯温伯恩全名当中的两个名字。

[3] 巴里(Sir James Matthew Barrie,1860—1937),苏格兰小说家、戏剧家,作品颇丰,且颇具影响;皮内罗(Sir Arthur Wing Pinero,1855—1934),英国著名演员、导演、戏剧家;叶芝(William Butler Yeats,1865—1939),爱尔兰著名诗人、剧作家,20世纪文学史上最重要的作家之一;辛格(Edmund John Millington Synge,1871—1909),爱尔兰剧作家、诗人、散文家,"爱尔兰文学复兴"运动的核心人物;欧内斯特·道森(Ernest Christopher Dowson,1867—1900),英国诗人、小说家,"文艺颓废派运动"的发起人之一;亚瑟·西门斯(Arthur William Symons,1865—1945),英国诗人、文学批评家、著名编辑;济慈(John Keats,1795—1821),英国著名浪漫主义诗人,与拜伦、雪莱并称"浪漫主义诗歌运动"三大重要诗人;苏德曼(Hermann Sudermann,1857—1928),德国戏剧家、小说家;罗伯特·休·本森(Robert Hugh Benson,)英国天主教神甫、作家;萨沃伊轻歌剧(Savoy Comic Operas),19世纪末英国维多利亚时代兴起的一种歌剧,对现代音乐剧的诞生具有重要影响。

短样式，什么样的书都拿来读一读，因为他忽然发觉自己这些年来已经变得什么书都不读了。

汤姆·丹维里埃起初只是给他创造了一个交往的机会，但并没有成为一个朋友。艾默里大约一个星期见他一次，他们一起把汤姆的房间重新装饰了一遍，把天花板涂成了金色，在墙上挂起了从拍卖会上买来的仿制挂毯，支起了高架烛台，装上了提花窗帘。艾默里之所以喜欢他，是因为他不但天资聪颖，很有文学素养，而且不矫揉造作，不娘娘腔。事实上，绝大多数情况都是艾默里在卖弄才华，煞费苦心地竭力想把每一句话都说得像警世名言，一副语不惊人死不休的样子，假如一个人只满足于故弄玄虚的妙言警句，有许多精湛的技艺就更能让人拍案叫绝了。大学路十二号总是充满了欢声笑语。克里读了《道连·格雷的画像》，便假扮起亨利勋爵[1]来，艾默里所到之处，他都形影不离地跟着，用"道连"这个名字称呼他，还假装怂恿他心生邪念，借此来消解厌倦的情绪。他还把这一做法带进了公共食堂，同桌用餐的其他人见了都十分诧异，艾默里勃然大怒，一脸窘态，从那以后，他的那些妙言警句就只在丹维里埃面前卖弄了，或者在方便的时候对着镜子朗诵。

有一天，汤姆和艾默里试着用克里的留声机播放的音乐为伴奏，朗诵他们自己写的诗和邓萨尼勋爵[2]的诗。

"唱出来！"汤姆大声喊道，"不要朗诵。要像在教堂唱诗那样唱出来！"

艾默里的配乐诗朗诵这时恰好正表演到兴头儿上，便显得很是恼

---

[1] 亨利勋爵（Lord Henry），王尔德唯一的长篇小说《道连·格雷的画像》中的人物，主张快乐论，认为人生在世，唯一值得追求的东西就是美和各种感官享受所带来的快乐。
[2] 邓萨尼勋爵（Lord Dunsany），即爱德华·普伦吉特勋爵（Edward John Moreton Plunkett, 1878—1957），爱尔兰小说家、戏剧家、诗人，一生创作了80多部作品，均以"邓萨尼勋爵"为名发表。

火，于是就提出要求，说他需要换一张钢琴音乐少一些的唱片。克里一听这话当即就乐翻了，笑得倒在了地板上，只是捂着嘴没敢笑出声来。

"那就换上《花儿与爱心》①！"他号叫起来，"啊，我的老天爷，我要把那只挠心的小猫咪撵出去。"

"把那破留声机关了，"艾默里大叫着，一张脸涨得通红，"我又不是在公演。"

在这段时间里，艾默里处心积虑，但方法巧妙地竭力想唤醒丹维里埃对于社交体系的认识，因为他知道这位诗人确实比他要传统得多，不过，只需要他往头发上抹点儿水，在范围小一点儿的人群中说说话，再配上一顶颜色深一些的棕褐色礼帽，他就会变得非常正常了。但是对于要身穿"利文斯顿"牌的衬衫，佩戴深色领结这一套庄重的礼拜仪式，他却充耳不闻。事实上，丹维里埃对他的这番良苦用心已经略有怨言了。于是，艾默里便约束自己，一星期只去拜访他一次，偶尔才带他到大学路十二号来一趟。这就难免让其他的大一同学暗暗觉得好笑，他们戏称这两个人为"约翰逊博士和鲍斯威尔"②。

亚历克·康涅奇，另一个常客，隐隐约约也有点儿喜欢他，但是也有那么点儿怕他，因为人家毕竟是一个才高识远的名人嘛。克里却透过他那滑稽如顺口溜似的诗歌，看到了他内心深处的那份憨厚，简

---

① 《花儿与爱心》(Hearts and Flowers)，美国流行歌曲，由诗人玛丽·D. 布莱恩作词，作曲家西奥多·默西·托巴尼谱曲，发表于1893年。这首歌曲当年十分流行，常被用作电影背景音乐，因曲调缠绵悱恻，小提琴声如泣如诉，凄婉动听，"花儿与爱心"便成为英语中"多愁善感"或"缠绵悱恻"的代名词。

② 约翰逊博士（Dr. Samuel Johnson, 1709—1784），英国大文豪，集词典编纂家、作家、批评家、道学家、雄辩家于一身，人称"约翰逊博士"，是当时英国文学界的重要人物。他所编纂的《英语词典》是英语史上的第一部大词典。鲍斯威尔（James Boswell, 1740—1795），苏格兰文豪、传记作家，约翰逊博士的好友。他撰写的《萨缪尔·约翰逊传》(The Life of Samuel Johnson, 1791)详细记述了约翰逊博士的生平和谈话，为人们津津乐道。

直是可敬的秉性，觉得非常有趣，便老是让他一小时一小时地朗诵诗歌，他自己则躺在艾默里的沙发上，闭着眼睛静静地听：

> 她已酣然入梦还是彻夜无眠？她的玉颈
> 她紧闭的双眼，依然带着紫色的吻痕
> 那疼痛的鲜血在体内颤动在缓缓浸出
> 那轻轻的刺痛轻轻地——花瓣丛中一点红……①

"好诗，"克里轻声说，"这首诗让大哥霍利迪听得很过瘾。我猜想，这准是一位大诗人的杰作吧。"汤姆见有人欣赏他的诗朗诵，感到十分高兴，便把那本《诗歌集》里的诗一首接一首地朗诵着，到最后，克里和艾默里已经耳熟得差不多能跟他一样背诵了。

艾默里开始写诗了，春意绵绵的午后，普林斯顿大学附近那些豪宅的花园，人工湖里游弋的天鹅，与岸边垂柳相映成趣的天空中缓缓飘动的云彩，都为他作诗创造了极好的气氛。五月来得太早了点儿，艾默里忽然感到高墙深院已经锁不住他的心了，他常常数小时地徜徉在校园里，无论是在星光灿烂的夜空下，还是在淅淅沥沥的细雨中。

一个湿润的象征性的小插曲

夜雾降临了。薄薄的雾霭从月亮的表层翻滚而过，团团凝聚在高耸的锥形尖塔和巍峨的楼群四周，继而又从尖塔和楼群的顶端缓缓下沉，放眼望去，宛如沉湎在梦中的群峰林立的建筑物的尖顶，依然还

---

① 这是斯温伯恩《诗歌集》(*Poems and Ballads*，1866)中《维纳斯颂》(*Laus Veneris*)的第一节。下文提及的《诗歌集》即这部作品。

在面对夜空抒发着志存高远的情怀。那些像蚂蚁一样点缀着白天的人影,此时犹如影影绰绰的幽灵在眼前飘来飘去,时隐时现。那些哥特式建筑风格的楼宇和回廊在黑暗中赫然耸现,每一幢建筑物的轮廓都由无数灯光昏黄、忽明忽暗的小方块勾勒而成,更是给这些建筑物增添了无限神秘的色彩。不知从哪儿传来了沉闷的每到一刻钟就报时的钟声,这时,艾默里恰好从日晷前经过,便停下脚步,伸开四肢,在潮湿的草地上和身躺下来。凉飕飕的夜露湿润了他的眼睛,也减缓了时光的飞逝——时光,在懒洋洋的四月午后不知不觉地悄悄溜走的时光,在这漫长的春天里的黄昏时刻,似乎尤其显得让人难以捉摸。日复一日,每到傍晚时分,大四同学那感伤、凄美的歌声便会飘过校园,刺破他封闭着的本科生意识的外壳,传递出一种深厚而又虔诚的对那些灰色的围墙和哥特式尖顶的眷恋之情,母校的一草一木如今已象征着那已然逝去的岁月年华,只能作为记忆存储在记忆库之中了。

  他站在窗前可以清清楚楚地看到的那幢塔楼拔地而起,逐渐形成为一个傲然挺立的锥形尖顶,但它似乎依然渴望着能够长得更高,直至其顶点能够插入云霄,时隐时现地出没在晨曦初露的天空中,这使他第一次意识到校园里的这些来去匆匆的身影的转瞬即逝和微不足道,他们最多不过是代代相传的基督使徒传统的继承者而已。他喜欢这样认为,哥特式建筑,因其在走向上具有一种蓬勃向上的格调,特别适合于大学校园,这已成为他个人的一种思想观念。一片片静悄悄的绿地,一座座安谧的教学大楼,以及大楼里偶然闪现的熬夜苦读的灯光,都会紧紧抓住他的想象,成为一种强烈的思维定势,而锥形尖顶的圣洁操守,则成了他的这种感知的象征之一。

  "这一切真他妈的令人叫绝啊,"他憋住嗓音说出声来,一边将双手在潮湿的夜露上沾湿,然后用手捋着头发,"明年我一定要奋斗!"然而他也明白,那些锥形尖顶和塔楼所代表的那种令人振奋的精神,纵然可以使他在此时此刻默许胸中如梦如幻般冒出来的诸多念头，但是一到紧要关头就会把他吓退了。此时此刻，他意识到的仅仅只是自己的微不足道，等他真正付出努力之后，他才会看清自己的无可奈何和无足轻重。

大学时代的梦还在继续做着——睁着眼睛做着。他能感觉到一种令人紧张的兴奋，那也许就是在缓慢跳动着的大学的心脏吧。它宛如一条小溪，他站在溪边向水中抛出了一枚石子，石子激起的淡淡涟漪几乎与石子脱手而出的时间一样短暂，转眼间就消失得无影无踪了。迄今为止，由于毫无付出，他一无所获。

一个迟迟不归的大一学生，在松软的小径上啪嗒啪嗒地行走着，他的油布雨衣哗啦哗啦地发出很大的响声。不知从什么地方传来了一声想必是程式化的叫喊，"把你的脑袋伸出来！"那声音是从一个看不见的窗台下传过来的。在浓雾的笼罩下，潺潺流水发出的千百个叮咚作响的声音终于挤进了他的意识之中。

"啊，上帝！"他突然大叫了一声，却听见自己的声音在寂静的夜空中回荡着，顿时吃了一惊。毛毛细雨仍在淅淅沥沥地下着。他一动不动地在草地上又躺了一会儿，两只手紧紧地攥着。片刻之后，他一跃而起，站稳脚跟，伸手想拍拍身上的衣服。

"我浑身都他妈的湿透啦！"他对着日暮大喊了一声。

历史事件

他读大学一年级那年的夏天，战争爆发了。除了对德国人向巴黎发动闪电式进攻还有那么点儿兴趣之外，整个事态既没有使他感到大为震惊，也没有引起他的多大关注。他大概是抱着观看一场饶有兴味的传奇剧的态度来看待这场战争的，并希望这场战争能打得长久一点儿，血腥一点儿。假如这场战争无法持久地打下去，他甚而会感到非常恼火的，就好比一个人买了门票去看职业拳击比赛，却看不到几个主要的拳击手在场上扭成一团，作拼死的搏斗的情景一样。

这就是他对这场战争的总体反应。

"哈哈，奥尔唐斯"[①]

"行啦，舞蹈队的姑娘们！"

"得抓紧练啦！"

"嗨，舞蹈队的姑娘们——那些拉屎撒尿的废话就别再说啦，快过来扭扭你们那难看的屁股吧，行不行？"

舞蹈教练无可奈何地发着脾气，三角俱乐部的主席焦急万分地紧绷着一张脸，一会儿大发雷霆地厉声训斥，一会儿又气咻咻地瞪着眼睛懒得说话，他无精打采地一屁股坐下来，心中就在纳闷儿，眼看要到圣诞节了，照这样下去，巡回演出还怎么进行。

"好吧。我们来排练海盗之歌吧。"

舞蹈队的女孩子全都是男生扮演的，他们还要最后再猛吸一口香烟，然后才懒懒散散地各就各位；担任女主角的那位男演员一边匆匆奔向前台，一边装腔作势地把手和脚摆出制造气氛的姿势；舞蹈教练又是拍手，又是跺脚，一遍又一遍地重复着，嘴里还不住地喊着节奏，他们总算排出了一场舞蹈。

三角俱乐部活像一个热闹非凡的大蚁冢。俱乐部每年演出一个音乐喜剧，带着全套演员班子、合唱队、乐队、布景等等，在整个圣诞

---

① 奥尔唐斯（Hortense de Beauharnais, 1783—1837），法皇拿破仑一世的女儿，后成为荷兰国王路易·波拿巴的妻子、法皇拿破仑三世的母亲。

节假日期间作巡回演出。剧本和音乐都是在校本科生的作品，而俱乐部本身也是最具影响力的一个团体，每年都会有超过三百人前来参与竞争。

艾默里在第一次专为大学二年级同学设立的《普林斯顿人》岗位的竞争中就已轻松取胜，因而填补了演员表中的一个空缺，饰演"沸腾的油，海盗队长"这一角色。到了二年级的最后一星期，他们每天晚上都要到卡西诺娱乐城去排练《哈哈，奥尔唐斯！》，要从下午两点一直排练到第二天早上八点，困倦了就靠不加牛奶和糖的强力黑咖啡来提神，白天上课的时候就睡大觉，课间也不醒。卡西诺娱乐城真是一个难得一见的场所。那是一个像谷仓一样的规模很大的礼堂，里面坐满了扮演女孩子的男生，扮演海盗的男生，扮演小孩子的男生；布景仍在有声有色地搭建中；操纵舞台聚光灯的人正在调试灯光，把一束束怪诞的光柱照射到愤怒的眼睛上；满耳都是乐队不断调弦的声音，或者是三角俱乐部主旋律强烈、欢快的节拍声。为音乐剧创作抒情歌词的那个男生站在角落里，嘴里叼着一支铅笔，用二十分钟时间来考虑可以再加演一个什么样的节目；那位业务经理正在与俱乐部的干事争论究竟该花多少钱来置办"那些乱七八糟的挤奶女工的服饰"；那位老毕业生，也就是九十八届俱乐部的主席，正端坐在一只箱子上，在遥想他们当年事情要好办得多了。

三角俱乐部的每次演出究竟是如何开场的，这始终是一个不解之谜，但是，不管怎么说，谁要是作出了很大的贡献，谁就可以在自己的表链上挂上一个小小的金三角，这倒确实是一个妙趣横生的不解之谜。《哈哈，奥尔唐斯！》被改编过六次，节目单上写着九位合作者的名字。三角俱乐部所有的剧目，在开始写的时候都是"内容别出心裁——绝非人们司空见惯的音乐喜剧"，但是，在经过好几位作者、俱乐部主席、指导老师、学院委员会的共同完善、审核之后，剩下的就只有原来那一套可靠的笑话了,因为要保持原来那一套可靠的具有三角俱乐部特色的剧目嘛,至于担任主要角色的那位喜剧演员,就在巡回演出即将成行之际,他不是被开除了,就是病倒了,或者是出于别的什么原因,反正他不能再担任主要角色了,另一个是在舞蹈队的"那群姑娘"里担任主要芭蕾舞演员的那个满脸浓密络腮胡子的家伙,他"坚决不愿意一天刮两遍胡子,"于是,两人就把演出送去见鬼了!

《哈哈,奥尔唐斯!》剧中有一处非常精彩的地方。凡是已经加入了广为人知的"骷髅会"的耶鲁大学的学生,只要一听到普林斯顿大学这个神圣的名字,他就必须立即退场,这是普林斯顿大学的一个传统。然而"骷髅会"的成员却在后来的生活中一律飞黄腾达,或是积攒财富,或是积攒选票,或是积攒证券,反正爱积攒什么就积攒什么,这也是一个传统。因此,《哈哈,奥尔唐斯!》的每一场演出,向来有六个座位的票是不对外出售的,要给花钱从街头雇来的六个流氓无赖留着,这些人原本就面目可憎,三角俱乐部的化妆师还要对他们更进一步地修饰。当演出进行到"狂热分子、海盗头子"手指着他那面黑旗子说"我是一名耶鲁毕业生——请看我的骷髅标志"——这时候,那六个流氓无赖要遵照吩咐,非常招摇地从座位上站起来,带着心情非常抑郁、自尊严重受挫的表情,离开剧场。据说,那个花钱雇来的伊利斯,有一回还真的表现得煞有介事的样子,一脸的愤愤不平,尽管这件事从来没有得到过证实。

在整个圣诞节假期里,他们在八个城市的高档社区里进行过巡回演出。艾默里最喜欢路易斯维尔和孟菲斯[①]:这两个城市的人懂得

[①] 路易斯维尔(Louisville),肯塔基州北部工业和内河港口城市,位于俄亥俄河河岸,毗邻印第安纳州南部边界,一年一度的肯塔基赛马会即在此举行。孟菲斯(Memphis),密西西比河畔的港口城市,位于田纳西州最南端,19世纪晚期出现的布鲁斯音乐即发源于此地。

如何接待外面来的人，城市的装点也具有非凡的活力，处处都花枝招展，显示着令人叹为观止的富有女性魅力的美。芝加哥这座城市他也很是赞许，因为它颇有生气，尽管人们说话的口音很重——然而，这是一个推崇耶鲁的城市，况且人们还在期待着一个星期之后耶鲁的"欢乐俱乐部"来此演出，因此三角俱乐部受到的待遇只是打了折扣的殷勤。到了巴尔的摩市，普林斯顿来的人就感到宾至如归了，人人都一见如故，坠入了情网。所到之处都有烈性酒水相待，让大家开怀畅饮；有一个家伙一贯要喝得异常兴奋才肯登台演出，还大言不惭地说，他对角色的独特理解需要他这样做。专用车厢有三节；然而，除了第三节车厢之外，谁都没有睡觉，那节车厢叫作"动物车厢"，因为乐队里所有戴着眼镜、特爱夸夸其谈的人全都集中在那里。一切事情都是匆匆完成的，大家都还来不及感到厌倦无聊，不过，等他们到达费城时，圣诞节假期即将结束，大家都可以从容不迫地摆脱鲜花和油彩的浓重气氛了，舞蹈队里扮演女演员的那些男生忍着腹部的疼痛脱下了紧身衣，个个都如释重负地深深舒了一口气。

巡回演出队一宣布解散，艾默里便归心似箭，急忙动身赶往明尼阿波利斯了，因为萨莉·韦瑟比的表妹伊莎贝尔·博尔吉在她父母去国外度假期间要到明尼阿波利斯来过寒假。他只记得伊莎贝尔当年还是一个小姑娘时的模样，他第一次到明尼阿波利斯的时候，曾经跟她在一起玩过几次。她家后来迁往巴尔的摩去了，而且一直就住在那里——不过，从那以后，她的情况究竟怎样就不得而知了。

艾默里大步流星地走着，心中充满了自信、紧张、欢乐。像这样兴冲冲地急着赶回明尼阿波利斯，去见一个他小时候认识的姑娘，这似乎是一件很有意思而且也很浪漫的事情，值得去做。于是，他便毫无内疚地给他母亲发了一封电报，让她不要等他回家了……坐在火车上，三十六个小时只想着自己的事情。

"爱抚"

在三角俱乐部巡回演出期间，艾默里接触到并一直保持着经常性联系的事情，就是那个极为流行的美国现象——"爱抚派对"。

那些因袭维多利亚时代的规矩①的母亲们——但凡做了母亲的人，大多都会因袭维多利亚时代的规矩——根本就想不到，她们的女儿背着她们在外面跟人家接吻是多么的随心所欲，而且习以为常。"只有小保姆才会这样，"休斯顿-卡莫莱特太太对她那个人见人爱的女儿这样说，"她们总是先让人家亲吻，然后就让人家来求婚。"

可是，那人见人爱的女儿在她十六岁到二十二岁这六年时间里，差不多每隔半年就要订婚一次，到了二十二岁这一年，她才正式准备跟门当户对的坎贝尔父子公司的小公子汉姆贝尔结婚，那个汉姆贝尔还愚蠢地认为自己是她的初恋情人呢，而在每一次订婚之后，那人见人爱的女儿（舞会上有节外生枝的规矩，主张物竞天择、适者生存，她就是这样被选中的）或是在月光下，或是在炉火边，或是在外面的黑暗中，还要再跟别的人缠绵悱恻地作最后一吻。

艾默里亲眼看到女孩子们竟然能够做出甚至在他的想象中也是让人难以置信的事情来：凌晨三点，舞会结束之后，在那些扑朔迷离的咖啡馆里吃夜宵，生活的各个方面无所不谈，神态半是严肃认真，半是讥笑嘲讽，然而还有一种鬼鬼祟祟的兴奋，这在艾默里看来就代表了真正的道德沦丧。不过，他是在看遍了纽约和芝加哥之间的那些城市，发觉这是少男少女们最喜欢玩弄的一个巨大的阴谋之后，才认识到这种现象是多么的普遍。

---

① 指故作正经、固执己见、因循守旧。

午后的大酒店，冬日的暮色在外面徘徊，楼下传来隐隐约约的鼓乐声……他们在大堂里来回踱步，心情烦躁，又端起一杯鸡尾酒，身上一丝不苟地穿着盛装，在焦灼地等待着。这时候，旋转门转动了，三个裹皮大衣裹得严严实实的人迈着忸怩的步子走了进来。事毕之后，再进剧院；然后再坐到一张桌子前观看《午夜嬉戏》歌舞表演——当然，做母亲的有时也会到场陪同，但是她起不了多大作用，只会让事情变得更加讳莫如深，更加炫耀惹眼，因为人都走了，只剩下她孤零零的一人坐在那张桌子边，心里还在想，这样的娱乐半点儿也不像他们所渲染的那么糟糕嘛，只不过相当疲惫罢了。可是，那人见人爱的女儿又一次恋爱了……这是不是有点奇怪？——尽管出租车里有这么大的空间，那人见人爱的女儿和威廉斯学院的那个男生却不知何故被挤了出来，他们钻进了另外一辆车子里。真是奇怪！你难道没有注意到那人见人爱的女儿迟到了整整七分钟，她脸上一片绯红？不过，那人见人爱的女儿"轻而易举就遮掩过去了"。

这位"头号大美女"已经变成了"调情者"，再由"调情者"变成了"利用色相勾引男子的小荡妇"。这位"头号大美女"每天下午都有五六个人来找她。假如那人见人爱的女儿，出于某种莫名其妙的意外，只有两个人来找她，那么，那个无缘与她外出幽会的人就会感到非常不自在。这位"头号大美女"在舞厅里，在每一首舞曲的间隙时间里，总是被十多个男士团团包围着。那就在每一首舞曲的间隙时间里设法去找到那人见人爱的女儿吧，一定要设法找到她。

那是同一个姑娘……沉浸在丛林爵士乐和道德准则受到质疑的氛围中。艾默里在八点之前认识的任何一个人见人爱的姑娘，他完全有可能在十二点之前就亲吻她，他觉得这样的感觉是很令人陶醉的。

"我们到底为什么要上这儿来？"有一天夜里，在路易斯维尔那家乡村俱乐部的外面，他们坐在某一个人的豪华汽车里，他这样问那个随身带着好几把绿色梳子的姑娘。

"我怎么知道。我本来就是一个特别淘气的人。"

"我们还是坦率一点儿吧——我们今后不可能再见面了。我愿意陪你出来,在这儿聊一聊,那是因为我觉得你是我见过的最漂亮的女孩子。你其实也不在乎还能不能再跟我见面的,对不对?"

"对——可是,这就是你对每一个姑娘都会说的台词吧?我究竟做错了什么,要受到你这样的对待?"

"还有,你跳舞就不觉得累吗?你就不想抽支烟,或者做你说过的那些事吗?你不就是想着要做——"

"啊,我们还是进去吧,"她打断了他的话,"假如你硬要这样追根究底的话。我们还是别讨论这个话题为好。"

如果说手工编织的无袖紧身套衫这一款式十分新潮,艾默里突发灵感,那就不妨称其为"爱抚衫"吧。这个好听的名字会很快传遍东西两岸常挂在那些喜欢在女人堆里厮混的男人和那些人见人爱的女儿们的嘴上的。

客观的描述

艾默里如今已经十八岁,将近六英尺的身高,相貌非常英俊,特别的,不是一般的英俊。他有一张相当稚气的脸,脸上透露着天真无邪的神情,然而却被一双睫毛又长又黑、能够洞悉一切的绿眼睛给破坏了。他好像缺少那种强烈的能让异性着迷的吸引力,而这种吸引力往往又是跟男人或女人与生俱来的美貌相伴随的;他的个性似乎完全是一种心理上的特点,对于个性,他做不到收放自如,像自来水龙头一样要开就开,要关就关。不过,人们见了他这张脸,就绝对难以忘怀。

伊莎贝尔

她在楼梯顶上停住了脚步。好比跳水运动员已经站在了高高的跳板上,好比女主角在其首场演出之夜马上就要登台亮相,好比身材魁梧、体格健壮的年轻大学生马上就要投身于全国大学生橄榄球联赛的首日开赛,那种激动人心的感觉此时袭遍了她的全身。她本来是要随着一阵鼓乐声走下楼的,或者是伴随着《黛伊丝》和《嘉尔曼》[1]互不协调的主旋律走下楼来的。她对于自己的出场从来没有这样好奇过,她对于自己的出场从来没有这么满意过。她的芳龄刚好十六岁零六个月。

"伊莎贝尔!"她的表姐萨莉在化妆间门口喊她。

"我马上就来。"她觉得喉头像被一团小小的紧张感堵住了一样。

"我得叫人回去再取一双轻便舞鞋来。一会儿就行了。"

伊莎贝尔朝化妆间走去,想对着镜子最后再看一眼,但是有一件事情使她心里猛然咯噔了一下,便站在那里不动了,两眼直瞪瞪地望着明尼哈哈乡村俱乐部那宽阔的楼梯。曲线型的楼梯吊人胃口似的一级级向下延伸着,她恰好可以瞥见楼下的大厅,那里有两双男性的脚。那两双脚上一律都穿着黑色的橡胶底浅口网球鞋,让人看不出那两人的身份,但是她心里却迫切地想知道其中的一双是否就是艾默里·布莱恩的。这个年轻人,虽然至今尚未谋面,可是他已经占据了她一天的很大一部分——她到达这儿的第一天里的很大一部分时光。

---

[1]《黛伊丝》(Thaïs, 1894),法国剧作家马斯奈(Jules Massenet, 1842—1912)根据大作家阿纳托尔·法朗士(Anatole France, 1844—1924)同名小说改编的三幕歌剧,1894年首次在巴黎加尔涅歌剧院演出。《嘉尔曼》(Carmen, 1875),法国作曲家毕赛特(Georges Bizet, 1838—1875)根据大作家梅里美(Prosper Mérimée, 1803—1870)同名小说改编的四幕歌剧,1875年首次在巴黎歌剧院演出。

从火车站坐着汽车回来的路上，萨莉在一连串地发问、点评、透露情况、夸大其词的时候，曾主动对她说：

"你肯定还记得艾默里·布莱恩这个人吧，那是当然的。哦哟，他简直就像疯了似的想再次见到你呢。他在大学里多待了一天，他今天晚上到。关于你的情况，他已经听说了好多啦——他说他还记得你的这双眼睛呢。"

这番话让伊莎贝尔听了很是得意。这就把他们两人放在同等条件上了，尽管对于她自己的那些浪漫事迹，她完全有能力去自编自导，不管事先有没有经过大张旗鼓的渲染。不过，因翘首期盼而产生的一阵幸福的震颤退去之后，随之而来的却是一种令人丧气的感觉，使她心生疑虑，便禁不住问道：

"你说他已经听说过我好多事情了，那是什么意思？我的什么事情？"

萨莉笑了。她感觉自己完全就是在担当她那更加出挑的表妹的演出经纪人。

"他知道你是一个——你是一个人见人爱的漂亮姑娘，人人都说你——"她故弄玄虚地停顿了一下，"我猜想，他知道有人亲吻过你。"

一听到这句话，伊莎贝尔藏在她裘皮大衣底下的那只小拳头便突然攥紧了。她已经习惯了老是有人如此这般地追查她胆大妄为的过去，而且每次都毫无例外地会激起她满腔的恼怒；然而——在这样的一个外地城市里，这倒是一个有利的名声。她就是一粒"兴奋剂"，对吗？哼——让他们自己查去吧。

伊莎贝尔眺望着车窗外，只见飞雪在寒风凛冽的早晨漫天飞舞着。这里的天气确实要比巴尔的摩冷多了，她已经不记得了；边门上的玻璃已经结了冰，车窗玻璃上布满了冰雪的花纹，四角都是积雪。她脑子里还在玩味着一个主题。他的穿着打扮依然还像从前的那个男孩子吗？那时候，他在那条繁华的商业大街上不紧不慢地走着，脚上是一双莫卡辛软帮鹿皮鞋，身上穿着冬季狂欢节的服装，他还像那样吗？多么具有大西部的风格啊！当然，他现在不会是这种打扮了：他考进了普林斯顿大学，现在恐怕已经是大学二年级了。她真的不清楚他现在的状况。很久以前拍的一张照片依然还保存在她的一本旧的柯达相簿里，那双大眼睛曾给她留下了很深的印象（如今他那双大眼睛可能已经变得非常吸引人了）。然而，上个月，在她决定要到萨莉这儿来过寒假的时候，他在她脑海中的模样已经渐渐显现出一个值得她重视的对手的形象了。孩子们往往是最精明的拉郎配活动的安排者，他们能非常迅速地策划好他们的活动方案，而萨莉则在演奏着一首起联络作用的奏鸣曲，聪明地激发了伊莎贝尔很容易激动的脾气。伊莎贝尔有时候很容易表现出非常强烈的情绪，即便是转瞬即逝的动情……

　　她们的汽车驶离了覆盖着皑皑积雪的大街，开到一幢蔚为壮观、汉白玉砌成的建筑物前停下来。韦瑟比太太热情地出门来迎接她，很懂礼貌、羞答答地躲藏在四处角落里的她的好几个小表妹也都给叫出来见了面。伊莎贝尔非常乖巧地与她们一一相见了。她的最大的本领就在于，凡是与她接触过的人，最终都会成为她的一个个死党——年龄大一点的姑娘和几个女人除外。她给人的全部印象都是刻意装出来的。这天早上与她重温旧情的这六个姑娘都对她有相当好的印象，一来是终于见到了她本人，二来是因为她名气很大。艾默里·布莱恩是一个公开的话题。从种种证据来看，他对于爱情显然稍有点儿轻率，不专一，人缘不能说很好，也不能说很不好——那里的每一个姑娘似乎都或早或晚地曾经与他相爱过，但是却没有一个人肯主动提供一丁点儿真正有用的情况。他就要拜倒在她的石榴裙下了……萨莉向她的小妹妹们发布了这一信息，她们一看到伊莎贝尔，也就尽快把她们所知道的情况零敲碎打地贩卖给萨莉了。伊莎贝尔暗暗拿定主意，假如有必要，她就硬逼着自己去喜欢他——这一切要归功于萨莉。万一她感到非常失望怎么办？萨莉已经用如此绚丽的色彩把他描绘得光芒四射了——他很漂亮，"小有名气，只要他想出名"，会甜言蜜语，但是非常的不专一。事实上，他身上集中体现着她这个年龄和环境指引她去追求全部浪漫的欲望。她心里疑惑着，不知道楼下柔软的地毯上迟疑不决地跳着狐步舞的那双舞鞋是否就是他的。

所有的印象，实际上还有所有的想法，在伊莎贝尔看来全都像万花筒一样，是千变万化的。她言谈举止间无不透露着，她既很善于社交，又不乏高雅的艺术气质，是一种不可思议的混合体，这两种性格特点往往在两类人身上可以找到，一类是经常出入于社交场合的女人，一类是女演员。她的教育，说得确切一点，她的世故圆通，是从那些被她的喜怒哀乐所左右的男孩子身上汲取来的；她的机敏乖巧是她的本能反应，她若要上演风流韵事，能力巨大，仅仅只受到电话所及范围之内倾心于她的男人的多与少的限制。她回眸一笑百媚生，那双黑褐色的大眼睛里秋波频频递送，调情之意通过体态和笑靥释放出的强大吸引力让人一览无余。

这天晚上，她就这样站在楼梯口等着派去的人送轻便舞鞋来。就在她等得越来越不耐烦的时候，萨莉恰好从化妆间里走了出来，笑吟吟的，还是惯常的好脾气，一副兴致勃勃的样子，于是她俩便一起下了楼，而此时伊莎贝尔脑海里的那盏探照灯在来回搜索、照射的是两个念头：她很高兴自己今晚脸色红润，她很想知道他舞跳得好不好。

到了楼下，走进俱乐部的大舞厅，她一下子就被她下午刚认识的那些姑娘团团围住了，紧跟着，她就听见萨莉在不厌其烦地报着一连串的名字，便不得不迁就自己，心不在焉地朝着那六人一组、黑白分明、非常拘谨、似曾相识的身影一次一次地欠身行礼。她觉得布莱恩这个名字似乎出现过，但是她一时却找不到他人在哪里。接下来便是熙熙攘攘、非常符合少男少女们特点的一阵骚乱，大家动作笨拙地彼此退让，相撞，而且人人都发现自己是在跟一个最不想交谈的人面对面地站着闲聊。伊莎贝尔趁机脱出身来，挤出了人群，哈佛大学的一年级学生，小时候曾经和她一起玩过跳房子游戏的蛤蟆帕克，这时也挤出了人群，两人在楼梯口找了一个位子坐下来，彼此幽默地谈起了儿时的一些往事，这恰好正是她所需要的。伊莎贝尔在社交场合可以一门心思做的那些事情的确是不同凡响的。首先，她可以如痴如狂地用非常热情的女低音反复讲述同一件事，说话还略带着点儿南方口音；其次，她可以把刚说过的事情放在一边，让别人去评说，自己则笑吟吟地听着——展示她那烂漫迷人的微笑；再然后，她便换一种方式再来说同一件事，心里却在设计圈套，玩那种类似于猫捉老鼠、欲擒故纵的把戏，而所有这一切，名义上都是以对话的形式在进行着。蛤蟆帕克陶醉了，一点儿都没有意识到她这样做并不是为了他，而是为了那个头发仔细喷过水，梳得油光锃亮，一双绿眼睛不停地闪烁着的人，他就在她的左侧，离她不远，因为伊莎贝尔这时已经发现了艾默里。正如一个女演员即便在她明知她的个人魅力已经得到最充分的展现的时候，都会对坐在第一排的大多数观众有深刻的印象一样，此时的伊莎贝尔也在打量着她的对手。首先，他的头发是赤褐色的，这就令她的失望感油然而生，因为在她的心目中，她原以为他是黑头发，而且具有像广告上看到的那种苗条身材……至于其他方面嘛，他脸色微红，身材挺拔，是一副浪漫的形象；一套紧身的燕尾服，一件丝褶裥饰边的衬衫，与他的体貌特征非常相称，这样的衬衫女人们现在依然乐意看到男人们穿在身上，而男人们却已经感到有些厌倦了。

在伊莎贝尔像这样审视的时候，艾默里则一直在默默地旁观。

"难道你不这样认为吗？"她出其不意地转过身来对他说，目光显得非常天真。

舞厅里一阵骚动,萨莉一马当先,领着一群人来到他们的餐桌前。艾默里费劲儿地挤到伊莎贝尔身边,悄声对她说:

"你是我晚宴上的搭档呢,你知道吗。我们都是彼此配好对的。"

伊莎贝尔倒吸了一口冷气——这个说法倒是相当合情合理的。但是她心里却实在感到不好受,仿佛一篇精彩的演讲词从她这位主演的手里被人拿走了,交给了一个次要的角色……主导地位她是一点儿也不能丧失的。餐桌上笑声不断,大家为寻找自己的位子而乱成了一团,于是都把好奇的目光转向了她,因为她坐了靠近首席的位子。她非常开心地看着这情形,而蛤蟆帕克因为两眼只顾直勾勾地望着她越发红润的脸上焕发出的喜悦神采,竟忘记替萨莉把座椅拉出来,而且还一脸茫然、不知所措的样子。艾默里坐在对面,信心很足,也很得意,眼睛盯着她,明明白白是非常倾慕的神情。他一开口,就把话说得直截了当,蛤蟆帕克也一样:

"从你还梳着小辫儿的那时候起,我就听说了好多关于你的事情——"

"今天下午你说滑稽不滑稽——"

两人话说到一半都停了下来。伊莎贝尔娇羞地朝艾默里转过脸去。她的一个脸色就足以让任何人知道她的回答是什么,但她还是决定说出来。

"怎么说的——听谁说的?"

"听大家说的——自从你走了以后,这么多年来大家都在说你。"她自然脸上绯红。她右边的蛤蟆帕克已经丧失了战斗力[1],尽管他自己还不觉得。

---

[1] 此处原文为法语 hors de combat。

"我来说说这些年来我所记得的有关你的事情吧。"艾默里接着说。她朝他微微探过身去,两只眼睛羞答答地望着摆在她面前的芹菜。蛤蟆帕克叹了一口气——他了解艾默里,也深知艾默里这人似乎生来就会控制局面。他转过脸去跟萨莉说话了,问她明年是否会离开家乡到外面去求学。艾默里开始用葡萄弹①发动进攻了。

　　"我想到了一个形容词,恰好可以用来形容你。"这是他最喜欢的一种开场白——他脑子里其实并没有想到这个词儿,但是这样说会逗引听者的好奇,万一被逼急了,他总归能说出一句溢美之词。

　　"哦——是什么呢?"伊莎贝尔作沉思状,一脸痴迷的好奇。

　　艾默里摇摇头。

　　"我对你还不十分了解。"

　　"你会告诉我——以后会告诉我吗?"她几乎在悄声央求着说。

　　他点了点头。

　　"我们到外面去坐坐吧。"

　　伊莎贝尔点点头。

　　"有没有什么人对你说起过,你的眼光很敏锐?"她说。

　　艾默里努力想让自己的眼光显得更加敏锐。他猜想,但并不是很有把握,是不是她的脚在桌子底下故意碰了他一下。但是也可能只不过是桌子的脚。很难说。但是这一碰还是让他很兴奋。他的脑子飞快地转起来,不知楼上的小房间能否用一用。

"林中的孩子"

　　伊莎贝尔和艾默里显然并不天真,但也不算特别的恬不知耻。再

---

① 葡萄弹(grape-shot),古时候从大炮射出的含有许多小铁球的霰弹。

说，业余的水平在他们正在玩的游戏中几乎也毫无价值可言了，这样的一场游戏大有可能在今后很多年里成为她主要思考的问题。她跟他一样，玩这场游戏起初都是由漂亮的外表和容易激动的性格引发的，其余的则是读了那些唾手可得的通俗小说，或者从略微老一点的小说选集里专门挑选出来读的化妆间里的对话所造成的结果。伊莎贝尔扭捏作态地款款走来的时候是九点半，而且也是她圆睁明亮的眼睛，最能表明她是一个初入社交圈的天真无邪的姑娘的时候。艾默里相对而言也没有受到多少蒙骗。他在等待着面具被摘去，而在此同时，他也不去质疑她有戴上面具的权利。而在她这方面，他刻意表现出的老于世故的精明也没有打动她。她居住的地方是一个更大的城市，在交际范围上略占优势。不过，她也接受他的故作姿态——这不过是这一类事情上的十几个微不足道的行为准则之一。他明白，他眼下正在一步步逼近她的这种特别的垂青，因为她早已经受过这方面的训练了；他也知道，他代表的仅仅只是能够看得见的最好的猎物，因此他必须抓紧时机，以免丧失了自己的优势。于是，他们就着手进行这场游戏了，诡计之多端，手法之狡诈，无所不用其极，倘若她的父母知道了，势必会感到非常震惊。

晚宴过后，舞会开始……顺利开始。顺利吗？——每跳几步舞，就会有男生硬插进来，抢着要跟伊莎贝尔接着跳，而且事后还在角落里争争吵吵，这个说，"你不妨再稍微让我一点嘛！"那个说，"她也不喜欢这样呀——她跟我说过的，下一回我可以插进来跟她跳。"这话说得千真万确——她跟谁都是这样说的，而且在跳完一曲之后松手的时候，她还会轻轻捏一下你的手，意思是说，"你知道，你跟我跳舞才让我有了今晚的欢乐。"

可是时间在流逝，两个小时过去了，那些头脑不很敏捷，却喜欢大献殷勤的男生，最好还是学学把假装出来的充满激情的目光投向别处吧,因为十一点的时候,伊莎贝尔和艾默里就要坐在楼上阅览室旁边的那个小房间里的沙发上了。在她的意识中,他俩才是最漂亮的一对,而且似乎还是最出类拔萃的一对,因此就应该在这个隐蔽的地方坐一坐,让那些不那么光彩照人的货色在楼下焦灼不安,叽叽喳喳去吧。

从门口经过的那些男生不断探进头来,目光嫉妒地朝里面张望着——从门口经过的那些女孩子只是笑,只是皱眉,自己心里面自然也更明白该怎么做了。

他们的关系此时已经发展到了一个非常明确的阶段。他们相互交流了自从最后一次见面以来各自所取得的进步,她听了许多她以前就已听说过的话。他如今是大学二年级学生,是《普林斯顿人》编委会的成员,可望在四年级当上编委会主席。他对她的情况也有所了解,她在巴尔的摩交往密切的男孩子中有几个"交了好运",前来参加舞会的时候都装作非常兴奋的样子;他们大多数人年龄都在二十岁左右,开着撩人眼球的红色斯图兹牌轿车①。他们中的一大半人似乎已经从各个不同的高中或大学退学,不过,有几个在运动方面小有名气,这让他对她刮目相看。事实上,伊莎贝尔与大学生们的深入交往不过才刚刚开始。她与许多年轻大学生都有点头之交,他们也觉得她是一个"漂亮的小妞儿——值得他们留点儿神"。但是伊莎贝尔却把这些名字编成了花里胡哨的一大串,即使是维也纳的某个贵族看了也会感到目不暇接,叹为观止。这就是此时坐在松软长沙发上的这名年轻的女低音的过人本领。

他问她是否觉得他有点儿自高自大。她说自高自大和自信这两者

---

① 斯图兹牌轿车(Stutz),美国斯图兹汽车公司(Stutz Motor Company)出产的豪华轿车。斯图兹公司于1911年开始生产这种名牌豪华轿车,其总部在印第安纳州,至今仍在汽车行业闻名遐迩。

之间是有区别的。她钦佩有自信的男人。

"蛤蟆帕克是你的好朋友吗?"她问。

"相当要好的朋友——怎么啦?"

"他跳舞跳得很差劲。"

艾默里笑了。

"他跳起舞来,好像要把人家女孩子扛在背上,而不是搂在怀里。"

这句话她很爱听。

"你很善于评价人嘛。"

艾默里竭力想否认这一点。不管怎么样,他还是拿几个人做例子评价给她看了。然后,他们谈论起手来。

"你的手非常漂亮,"她说,"从你这双手来看,好像你是弹钢琴的。你弹钢琴吗?"

我前面已经说过,他们的关系已经发展到一个非常明确的阶段了——岂止是明确,是已经发展到一个关键的阶段了。艾默里为了赶来见她一面,已经多待了一天,他的火车将于当天夜里十二点十八分开。他的大皮箱和手提箱都在火车站等着他呢;吊他在口袋里的怀表开始变得沉重起来。

"伊莎贝尔,"他突然说,"我想跟你说件事。"他们当时正在轻松愉快地谈论着"她眼睛里的那种表情是多么的有趣",伊莎贝尔根据他态度上的变化,已经料想到接下来会发生什么——其实她心里也一直在想着要多快才会发生。艾默里把手伸向头顶,关掉了电灯,这样一来,他们就处在了黑暗之中,唯有旁边阅览室里的电灯发出的红光从门口照射进来。这时,他开口说:

"我不知道你是否已经猜到——我要说的是什么。上帝啊,伊莎贝尔——这话听上去有点儿像在背台词,但是绝不是台词。"

"我知道。"伊莎贝尔悄声说。

"也许我们再也不能像这样相见了——我这个人有时候运气非常的不好。"他把身体从她身边挪开，斜靠在长沙发另一头的扶手上，但是她依然能清楚地看见他处于黑暗中的那双眼睛。

"我们还会再见面的——傻瓜。"说到最后这两个字时，她恰到好处地略微加重了语气——因而听上去几乎就变成了一句亲昵的话。他声音略有点儿嘶哑地继续说：

"我倾心过许多人——女孩子——我猜想，你也倾心过——不少男孩子，我想说的是，唉，说句老实话，你——"他突然停住，没有再往下说，却朝她探过身来，两手支着下巴颏儿，"咳，说这话又有什么用呢——你会走你自己的路的，而我呢，我想我也会走我自己的路。"

一阵沉默。伊莎贝尔还真有点儿动情了；她把手中的那块手绢紧紧缠绕成了一个小球，借着流泻在她身上的微弱的灯光可以看到，她故意把手绢绕成的小球抛在了地上。刹那间，他们的手碰到了一起，但是两人都没有说话。静默变得更加频繁，也更加甜蜜了。小房间外面又有一对人脱离了人群走上楼来，在隔壁房间里试着弹起了钢琴。弹了一首常见的钢琴练习曲《筷子曲》之后，他们其中一人弹起了《林中的孩子》[①]，一阵轻柔的男高音把歌词送进了小房间：

　　让我牵着你的手——

　　让我把情意心中留

　　让我们一起朝着梦乡走。

伊莎贝尔轻轻地哼着这首歌，浑身战栗着，因为她感觉到艾默里把他的手伸了过来，把她的手握住了。

[①]《林中的孩子》(*Babes in the Woods*) 是美国剧作家盖伊·黎金纳尔德·博尔顿 (Guy Reginald Bolton, 1884—1979) 所创作的两幕音乐喜剧《好人艾迪》(*Very Good Eddie*, 1915) 第二幕中的一首歌曲，由诗人迈克尔·艾尔德·鲁尔克 (Michael Elder Rourke, 1867—1933) 作词，音乐家杰罗姆·大卫·柯尔恩 (Jerome David Kern, 1885—1945) 作曲。但此处歌词与原词略有不同。

"伊莎贝尔，"他悄声说，"你知道吗？我想你都想疯了。你对我这个人也确实有那么点儿意思。"

"是的。"

"你对我有多在意——你是不是还有别的更让你喜欢的人？"

"没有。"他几乎听不见她在说话，尽管他挨得那么近，脸颊上都能感觉到她呼吸的气息。

"伊莎贝尔，我就要回学校去了，要待上漫长的半年呢，我们为什么不——要是我能够做一件可以让我想念你的事情，那该多好啊——"

"把门关上……"她轻柔的声音只是一带而过，使他有点儿半信半疑，不知她是否真的说过这话。他轻轻把门掩上的时候，那乐曲声似乎就在门外颤抖着。

月光多明亮，
吻我入梦乡。

多么美妙的歌呀，她遐想着——今天晚上的一切都很美妙，而最美妙的就是这小房间里的这一幕浪漫的情景，他们手拉着手，不可避免的动人一幕越来越临近了。她未来的生活远景似乎就是由连绵不断的这样的场景所组成的：在月光和淡淡的星光下，在温馨的豪华汽车的后座上，在绿树浓荫底下停着的低矮舒适的敞篷小客车里——只不过男孩子也许会变换，而眼前这一个是多么帅气啊。他轻轻握住她的手。突然，他动作急促地把她的手翻了过来，紧贴着他的嘴唇，他热吻着她的手心。

"伊莎贝尔！"他的喃喃细语与音乐声融合在一起，他们似乎在乐声的伴奏下飘浮得越来越近了。她的呼吸骤然加快了。"我可以吻你吗,伊莎贝尔——伊莎贝尔?"她微微张开嘴唇,在黑暗中转过脸来对着他。突然间,一阵嘈杂的说话声传来,还有在楼梯上奔跑的声音,全都是气势汹汹地冲着他们而来的。艾默里快如闪电般迅速伸出手去揿亮了电灯,房门被人推开了,三个男生,包括那个怒气冲冲、急着要学跳舞的蛤蟆帕克闯进门来,这时候,艾默里已经气定神闲地坐在那儿翻阅起放在桌上的那一摞杂志了,而她则端坐在长沙发上动也没动,神态安详,一点儿也不显得慌张,甚至还朝他们嫣然一笑,以示欢迎。然而她的心却在怦怦乱跳,不知何故,她心里总有一种仿佛一场好事被人搅了的感觉。

这场好事显然已经结束了。大家嚷嚷着要跳舞,他们两人彼此交换了一下眼色——在他这边是绝望,在她那边是惋惜,然后晚会再继续进行,花花公子们消除了疑虑,一个个没完没了地插进来抢着跟她跳舞。

到了十二点差一刻的时候,艾默里挤在一小群围拢过来祝他"旅途愉快"的人当中,很一本正经地与她握了握手。就在这一瞬间,他失去了应有的镇静,她心里也有一点慌乱,因为她听见有一个藏头露尾、爱插科打诨的人在说:

"带她出去呀,艾默里!"他拉着她的手轻轻捏了一下,她也作了回应,就像她这天晚上给二十来个人的手作了相同的回应一样——仅此而已。

两点回到韦瑟比家的时候,萨莉问她,她跟艾默里两人躲在楼上那个小房间里有没有发生那"销魂一刻"。伊莎贝尔转过身来很平静地望着她。她的眼睛里闪烁着空想主义者的光芒,全然是一个像圣女贞德那样的连梦想也不可亵渎的梦想家。

"没有,"她回答说,"我再也不做那样的事情了;他向我提出了那个要求,但是我拒绝了。"

钻进被窝儿的时候,她心中就在纳闷,不知道他明天专门讲到这件事的时候究竟会说些什么。他的嘴巴就是这么漂亮——她会不会——?

"有十四个天使在守护着他们……"[①] 萨莉在隔壁卧室里带着睡意唱道。

"该死的!"伊莎贝尔一边嘟哝着,一边把枕头捶打得隆起了很大的一个包块,然后小心翼翼地钻进了冰冷的被褥,"该死的!"

嘉年华

艾默里是为了《普林斯顿人》的事情才返回学校的。那些无足轻重的势利小人,作为衡量一个人成功与否的精密的晴雨表,随着俱乐部选举的临近,都纷纷对他热情起来,那些高年级的同学也成群结队地前来拜访他和汤姆,他们表情尴尬地进来,倚着桌椅,或者坐在床沿上,海阔天空地无话不说,然而就是闭口不谈最令人关注的话题。艾默里看到人们都把专注的目光投在他身上,心里就觉得十分好笑,倘若来访的人代表的是某个他根本不感兴趣的俱乐部,他就会说上几句非常另类的怪话来吓唬他们,自己也能借此得到极大的快慰。

"哦,让我想一想——"有一天晚上,他对一个目瞪口呆的俱乐部代表说,"你们是代表哪一个俱乐部的?"

倘若来了常春藤俱乐部、别墅俱乐部、老虎假日酒店俱乐部的访客,他就摆出一副"性格憨厚、不谙世事、天真烂漫"的样子,表现得非常坦然,装得好像一点儿也不懂他们的来意似的。

三月初,那个决定成败的早晨终于到来了,整个校园简直成了一

---

① 这是《林中的孩子》里的一句歌词。

部演绎狂野情绪大爆发的纪录片,他和亚历克·康涅奇神不知鬼不觉地悄悄溜进了别墅俱乐部,非常吃惊地注视着他的这些突然之间变得非常神经质的同班同学。

这里有立场不坚定的动摇分子,他们不断从一个俱乐部跳到另一个俱乐部;有相识才两三天的朋友,他们热泪盈眶,狂呼乱叫着,声称他们一定要加入同一个俱乐部,无论什么也休想把他们拆散;有的人在咆哮着公开披露长期郁积在心中的不满,譬如那位突然间竟成了知名人物的家伙,至今仍对在大一年级期间受到的种种怠慢记忆犹新;有的人一向默默无闻,却意外收到了垂涎已久的邀请,顿时便声名鹊起;还有的人自以为"一切都已敲定",冷不防却发现竟然有了意想不到的敌人,觉得自己受了冷落,被人抛弃了,于是就大发谬论,扬言要退学。

在他自己的这一帮人里面,艾默里看到有的人竟被公然排斥在外,只因为戴了一顶绿色的帽子,或者是因为"当了该死的成衣匠的人体模型",或者是因为"天堂有太大的吸引力",或者是因为某天夜里喝得烂醉,"上帝啊,哪像一个正人君子",或者是因为除了黑票操纵者之外谁也不知道,也没法弄清真相的秘密原因。

这一恣肆的社交活动在拿骚假日酒店规模巨大的晚会上达到了顶峰,用大海碗装的潘趣酒[①]端过来斟满每一个人的杯子,整个楼下只看见一张张激动的脸,只听见一声声发疯似的叫嚷,整个儿一个乱哄哄的场面。

"嗨,狄彼——恭喜你呀!"

"好样儿的,汤姆,你们'礼帽俱乐部'果然有一帮子能人啊。"

"喂,克里——"

[①] 一种用果汁、香料、茶、酒、牛奶等混合的甜饮料。

"啊，克里——我听说是你带着全体举重运动员投奔'老虎俱乐部'的！"

"哎呀，我反正没有投奔'别墅俱乐部'——那儿是专门玩弄女性的那帮花花公子们的胜地。"

"他们说，奥弗顿在接到常春藤俱乐部的邀请时，人都晕过去了——他在第一天就签名加入了吧？——啊，根本没有。他骑上一辆自行车朝穆雷-道奇大楼飞奔而去——生怕是搞错了。"

"你是怎么加入'礼帽俱乐部'的——你这个老色鬼？"

"恭喜你呀！"

"恭喜你自己吧。听说你手底下有一大帮子人呢。"

酒吧打烊，晚会也散了，人们或三五成群，或排成长队，一边唱着歌，一边在积雪覆盖的校园里奔跑，他们都有一个奇怪的幻觉，以为势利的行为与过度紧张的气氛终于已经结束，他们可以在今后的两年里高兴做什么就做什么了。

很久以后，艾默里仍把大学二年级时的这个春季看作他人生中最幸福的一段时光。他的各种思想与他所感悟的人生是合拍的；他只想随波逐流，沉溺于幻想之中，跟十几个新结识的朋友一起享受四月的午后带来的快乐。

一天早晨，亚历克·康涅奇走进他的房间，叫醒他起床，这时外面已是阳光普照，窗口闪耀着坎贝尔大楼独特的辉煌。

"该起床了，原罪，快醒醒。半小时后在伦威克咖啡馆门前见。他们有车子。"他把五斗橱上的罩子端过来，连同放在罩子上的许多小摆设，小心翼翼地放在他床上。

"你上哪儿去弄车子啊？"艾默里挖苦地问。

"相信我就是了，不过你可不许多嘴多舌，要不然你就去不成了！"

103

"我看我还是睡觉吧。"艾默里平静地说着,一边重新盖好被子,一边把手伸向床边去拿香烟。

"睡觉!"

"为什么不睡?我十一点半还有一堂课呢。"

"你这该死的家伙真扫兴!当然喽,假如你不想去海边的话——"

艾默里一跃而起,跳下床来,五斗橱罩子上的那些沉甸甸的东西撒落了一地。海边……他儿时曾和母亲一起周游过全国各地,打那以后,他已经有好多年没有看见过大海了。

"同去的还有哪些人?"他一边问,一边迅速套上他的 B.V.D. 牌[①]内衣。

"哦,有迪克·亨伯德、克里·霍利迪、杰西·菲伦比,还有——嗯,大概有五六个人吧。你动作快点儿呀,老弟!"

十分钟之后,艾默里已经在伦威克咖啡馆里狼吞虎咽地吃起了牛奶玉米片,到了九点三十分,他们高高兴兴地乘着汽车快速、稳当地出了城,径直朝迪尔海滨[②]的沙滩开去。

"你瞧,"克里说,"这辆车是从南边弄过来的。事实上,这辆车不知道是什么人从阿斯伯里帕克[③]偷来的,后来他们把车子丢在了普林斯顿,人去了大西部。这位心狠手辣的亨伯德从市政厅搞到了许可证,这才把车子弄到手的。"

"你们有没有人身边带钱了?"菲伦比从前排座椅上转过身来提醒说。

大家异口同声地断然回答说没有。

---

① B.V.D.,即美国纽约 Bradley, Voorhees & Day 服装公司出品的名牌内衣,该公司成立于 1876 年。
② 迪尔海滨(Deal Beach),美国新泽西州狄勒海滨附近的风景名胜。
③ 阿斯伯里帕克(Asbury Park),美国新泽西州一海滨城市。该市以其丰厚、悠久的音乐文化底蕴而闻名遐迩,历来是世界各地音乐人的钟情之地。

"那就有趣了。"

"钱——钱为何物？我们把这辆车子卖了不就有钱啦。"

"把它当废品卖了吧，怎么着都行。"

"我们吃饭的问题怎么办？"艾默里问道。

"老实说，"克里回答说，一边用极不赞成的眼光瞅着他，"你是在怀疑克里有没有能力活过短短的三天吧？有人曾经连续好多年什么也不吃都活过来了呢。去读一读《童子军》月刊吧。"

"三天，"艾默里若有所思地说，"可是我还有课呀。"

"其中有一天还是安息日呢。"

"还不都一样，在这一个半月里，我只能再旷六节课了。"

"把他扔出去！"

"艾默里，假如允许我来造一个新的词语的话，你就是在没事儿找事儿。"

"你还是给自己去找点儿麻醉剂来用用吧，你说呢，艾默里？"

艾默里只能逆来顺受、一言不发地听着，等情绪慢慢平静下来之后，他懒洋洋地望着车窗外的景色，陷入了沉思冥想之中。不知何故，他觉得斯温伯恩的诗句好像挺符合他此时的心境的。

> 啊，连绵的冬雨和无尽的祸患终于消散，
> 寒雪漫天与罪孽深重的季候皆已一去不返；
> 相爱之人天各一方的日子终将过完，
> 夜幕降临处，天光渐暗淡；
> 追怀往昔已然忘却的悲酸，
> 凝霜消融时，鲜花已烂漫，
> 绿叶丛中，灌木枝头，
> 姹紫嫣红，春意盎然。

漫漫溪水润花瓣——①

"你怎么啦，艾默里？艾默里心里在想着诗歌，想着那些美丽的鸟儿和鲜花呢。我可以从他的眼神里看出来。"

"没有，我没有想，"他撒了个谎，"我在考虑《普林斯顿人》的事。我今天晚上应该排版；不过，我可以打个电话回去，这也未尝不可。"

艾默里脸红了，他似乎觉察到，作为一个失败的竞争者的菲伦比不屑地微微皱了一下眉头。当然，克里只是在说笑而已，但是他确实不该提及《普林斯顿人》。

这是一个风和日丽的好日子，随着他们越来越接近海滨，随着阵阵咸涩的海风扑面而来，他脑海中开始浮现起那幅已经久违了的画面：波澜壮阔的海洋，绵延平坦的沙滩，以及蔚蓝色大海的彼岸隐约可见的那些红顶建筑物。不一会儿，他们就匆匆穿过了那座小城，大海伴随着动人心弦的四音步乐曲的强烈节奏在刹那间闯入了他的意识……

"啊，我的上帝！快看那边！"他大叫起来。

"什么呀？"

"让我下车，快——我已经有八年没有看见过大海了！啊，先生们，快把车停下来呀！"

"这小子真古怪！"亚历克说。

"我的确认为他这人是有点儿怪异。"

他们以与人方便的高姿态把汽车停靠在路边，艾默里立即下车朝木板铺就的海滨人行道飞奔而去。起初，他发觉大海的确是蔚蓝色

---

① 这是斯温伯恩的著名长诗《阿塔兰忒在卡吕顿》(*Atalanta in Calydon*，1865) 中的一部分，"漫漫溪水"句未完。这部诗作表现的是年轻一代为争取自由、爱情和人生的真谛所作的悲壮奋斗，自发表以来一直深受评论家和年轻大学生们的喜爱，经久不衰。

的。大海是浩瀚的一片，波涛汹涌，涛声不绝于耳——这些话确实是人们所能想起来的描写大海的一些陈词滥调，不过，要是有谁在这时候告诉他说，这些话全都是迂腐的陈词滥调，他准会惊讶得目瞪口呆。

"行啦，我们要去吃午饭了，"克里不容置辩地说着，一边和众人一起漫步走上前来，"走吧，艾默里，你就忍痛割爱，讲点儿实际吧。"

他们沿着这条木板铺就的海滨人行道，悠闲地朝已经映入眼帘的规模最大的那家旅店走去，二话不说，径直就进了餐厅，在一张餐桌边围成一圈坐下来。

"来八杯布朗克斯鸡尾酒，"亚历克居高临下地吩咐说，"再来一份总会三明治和菜丝肉汁清汤。饭菜给一个人。其余的一人一份。"

艾默里吃得很少，因为他抢占了一个面向大海的位子，他可以坐在那把椅子上眺望大海，感受大海波涛翻滚的气势。午餐结束后，他们仍旧安安稳稳地坐在那儿抽着烟。

"账单上是怎么写的？"

有人拿起账单扫了一眼。

"八块两毛五。"

"滥收费，想宰人呢。我们给他们两块钱，再给那个服务生一块钱。克里，你找找身上的零钱。"

服务生过来了，克里表情严肃地给了他一块钱，再把两块钱扔在账单上，转身就走。他们不慌不忙、逍遥自得地朝门口走去，不一会儿，后面那满腹狐疑的伽倪墨德斯[①]就追了上来。

[①] 伽倪墨德斯（Ganymede），古希腊神话中的特洛伊少年，因相貌俊美而被选去为宙斯侍酒。后来人们戏谑地以此来喻指年轻的服务生。

"搞错了，先生。"

克里接过账单，装作郑重其事的样子把账单仔仔细细看了一遍。

"没错！"他一边说，一边表情严肃地摇着头，然后，他把账单撕成四片，扔给了那服务生，服务生惊呆了，不知所措地站在那儿动也不动，一脸茫然，他们则趁机大摇大摆地走出了餐厅。

"他会叫人来找我们吗？"

"不会，"克里说，"他一时间会认为我们是老板的儿子呀什么的；然后他会再查一遍账单，接着再把经理叫来，而在此同时——"

他们把汽车丢在阿斯伯里，乘电车去了艾伦赫斯特[①]，到了这里，大家就在公园人头攒动的那些凉亭里四处观花赏景。下午四点，这儿的就餐室开始为游客提供各色点心，这一回他们付的钱跟账单上的总数相比就更少了；他们这一群人气度不凡的样子和处世机敏的本领使得事情很顺利，过后也没有人来追他们。

"你瞧，艾默里，我们就是马克思所说的社会主义者，"克里辩解说，"我们不信财产，我们在让财产经受巨大的考验呢。"

"夜幕就要降临了。"艾默里提醒说。

"别瞎操心啦，你就相信霍利迪吧。"

到了大约五点半左右，他们像朱庇特一样快活起来，手挽着手，一字儿排开，沿着木板铺就的海滨人行道来来回回地闲逛着，嘴里唱着单调的歌谣，大意是说大海的波涛是多么悲伤。这时，克里忽然看见人群中有一张脸很吸引他，便立即离开同伴冲了过去，他回来的时候竟带来了一个姑娘，在艾默里的眼里，那是他迄今为止所见过的长得最难看的姑娘。她苍白的脸上长着一张几乎快要咧到耳朵边的阔嘴，

[①] 艾伦赫斯特（Allenhurst），新泽西州蒙茅斯县境内的一座历史悠久、风景秀丽、濒临大西洋的小镇。

还有一排暴突出来的大门牙，两只小眼睛乜斜着，在她鼻翼很宽的大鼻子上方讨好地眯成了一条缝。克里正儿八经地将她向众人作了介绍。

"夏威夷女王，卡鲁卡家族！请允许我向您介绍这几位先生，康涅奇先生，斯隆先生，亨伯德先生，菲伦比先生，还有布莱恩先生。"

那姑娘挨个儿向大家行了一圈屈膝礼。真是个可怜的人儿；艾默里心想，她大概一辈子也没有引起过别人的注意——她很可能是一个弱智吧。她在陪伴着他们的时候（因为克里邀请她一块儿吃晚饭了），总是一言不发，这就让他们对这一看法产生了怀疑。

"她爱吃本地菜，"亚历克很认真地对服务生说，"不过，什么粗茶淡饭都行。"

晚餐从头至尾，服务生对她说话时用的都是最为恭敬的言语，而克里则一直坐在她对面，傻乎乎地与她调情，她就一个劲儿地咯咯笑，合不拢嘴。艾默里心满意足地坐在那里观看他们演戏，心想，克里这家伙还真有一手，态度轻松自如，原本纯属偶然的一件事，却被他玩得曲折离奇，有声有色。他们这些人似乎或多或少都有这样的本领，跟他们在一起可以很放松。艾默里通常只喜欢一对一地和这些人相处，然而聚集到一起的时候，他就有点儿怕他们，除非这群人都以他为中心，围着他转。他心中就在纳闷，不知道每一个人可以为他所在的这个整体作出多大的贡献，因为人人都要在精神上付出一定代价。亚历克和克里是这群人的活力所在，但并不像是他们的中心。从某种角度上说，默不作声的亨伯德，还有那个迫不及待想表现得目空一切的斯隆，才是他们的中心。

从刚进校的一年级开始，在艾默里眼里，亨伯德似乎就是一个贵族派头十足的人。他身材修长，但体格健壮——黑色的鬈发，五官端正，皮肤晒得很黑。他说的每一句话听起来都让人捉摸不透，却又非常妥帖。他有无限的勇气，并不出众的才智，但颇有荣誉感，而且带着明显的魅力和贵人理当拥有的高贵思想，因此他的荣誉感便与正义感有所不同。他也会放荡，却不会把事情弄得一塌糊涂，即便是最放浪形骸的冒险，也似乎从来不会是"没事儿找事儿"。人们模仿他的衣着风格，学着他的方式说话……艾默里料定他将来或许能阻挡世人的前进，不过，他是不可能改变他的……

他与那种精力旺盛的人不是一类，那一类人在本质上属于中产阶级——他似乎从来不流汗。有些人得不到回报是绝不会跟一个汽车司机去亲近的；亨伯德却可以跟一个黑人在谢里餐馆共进午餐，然而，不管怎么说，人们也知道这种行为无可厚非。他不是一个势利小人，尽管全班同学他只认识一半。他结交的朋友范围很广，从最上层的到最底层的都有，但是要想跟他"深交"却是不可能的事。仆人们崇拜他，把他当作神来看待。高年级同学要努力成为何等样的人，他似乎就是永恒的榜样。

"他就像登载在《插图伦敦新闻》[1]上的英国阵亡将领们的那些画像。"艾默里曾对亚历克这样说过。

"嗯，"亚历克回答说，"如果你想知道骇人听闻的真相，我可以告诉你，他父亲原来是一家杂货店的店员，后来在塔科马[2]炒房地产发了一笔财，十年前才来纽约的。"

艾默里顿时觉得心里有一种奇怪的颓丧感。

目前这种拉帮结派的现象之所以会出现，是因为俱乐部选举之后，同一班级的人都集结到了一起的缘故——仿佛要孤注一掷去作最后的拼搏，去认识自身，团结一致，驱散俱乐部紧张得令人透不过气来的氛围似的。这就等于他们已经从过去严格按规矩行事的程式化的

---

[1] 《插图伦敦新闻》(Illustrated London News)，英国周报，1842年创刊，是世界上第一份配发插图的报纸，发行量很大。但1971年以后曾多次改刊，2003年停刊。
[2] 塔科马（Tacoma），美国华盛顿州的中等港口城市，位于西雅图西南32英里处。

顶峰骤然下滑了。

晚饭过后,他们送别了卡鲁卡,望着她走到木板铺就的海滨人行道上,然后沿着海滩漫步返回阿斯伯里。夜晚时分的大海又是一种全新的震撼人心的感觉,因为大海的所有色彩和丰美迷人的魅力都已消失殆尽,大海仿佛成了荒凉的一片废墟,足以让斯堪的那维亚的英雄传奇变为令人潸然泪下的悲惨故事;艾默里想起了吉卜林的一句诗:

海豹掠杀者到来之前的腊卡农海滩。[①]

然而,大海依然还是一种音乐,只是充满了无限的悲伤。

到了晚上十点的时候,他们发觉已经身无分文了。他们靠着最后的一毛一分钱好好地吃了一顿夜宵,然后就在海滨木板人行道上一边走一边唱着歌,穿过一个个卡西诺赌场和张灯结彩的拱廊,间或也会停下脚步,饶有兴味地听一听沿途的那些管弦乐队的各种音乐会。在某一个地方,克里跑过去参加了一场为法国战争孤儿募捐的活动,净得了两块两毛钱,于是,他们就用这个钱买了些白兰地,以防夜里受凉感冒。这一天的最后一项活动是去看电影,他们观看的是一部古老的喜剧片,一边看,一边发出一阵阵无比放肆的哄笑,惹得其他的观众都非常恼怒。他们的进场很明显是预先策划好的,因为他们在进场的时候,每个人都大声叱责着紧跟在他身后的那个人。斯隆殿后,等其他几个人都进了场,一个个分散坐下后,他才一口咬定说,他什么都不知道,一切都与他无关;检票的人十分恼火,就气呼呼地冲进场来,他也就若无其事地跟在后面进来了。

看完电影之后,他们在那家大型游乐场旁边聚齐,大家开始商讨

[①] 引自吉卜林《丛林之书》(*The Jungle Book*,1894)第八章《腊卡农》诗第二节第四行。

该如何过夜。克里跑过去软磨硬泡地恳求那个值夜的人准许他们睡在舞台上，得到准许之后，他们就从几个售货亭里收罗来一大堆地毯，将就着当床垫和盖被用，大家躺下来聊天，一直聊到后半夜，然后才安安稳稳地睡着了，一夜无梦，尽管艾默里还在硬撑着眼皮不想睡，要看看那美妙的月亮是怎样不可思议地在海上落下去的。

他们就这样快快乐乐地度过了两天，乘电车或者任何一种运载工具来来回回地在海滨游玩，或者就在海边的木板人行道上来回溜达，有时候还跟有钱的人一起进餐，但往往都是吃得很节俭，最后一律由还没有来得及起疑心的饭店老板埋单。他们还在一家快速成像照相馆里分别摆出姿势拍了照片，总共拍了八张。克里坚持要大家来一张合影，拍一张大学橄榄球队"校队"的集体照，然后又拍了一张纽约东区某个流氓团伙的集体照，大家都反穿着外套，他自己在正当中，坐在用硬纸板做成的月亮上。那名摄影师也许至今还有他们的照片——至少可以说，他们从来就没有去取过那些照片。天气好得没话说，于是他们又结伴露宿，艾默里照例很不情愿马上就入睡。

星期天到了，大家都变得呆头呆脑的，但仍不失体面，然而甚至连大海似乎都开始咕哝、抱怨了，于是他们就搭上了路过的进城农民的福特车回到了普林斯顿，带着感冒造成的头疼各自分散回家。不过，除此之外，这次出游还算不错，谁也没有惹出什么大麻烦来。

与上一学年相比，艾默里越发变本加厉地疏于自己的学习了，倒不是存心不思进取，而是懒惰，再加上许许多多别的兴趣爱好干扰所致。解析几何，高乃依和拉辛[1]的忧思六韵步诗，对他都没有多大的吸引力，甚至连他原本迫切期待的心理学，竟然也是一门枯燥乏味

---

[1] 高乃依（Pierre Corneille, 1606—1684），法国剧作家，法国古典主义悲剧奠基人；拉辛（Jean Racine, 1639—1699），法国剧作家，法国古典主义时期主要悲剧作家，大部分作品揭示了人类无法摆脱的盲目而愚蠢的激情。

的学科，满堂讲的都是肌肉反射和生物学术语，并不研究性格和感化力。那是一门在中午上的课，他向来都是在课堂上打瞌睡的。由于发觉"主观与客观，先生"这句话可以用来回答绝大部分的问题，他便不管回答什么样的问题，都一律拿这句话来对付，后来，当教授瞄准了他向他提问，菲伦比或者斯隆把他推醒之后，他上气不接下气地说出来的也还是这句话，于是，这句话就成了全班同学常挂嘴边的一大笑话。

各种聚会是常有的事——但是大部分都是去奥兰治或是新泽西海滩，却很少去纽约和费城，不过，有一天晚上，他们还是从查尔兹酒吧邀来了十四个女招待，带着她们坐在公共汽车的顶层上，沿着纽约第五大道好好游玩了一回。他们的旷课次数都已超过了学校制度所允许的范围，这就意味着他们在下一学期必须多修一门课，可是春天是难得的大好时机，什么都干扰不了他们外出做丰富多彩的漫游的计划。五月的时候，艾默里被推选进了大二年级的班级舞会筹备委员会，在与亚历克进行了整整一个晚上的讨论之后，他们列出了一份高年级学生会各班人选的暂定名单，他们把自己排在最有把握当选者的行列。据推测，高年级学生会很可能就是由这十八名最具代表性的高年级同学组成，就亚历克在橄榄球方面的管理能力而言，就艾默里大有可能击败伯恩·霍利迪而出任《普林斯顿人》编委会的主席而言，他们的这一推测还是很有道理的。非常奇怪的是，他们两人都把丹维里埃列入了可能入选者的名单，这一猜想若是在一年前，全班同学听了都会感到十分惊讶的。

在整个春天里，艾默里与伊莎贝尔·博尔吉一直保持着断断续续的信件来往，发生激烈争吵之后就中断，过后再续上联系，主要是因为他想寻找能够表达爱情的富有新意的词语来从中获得一种快感。他发觉伊莎贝尔的信写得都很谨慎，而且一点儿都不动感情，这使他很是恼火，但是他依然还抱着一线希望，但愿她不至于是一朵过于另类的奇葩，与春天繁花似锦的巨幅画面格格不入，她一定会像当初在明尼哈哈乡村俱乐部的小房间里那样非常称心如意。五月间，他几乎每个晚上都要洋洋洒洒地写上三十来页信笺，把寄给她的信封塞得鼓鼓囊囊，信封外面还要写上"第一部分"和"第二部分"的字样。

"唉，亚历克，我感觉我对大学生活已经厌倦了。"他伤心地说，他们当时正在苍茫的暮色中一起散步。

"我觉得我好像也有点儿同感。"

"我想要的只是在乡间拥有一个小小的家，在某个温暖和煦的乡间，还有一个老婆，有一点儿事情可做，只要别太堕落就行。"

"我也是。"

"我想退学。"

"你的女朋友怎么说？"

"啊！"艾默里深感恐怖地倒吸了一口冷气，"结婚的事儿，她连想都不愿想……也就是说，现在还不行。我说的是将来，这你知道的。"

"我的女朋友巴不得快点儿结婚呢。我已经订婚了。"

"你真的订过婚了？"

"是的。请你不要跟任何人说，不过，我确实订过婚了。我下学期不一定回学校了。"

"可是，你才二十岁呀！就不想念大学啦？"

"哎呀，艾默里。你一分钟前还在说——"

"没错，"艾默里打断了他的话，"但是我刚才说的只不过是一种希望罢了。我是不会考虑辍学的。我只是觉得最近这几个美妙的夜晚心里有些难过。我似乎觉得这样美妙的夜晚不会再回来了，但是我也没有真正利用好这几个夜晚。要是我的女朋友住在这儿就好了。可是结婚的事情——没门儿。尤其是,我父亲说了,钱不像过去那么好赚了。"

"这几个夜晚都白白浪费了!"亚历克赞同地说。

但是艾默里很痛惜,于是就把这些夜晚都好好利用起来。他有一张伊莎贝尔的快照,精心地镶嵌在一块旧怀表里,他几乎每天晚上八点一到,就把所有的灯都熄灭了,只留下那盏台灯,然后坐在敞开的窗前,面对着那张照片,痴迷地提笔给她写信:

……啊,此时此刻,在我非常非常想念你的时候,要想给你写下我心里真正的感受确实太难了;你对我来说已经成了一个梦想,那种感觉是我怎么也没法诉诸笔端的。你的上一封信收到了,写得真好!我把你这封信从头到尾读了大概有六遍,尤其是最后那一部分,可是,有的时候,我真希望,你能再坦率一点,告诉我你对我的真正看法,不过,你在上一封信里把我写得太好了,好得简直叫人不能相信,我恐怕等不到六月了!请你务必做好准备,一定前来参加我们的班级舞会。我相信,舞会肯定会很精彩的,再说,我也很想在这样一个美好的学年即将结束之际带你过来。我常常反复思量你那天晚上说的话,也很想知道你的话里究竟包含了多少意义。假如换了别的人,而不是你——可是,你瞧,第一次见到你的时候,我还觉得你是一个水性杨花的人呢,没想到你人缘这么好,人人都喜欢你,我简直无法想象你真**正最喜欢**的人就是我。

啊,伊莎贝尔,亲爱的——这是一个多么美妙的夜晚。此时此刻,有人在用曼陀林①弹奏《爱月》,乐声越过校园远远飘来,仿佛也把你一起送进了我的窗口。现在他正在弹"再见吧,小伙

---

① 曼陀林(mandolin),一种琵琶类的乐器。

子们，我已经结束",这音乐与我此时的心境是多么吻合啊。因为我的一切也已经结束了。我已经决定以后再也不喝鸡尾酒了，我也知道，我以后再也不会恋爱了——我也不可能再恋爱了——你已经占据了我的日日夜夜的绝大部分时光，让我绝不会再想着另外某个姑娘了。我什么时候都能见得到她们，但我对她们不感兴趣。我并不是假装玩腻了，因为的确不是那回事儿。那恰恰是因为我已经爱上了你。啊，**最亲爱的**伊莎贝尔（我总觉得我不能仅仅只称呼你伊莎贝尔，今年六月，我恐怕就要当着你们家人的面说出"最亲爱的"这个称呼来了），你一定要来参加我们的班级舞会，然后，我要去你们家登门拜访，在你们家待上一天，一切都会很完美的……

如此等等，通篇都是永恒不变的文采单调的话语，但是这些话对他们这两个人来说，却似乎具有无限的魅力，无限的新鲜感。

六月到了，白天变得十分炎热起来，人人都懒洋洋的，他们甚至连最让人担忧的考试都无心去担忧了，却把一个个如梦般的夜晚消磨在"别墅俱乐部"的庭院里，在那里无休无止地高谈阔论，直到石溪那边广袤的原野上弥漫着一派蔚蓝色的晨雾，网球场的四周开遍了洁白的丁香花，千言万语这才停歇下来，化为默默无语的抽烟……之后，他们走在空寂无人的展望大道上，再沿着周围处处都是歌声的麦科什林荫大道向前走去，一直走到拿骚大街热烘烘的欢快的氛围中。

这些天里，汤姆·丹维里埃和艾默里很晚才出去散步。大二各班近来蔓延着一股赌博热，许多个闷热的夜晚，他们都伸长脖子盯着面前的骰子，直到凌晨三点。赌完最后一盘之后，他们走出斯隆的房间，却发现露水已经降下，星辰已在天空中衰老。

"我们去借两辆自行车吧,出去兜兜风。"艾默里提议说。

"好吧。我一点儿也不觉得累,再说,这几乎也就是本学年的最后一夜了,真的,因为班级舞会的事情星期一就要启动了。"

他们在霍尔德大楼的院子里发现了两辆没有上锁的自行车,便骑了就走,在凌晨三点半左右,穿行在劳伦斯维尔路上。

"今年暑假你打算做什么呢,艾默里?"

"那还用问嘛——老一套吧,我想。在日内瓦湖畔住上一个月或者两个月——我还指望着你七月去那儿呢,你知道的——然后嘛,我要去明尼阿波利斯,那就意味着要去参加数百场夏日纳凉舞会,找姑娘们玩,直到玩得乏味了——可是,啊,汤姆,"他出其不意地补了一句,"这个学年过得真爽快啊!"

"是啊,"汤姆语气很重地大声说,这个汤姆如今已是判若两人了,他身上穿的是布鲁克斯牌的服装,脚上穿的是弗兰克牌的皮鞋,浑身上下都是名牌,"这场游戏我虽然赢了,但是我的感觉是,我好像永远也不想再玩这种游戏了。你说得没错——你就是一个橡皮球,不管怎么说,你还是适应这个环境的,可是,我就很讨厌要身不由己地去迎合世界上这个角落里的心地狭隘的势利之风。我要到这样一种地方去,那里的人们不会因为领带的颜色不入时或者衣服穿得不挺括就遭到排斥,被拒之门外。"

"你做不到的,汤姆,"艾默里争辩说,他们这时正骑着自行车穿行在渐渐消散的夜色中,"无论你现在走到哪里,你始终都会不知不觉地运用'有气质'或者'缺少气质'这样的标准来衡量人的。不管是好是坏,我们已经给你打上了印记,你就是一个典型的普林斯顿人。"

"得了吧,那么,"汤姆满腹牢骚地说,沙哑的声音充满哀怨地提高了,"我到底为什么必须回到学校里来呢?普林斯顿能够教给我的那点儿东西,我已经全都掌握了。在学校里再待上两年,无非还是继续学一点儿迂腐的知识,继续混迹于某个俱乐部,不会有多大益处的。他们就是要彻底瓦解我的斗志,使我变得循规蹈矩,因循守旧。即使是现在,我也已经没有骨气,挺不起腰杆儿来了,再这样下去,我真不知道今后该怎么办。"

"哦,可是,你还是没有抓住关键的问题呀,汤姆,"艾默里打断他的话说,"你只不过是刚刚睁开眼睛,却相当意外地看到了这个世界的势利之风。普林斯顿向来会让一个善于思考的人拥有一定的社会意识的。"

"你大概以为这一点是你教给我的吧,对吗?"他用嘲弄的口吻问道,乜斜着眼睛在半明半暗的光线中打量着艾默里。

艾默里不出声地笑起来。

"我没教过你吗?"

"有时候,"他慢条斯理地说,"我觉得你就是一个在我面前冒充天使的恶魔。我本来是可以成为一名非常不错的诗人的。"

"行啦,说这种话就有点儿不太友好了吧。你已经选择来东部的这所大学就读了。你要么就擦亮眼睛,看清人们明争暗斗的卑劣行径,要么就自始至终装糊涂,对什么都视而不见,可是你偏偏又不喜欢这样做——像马蒂·凯那样。"

"是啊,"他赞同地说,"你说得没错。那不是我所喜欢的。可是,话说回来,把一个才二十岁的人变成一个愤世嫉俗者也是很难做到的。"

"我生来就是一个愤世嫉俗者,"艾默里喃喃地说,"我就是一个愤世嫉俗的理想主义者。"他停顿了一下,心里在纳闷儿,不知说这样的话究竟有什么意思。

他们骑到仍在沉睡中的劳伦斯维尔中学,然后就折返了。

"真不错，骑了这么长的一段路，你说呢？"汤姆忽然说。

"是啊；这是一个很好的终点，很痛快；今晚的一切都很美好。啊，在这样一个炎热、倦怠的夏天，要是有伊莎贝尔在身边，那该多美啊！"

"啊，你和你的伊莎贝尔！我敢肯定，她准是一个纯洁无瑕的女孩子……我们来朗诵一段诗吧。"

于是，艾默里朝着他们一路上经过的灌木丛，慷慨激昂地朗诵起了济慈的《夜莺颂》。

"我这人永远也成不了诗人，"艾默里朗诵完了之后说，"我其实也算不上一个喜欢追求感官享受的人；这世上只有几样很明显的东西在我看来是最具本色美的：女人、春夜、晚间的音乐、大海；有些很微妙的东西我就捕捉不到，比方说那句'如银铃般清越激昂的喇叭声'，[①]。我也许最终会成为一个智力很高的人，但是我永远也写不出什么像样的好诗来，至多只能写点儿很平庸的诗罢了。"

他们蹬着自行车进入普林斯顿校区的时候，初升的太阳已经让研究生院后面的那一片天空布满了一块块地图般的色彩绚丽的朝霞，他们急匆匆地赶紧冲了个淋浴，顿时便感觉神清气爽了，不过，他们也只能用此法来取代睡眠。到了中午时分，着装鲜艳夺目的校友们以及他们各自带来的乐队和合唱队已经把各条马路都塞满了，一顶顶帐篷里全都是校友们欢聚一堂的热闹场面，帐篷外，一面面橙黑两色相间的旗帜迎风舒展飘扬。艾默里久久凝望着其中的一顶帐篷，它的横幅上印着"六九届"这几个烫金大字。有几个头发花白的人坐在那里神态安详地交谈着，而另一边则是熙熙攘攘、簇拥而过的各个不同年级

[①] 引自英国浪漫主义诗人约翰·济慈（John Keats, 1795—1821）的叙事长诗《圣艾格尼斯之夜》(*The Eve of St. Agnes*, 1819) 第四章第四行。

的校友们，呈现出一幅全景式的人生百态画面。

弧光灯下

后来，在六月将尽的时候，悲剧的翡翠色眼睛忽然圆睁，盯上了艾默里。就在他蹬着自行车去劳伦斯维尔转了一圈回来之后的那天夜里，有一群人浩浩荡荡地开向了纽约，是为了去寻找异乎寻常的经历，他们动身返回普林斯顿的时间大约为午夜十二点，分乘着两辆汽车。这是一群快活的人，有的还算头脑清醒，有的已经醉眼惺忪，只是醉酒的程度各不相同而已。艾默里坐在后面那辆车子里；他们的车不知怎么就跑错了方向，迷了路，因此急匆匆地想追上前面那辆车。

这是一个清朗明净的夜晚，一路的欢歌笑语激发了艾默里的灵感。他脑海中的诗魂正在朦朦胧胧地酝酿着两节诗……

  于是，这辆银灰色的轿车悄无声息地向着夜色行进在黑暗之中，所到之处，万物不惊……寂静的海洋被鲨鱼划出层层波浪，航道上星光点点，碧波荡漾，美轮美奂的月亮高悬天际，身披月光的树木轮廓分明，缤然成行，振翅飞翔的夜莺在婉转啼鸣，从空中一掠而过……
  偶尔途经一客栈，遥见灯明影暗，一轮黄月当头照，月光洒满黄客栈——人静夜阑，欢声笑语渐黯然……急转弯，轿车一去不复返，迎着六月的晚风已去远，树影婆娑路漫漫，碾碎黄色的幽影，奔向蔚蓝……

他们的汽车猛然一个急刹车停了下来，艾默里抬头凝视着前方，大吃一惊，只见路边站着一名妇女，正在跟手握方向盘的亚历克说着什么。事情过去之后，他依然还记得她身上那套旧和服给她造成的恶妇模样，还有她说话时的那种嘶哑沉闷、瓮声瓮气的嗓音：

"你们这些小伙子是普林斯顿大学的学生吗？"

"是啊。"

"唉，你们有一个人死在这里了，另外两个大概也快要没气了。"

"我的上帝啊！"

"瞧！"她用手指了指，他们抬头一看，顿时吓得眼睛都直了。在路边一盏弧光灯的强光下，一具尸体就倒伏在那里，脸朝下趴在一摊仍在不断扩大的血泊中。

他们匆匆跳下汽车。艾默里记得那个后脑勺——那头发——那头发……他们随即把那具尸体翻了过来。

"是迪克——迪克·亨伯德！"

"啊，基督啊！"

"摸摸他的心脏！"

这时，只听那干瘪的丑老太婆几乎不容争辩地用她那嘶哑、急切的嗓音埋怨说：

"行啦，他早就断气啦。那辆车翻了。他们当中有两个人没有受伤，他们刚把另外几个人抬进了屋子，可是这个人已经没救啦。"

艾默里冲进屋里，其他几个人也跟着冲了进来，他们浑身发软，一走进那间破旧、狭小的前厅就瘫坐在沙发上。斯隆的一只肩膀被戳穿了，躺在另一张宽大的软沙发上。他几乎已经神志不清，嘴里还在不停地喊着什么，好像是说八点十分还有一堂化学课。

"我也不知道这场事故到底是怎么发生的，"菲伦比紧张地说，声音显得很不自然，"当时是迪克开的车，他抓着方向盘不放，怎么也不肯让别人来开；我们都说他酒喝多了，劝他——话还没说完，就到了这该死的弯道——啊，我的上帝呀……"他脸朝下一头扑倒在地板上，情不自禁、欲哭无泪地抽泣起来。

医生早已经到达现场了，过了一会儿，艾默里朝对面的沙发垫走去，走到那沙发垫旁边时，不知是谁递给了他一条床单，让他盖在那具遗体上。由于心头突然涌起了一股刚强的胆气，他便硬着头皮抬起其中的一只手，但随即又让那只手凭着惯性软绵绵地落回了原处。那片额头早已是冷冰冰的了，然而那张脸上的表情却还没有全然消失。他朝那双脚上的鞋带看了看——那鞋带是迪克今天早晨亲手系上的。他本人亲手系上的鞋带——可是现在，他却成了这沉甸甸的、用白色床单覆盖着的一堆血肉。他所了解的那个颇具人格魅力和独特个性的迪克·亨伯德，现在却只剩下了这堆——啊，一切竟是如此地令人恐怖，高贵的气质已经荡然无存，快要化为泥土了。一切悲剧都具有那种荒诞不经、邋遢丑陋的特点——死得如此毫无价值，如此不值一提……怎么会死得像那些动物一样呢……艾默里回想起他童年时代在某个小巷子里看到的一只血肉模糊、惨不忍睹地躺在地上的猫。

向高潮推进！

第二天，由于经历了一场大难不死的变故，大家都是在一片浑浑噩噩的状态中度过的。每当艾默里一个人独处的时候，他的思绪无论怎样千回百转，最终必然还是会回到先前的那一幕惨景——那血红的嘴巴如同裂开的一个窟窿大张着，与那毫无血色的惨白的脸很不相称，但是，他毅然决然地用眼前一切能引起他兴奋的东西堆积起了一道厚厚的屏障，以此来强压住自己对那一幕惨景的回忆，心肠冷酷地将它阻挡在大脑之外。

伊莎贝尔在她母亲的陪同下，于下午四点驱车进城来了，她们的车子沿着喜气洋洋的展望大道一路向前驶去，穿过欢乐的人群，准备去"别墅俱乐部"用茶点。各家俱乐部年年都要在这天的晚上举行他们一年一度的盛大晚宴，所以，在晚上七点的时候，他把她暂时借给了一名大一同学，并且说好十一点整在学校体育馆里等她来见面，因为高年级同学只允许在这个时候进场参加一年级新生举行的舞会。她果然就是他所期待的那副模样，因此，他非常高兴，并且渴望着要使这一夜成为他一切梦想的中心。到了晚上九点，高年级同学都纷纷站在他们各自俱乐部的门前，观看一年级新生高举火炬的游行队伍热闹非凡地从面前经过，艾默里心中不禁有些纳闷，不知这些身穿燕尾服的人群，在黑暗而又庄严的背景的衬托下，在熊熊火炬的照耀下，是否真的能为那些目不斜视、欢呼雀跃的大一新生把这黑夜照亮，就像他一年前所经历过的那样。

第二天依然是在浑浑噩噩的状态中度过的。他们这六个快活的人聚到了一起，在那家俱乐部的雅座包间里愉快地共进了一顿午宴，在用餐的过程中，伊莎贝尔和艾默里一边吃着炸鸡肉，一边含情脉脉地你望着我，我望着你，彼此都心照不宣，知道他们的爱情必将天长地久。在班级舞会上，他们忘情地翩翩起舞，一直跳到凌晨五点，那些没带舞伴的家伙全都欢天喜地、无比放肆地横插进来抢着要跟伊莎贝尔跳舞。虽说夜已越来越深，他们却越发地热情高涨，他们带来了不少葡萄酒，就藏在衣帽间里的大衣口袋里，那些酒可以用来驱散老早就已袭来的倦意，让他们彻夜狂欢到天明。这帮没带舞伴的家伙全都非常相似，全都是惺惺相惜的一路货色。他们单单只听从一个有头脑的家伙指挥，相当招摇地在舞场里晃过来晃过去。倘若看到一个黑发美女舞姿翩翩地从他们眼前经过，他们就会噘起嘴唇发出一片轻微的尖叫声，并且如潮水般一圈圈地涌上前来起哄，这时，他们当中有一个比其他人更加滑头的家伙就会蹿出人群，抢上去要跟她跳舞。后来，当这个身高六英尺的女孩子（那可是你们班的凯带来的，况且他

123

整个晚上都在不停地把你们介绍给她认识呢）从他们身边飞快地跑过去时，这帮没带舞伴的家伙便纷纷急流勇退了，三五成群地站在那儿东张西望，然后就饶有兴味地盯着舞厅尽头的那个角落，因为凯来了，他正焦急万分、满头大汗地用胳膊肘在人群中挤来挤去，寻找他熟悉的面孔呢。

"我说，老兄，我有一个非常可爱的——"

"对不起了，凯，我已经看上这个小妞儿啦。我一定要插进去抢在某个家伙的前面跟她跳个舞的。"

"好吧，那么下一个是谁呢？"

"什么——啊——呃——我发誓，我一定要抢在前面——要是她有哪支舞曲闲着没有人来找她跳，你来找我。"

令艾默里喜出望外的是，伊莎贝尔就在这时提了个建议，说他们不妨离开舞厅，到外面去待一会儿，开着她的车子在周围兜兜风。在流逝得太快的一个钟头的甜蜜时光里，他们开着车在静悄悄的路面上缓缓而行，把普林斯顿大学的校园走了个遍，既害羞又兴奋地倾诉着彼此浮在表面的心里话。艾默里感觉心里有一种莫名其妙的真诚，因而没有试图去亲吻她。

第二天，他们驱车北上，穿行在新泽西广袤的原野上。他们在纽约用的午餐，下午又去观看了一场问题剧，伊莎贝尔在观看该剧第二幕的整个过程中一直都在哭泣，颇让艾默里感到手足无措——望着她潸然落泪的样子，他心中不禁油然生出无限的柔情。他因挡不住诱惑，便俯过身去，吻去了她的眼泪，而她则在黑暗的掩护下，把一只小手悄悄塞进了他的手中，让他温存地握着。

后来，在六点的时候，他们到达了博尔吉家在长岛购置的那幢避暑别墅，艾默里立即匆匆奔上楼去，想去换上一套就餐时穿的无尾礼服。在扣好衬衫前胸部位的饰纽时，他忽然发觉，他现在所享受的生活也许是他今后再也不可能享受到的。他的头脑已被他自己的少不更事弄得糊里糊涂，因而一切事物在他眼里都变得神圣起来了。他与他那一代人中的佼佼者齐头并进，来到了普林斯顿大学。他坠入了爱河，如今他的爱情也已有了回应。他打开了所有的灯，对着镜子仔细端详着自己的形象，竭力想在自己的脸上找到致使他比芸芸众生看得更清楚的那些品质，找到致使他能够果断地作出抉择，从而能影响他自己的意志和遵循他自己的意志的那些品质。他目前的生活中几乎没有什么要他去加以改变的东西……牛津或许是一个更加广阔的天地吧。

他默默地赞美着自己的形象。他的容貌看上去多么适合眼下的需要啊，而这套用于就餐的无尾礼服穿在他身上又是多么得体啊。他迈步走进大厅，随即便站在楼梯口等候着，因为他听到有脚步声传来了。果然是伊莎贝尔，从她头上那色泽亮丽的秀发，到她脚上那双金光闪闪的浅口便鞋，她仿佛从来没有像今天这么美丽。

"伊莎贝尔！"他高喊了一声，几乎是不由自主地喊出来的，并张开了他的双臂。就像小说书里所描写的那样，她扑进了他的怀抱，在那半分钟里，在他们的嘴唇第一次相触的那一瞬间，他的虚荣心达到了最高点，幼稚的自我中心主义达到了顶峰。

第三章　自我中心主义者开始思考

"哎哟！快放开我！"

他松开手，胳膊垂落在身体的两侧。

"怎么啦？"

"你胸前的那个扣子——弄得我好痛啊——你瞧！"她低头望着自己呈 V 字形敞开着的领口，那下面果然有个如豌豆般大小的青紫色小斑点，使她白皙的肌肤上出现了一个美中不足的小小瑕疵。

"啊，伊莎贝尔，"他责怪起自己来，"我真是一个没头脑的呆子。真是的，实在对不起——我不该把你搂得这么紧。"

她急切地抬起头来。

"哎呀，艾默里，当然，你也是忍不住才这样的，再说，这也不是疼得很厉害的事情；可是，已经这样了，我们准备怎么办啊？"

"怎么办？"他问道，"哦——这个小斑点啊；再过一秒它就会消退了。"

"它哪在消退啊，"她目不转睛地盯着那个小斑点看了好大一会儿，然后说，"你瞧，它还在这儿呢——

而且看上去就像个讨厌的恶魔一样——啊，艾默里。我们怎么办啊！这个部位恰好跟你的肩膀一样高呢。"

"用手在上面按摩按摩呗。"他建议说，心里却在强忍着，差点儿就要笑出声来。

她娇滴滴地用手指尖在那个部位轻轻揉着，揉着揉着，泪水就溢出了眼角，渐渐凝结成了一颗泪珠，然后顺着脸颊慢慢淌下来。

"啊，艾默里，"她绝望地说，一边抬起一张极其哀婉动人的脸，"要是我再这样揉下去，我就要把整个脖子都揉得红彤彤的了。那我怎么办啊？"

一句台词忽然扬起风帆驶进了他的脑海，他再也按捺不住，便大声朗诵出来：

纵然用遍所有的阿拉伯香料
也不能使你这只小手变白。[1]

她仰起脸来，眼睛里噙着闪闪发亮的泪花儿，像晶莹的冰花儿一样。

"你这人就是不太懂得怜香惜玉。"

艾默里错误地理解了她的意思。

"伊莎贝尔，亲爱的，我想它会——"

"别碰我！"她哭着说，"人家心里已经够烦的了，你还站在那儿笑！"

然而他一不小心又一次把话说错了。

---

[1] 引自莎士比亚悲剧《麦克白》中的第五幕第一场，但本书作者用"变白"取代了莎士比亚的"变香"。

"哎呀，真有意思，伊莎贝尔，我们那天还在谈幽默感是——"

她定定地望着他，脸上带着一种异样的表情，却不是微笑，而是挂在她嘴角边的一丝淡淡的、没了欢乐的、刚才的笑靥残留下来的痕迹。

"啊，你闭嘴！"她冷不防大喊了一声，随即便像逃跑似的沿着大厅里的过道朝她自己的房间飞奔而去。

艾默里顿时愣在那儿，一脸的茫然和懊丧。

"去他妈的！"

伊莎贝尔再次出现的时候，肩膀上已经裹上了一条薄薄的披肩，他们默不作声地一起走下楼来，而且在整个晚宴上也自始至终都保持着沉默。

"伊莎贝尔，"他率先开口说，心里却感到相当窝火，他们这时刚刚自顾自地坐进那辆车子里，准备去参加在格林威治乡村俱乐部举行的一场舞会，"你生气啦，再过一分钟，我也要生气了。让我们来亲吻一下，重新和好吧。"

伊莎贝尔闷闷不乐地考虑着。

"我最讨厌被人家笑话了。"她终于开口说。

"我再也不笑了。我现在就没在笑吧，对不对？"

"你刚才笑过了嘛。"

"啊，别再这么娇滴滴地耍你那套女人家的小性子啦。"

她微微噘了一下嘴唇。

"我可是一个想怎么样就怎么样的人噢。"

艾默里还是勉强按捺住自己的脾气而没有发作。他已经意识到，对于伊莎贝尔，他心里甚至连一盎司真正的怜爱之情都没有，但是她冷漠的态度已然伤害了他的自尊心，使他大为不快。他很想吻她，热烈地、使劲儿地吻她，因为他知道，只有吻过了，他明天早晨才能心安理得地离开此地而不会再有任何牵挂。反过来说，假如他不去吻她，那种念头以后就会一直困扰着他……倘若吻不成，那就势必会妨碍他朦朦胧胧地一心想成为征服者的欲望。伊莎贝尔就好比是一名强悍的古代武士，要是让自己甘拜下风，向这样一名强悍的武士去折腰恳求，那绝不是一个有尊严的征服者应有的行为。

也许她对这一点也已有所察觉了。无论她是否已经对他产生了怀疑，艾默里反正眼睁睁地看着原本应该成为浪漫爱情的完美体验的这一夜悄然溜走了，剩下的只有无数在头顶上扑来扑去的飞蛾，以及从路边花园里飘来的阵阵浓郁的花香，却没有那些絮絮叨叨的情话，没有那些轻柔曼妙的叹息声了……

后来，他们在配膳室里吃过晚饭，仅有姜味汽水和巧克力蛋糕，晚饭过后，艾默里宣布了一个决定。

"我打算明天一早就走。"

"为什么要走呢?"

"为什么还不走呢?"他反问道。

"没有必要嘛。"

"不管怎么说，反正我要走了。"

"唉，如果你硬要表现得这么荒唐可笑——"

"啊，别说这种话。"他反对说。

"——就因为我不肯让你吻我呀。你认为——"

"行啦，伊莎贝尔，"他打断了她的话，"你知道的，情况并不是这样的——姑且就算是这么一回事儿吧。我们都已经发展到这样的阶段了，也就是说，我们要么就应该接吻——要么就——要么就——什么也不是。看来你好像并不是出于道德方面的考虑才拒绝我的。"

她犹豫了一下。

"我真的不知道该怎么看待你这个人，"她说，软弱无力却又执迷不悟地想争取和好，"你这人真有意思。"

"怎么个有意思呢?"

"嗯,我过去总觉得你很自信,简直都目中无人了,还记得你那天对我说过的话吗?你说你可以想干什么就干什么,你想得到什么就真能得到什么吗?"

艾默里脸红了。他确实对她说过好多这样的话呢。

"记得。"

"嗯,你今天晚上好像感觉不那么自信嘛。也许你只不过是表面上很自负罢了。"

"不对吧,我可不是这样的人,"他有些迟疑地说,"在普林斯顿——"

"哎哟,你和普林斯顿!你大概觉得那就是世界的一切吧,瞧你说话的这种口气!在你那思想守旧的《普林斯顿人》上发表文章,也许你的文章能够写得比谁都好;也许大一年级的那些新生确实会认为你很了不起——"

"你不懂——"

"不,我懂,"她打断了他的话,"我真的懂,因为你始终都在大谈你自己的事情,而且我过去也喜欢听你讲;现在我不要听了。"

"我今天晚上讲了吗?"

"这就是问题的关键所在,"伊莎贝尔不依不饶地说,"你今天晚上完全颠覆了你过去的形象。你只是一动不动地坐在那儿望着我的眼睛。再说,我在跟你说话的时候,一直都得动脑筋去想一想——你这人太爱挑剔了。"

"是我逼你动脑筋去想的吗?我逼你了吗?"艾默里带着一丝虚荣心反问道。

"你是一个很神经质的人——"这句话说得语气很重——"你所分析的每一个细微的感情和本能,恰恰都是我没有的。"

"我知道。"艾默里承认她这一点说得对,并且无奈地摇了摇头。

"我们走吧。"她站起身来。

他心不在焉地跟着站起来,随后,他们便迈步朝楼梯边走去。

"我可以乘哪趟火车走?"

"如果你一定要走的话,大约九点十一分有一趟车。"

"是啊,我必须走了,真的。晚安。"

"晚安。"

他们互道晚安的地方在楼梯顶上,就在艾默里转身走进他自己的房间的那一刻,他自认为他看到了淡淡地浮现在她脸上的一片不满的乌云。他睁着眼睛躺在黑暗中没法入眠,心里在纳闷,不知自己究竟有几分牵挂还放不下——不知这突如其来的不幸中究竟有几分是他受伤的虚荣心——就他的性格脾气而言,他究竟是否真的不宜有浪漫的经历。

一觉醒来时,他发觉身下竟是一片恣肆的汪洋。晨风习习,吹拂着窗口用印度轧光印花布做的窗帘,他忽然没来由地困惑起来,为何不是在普林斯顿大学他自己的房间里呢,五斗橱的上方应该有他的校橄榄球队的照片,对面的墙上应该挂着三角俱乐部的照片才对呀。就在这时,外面大厅里的落地大座钟敲响了八点,原来竟是梦里不知身是客,他想起了昨天夜里的情景。他跳下床来,穿上衣服,动作如一阵风;他必须赶紧离开这幢别墅,免得再看见伊莎贝尔。昨天夜里所发生的事情似乎挺让人伤感的,现在看来,却似乎已经成了一个令人讨厌的虎头蛇尾的结局。他在八点半的时候就已经穿戴整齐了,于是,他便在窗台前坐下来;他感到心肌有些绞痛,比他所预料的还要难受一些。这个早晨似乎已经成了一个令人啼笑皆非的莫大嘲弄——天气晴好,阳光明媚,处处闻到花园里飘来的阵阵花香。当听到博尔吉太太在楼下阳光房里的说话声时,他心中不免咯噔了一下,很想知道伊莎贝尔此时人在哪里。

有人在敲门。

"先生,车子大约在九点差十分到这里。"

他的思绪又回归到对那些户外活动的遐想中,然后便开始一遍又一遍地、机械地默诵起布朗宁的一段诗来,他曾经在写给伊莎贝尔的一封信中抄录过这段诗:

> 一生追求成蹉跎,你瞧,
> 事事皆如故,纷纭无间道;
> 吾辈未感慨,也未纵声笑,
> 饥、饱、绝望全无虞
> ——人间这般美好。①

但是他的人生追求是不会皆成蹉跎的。他带着一种忧郁的满足感遐想着,也许她自己从来就不曾有过多少想法,只不过是他把她想得过于复杂了;而这也正是她的一大优点,因为除了他,任何人也休想逼迫她动脑筋去思考。然而这一点也恰恰正是她对他持有异议的地方啊;想着想着,艾默里忽然感到厌倦起来,不想再这样思考下去、没完没了地思考下去了!

"让她见鬼去吧!"他怨恨地说,"她毁了我整整一年的时光!"

超人变得无牵无挂了

转眼到了九月,在一个灰尘扑面的日子里,艾默里回到了普林斯

---

① 引自英国著名诗人罗伯特·布朗宁(Robert Browning,1812—1889)的诗作《青春与艺术》(*Youth and Art*,1864)中的第十六节。

顿,汇入了熙熙攘攘、挤满了大街小巷的那些热得发昏、要准备补考的人的行列中。每天上午花四个小时挤在一所补习学校密不透风的教室里,接受无穷的枯燥如二次曲线的知识,高年级的这几个学期要是像这样开始,那也未免太无聊了。鲁尼先生上的课,把本来枯燥的内容变得更加乏味,他因为要从早晨六点一直讲到晚上八点,所以上课的时候总是一边画图,解方程,一边一支接一支地抽他的鲍尔摩尔牌香烟[①]。

"听好了,朗格杜克,假如我运用刚才那个公式,那么,我的A点应该在哪儿呢?"

朗格杜克懒洋洋地挪了挪他那身高六英尺三英寸的橄榄球运动员的庞大身躯,试图集中一下他的注意力。

"啊——呃——我要是知道,那才怪呢,鲁尼先生。"

"啊,唉,当然喽,你当然不能运用那个公式喽。这就是我想让你回答的问题。"

"嗨,那是,当然。"

"你知道为什么吗?"

"那还用说——我想我应该是知道的。"

"要是你不听懂,就实话告诉我。我可以马上再教你一遍。"

"好啊,鲁尼先生,如果您不介意的话,那就麻烦您把这一点再讲解一遍吧。"

"乐于效劳。瞧,'A'点在这儿……"

好比一幅绘画作品的习作,这间教室里呈现出的全然就是一幅蠢态百相图——两个巨大的支架上挂着讲课用的图纸,鲁尼先生脱去外

[①] 鲍尔摩尔牌香烟(Pall Mall),原为英国品牌,创建于1899年,取名于伦敦的一条繁华商业街名,后于1907年被美国"全美烟草公司"兼并而成为美国品牌,主要生产高档香烟以迎合上流阶层人士的需求。

衣，只穿着衬衫站在支架前，而懒懒散散、七歪八斜地坐在椅子上的是十几个男生：弗雷德·斯隆，那个投球手，他是绝对非得通过考试不可的；"身材苗条的"朗格杜克，只要他能有把握考出一个可怜的五十分，在今年秋天的赛季上就可以击败耶鲁队；麦克道尔，那个快乐的大二小男生，他觉得能跟这些大名鼎鼎的运动员一块儿在这里补习是一件很值得夸耀的事情。

"那些出不起一分钱到这儿来补习功课的可怜虫们，就不得不再苦读一个学期啦，我很同情这些人，"有一天，他竟公然对艾默里这样说，毫无血色的嘴唇上叼着一支软耷耷的香烟，表现出软弱无力的同志似的亲密感，"我认为那是一件非常无聊的事儿，这个学期里，我们在纽约还有好多别的事情要干呢。不管怎么说，我觉得他们根本就不知道他们已经错失了多少良机。"这位麦克道尔先生说话的腔调很有点儿"咱俩私下里说说，切不可让外人知道"的神秘味道，在他说这种话的时候，艾默里差点儿没把他从敞开的窗口扔出去……明年二月，他母亲就会感到纳闷了，他为什么不去组织一个储蓄会，提高他每月的生活费呢……真是一个头脑简单的笨小子……

透过满屋子的烟味儿和满屋子严肃认真的浓厚气氛，照例会听到有人不由自主地喊出来的声音：

"这一点我还是没有搞懂！再讲一遍吧，鲁尼先生！"他们中的绝大多数人不是太笨，就是太不用功，这些人即便碰到不懂的问题，也是死不承认的，艾默里属于后者。他发觉要想学好二次曲线是根本办不到的。他们带着那种镇静自若、让人可望而不可即的高贵神态，在鲁尼先生的那间充满恶臭的会客室里很不服气地表达了他们的意思，这样的态度当然就把他们的方程式曲解了，变成了无法解开的字谜游戏。他拿起谚语里所说的湿毛巾，花了最后一夜的工夫临时抱佛脚，然后便乐而忘忧地去参加了补考，但是心里却很不高兴，想不明白春天里的那些多彩的人生和远大的抱负,怎么会一下子全都消失得无影无踪了呢。不知何故,随着伊莎贝尔的背叛,想在大学本科阶段博取功名的念头已经大大松懈,激发不起他的想象力了,他暗暗寻思,这一回怕是没法安之若素地通过补考了,这就意味着,他的名字将会被人家随心所欲地从《普林斯顿人》编委会里剔除出去,甚至还会扼杀他入选高年级学生会的可能性。

他的运气向来还是不错的。

他打了个哈欠,在试卷的封面上草草写上了他的诚信誓言①,然后便从容不迫地走出了教室。

"如果你这回补考不及格,"刚刚返校的亚历克说,他们这时正坐在艾默里的房间的窗台上,在商讨该如何布置墙壁的方案,"你就是这世上最笨的笨蛋。在俱乐部里,在校园里,你现有的声望就会像电梯一样直线下降。"

"啊,真见鬼,这我知道。怎么老爱触人痛处呢?"

"因为你活该呀。任何一个想放手一搏、夺取你即将到手的这个位子的人,应该都不是《普林斯顿人》编委会主席的合适人选。"

"噢,抛开这个话题吧,"艾默里抗议地说,"看着吧,等着瞧吧,闭上嘴巴。我可不愿让俱乐部的每一个人都来问我这个问题,就好像我是一只被培育大了、准备拿去参加蔬菜博览会的良种大土豆一样。"

一个星期之后的一天晚上,在去伦威克咖啡馆的路上,艾默里走到自己房间的窗户底下时停下了脚步,见房间里亮着灯,便抬头朝上面喊道:

---

① "诚信誓言"(Honor System)由美国前总统托马斯·杰斐逊于1779年率先在弗吉尼亚大学倡导,后被推广于美国各大中院校和社会各界,常用于遏制考试作弊和学术造假。普林斯顿大学的"诚信誓言"(honor pledge)始于1893年,后经不断更新,现在的诚信誓言为:"我以我的人格担保,在这次的考试中我没有违背诚信准则。"(I pledge my honor that I have not violated the honor code during this examination.)

"喂,汤姆,有没有我的信件?"

亚历克的脑袋出现在窗口一片昏黄的灯光里。

"有,你的成绩来了。"

他的心怦怦地狂跳起来。

"怎么样,是蓝色的还是粉红色的?"

"不知道。你还是自己上来看吧。"

他踱进房间,直奔那张桌子,这才突然发现房间里还有别人在。

"哇,克里来啦。"他表现出非常有礼貌的样子,"啊,都是普林斯顿的同窗好友嘛。"屋子里的人似乎大多数都是朋友,不是外人,于是,他便拿起那只上面印着"教务处"字样的信封,心情紧张地拿在手里掂了掂。

"我们手里的这张纸头,分量可不轻啊。"

"拆开吧,艾默里。"

"为了制造一点儿气氛,我向各位宣布,假如这张纸头是蓝色的,我的名字将就此退出《普林斯顿人》编委会,我的短暂的编委生涯也将到此结束。"

他停顿了一下,就在这时,他第一次发现菲伦比的那双眼睛,带着一种饥饿的神色,正急不可待地注视着他。艾默里也针锋相对地回敬了他一个眼神。

"注意看我的脸,先生们,看看我原始质朴的真情流露吧。"

他把信封撕开,对着灯光抽出那张纸。

"怎么样?"

"是粉红色的还是蓝色的?"

"说吧,是什么?"

"我们都在洗耳恭听呢,艾默里。"

"嬉笑怒骂都行——总得有所表示呀。"

暂无表示……凝滞的时光很快过去了几秒钟……这时，他又看了一眼，凝滞的时光很快又过去了几秒钟。

"像蓝天一样蓝啊，先生们……"

后　果

这一学年，从九月上旬开始，直到暮春时节，艾默里的所作所为全都毫无目的，也无章可循，所以这段生活似乎也就没有什么值得记载下来的故事。当然，他对自己白白失去的东西立即就感到懊悔不迭了。他的成功哲学竟然垮塌下来，牢牢地压在他身上，因此他要寻找原因。

"怪你自己太懒惰了。"亚历克后来说。

"不——还有比这更深层的原因。我已经有所感觉了，我似乎本来就命中注定要失去这个机会的。"

"俱乐部里的人现在都在有意回避你呢，你知道的；如果大家都不肯过来，我们的队伍就会软弱涣散，不堪一击了。"

"我讨厌你这种观点。"

"当然，只要稍加努力，你还是可以东山再起的。"

"不——我已经完了——就大学里的一个有影响的人而言。"

"不过，艾默里，说句老实话，最让我感到生气的倒不是你当不当《普林斯顿人》编委会的主席，进不进高年级学生会，而是你没有静下心来好好准备，通过那场补考。"

"不是我静不下心来，"艾默里慢条斯理地说，"我热衷的是那些具体的东西。我自己的懒散跟我一贯的行事作风是完全一致的，就是运气不佳啊。"

"你是说，你那一贯的行事作风出问题了吧。"

"也许是吧。"

艾默里的观点,尽管很危险,却也并非完全没有道理。假如把他对周围环境的反应制作成一张图表,这张图表,从他的幼年时代开始,似乎应当是这样的:

1. 基本的艾默里。
2. 艾默里加比阿特丽斯。
3. 艾默里加比阿特丽斯加明尼阿波利斯。

后来,圣里吉斯预科学校把他彻底打乱,并开始重新塑造他:
4. 艾默里加圣里吉斯预科学校。
5. 艾默里加圣里吉斯预科学校加普林斯顿大学。

这就是他顺应环境,走向成功的捷径。基本的艾默里的特点是:性格懒散,想象力丰富,具有叛逆精神,这个艾默里几乎早已被彻底封存在积雪之下了。他因为顺应了环境,便取得了成功,然而,他所想象的那些事却既没有得到满足,也没有因为他所取得的成功而被他很好地理解,因此,他兴味索然地、几乎是没来由地,把他已经取得的成功整个儿抛弃了,于是,他又重新变成了:
6. 基本的艾默里。

经济状况

他父亲在感恩节这天平静地、默默无闻地去世了。死亡既与日内瓦湖畔的美景格格不入,也与他母亲庄严肃穆、寡言少语的态度极不相称,这一点使他觉得颇耐人寻味,因此,他以豁达大度的态度关注着父亲的葬礼，表现出一种乐天知命的宽容。他料定土葬毕竟要比火化更可取，想起从前在孩提时代玩游戏时所作的选择，即人死后要挂在树顶上慢慢地氧化腐烂，就觉得非常好笑。葬礼过后的第二天，他躲在那间偌大的书房里自娱自乐，仰面朝天地躺在一张长沙发上，摆出各种优雅的姿态，即人死后停尸在太平间里的姿态，想作出抉择，待到自己的那一天到来的时候，他是否应该双手交叉虔诚地摆在胸口（达西大人一度曾主张就用这个姿势，认为唯有这个姿势最显身份），还是应该采取更具有异教徒式的特点和拜伦式的特点的姿态，双手紧握，垫在脑后。

最让艾默里关注的事情倒并不是他父亲终于摆脱开尘世间的一切俗事樊篱而溘然撒手人寰，而是在比阿特丽斯、巴顿先生以及他本人之间进行的一次三方会谈，巴顿先生是"巴顿-克罗格曼律师事务所"的一位律师，三方会谈是在举行完他父亲的葬礼几天之后进行的。这是他平生第一次真正察知家庭的经济状况，认识到他父亲曾经手过的财产数额有多么大。他拿起一本上面标着"一九〇六年"的分类账簿，非常仔细地从头到尾翻看了一遍。这一年的总支出竟然高达十一万元以上。这一年的收入中，有四万元是比阿特丽斯个人的收入，关于这一部分，账簿里并没有要加以说明的意思：全部归拢在"汇票、支票、转让给比阿特丽斯·布莱恩的信用证等"项下。其他各项分散支出的账目都逐一记载得非常详细：用于纳税和用于修缮日内瓦湖畔这座庄园的各项费用几乎高达九万元之多；总的维修保养费，包括比阿特丽斯的那辆电动汽车，以及这年购买的一辆法国产轿车，多达三万五千元以上。其余的账目也都一条条记载得非常明细，然而始终都有不能与分类账簿右边的栏目保持平衡的项目。

翻看到"一九一二年"的那本分类账簿时，艾默里着实大吃了一惊，因为他发现持有债券的数目在不断减少，收入因此而大幅下跌了。

关于比阿特丽斯的钱款，这本账簿里的记录不是很明确，但是很明显，他父亲把上一年的经济收入全都投放到那几笔赚不到钱的石油投机生意里去了。烧石油倒没有烧来多少利润，然而斯蒂芬·布莱恩本人却被烧得焦头烂额。第二年、第三年、第四年，收入状况都呈现出类似的下跌趋势，于是，比阿特丽斯第一次开始动用她自己的钱款来维持家庭的开销了。然而，她一九一三年的医疗账单就超过了九千元。

关于收支的确切状况，巴顿先生并不十分了解，而且还感到十分困惑。最近有过几笔投资，但是收益情况就目前来看很成问题，况且他还认为，除了这些，另外还有一些投机生意和股票交易，然而这些业务上的事情并没有咨询过他这位律师的意见。

没过几个月，比阿特丽斯就写信给艾默里，向他详细说明了整个经济状况。布莱恩和奥哈拉家族的全部余产，如今就只剩下日内瓦湖畔的这座庄园和大约五十万元的资金了，这笔资金现已投放在比较保守的收益率为百分之六的持有股票和债券上。事实上，比阿特丽斯在信中写道，她已打算将这些资金全都投入到购买铁路债券和市内有轨电车债券中去，只要方便，她会以最快速度把资金转移到债券上来。

她在写给艾默里的信中说：

> 我可以非常肯定地说，假如这世上还有一件我们能够坚信不疑的事情，那就是，人们不会吊死在同一棵树上。这个出门就开着福特车的人当然是深谙这个道理的精髓的。所以，我已经告知巴顿先生，要求他对诸如北太平洋铁路公司[①]和人们称为电车公司的这些捷运公司的业务状况进行专门研究。我永远都不会原

[①] 北太平洋铁路公司（The Northern Pacific Railway），美国最大的铁路公司之一。北太平洋铁路的建造始于1870年，主干线于1883年全线通车，纵贯五大湖区至北太平洋沿岸，总长达6784英里。

谅自己当初没有购买伯利恒钢铁公司①的股票。我对那些最令人陶醉的新闻报道早有所闻。你一定要投身于金融业，艾默里。我相信，干这一行你一定会感到其乐无穷的。我认为，你不妨从一个通讯员或者出纳员开始做起，然后再从这个职位一步步往上升——几乎是无限制地往上升迁。我可以肯定，假如我是一个男人，我一定会喜欢跟金钱打交道的；对我来说，这种感觉已经成为年迈体衰之人的一种激情了。在进一步深入讨论这个问题之前，我想先跟你商量一件事。有一个名叫比斯潘姆太太的人，一个客气得过了头的小女人，是我那天在吃茶点的时候认识的，她跟我说起了她的那个儿子。他在耶鲁大学读书，他写信告诉她说，耶鲁大学的男生个个都不讲究穿着，夏天的内衣整个冬天都还一直穿在身上，而且在大冷天里，无论下雨下雪，都爱光着脑袋外出，任凭头发淋湿，还喜欢穿浅口的鞋子。嗨，艾默里，我不知道你们普林斯顿大学是否也流行这样的风气，但是我不希望你也做出这么愚蠢的事情来。那样的话，年轻人不但会很容易得肺炎和骨髓灰质炎，而且还很容易患上各种各样的肺部疾病，而你的肺部又是特别容易得病的。你可千万不要拿自己的健康来做实验啊。我已经注意到这个问题了。我不会让自己成为笑柄，像有些做母亲的人必定会做的那样，硬要你在皮鞋外面再穿上套鞋，尽管我至今还记得，有一年过圣诞节，你进进出出一直都穿着套鞋，连一个搭扣都不肯扣，走起路来呱唧呱唧地发出很奇怪的声响，你不肯扣搭扣，是因为那个时候不时兴扣搭扣。到了第

---

① 伯利恒钢铁公司（Bethlehem Steel, 1857—2003），曾为美国第二大钢铁生产企业，也是美国最大的造船厂之一，位于宾夕法尼亚州的伯利恒市。因美国经济发生转向，全美钢铁企业不景气，加之经营管理不善，公司于2001年宣布破产，2003年即被美国国际钢铁集团并购。

二年的圣诞节,你甚至连浅口胶鞋也不愿意穿了,我怎么说你都不肯穿。你如今差不多快要二十岁啦,亲爱的,我总不能老是陪在你身边,看着你做事是不是明智呀。

我这封信里写的都是非常实实在在的事情。我在上一封信里就已经提醒过你,因为缺钱而办不成你要办的事儿,那会让人变得啰里啰唆,婆婆妈妈的,不过,只要我们别太铺张浪费,无论想办什么事儿,手头都还是很宽裕的。你要多保重,我亲爱的孩子,也要尽量常写信回来,一个星期至少要来一封信,因为假如我看不到你的来信,我就会无端地去臆想各种各样可怕的事情的。

爱你的

妈妈

首次出现"重要人物"这一说法

应达西大人的邀请,艾默里在圣诞节期间来到位于哈得孙河畔的那幢斯图亚特宫廷似的宅第,在这儿住了一个星期,于是,他们两人便围着熊熊燃烧的炉火开怀畅谈着。达西大人已经微微有点儿发福了,而且随着身体的发福,他的个性也舒展了很多,艾默里坐在那张矮墩墩的、铺着柔软坐垫的扶手椅上,与他一起享受着雪茄烟带给中年人的那份清醒,他感到既安宁,又安全。

"我想休学了,达西大人。"

"为什么?"

"我的毕生事业已经全部化为青烟了;在你看来,这不过是区区小事,微不足道,可是——"

"绝不是区区小事。在我看来,这是非常重要的大事。我想听听整个事情的来龙去脉。把我上次见到你以来你的所作所为都详细说说吧。"

艾默里拉开了话匣子；他把自己如何在自我中心主义的大道上遭到毁灭的情况都原原本本地说了出来，半个小时之后，他的话语声中已经不再带有那种百无聊赖的倦怠了。

"假如你退学了，你想做什么呢？"达西大人问。

"不知道。我很想去旅行，可是，这场讨厌的战争当然不允许我这样做。不管怎么说，我要是不读完大学，母亲会很不高兴的。我现在很茫然。克里·霍利迪想拉我跟他一起去参军，加入法国空军的拉斐特飞行队[①]。"

"你明明知道自己是不愿去的。"

"有时候我也想去——今天晚上我没准就会说走就走了。"

"唔，那样的话，你必然会对生活更加厌倦的，你会比我所想象的还要严重得多。我了解你。"

"恐怕真被你说中了呢，"艾默里很不情愿地表示赞同，"这似乎不失为一条简单易行的出路，可以让我摆脱一切——每当我想到我还要再过上一年碌碌无为、备受煎熬的日子，我就想走这条路。"

"是啊，我知道。不过，实话告诉你吧，我对你的境况并不担心。在我看来，你好像正在非常自然地进步呢。"

"不，"艾默里反对说，"才一年的时间，我就把我的个性丢掉了一大半。"

"一点儿也没有丢！"达西大人不屑地说，"你丢掉的不过是大量的虚荣心，以及诸如此类的东西罢了。"

"天啊！不管怎么说，反正我总觉得，我仿佛又读了一回圣里吉斯预科学校的五年级。"

---

① 拉斐特飞行队（Lafayette Escadrille），法国空军的一支劲旅。在第一次世界大战期间，该飞行中队驾驶战斗机群的军人主要由志愿投身于战争的美国飞行员所组成。

"不对。"达西大人摇摇头,"那时候是一件倒霉的事;现在这件事则是一桩好事。不管什么样的好事情落到你头上,都不会通过你去年孜孜以求的渠道来的。"

"我现在已经没有活力了,还能有什么比这更令人失望吗?"

"也许这件事的本身……不过,你现在正处在不断成长的过程中。这个成长的过程就让你有了充分的时间去思考,因此,你一定会抛开许许多多关于功名呀、超人呀等等陈旧的思想包袱的。像我们这样的人是不可以原封不动地照搬理论上的那一套的,就像你在此之前所做的那样。如果我们能够'做下一件事'①,而且每天用一个小时的时间去思考,我们就能够创造出奇迹来,但是,任何一个盲目的、压倒一切的专横跋扈的计划——都势必会让我们做出蠢事来。"

"可是,大人,我没法做下一件事情啊。"

"艾默里,说句你我之间的心里话,我自己也不过是刚刚学会这样做的。我可以做成上百件事,可就是做不成下一件事。但是,即使做不成这下一件事,我也要去碰碰钉子,就像你今年秋季在数学上碰了钉子一样。"

"我们为什么要去做下一件事呢?我总觉得那根本就不是我应该做的嘛。"

"我们非得这样做不可,因为我们不是个性化的人,而是人品高尚的重要人物。"

"这句话说得好——可是,你这句话是什么意思呢?"

"所谓个性化的人,就是你以前曾自我标榜的那种人,你跟我谈到的这位克里和斯隆,显然就属于这种人。个性几乎完全就是一种具

---

① 引自一首宗教诗《做下一件事》(*Doe the Nexte Thynge*),作者无名氏,全诗共四节,二十三行,每一节的最后一行均为"做下一件事"。该诗自发表后一直广为流传,常为宗教和社会各界所引用。

有物理属性的东西；当个性这种东西开始作用于人时，它会降低人的身份——我就亲眼见到过这种事例，一个长期卧病在床的人，他身上的个性特征最终都消失殆尽了。然而，当某一种个性处于非常活跃的状态时，它又会使人飞扬跋扈，全然无视'下一件事'。而一个重要人物则不同，他的高尚人品是靠平时一点一滴地积累起来的。人们对他的看法绝不会脱离他的所作所为。他就好比一根横杆，上面挂着千百种各式各样的物件——往往都是熠熠生辉的物件，就像我们所拥有的一样，但是他在使用这些物件时，一定会保持着一种冷静的心态重新审视这些物件的。"

"可是，我所拥有的最熠熠生辉的几样东西，却在我最需要的时候掉落下来了。"艾默里语气急切地继续使用着这个比喻。

"是啊，问题就在这里。如果你感到你已经把积攒下来的名望呀，才干呀等等诸如此类的东西统统挂出来了，你就根本没有必要去关心别人会怎么想了，你会毫不费劲地处理好这些事情的。"

"可是，从另一方面说，假如我没有我所拥有的东西，那我不就一筹莫展啦！"

"那是绝对的。"

"这倒是一个确实挺不错的说法。"

"瞧，你现在可以轻装上阵，从头开始啦——这个开端，无论是克里还是斯隆，在本质上是根本不可能拥有的。你卸下了三四件华而不实的摆设，而且，一气之下，又把其余的东西统统丢下了。现在要做的事情就是去采集新的东西，你朝前看得越远，采集的东西就会越好。但是要记住，要去做下一件事！"

"你真行，居然能把道理讲得这么透彻！"

他们就这样侃侃而谈着，多半是谈他们自己的情况，有时也谈谈哲学和宗教，谈谈人生，谈谈作为一场游戏的人生，谈谈作为一个不解之谜的人生。这位神甫似乎在艾默里的诸多想法还没有在他自己的头脑里清楚地形成之前就已猜透了他的心思,他们的心灵竟如此紧密相通,无论在思维方式上还是在思维习惯上。

"我为什么要列出一个表格来呢?"有一天晚上,艾默里这样问道,"为什么要把形形色色的东西都编列成表格呢?"

"因为你是一名中世纪问题的研究者,"达西大人回答说,"我们两个都是。这是出于要对同一类型的事物进行分类和归纳的酷爱。"

"这是出于要得到明确结论的一种强烈的愿望。"

"这是经院哲学的核心。"

"没上这儿来之前,我就开始觉得,我已经变得越来越古怪了。我猜想,这大概就是一种故作姿态的表现吧。"

"这一点你不用担心。对你来说,不故作姿态也许就是最成功的有姿态的表现。故作姿态——"

"是吗?"

"但是要做下一件事。"

回到普林斯顿大学以后,艾默里接连收到了达西大人的好几封来信,这些信件为他提供了进一步解决他的自我中心主义问题的精神食粮。

我恐怕在你势必存在的安全问题上说了过多宽慰你的话,但是你一定要记住,我这样做完全是出于对你事业上的原动力的信任;而并非愚昧地坚信你不经过奋斗也能达到目标。性格上存在一些细微的差异,你自己应该视其为理所当然,不过,你在向别人敞开心扉的时候,务必要小心谨慎。你并不是一个多愁善感的人,几乎不会用感情,你精明而不狡诈,自负而不狂妄。

你切不可妄自菲薄,觉得自己是一个无足轻重的人;生活中往往会有这种情况,在你看来似乎是自己最春风得意的时候,然而那其实恰恰正是你即将处于最要不得的境地的时候。你不用担心会不会失去你的"个性",如你执意所说的那样。在十五岁的时候,你就像早晨初升的太阳,散发着绚丽多彩的光芒,刚刚二十岁,你就开始像月亮一样散发着令人感伤的光辉了,等你到了我这个年龄,你就会像我一样,放射出下午四点太阳的柔和而又温煦的金色光芒啦。

如果你想给我写信,就请你把信写得自然一些。你的上一封信,那篇关于建筑学的论文,就写得极其糟糕——写得那么"格调高雅",自以为文化修养很深的样子,简直让我觉得你一直就生活在知识与情感的真空里;务必注意,不要试图过分明确地把人划分成三六九等。你会发现,人们在整个青年时代会非常恼火地不断从一个阶层跳到另一个阶层的,要是你每遇上一个人就给他贴上一个轻蔑的标签,那你无非只是把一个玩偶匣子[1]捆扎起来了而已,等你怀着对立的情绪开始真正接触到这个世界的时候,匣子会崩开的,里面的那个小人儿会乜斜着眼睛嘲笑你的。把列奥纳多·达·芬奇这样的人当做理想化的人物来看待,对于目前的你来说,不失为一盏更加宝贵的指路明灯。

你的人生之路注定会充满坎坷,正如我年轻时所经历的那样。但是你务必要保持清醒的头脑,即使有这样那样的愚蠢之人或者是德高望重的贤达之人敢于对你横加批评,你也不用过多地责备自己。

你常说,习俗只不过是让你在"女人问题"上循规蹈矩的根由罢了。但是问题并不仅仅如此啊,艾默里,那是你害怕一涉足就会不可收拾的缘故,你会因失去控制而胡作非为的,我知道我

---

[1] 玩偶匣子(Jack-in-the-box),一种打开盒盖即跳出一个小人儿来的玩具。

在此谈及的是什么，那是你赖以发现邪恶、几乎能创造奇迹的第六感觉，那是你心中已经隐隐约约地意识到的对上帝的敬畏。

无论你将来的专长是什么——宗教、建筑学、文学——我相信，你一定会比过去更加虔诚地以教会作为你的精神寄托的，但是我不会用与你争辩的方式来冒险施加我的影响的，尽管我私下里坚信，"天主教黑暗的裂隙"必定会在你的脚下张开大口。

请务必尽早给我回信。

致以最亲切的问候

赛耶·达西

在这一阶段，甚至连艾默里的阅读都显得黯然失色了。他在雾蒙蒙的文学小巷里越钻越深：读过于斯曼、瓦尔特·佩特、泰奥菲尔·戈蒂埃①，还读了拉伯雷、薄伽丘、佩特洛尼乌斯、苏埃托尼乌斯②等人的作品，内容中颇有些海淫海盗的章节。有一个星期，出于人皆有之的好奇心，他还查看了他班上其他同学的私人藏书，结果发现斯隆的藏书也跟别人的一样具有代表性：都是一本本的集子——

---

① 于斯曼（Joris-Karl Huysmans，1848—1907），法国小说家、艺术批评家，代表作有《逆天》（À Rebours，1884）等，作品中常暗含对天主教教规和圣事的影射和讽刺；瓦尔特·佩特（Walter Pater，1839—1894），英国散文作家和评论家，其《文艺复兴史研究》（Studies in the History of Ranaissance，1873）对美学运动的发展产生过深远影响；泰奥菲尔·戈蒂埃（Théophile Gautier，1811—1872），法国诗人、小说家、评论家、"为艺术而艺术"的倡导者，长篇小说代表作有《莫班小姐》（Mademoiselle de Maupin，1836）和《弗拉卡斯好汉》（Le Capitaine Fracasse，1857）等。
② 拉伯雷（François Rabelais，约1483—1553），法国讽刺作家，是法国文艺复兴时期最重要的作家，法国长篇小说的开创者，也是法国近代小说的奠基者，代表作为《巨人传》（Pantagruel，c.1532）、《高康达》（Gargantua，1534）；薄伽丘（Giovanni Boccaccio，1313—1375），意大利作家、诗人、人文主义者，以其《十日谈》（Decameron，1348—1358）而闻名于世；佩特洛尼乌斯（Gaius Petronius，?—66），古罗马作家，被公认是《萨蒂利孔》（Satyricon）的作者，这是一部以诗歌和散文形式讽刺罗马社会奢华无度的作品；苏埃托尼乌斯（Gaius Suetonius Tranquillus，69—130），古罗马传记作家和历史学家，存世的作品有《诸恺撒生平》（Lives of the Caesars）。

有吉卜林、欧·亨利、小约翰·福克斯,以及理查德·哈丁·戴维斯[1];还有《中年妇女必读》《育空河的魅力》[2];还有一本詹姆斯·维特科姆·莱雷[3]的"赠阅本",除此之外,还有各种各样破破烂烂的加注教科书,最后,让他颇感意外的是,居然还有他自己的新发现之一,鲁伯特·布鲁克的一部诗歌选集。

他和汤姆·丹维里埃一起在普林斯顿的杰出人物当中搜寻,希望能找到一个或许可以奠定美国诗歌的伟大传统的人。

与两年之前的满目皆为平庸之辈的普林斯顿相比,这一年进校的本科生就其整体而言还要显得有趣得多。一切都变得异常活跃起来,尽管这是以牺牲大一新生第一年的不少自然纯真的魅力为代价的。倘若还是原来的普林斯顿,他们是无论如何也找不出像塔纳杜克·怀利这样的人来的。塔纳杜克是一名大二年级的学生,长着两只硕大无比的耳朵,一开口就是"大地旋转穿过早已被世世代代视为预兆灾祸的月轮"!他们听了一片茫然,心中纳闷为何竟听不明白他话里的意思,但是也绝不怀疑这是一个超凡之人独特的表达方式。至少汤姆和艾默里是这样看待他的。他们非常热切、诚恳地对他说,他有一颗像雪莱一样的头脑,并且还在《拿骚文学》杂志的诗歌专栏里刊登了他的超自由的自由体诗和散文诗。不料,塔纳杜克的天才后来却吸收了时代的许多特色,而且,他还喜欢上了波希米亚式的放荡不羁的生活方式,这就难免让他们大失所望了。他现在已是言必称格林威治村[4],

---

[1] 小约翰·福克斯(John Fox Jr., 1862—1919),美国新闻记者、小说家;理查德·哈丁·戴维斯(Richard Harding Davis, 1864—1916),美国新闻记者、小说家、剧作家,是美国第一位报道美西战争第二次布尔战争以及第一次世界大战的美国战地记者。
[2] 《育空河的魅力》(The Spell of the Yukon, 1907)是加拿大作家罗伯特·塞尔维斯(Robert W. Service, 1874—1958)的一部诗集。
[3] 詹姆斯·维特科姆·莱雷(James Whitcomb Riley, 1849—1916),美国作家、诗人。
[4] 格林威治村(Greenwich Village),在美国纽约市曼哈顿区西南端,历来是作家、艺术家、音乐家们的聚集之地,也是后来"迷惘的一代"和"垮掉的一代"文学流派的策源地。

却不再创作"午夜旋转的月轮"这样的诗句了,还结交上了一批"冬天的缪斯"①,而且并非出于学术目的,仿佛要与尘世隔绝似的躲进了第四十二大道和百老汇,再也不去创作他们翘首以待的、曾经让他们那样大饱眼福的雪莱式的梦中孩子了。于是,他们只好放弃了塔纳杜克,把他交给了未来派,料想他和他的那些激情燃烧的关系在那一派人当中会有更好的作为。汤姆给了他最后一条忠告,奉劝他停止创作两年,把亚历山大·蒲柏②的诗歌全集通读四遍。但是,艾默里却认为,叫塔纳杜克读蒲柏,那就好比是用放松双脚的方法来治疗胃病,他们说完就大笑着撤离出来,至于这个天才人物究竟是太伟大而让他们消受不起,还是太渺小而不值得他们一提,这是一个要抛硬币才能决定的问题。

艾默里非常蔑视地回避了那些深得人心的教授所上的课,因为他们每天晚上充其量不过是在给一批又一批崇拜者配制简单易懂的隽语箴言,或者讲几句略带点儿加尔都西会修道院的修士所配制的具有荨麻酒味道的诗歌。凡是跟迂腐的学究气似乎能挂上钩的课程,一般都有一种让人拿不定主意的气氛,他对此也感到很失望。他把自己的一些观点汇集起来,写成了一首题为《在讲堂上》的讽刺打油小诗,并怂恿汤姆把这首小诗刊登在《拿骚文学》杂志上。

  早安,傻瓜……
    每星期要来三次呢,没办法
  只要你一开尊口说话,我们顿时茫然变傻,

---

① "冬天的缪斯"(winter muses),缪斯原为古希腊神话中掌管文艺和科学等的九位女神,此处喻指那些"颓废没落的诗人"。
② 亚历山大·蒲柏(Alexander Pope, 1688—1744),英国著名诗人,英国奥古斯都时代文学的主要代表人物,擅长机智讽刺和韵律技巧,尤其善于运用英雄偶句诗体,代表作有《夺发记》(*The Rape of the Lock*, 1712—1714)、《论人》(*An Essay on Man*, 1733—1734)等。

你卖弄那套滑头的人生哲理在讲台上"哼哈"
把我们求知若渴的灵魂当玩物拿来捉弄戏耍……
啊，我们这一百头迷途的羔羊全都拜倒在你的脚下，
你巧舌如簧，大摆阵势，满口胡话……
我们则鼾声大发……
你是一名学者，大家都说学海无涯，
你不知何日费尽周折，敲破脑瓜
终于制定出一套课程教学计划，
我等人尽皆知，它就取材于某个故纸堆下；
你嗅遍了一个时代的必读之物，
两只鼻孔里塞满了厚厚的尘土，
于是乎，你不再彷徨踯躅，
喷嚏震天一响，文章已然出炉……

可惜我右边坐着个愣头青，
明明是一头蠢驴，却偏说聪明得很，
问题无穷多……立场搞不定，
表情挺认真，手却拿不稳，
这堂课过后，我再说给你听
他常熬通宵，深思到天明
手捧你的书……啊，你会忸怩作态
他也会假充老练，貌似有早熟情怀
好一对酸腐学究，你定会笑口常开，
然后两眼斜睨，急忙再把功课做安排……

一周前的今天，先生啊，你退回了我的论文

这篇论文倒是让我大受裨益,感触颇深
(读罢那些眉批旁注,果然发人深省
尽管一条条皆由你信手写成)方知我一贯抗争
公然蔑视一切最严厉苛刻的批评
因为我不屑用那些廉价而无趣的俏皮话插科打诨……
"你果真相信会有这种事情吗?"
还有那句
"萧伯纳根本算不得什么权威之人!"
可笑那蠢驴,却把你给他的东西当真,
还到处炫耀张扬,毁了你给他的最高分。
往事依旧——我也依旧能随时随地见到你……
莎士比亚剧的演出还照样有你当评委的份儿,
某个风光不再、千疮百孔的女明星
也能让你这种脑子有问题的道学先生失魄落魂……
难道一名激进分子到来就能动摇
无神论正统面貌的根本?——

你说的都是司空见惯的人之常情,
嘴巴大张着,听众心里明。
有时候,甚至连小教堂的钟声
也应能诱发你假充善人的宽容之心
诱发人们对真理的襟怀坦白和赤诚
(包括康德,还有布斯[①]这位救世军的将领)

[①] 布斯(William Booth,1829—1912),英国基督教循道公会的传教士,于1878年组建救世军(The Salvation Army),并亲任救世军的第一任军长(1878—1912),为世界各国提供人道主义援助。

你的一生除了震惊还是震惊，
一个空洞、苍白的肯定……

该下课啦……铃声将我从梦中唤醒
眷顾这一百个宠儿的还是命运之神
骗了你一两句话之后他们便脚底抹油
嘻嘻哈哈沿着过道扬长而去不回头……
忘却这心胸狭窄的土地上的一切烦忧吧
是那神圣的血盆大口让你在人间长留。

四月里，克里·霍利迪启程离开普林斯顿大学，他乘船去了法国，报名参加了法国空军拉斐特飞行队。艾默里起初很是羡慕，由衷地钦佩克里迈出的这一步，等到他自己也有了一次这样的经历以后，他的羡慕和钦佩之情便渐渐淡化了，但是他从来没有真正体会到这样的经历能给他带来多大的好处。不过，话虽这样说，这个经历在后来的三年里却始终萦绕在他的心头。

魔 鬼

他们是午夜十二点离开希利饭店的，然后又乘上出租车去了比斯托勒利咖啡馆。他们这一行人是艾柯茜娅·马洛和菲比·克伦穆，她俩是在看了夏日花卉展之后才来的，还有弗雷德·斯隆和艾默里。夜生活才刚刚开始，他们因精力过剩，很有些百无聊赖的感觉，于是就像古希腊酒神节上的狂欢者一样风风火火地闯进了这家咖啡馆。

"四位，要当中的位子，"菲比一进门就高声喊道，"快过来呀，老熟人，快去禀报一声，就说我们来了！"

"叫他们放音乐,放'赞美歌'!"斯隆也跟着大呼小叫着说,"酒水由你们两个去点吧;我跟菲比想去扭扭腰,劈劈叉了。"话音刚落,两人就仪态万方地飘然走进了熙熙攘攘的人群。艾柯茜娅和艾默里,两个才刚刚相识一个小时的人儿,挤挤挨挨地跟随在一名服务生的身后来到一个位置得天独厚的餐桌前,他俩选好位子坐下来,在那儿注目观望着。

"那边就是芬德尔·马尔伯森,纽黑文①的!"她惊呼起来,声音盖过了嘈杂的喧闹声,"看啊,芬德尔!喂——喂——!"

"啊,艾柯茜娅!"他高声向她招呼,"快过来,到我们这边来!"

"别走!"艾默里贴在她耳边说。

"不行啊,芬德尔,我已经有人啦!明天一点左右再给我打电话吧!"

芬德尔,一个面目可憎、经常出没于酒吧咖啡馆的花花公子,语无伦次地敷衍了她一声算作回答,然后就转身去讨好他身边的那个艳丽无比的金发女郎,大献殷勤地带着她各处转悠去了。

"世上就有他妈的这种地地道道的蠢货。"艾默里大发议论说。

"哦,他人不坏。瞧,那个蹩脚的服务生来了。你问问人家想要点儿什么嘛,我想来一杯双份的代基利酒②。"

"来四杯吧。"

咖啡馆里的人像走马灯似的不停旋转,不停地变换,始终在游移不定。他们大多是来自各高校的大学生,其间也有几个稀稀拉拉的男人是来自百老汇的废物。女人则分为两类,高档一点儿的是来自歌舞合唱团的女演员。总的来说,这是一个颇具代表性的人群,他们的相

---

① 纽黑文(New Haven),耶鲁大学的所在地。
② 代基利酒(Daiquiri),一种用朗姆酒、柠檬汁、糖等调制的鸡尾酒,以古巴哈瓦那出产的最负盛名。

聚也一样具有代表性。整个活动大约有四分之三的内容纯粹是逢场作戏，为了给人以某种深刻的印象而已，因而并无大碍，在咖啡馆门前分手时也就宣告结束了，随后就是急匆匆地去赶五点的那趟火车回耶鲁或普林斯顿。大约有四分之一的人会继续留下来，一直喝到昏天黑地的凌晨时分，一直喝到灰头土脸、醉眼惺忪、不知自己身在何处的地步。他们的相聚原本就属于并没有任何不良居心的那种。弗雷德·斯隆和菲比·克伦穆是老相识；艾柯茜娅和艾默里则是新结识的朋友。但是奇怪的事情往往在你最不经意的时候就已准备就绪了，即便在这夜深人静之际，异常的事情原本是最不可能暗中潜伏在咖啡馆里的，因为那里是最缺乏诗意的老一套活动所进行的场所，然而异常的事情却在逐步形成，要来搅乱他行将结束的百老汇的风流韵事了。异常情况的表现形式可怕得难以形容，非常的令人难以置信，所以事后他也根本没有把它当作一种人生经历；然而它却是一出模糊不清的悲剧中的一幕场景，悲剧在上演的时候是完全遮掩起来的，但是它所传达的意思却又是他明明知道的确凿无疑的事情。

大约在子夜一点的时候，他们换了个地方，去了马克西姆酒吧，而在两点的时候，他们人已经在戴维尼埃酒吧里了。斯隆走到哪里都在一杯接一杯地喝，已经处于醉眼蒙眬、脚步踉跄的状态，不过艾默里依然还保持着清醒的头脑，只是有些厌倦；那些通常协助他们安排纽约聚会的人，那些靠收受贿赂来买香槟酒的腐败老手们，他们一个也没有碰到。

在他们刚跳完一支舞曲，正准备回到他们各自座位上去的时候，艾默里忽然觉得附近的一张餐桌上似乎有个人一直在盯着他看。他转过脸去，不经意地朝那人扫了一眼……那是一个中年男人，穿一件棕色的粗麻布休闲西装，独自一人坐在离他们不远的一张桌子上，正在神情专注地监视着他们这一伙人。

155

当艾默里的目光朝他看过去时,他微微笑了一下。艾默里回过身来朝着正要落座的弗雷德。

"那边的那个一直在监视着我们的脸色苍白的蠢货,他是什么人?"他愤愤不平地抱怨说。

"在哪里?"斯隆大声说,"我们把他轰出去!"他腾地一下站起来,手抓着椅背,身子却在前后晃悠着,"他人呢?"

艾柯茜娅和菲比突然俯身向前,两人隔着桌子交头接耳地嘀咕着什么,还没等艾默里弄清是怎么一回事,她俩已经拔脚朝门外走去。

"要去哪里?"

"回公寓去呀,"菲比提议说,"我们有白兰地和香槟——今夜这儿的一切都死气沉沉的,很没劲儿。"

艾默里迅速思考了一下。他一直就没有怎么喝酒,但是转念又一想,即便他不再喝了,要让他一路跟着她们快步行走,那也是一件需要相当谨慎的事情。事实上,要把斯隆盯得紧一点儿说不定才是应该做的呢,因为这家伙脑子已经糊涂,基本处于失控状态了。于是,他挽起艾柯茜娅的胳膊,两人亲亲密密地相拥着钻进了一辆出租车,出租车立即以数百码的速度向前驶去,开到一幢高大的、汉白玉砌成的公寓楼前停了下来……他永远也忘不了那条马路……那是一条宽阔的马路,鳞次栉比地矗立在马路两旁的都是这种高大的、汉白玉砌成的公寓楼,楼上点缀着一个个黑洞洞的窗口;放眼望去,只见这些高大的楼宇绵亘不断,皎洁的月光漫天洒落下来,给这些建筑物披上了一层灰白色的清辉。他在脑海里想象着,每一幢大楼里应该都有一部电梯,门厅里有一个开电梯的黑人勤杂工,还有一排挂满钥匙的架子;每一幢大楼都是八层高,楼内全都是三居室和四居室的套房。他怀着非常愉快的心情走进菲比家的那间充满欢乐气氛的起居室,在一张松软舒适的沙发上坐下来,姑娘们则忙着到处翻找吃的东西去了。

"菲比这风骚妞儿的床上功夫可厉害了。"斯隆在一旁悄声向他吐露着秘密。

"我只在这儿待半个小时,"艾默里板着面孔说。他心中疑惑,不知这样说话是否显得太一本正经了。

"见鬼,瞧你说的,"斯隆很不满意地说,"我们既然都来了——就别这么急着要草草收场嘛。"

"我不喜欢这个地方,"艾默里一脸愠色地说,"再说,我什么东西也不想吃,没胃口。"

菲比再次出现了,手里端着三明治、白兰地、吸管,还有四只酒杯。

"艾默里,你来斟酒,"她说,"让我们为弗雷德·斯隆干杯吧,他这人身怀绝技,有一手超群出众的本事呢。"

"是啊,"艾柯茜娅应声说着,走进起居室来,"还有艾默里。我就喜欢艾默里。"她贴着他身边坐下来,把她满头金发的脑袋靠在他肩膀上。

"我来斟酒,"斯隆说,"你用吸管喝吧,菲比。"

他们纷纷拿起酒杯放在托盘上。

"预备,嘿,瞧她已经抢先喝上了!"

艾默里虽酒杯在手,人却还在犹豫。

此情此景,大约有一分钟的时间,诱惑犹如一阵突然袭来的暖风,霎时便悄然涌遍了他的全身,在此同时,他脑海中所想象的情景也像烈火一样熊熊燃烧起来,于是,他便接过了菲比手中的酒杯。整个情况也不过就如此而已;因为就在刚刚拿定主意的那一瞬间,他不经意地抬起头来看了看,岂料却猛然看见,在距离他约莫十码远的地方,他先前在咖啡馆里见到的那个人就坐在那儿,他吓得浑身打了个哆嗦,酒杯从他还没来得及送到嘴边的手里跌落下来。那人就半坐半倚地斜靠在墙角边那张可当床用的长沙发上一堆枕头上。他的脸仿佛像黄蜡浇铸过的一样，同先前在咖啡馆里见到的一模一样，既不是死人脸上的那种毫无血色的涂抹上去的煞白——那是一种似乎透露着活力的苍白——也不是平常所说的那种不健康的苍白，倒像是一个常年在矿井下做工或者一直在潮湿的环境里上夜班的精壮汉子的面容。艾默里将那人从头到脚仔细打量了一遍，事情过去很久之后，倘若需要，他还可以勉强把他画出来，连任何的细枝末节也不会遗漏掉。他的嘴巴属于那种所谓坦率型的，两只镇定自若的灰色眼眸在不紧不慢地逐一扫视着他们这伙人，目光中带着一丝质问的神情。艾默里仔细察看着他的那双手；那双手一点儿也不纤细，但是却可以向任何方向转动，而且似乎有一股非常阴柔的力气……那双手的动作似乎有些紧张，在轻轻地来回摩挲着沙发上的靠垫，而且老是在痉挛般地抽动着，一会儿张开，一会儿又攥紧。随后，冷不防地，艾默里瞥见了他的那双脚，刹那间，一股热血猛然涌上他的脑袋，他发觉自己害怕了。那双脚完全是反方向的……那双朝反方向长着的脚是他感觉到的，而不是他辨认出来的……它就像一个善良的女人身上的弱点，或者像沾在绸缎上的血渍；那是一种在脑海深处搅得人心烦意乱的触目惊心的不协调。那双脚上没穿鞋，但是，尽管没穿鞋，却趿拉着一双类似于低帮莫卡辛那样的软底鞋，尖头的，很像人们在十四世纪穿的那种鞋子，鞋尖向上卷曲着翘起来的那种。鞋子呈黑乎乎的深棕色，那人的脚趾头似乎把鞋尖塞得满满的……那双脚真是说不出的叫人毛骨悚然……

他肯定说了句什么话，或者脸上流露出了某种异样的表情，因为从空旷的地方传来了艾柯茜娅带着莫名其妙的善意的说话声。

"哎呀，看看艾默里那样儿！我可怜的艾默里老兄，怕是想呕吐了吧——老兄的脑袋瓜子开始天旋地转了吧？"

"瞧那个人！"艾默里大喊一声，用手指着墙角处的那张沙发。

"你说的是那匹紫斑马呀！"艾柯茜娅用滑稽的腔调尖声怪气地叫道，"噢——耶！艾默里觉得那匹紫斑马看上他了呢！"

斯隆心不在焉地哈哈大笑起来。

"好啊，叫斑马给盯上啦，艾默里？"

一阵沉默……那人在用疑惑的眼光打量着他……随后，叽叽喳喳的说话声若有若无地飘落在他的耳畔：

"我还以为你一直就没怎么喝呢。"艾柯茜娅冷嘲热讽地说，不过，她说话的声音还是很好听的；墙角处的那张沙发，连同坐在沙发上的那个人，整个儿都活灵活现地动起来了；就像柏油马路上缥缥缈缈的热浪一样，就像在不停地蠕动着的毛毛虫一样……

"回来！你回来！"艾柯茜娅伸出一只胳膊挽住了他。"艾默里，亲爱的，你别急着走啊，艾默里！"他已经快要走到门口了。

"来吧，艾默里，跟我们在一起坚持到底吧！"

"想呕吐了吧，是吗？"

"坐下来歇一会儿就好了。"

"喝点儿水吧。"

"来一小口白兰地……"

电梯门关上了，那个开电梯的黑人勤杂工半睡半醒，一脸青灰色，简直就是紫铜色……艾柯茜娅恳切挽留他的声音在电梯的竖井里荡漾着。那两只脚……那两只脚……

他们乘电梯到达底楼的时候，在大理石铺就的门厅里，在暗淡的电灯光下，那两只脚又赫然出现了。

小 巷

月光如泻，映照着长长的马路，艾默里背对着月亮向前走去。相隔十英尺，十五英尺远的地方响起了脚步声。那脚步声犹如一串在滴滴答答地慢慢落下的水珠的声音，犹如水珠在悬而未滴时还要略微再坚持一下才慢慢滴落下来的声音。艾默里的影子落在他身前约莫十英尺的地面上，而那双软底鞋大概就在他身后也有这么远的地方。艾默里以一个孩童的本能闪身躲进了白色建筑物下的青灰色的幽影里，形容枯槁地穿破了月光的界限达好几秒钟，其间，他还突然拔腿跌跌撞撞地慢跑了几步。慢跑了几步之后，他又猛然收住脚；他心想，自己可一定要稳住神啊。他感到嘴唇干燥，便用舌头舔了舔嘴唇。

假如他能遇见一个随便什么样的善良的好人——这世上究竟还有没有活着的好人啊？要不，那些姑且还算得上善良的好人现在全都住进这些白色的公寓楼里来了？是不是每一个在月光下行走的人都会被人跟踪？不过，假如他能遇到某个善良的好人，这个好人一定会明白他的心事，也会听得见这该死的窸窸窣窣拖地行走的脚步声的……就在这时，那恐怖的窸窸窣窣的脚步声突然越来越近了，还有一片乌云不期而至地遮住了月亮。等到惨白的月辉再次掠过房屋的飞檐时，那脚步声几乎已经来到他身边了，艾默里感觉自己听到了一声轻微的喘息声。他突然发觉，那脚步声并不在他的身后，一直都不在他的身后，那脚步声是在他的前面，就在前面，而且他也不是在躲避那脚步声，他是在跟着那脚步声走……是在跟着走。他开始拔脚奔跑起来，糊里糊涂地奔跑起来，他的心在通通地狂跳，两只手紧握着。在他前面很远的地方恍若出现了一个黑点，那黑点越来越大，渐渐变成了一个人的模样。不过，艾默里此时距离那脚步声已经很远了；他抽身离开了马路，猛然蹿入了一条小巷，一条狭窄、黑暗、散发着陈腐的恶臭气味的小巷。他歪歪扭扭沿着一条狭长的、曲折蜿蜒的、黑洞洞的小巷向前奔跑着，小巷里见不到月光，只有忽明忽暗、星星点点地闪烁着的光亮……没过一会儿，他突然瘫倒在地，瘫倒在一排篱笆墙的角落里,大口大口地在那儿喘着粗气,筋疲力尽。他前方的脚步声也停了下来,他能听得见那脚步声轻轻地移动,在连续不断地磨蹭着地面,犹如在码头周围涌动着的海浪一样。

他用双手捂着脸,尽可能把眼睛蒙住,把耳朵也塞住。在他一路奔跑过来的时候,他根本就没有想过自己究竟是神志失常了,还是喝醉酒了。他仍有一丝对现实的感知,诸如物质上的那些东西,那是绝不会给他带来任何满足感的。他理智上的一切东西似乎全都被动地屈从于他对现实的感知了,而且这种感知与他一生中在此之前所遇到的一切是完全相吻合的。这种意识并没有使他的头脑变糊涂。它就像一道难解的数学题,答案若是写在纸上他是懂的,然而解题的方法他却无从理解。他已经远远不止是感到恐怖了。他已经捅破了恐怖感的那层薄薄的表皮,他的思维现在是在另一个范围里活动,在这个范围里,他的双脚和他对那些白色墙壁的恐惧感全都是真实的,是活生生的东西,是他必须接受的现实。只不过他的灵魂深处还有一团小小的火苗在跳动,在呼唤,在告诉他有某种东西在拖他下水,竭力想把他拖进一扇门内,然后就把那扇门砰的一声关上。当那扇门被砰的一声关上之后,这世上也许就只剩下那恐怖的脚步声和笼罩在月光下的那些白色的建筑物了,而且说不定连他自己也会变成那恐怖的脚步声了。

他在篱笆墙的幽影里停留了五到十分钟之久,在这段时间里,不知何故,他总觉得有这样一团火……那团火就近在咫尺,所以他事后还能说得出当时的情景。他记得自己当时大声呼喊出的是:

"我需要一个愚蠢的人。啊,派一个愚蠢的人过来吧!"这句话是朝着他对面那黑乎乎的篱笆墙喊出的,因为那窸窸窣窣的脚步声就是从那篱笆墙影影绰绰的黑影里传来的……那窸窸窣窣拖地行走的脚步声。他估计,"愚蠢"和"善良"这两个词,经过先前的那番糅合之后，反正也已经混为一谈了。他在发出这样的呼喊时，他的行为已经完全不再受他的意志所支配了——意志已经迫使他离开了马路上那个一直在活动的人影；那几乎是出自于本能的呼喊，就是人们世代相传的那种固有的传统习俗，或者是人们在深夜时分为了驱除魔妖所做的心情迫切的祷告。就在那时，不知有什么东西发出了哐当一声响，像是在远处敲响的一声低沉的锣声，他的眼前随即出现了一张人脸，那张脸在两只脚的上方闪动着，那是一张苍白的脸，变了形的脸，脸上似乎带着无限的邪恶，那张脸在不停地扭动着，像在风中摇曳的火焰；但是，就在那锣声当的一声敲响并发出嗡嗡的响声的那一瞬间，他知道了，那张脸就是迪克·亨伯德的脸。

几分钟之后，他腾地一下跳起身来，隐隐约约地发觉好像什么声音也听不到了，灰蒙蒙的小巷子里只有他独自一人。天气很冷，于是，他以稳健的步伐拔腿朝小巷另一头有灯光照耀着的马路跑去。

窗　口

时近中午，他才一觉醒来，恍然发现自己是睡在宾馆里的，床头边的电话在发狂似的响个不停，于是他回想起来，他曾留过言，让服务台在十一点的时候叫醒他。斯隆仍在呼呼大睡，鼾声如雷，脱下的一堆衣服就丢在他的床脚边。他们穿好衣服，默不作声地吃了早餐，然后便逍遥自在地踱出宾馆，到外面来透透气。艾默里在慢慢整理着自己的思路，努力想还原出昨天夜里所发生的事情，从满脑子混乱不堪的意象中分离出几条赤裸裸的真相来。倘若这是一个寒风凛冽、天色灰暗的早晨，他说不定在瞬息之间就能抓住已经发生过的事情的脉络。然而这是一个十分平常的日子，是五月的纽约时常见到的那种天气，此时的第五大道上微风拂煦，空气柔和，像淡淡的美酒一样令人陶醉。斯隆究竟能回忆出多少情况，是很多还是很少，艾默里并不想知道；很明显，他并没有丝毫神经紧张的迹象，不像艾默里那样心中充满了恐惧，老是强迫自己颠来倒去地思索着，就像有一把嘎吱作响的锯子在他心中来来回回地锯着一样。

不一会儿，百老汇的街景就赫然展现在他们面前，听着充斥在耳畔的嘈杂的喧闹声，望着满目皆是的一张张涂脂抹粉的面孔，艾默里突然感到一阵恶心袭来。

"看在上帝的分上，我们回去吧！我们离开这——这鬼地方吧！"

斯隆非常诧异地望着他。

"你什么意思？"

"这条街，这条街太恐怖了！快走吧！我们回第五大道去吧！"

"你的意思是说，"斯隆无动于衷地说，"因为昨天晚上你有点儿消化不良，闹腾得像一个得了狂躁症的疯子似的，所以从今往后你就再也不想到百老汇来了，是吗？"

在斯隆说这话的时候，艾默里也在心中对他进行归类，将他划归为这满大街的芸芸众生，他似乎已经不再是原来的那个温文尔雅、谈吐幽默、性格乐观的斯隆了，只不过是混杂在这熙来攘往的污浊人流中的一个满脸邪恶的人而已。

"朋友！"他大喊了一声，嗓门之响亮，引得拐角处的人都回过头来，用惊诧的目光打量着他们，"这世界简直污秽不堪，如果你连这一点也看不出，你也是一个污秽之人！"

"我有什么办法，"斯隆固执地说，"你这人到底怎么啦？是不是你那爱悔恨的痼疾又在发作啦？要是你经常跟我们这几个人在一起小聚聚，你就会有一个好心情了。"

"我想走了，弗雷德，"艾默里慢吞吞地说，他两腿发软，双膝颤抖,他知道,倘若在这条大街上再待上一分钟,他没准会当场趴下,"我会在范德比尔特饭店吃午饭的。"他话音刚落,便迈开大步匆匆离去,转身走向了第五大道。回到宾馆后,他感觉好了一点儿,然而,当他走进宾馆的理发店,想在这儿做一个头部按摩时,那扑鼻而来的脂粉味和各种生发水的气味又让他想起了艾柯茜娅侧着身子向他投来调情的微笑的情景,于是他又慌忙走出了理发店。走到他自己房间的门口时,他眼前突然一黑,就像被一条分岔的河流团团包围起来了一样。

  他苏醒过来后才知道,已经过去好几个钟头了。他一跃而起扑倒在床上,脸朝下翻了个身,心里恐惧极了,生怕自己真的会精神失常。他需要有人来,需要有人来,不管来的是一个神志正常的人,还是一个头脑愚笨的人,或是一个心地善良的人,只要有人来就行。他一动不动地躺在床上,浑然不知自己究竟躺了多久。他能感觉到额头上滚烫的毛细血管全都一根根地暴突着,恐怖感越来越强烈,就像硬邦邦地附着在他身上的石膏一样。他感觉自己在又一次穿越恐怖感的那层薄薄的硬壳,然而现在,他只能辨认出临走之前那影影绰绰的暮色。他准是又睡着了,因为等他再次镇定下来的时候,他已经结清了宾馆的账单,在宾馆门口钻进了一辆出租车。外面正下着瓢泼大雨。

  在开往普林斯顿的列车上,他并没有见到一个自己认识的人,周围只是一群面带倦容、显得旅途劳顿的费城人。看见过道对面坐着一个浓妆艳抹的女人,他心头不禁又泛起了一股恶心想吐的感觉,他赶紧换了一节车厢,竭力想把注意力集中在一本通俗杂志上刊登的一篇文章上。他发觉自己在一遍又一遍地看着的竟是相同的一段文字,于是他干脆放弃了这种徒劳的努力,疲惫地侧过身去,把滚烫的额头抵在潮湿的车窗玻璃上。这节车厢是非禁烟车厢,车厢内又热又闷,到处都是这个州的外国侨民身上散发出的浓烈的气味;他打开车窗,一股雾气扑面而来,他不由得打了个寒噤。这两个小时的车程仿佛就像过了好几天一样,当他终于看见身边的车窗外隐隐出现了普林斯顿的塔楼建筑和透过蓝色的雨幕现出的一方方昏黄的灯光时,他高兴得差点儿要喊出声来。

汤姆站在房间的正中央,忧心忡忡地重新点燃了一截雪茄。艾默里自负地认为,看见他回来了,汤姆好像如释重负地舒了一口气。

"昨天夜里做了一个很恐怖的梦,是一个与你有关的梦,"沙哑的声音透过雪茄的浓烟传过来,"我当时想到的是,你大概遇到麻烦了。"

"别告诉我!"艾默里几乎尖叫起来,"一个字儿也别说;我很累,也没精神。"

汤姆可疑地朝他看了看,然后在一张椅子上坐下来,打开他的意大利笔记本。艾默里把外套和帽子扔在地板上,松开衣领,然后随手从书架上抽出一本威尔斯的小说。威尔斯总该头脑清醒吧,他想,如果他解决不了问题,我就读鲁伯特·布鲁克的作品。

半个钟头过去了。外面风声四起,看见湿漉漉的树枝在摇晃,像动物的爪子一样在窗玻璃上抓挠着,艾默里吓了一跳。汤姆在埋头做他的功课,房间里只偶然听见擦火柴的声音以及他们坐在椅子上变换姿势时皮革发出的窸窸窣窣的声音,唯有这样的声音才会打破室内的寂静。随后,犹如一道之字形的闪电倏然划过天际一样,变化发生了。艾默里猛然直挺挺地坐起来,身躯就像在椅子上冻僵了一样。汤姆注视着他,只见他嘴巴撇斜着,两眼直瞪着。

"上帝快来救救我们吧!"艾默里大叫一声。

"啊,我的老天!"汤姆喊道,"看后面!"艾默里快如闪电般倏地转过身去。除了黑乎乎的窗玻璃,他什么也没有看见。

"已经跑得不见踪影啦,"在悄无声息的恐怖中度过了片刻之后,

165

汤姆的说话声传来，"刚才好像有什么东西一直在盯着你看呢。"

艾默里浑身战栗着，颓然坐回到椅子上。

"我必须告诉你，"他说，"我经历了一场很可怕的事情。我想，我已经——我见到那个魔鬼了，或者说——见到像那个魔鬼一样的东西了。你刚才看见的是一个什么样的面孔？——还是别说吧，"他立即又补了一句，"别告诉我！"

接着，他就把这段经历原原本本地说给汤姆听了。等他讲完故事，时间已是午夜，经过这样一番折腾之后，他们打开了所有的灯，两个昏昏欲睡、浑身发抖的小青年轮流着朗读起了《新马基亚维利传》[①]，一直读到黎明爬上了威瑟斯庞大楼，《普林斯顿人》被放在了门槛边，五月的鸟儿在欢叫着迎接昨夜大雨之后初升的太阳。

[①]《新马基亚维利传》(*The New Machiavelli*, 1911)，英国著名作家、科幻小说之父威尔斯（Herbert George Wells, 1866—1946）的一部长篇小说。马基亚维利（Niccolò di Bernardo dei Machiavelli, 1469—1527）原为意大利政治家和政治哲学家，主张统治者可为获取和掌握权力而不择手段。这部小说标志着威尔斯开始从科幻小说的创作转向对政治和社会问题的关注。

第四章　那耳喀索斯[①]不再顾影自怜

在普林斯顿处于转型期的这段时期里，即艾默里在这所大学所度过的最后这两年岁月里，尽管他亲眼目睹了普林斯顿的诸多变迁——采用比夜间游行更好的手段，在不断变革，在开拓进取，在努力成为与其哥特式建筑的优雅格调相称的大学，然而校园里还是出现了某些很有个性的人物，他们打破了普林斯顿一贯的做法，触及了它积重难返的深层次的东西。他们当中有几个是当年与艾默里一同进校的大一新生，狂妄不羁的大一新生；还有几个则是年级比他低的同学；在艾默里大学生涯最后那一学年刚刚开始的时候，在拿骚酒店里，他们围坐在小餐桌前，开始对学校的现行体制大声提出质疑了，对于这些质疑，艾默里他们以及在他们之前的无数前辈们长久以来都是在暗地里进行的。起初，部分是出于偶然，他们忽然想到了几本书，当然都是一些传记体小说之类的书籍，也就是

[①] 那耳喀索斯（Narcissus），古希腊神话中的美少年。他拒绝了仙女厄科的爱，却眷恋自己在池塘中的倒影，最终抑郁、憔悴而死，死后化为水仙花。如今，该词常指"自我陶醉的人""有自恋癖的人"。

被艾默里称之为"求索"小说的书籍。在这些"求索"类的书籍里，主人公在踏上他们的人生之路的初始阶段时，就已经用最精良的武器武装好了自己，并且很坦率地承认，他们本来是打算按照通常的方法来运用这些武器的，以便尽可能不顾他人、不加掩饰地激励这些武器的拥有者们勇往直前，可是，这些"求索"类的作品里的主人公们后来又发现，这些武器可能还有更高尚的用途。譬如，《别无他神》[①]《凶险的街道》[②]《高尚的研究》[③]，就属于这一类书籍；在这三部小说中，真正吸引伯恩·霍利迪的是第三本，读了这第三本小说，他在大四刚刚开始的时候心里就在疑惑，很想知道做一个在展望大道的俱乐部里耍手腕的独裁者，并沉浸在担任班级职务的无上荣光中，到底有多大的价值。伯恩显然是通过精英分子的渠道找到自己的成功之路的。艾默里，由于克里的关系，认识了伯恩，隐隐约约与他有过一些忽冷忽热的交往，直到大四这一年的一月，他们之间的友谊才算真正开始。

"听到什么最新的消息了吗？"汤姆说，那是一个细雨蒙蒙的夜晚，汤姆很迟才回来，脸上洋溢着得意非凡的神情，他在与人交谈时每每取得了一个大获全胜的回合就会流露出这种神情。

"没有。是有人因为考试不及格而退学了？还是又有一艘船沉没了？"

"情况比这还要糟糕呢。大三年级的同学差不多有三分之一的人纷纷扬言，说要退出他们所在的俱乐部了。"

[①]《别无他神》(*None Other Gods*, 1910)，长篇小说，作者为英国天主教神甫、小说家罗伯特·休·本森 (Robert Hugh Benson, 1871—1914)。小说描写一位年轻的英国贵族在皈依天主教之后漫游世界寻求实现自己的远大抱负和精神归属的故事。

[②]《凶险的街道》(*Sinister Street*, 1914)，长篇小说，作者为苏格兰小说家康普顿·麦肯齐 (Compton Machenzie, 1883—1972)。这是一部"成长小说"，描写一对父母为有钱人的私生子兄妹在世俗社会里的成长经历。

[③]《高尚的研究》(*The Research Magnificent*, 1915)，长篇小说，作者为英国文学家 H. G. 威尔斯。这部小说的社会主义思想倾向曾对本书作者产生过一定影响。

"什么!"

"百分之百的事实!"

"怎么会这样!"

"改革的精神,以及诸如此类的事情呗。伯恩·霍利迪是幕后指使者。各个俱乐部的主席准备今晚开个碰头会,看看他们是否能集思广益,找到制止这一现象的办法。"

"哎呀,这样做算什么意思嘛?"

"啊,说什么俱乐部损害了普林斯顿的民主气氛;成本太高;划分社交的界线;耗费时间;还是通常的那些说法,有时候你从失望的大二同学那里也可以听到的那些牢骚话。伍德罗认为,这些俱乐部统统都该取缔,如此等等。"

"可是,情况果真是这样吗?"

"绝对是这样的。我看这种现象会蔓延开来的。"

"看在上帝的分上,你就详细说给我听听吧。"

"好吧,"汤姆拉开了话匣子,"看来好几个有头脑的人都不约而同地产生了这种想法。我刚才就在跟伯恩谈这件事呢,他认为这是一个合乎逻辑的结论,如果一个有聪明才智的人对社交制度多作一些思考,就必然会得出这样的结论来。他们召集了一个'集体讨论会',会上有人提出了取缔俱乐部的观点——大家一听就欢呼雀跃起来——这个想法人人都有,只不过或多或少罢了,所以嘛,只要冒出一颗火星子,整个事情就爆发了。"

"好! 我敢肯定,这下要有好戏看了。'礼帽与礼服俱乐部'那边的情况怎么样?"

"当然全乱套了。大家原本是坐下来商量的,接着就开始争辩,辱骂起来,一个个都变得怒气冲天,变得非常情绪化,变得蛮不讲理了。所有俱乐部里全都一个样;我已经走马观花地跑过一圈了。他们把其中一名激进分子逼到了一个角落里,像机关枪扫射似的向他发出一连串的诘问。"

"那些激进分子是怎么站出来应对这种局面的?"

"哦,大体上还算可以。伯恩真是一个能言善辩的家伙,而且态度也显得非常真诚,你根本就没法说得动他。道理是明摆着的,在我们看来,要阻止人们退出俱乐部,意义非常重大,可他却认为,他要退出他所在的俱乐部,意义更加重大,我感到与他争辩简直就是在白费力气;最后,我干脆表明了一个无比英明的立场,保持中立。事实上,我认为伯恩一度觉得他已经改变了我的立场。"

"你刚才说大三年级的同学中差不多有三分之一都在扬言要退出?"

"姑且算四分之一吧,说得稳妥一点。"

"上帝呀——谁能想到竟会出这样的事情!"

门外骤然响起一阵轻快的敲门声,伯恩不请自到地进来了。

"你好,艾默里——你好,汤姆。"

艾默里站起身来。

"晚上好,伯恩。我好像有一桩事情急等着要去办,请别介意。我正准备去伦威克酒吧呢。"

伯恩立即转过身来面对着他。

"你大概也知道我要跟汤姆谈什么事情,何况也没有一点儿隐私。但愿你能留下来。"

"行,那我就恭敬不如从命吧。"艾默里重新坐了下来。当伯恩盘腿坐在一张桌子上与汤姆展开了激烈的辩论时,他比以往任何时候都更加用心地打量着这个革命者。伯恩生得浓眉大眼,阔下巴,一双诚实厚道的灰色眼眸里透着一股子机灵劲儿,与克里一模一样,看来是一个能一下子就给人留下豁达大度和安全感印象的人——性格倔强,那是显而易见的,但是他倔强而不呆板,听他谈了五分钟的话之后,艾默里便知道,这种强烈的热忱并不带有那种半桶水乱晃荡的浅薄。

艾默里后来体会到的伯恩·霍利迪身上所具有的那种强大的力量,与他早先对亨伯德的敬佩截然不同。这一回他在开始的时候纯粹只是一种发自内心的关注。相对于那些他原先以为大体上属于一流人物的其他人而言——他起初被他们的个性特点所吸引,然而在伯恩的身上,他并没有看到那种通常会让他非常景仰的瞬间产生的强大吸引力。没想到在这天晚上,艾默里竟然被伯恩的那种十分执着认真的态度深深打动,他原先只习惯于把这种执着认真的品质与不可救药的愚蠢联系在一起,然而伯恩表现出的巨大热诚却拨动了他早已麻木的心弦。伯恩依稀代表着艾默里在风雨飘摇中希望登上的陆地——何况现在也几乎已经是这片陆地该出现的时候了。汤姆和艾默里以及亚历克三人已经陷入了令人尴尬的僵局;他们似乎从来就不曾有过什么共同的新鲜经历,因为汤姆和亚历克一直都在这样或那样的委员会和理事会里瞎忙着,而艾默里则一直在无所事事地到处瞎混。至于他们要加以剖析的那些事情——大学的现状,当代人的个性特点,以及诸如此类的事情——他们许多次聚在一起一边吃着便餐一边聊着各种话题的时候,早已一遍又一遍地不知讨论过多少回了。

这天夜里,他们就俱乐部的问题一直讨论到午夜十二点,当然,他们基本上是同意伯恩的观点的。对于同一寝室的室友来说,这个问题就像两年前一样至关重要,想不到伯恩对社交制度提出异议的思路居然与他们所思考的每一个方面如此吻合,所以他们就只提问题而不争辩了,况且他们也很羡慕这个人居然有如此清醒的头脑,而且如此敢于挺身而出,冲击一切传统的价值观。

后来,艾默里把话题扯开了,并且发现伯恩也在思索着别的问题。经济学一直是他的兴趣所在,因为他正在变成一个社会主义者。

和平主义思想在他的脑海深处也很活跃,因为他也是《民众》月刊①和列夫·托尔斯泰的忠实读者。

"谈谈宗教问题怎么样?"艾默里问他。

"不懂。我在许多事情上都糊里糊涂的——我还是最近才发现我也有思想的,所以我开始发愤读书了。"

"读的是些什么书呢?"

"什么书都读的。当然,我也得有选择地读,不过,我读的大部分都是能促使我思考的读物。我现在就在读《四福音书》②,还有那本《论形形色色的宗教经验》③。"

"主要是哪些书引起你的兴趣的?"

"有威尔斯吧,我想,还有托尔斯泰,还有一个名叫爱德华·卡宾特④的人。他们的著作我已经读了一年多了——我是挑其中的一些片段来读的,挑那些我认为具有根本性意义的内容来读的。"

"也读诗歌吗?"

"嗯,坦率地说,我读的不是你们所说的诗歌,或者说,我读诗

---

① 《民众》月刊(The Masses),美国1911年至1917年出版的传播社会主义思想的刊物,后被迫改为《解放者》(The Liberator),继而再更名为《新民众》(The New Masses)。以报道十月革命《震撼世界的十日》(Ten Days that Shook the World,1917)而闻名的美国记者、诗人约翰·里德(John Silas Reed,1887—1920),以及著名作家舍伍德·安德森、杰克·伦敦、卡尔·桑德伯格、厄普顿·辛克莱等人都是该刊物的撰稿人。

② 《四福音书》(The Four Gospels),即《圣经·新约全书》中的《马太福音》《马可福音》《路加福音》《约翰福音》。

③ 《论形形色色的宗教经验》,即《论形形色色的宗教经验:一项关于人性的研究》(The Varieties of Religious Experience: A Study in Human Nature,1901—1902),由哈佛大学教授、美国著名心理学家、哲学家、实用主义哲学创始人威廉·詹姆斯(William James,1842—1910)所著。

④ 爱德华·卡宾特(Edward Carpenter,1844—1929),英国著名进步人士、诗人、哲学家、社会活动家,英国19世纪末至20世纪初思想界的主要代表人物,为费边社和英国工党的创建起过很大作用,是美国著名诗人瓦尔特·惠特曼的挚友,与杰克·伦敦等欧美著名文学家也交往甚密,其文艺思想和哲学主张曾对西格蒙德·弗洛伊德、D.H.劳伦斯、E.M.福斯特等均产生过深刻的影响。

歌不是出于你们的原因——当然，你们两个写诗，因而观察事物的角度不一样。惠特曼才是最吸引我的诗人。"

"惠特曼？"

"对，他的诗具有一种明确的道德方面的力量。"

"唉，说来惭愧，就惠特曼的主题思想而言，我还是一片空白。你怎么样，汤姆？"

汤姆羞赧地点了点头。

"唔，"伯恩接着说，"你们也许会认为有几首诗写得很乏味，但是我说的是他的诗作的整体。他非常了不起——像托尔斯泰。他们都能正视问题，而且，不管怎么说，尽管他们不属于同一类型，但是他们的主张或多或少是一致的。"

"你把我难倒啦，伯恩，"艾默里承认说，"当然，我也读过《安娜·卡列尼娜》和《克鲁采奏鸣曲》，不过，据我所知，托尔斯泰的作品大部分还是俄文原文呢。"

"他是几百年才出现的一个最伟大的人物，"伯恩满腔热情地喊道，"你们有没有见过他的画像，老人那不修边幅的头像？"

他们就这样侃侃而谈，一直谈到凌晨三点，从生物学一直谈到有组织的宗教，等到艾默里哆哆嗦嗦地爬上床的时候，他脑子里已经塞满了许许多多炽热、闪光的思想，并且感到非常震惊，因为另有一个人已经找到了——他说不定也有可能走的那条路。伯恩·霍利迪显然正在成长——艾默里一直认为自己也在成长呢。面对他人生道路上出现的种种问题，他已经陷入了一种深深的玩世不恭的状态中，他也曾设想过人性的不可完善性，并拜读了萧伯纳和切斯特顿的大量作品，旨在使自己的思想不至于滑向颓废的边缘——然而现在，突然之间，过去这一年半里他的整个思考过程似乎一下子变得陈腐而又徒劳无益了——那不过是一个微不足道的自我完善的过程而已……今年春天的那件事犹如一个阴郁的背景衬托着，致使他半数以上的夜晚都充满了阴森恐怖的气氛，也弄得他没法静下心来祈祷。他甚至连一名天主教徒都算不上，然而那华而不实、讲究礼数、似是而非的天主教信仰，却是他唯一的如同幽灵般盘踞在他心头的行为准则，而这个信仰的先知就是切斯特顿，它的捧场者是于斯曼和布尔热①这样的弃邪归正的文学浪荡子，它的美国倡导者则是崇尚十三世纪欧洲大教堂的拉尔夫·亚当斯·克拉姆②——这样的一种天主教信仰，艾默里觉得既方便，又现成，因为它没有神甫，没有圣礼，也没有献祭。

他无法入眠，于是便打开台灯，从书架上取下《克鲁采奏鸣曲》，仔细在这书中搜寻着让伯恩如此充满热情的根源。他脑海中突然闪过一个念头，做一个像伯恩这样的人要比做一个乖巧机灵的人真实多了。然而他叹了一口气……此人虽说令人崇拜，但是他性格上难免也会有不为人知的缺陷，因为他也有两只泥足③呀。

回顾已经过去的这两年，往事都历历在目，他记得伯恩当初还是一个来去匆匆、颇有点儿神经质的大一学生，才华全都被他哥哥的个性特征所湮没了。随后，他想起了在大二年级时发生过的一件事，人们一直怀疑在那件事情中扮演主要角色的人就是伯恩。

系主任霍利斯特当时正在跟一名出租车司机争吵，有一大群人都听到了，是那名司机开车把他从枢纽站送过来的。在言辞激烈的争吵过程中，这位系主任脱口说了一句，他"还不如掏钱买下这辆出租车呢"。他付了车钱之后，人就扬长而去了。可是，第二天早晨，他走

---

① 布尔热（Paul Charles Joseph Bourget, 1852—1935），法国小说家、文艺批评家。
② 拉尔夫·亚当斯·克拉姆（Ralph Adams Cram, 1863—1942），美国著名艺术家、建筑师，崇尚哥特式建筑，曾参与美国圣公会大教堂等著名宗教建筑的设计、建造。
③ 此处原文为 clay feet（泥足），英语俚语，比喻一个人身份虽高，令人崇拜，但他在性格或其他方面也会有不为人知的致命弱点或缺陷。源出《圣经·但以理书》第二章第三十一至三十三节。

进自己那间"闲人莫入"的办公室时,却发现他平日摆放办公桌的地方真的停着一辆出租车,上面还放着一块牌子,牌子上写着:"系主任霍利斯特的私有财产。购车款已付讫。"……系主任叫来了两名技术娴熟的机修工,花了大半天工夫才把那辆车拆卸成一个个零部件搬走,这件事的结果只能进一步证明,只要领导有方,大二学生的幽默就能释放出十分罕见的能量。

后来,还是那年的秋天,伯恩又在校园里引起了一场轰动。有一个名叫菲莉丝·斯泰尔斯的姑娘,一个时常出没于校际间的舞会的交际花,居然没有收到每年必有的邀请她前来观看哈佛-普林斯顿校际橄榄球比赛的请柬。

杰西·菲伦比在几个星期前曾经带她来观看过一场规模小一些的比赛,并且要求伯恩也参与了接待——终于使伯恩一贯嫌忌女人的心态土崩瓦解了。

"与哈佛的这场比赛你会来看吗?"伯恩很不明智地问,仅仅是为了搭讪而已。

"如果你请我来,我就来。"菲莉丝立即兴奋得叫起来。

"当然要请你来啦。"伯恩羞怯怯地说。他毫无经验,根本不懂这是菲莉丝耍的计谋,满以为这只不过是一句淡而无味、随口说说的玩笑罢了。不料,还没到一个小时,他就明白他是真的脱不了身了。菲莉丝已经盯上了他,并且很乐意委身于他,把她所乘火车的到达时间也告诉了他,这使他感到非常郁闷。除了厌恶菲莉丝之外,他还尤其想单独一人去观看这场比赛,顺便再招待几个哈佛的朋友吃顿饭。

"她就等着瞧吧,"他对专门跑到他寝室来取笑他的那帮子人说,"这回她休想再花言巧语地哄骗哪个清白无辜的小年轻带她来观看比赛了。"

"可是,伯恩——既然你不想要她来,你为什么还要邀请她呢?"

175

"伯恩，你明明知道，你心里已经暗暗迷恋上她了——这才是问题的关键所在呢。"

"你打算怎么办啊，伯恩？你打算用什么办法来对付菲莉丝？"

伯恩只是摇头，嘴里咕哝着带有威胁性的话语，大抵都是这么一句："她就等着瞧吧，她就等着瞧吧！"

无忧无虑的菲莉丝已经度过了二十五个寒暑，她仪态万方、满心欢喜地款款走下了火车，没想到，在月台上，映入她眼帘的却是一幕令人惶遽的景象。伯恩和弗雷德·斯隆这两个家伙浑身上下打扮得就像大学校园里随处可见的招贴画上的那些花里胡哨的人一样。他们上身穿着花钱买来的色彩无比鲜艳的西装，下身却穿着一条腰部肥大、裤脚很窄的灯笼裤，肩膀部位被极其夸张地衬垫得高高隆起。两人头上都歪戴着潇洒的大学礼帽，胸前扣着别针，披挂着耀眼夺目的橙黄色与黑色相间的绶带，赛璐珞做的假领子上系着激情燃烧的橘红色的领带。两人的胳膊上都佩戴着黑色的袖章，袖章上印着橙黄色的字母P。两人都扛着竹竿，竹竿上飘扬着普林斯顿大学的旌旗，再配上色调相同的短袜和露出一角的手绢，使得整个装束大有让人发噱的效果。他们手里还牵着一条哐啷作响的链子，链子上拴着一只雄猫，猫被涂上了颜料，权当是一只老虎。

月台上已经有半数以上的人在瞪大眼睛盯着他们看了，有的人惶恐的目光中透着可怜，有的人则在高兴得乱起哄。当菲莉丝紧绷着她那张线条清晰的脸蛋儿朝前走来时，这两个活宝也迎了上去，嘴里高呼着学校啦啦队的口号，喊声嘹亮，余音缭绕，还不忘很有创意地在喊声的结尾部添加上"菲莉丝"的名字。他们就用这种大嚷大叫、无比喧闹的方式迎接了她，并且热情高涨地一路护卫着她浩浩荡荡地走过校园，后面跟着从居民村里涌出来的五十来个小顽童——几百名校友和访客则笑得透不过气来，他们多半都想不到这只是一个恶作剧，还以为这是伯恩和弗雷德这两个校运动队的花花公子在大学时代不失时机地在炫耀他们的女朋友呢。

当菲莉丝在众目睽睽之下招摇地走过哈佛和普林斯顿两校的看台，尤其是在看台上还坐着几十个她以前的忠实追随者时，她的心情是可想而知的。她竭力想走得稍微靠前一点儿，又竭力想走得稍微靠后一点儿——但是他们始终都寸步不离地左右陪护着她，让人们毫无疑问地一眼就能看出她是跟谁在一起。他们大喊大叫着，高谈阔论着橄榄球队里的朋友，到后来，她依稀也能听见她的几个熟人在交头接耳地议论着：

"菲莉丝·斯泰尔斯跟着这两个活宝，心里一定难受极了。"

这就是伯恩，这就是幽默起来会大动干戈，严肃起来也特别较真儿的伯恩。能量之花就是在这个根基上绽放的，这也正是他现在竭力想逐步发展的方向……

时光就这样一个星期一个星期地流逝着，转眼又到了阳春三月，然而艾默里一直在苦苦寻找的那个隐藏着的致命缺陷却始终没有出现。大约有一百来个大三和大四年级的同学终于义愤填膺地退出了俱乐部，于是，在万般无奈的情况下，俱乐部便对准伯恩使出了撒手锏：竭尽挖苦、奚落之能事。但凡认识他的人个个都喜欢他——但是他所主张的观点（如今他所主张的观点也开始越来越多了）却在许多人的舌根下遭到了种种诘难，倘若换了一个性格比他脆弱的人，恐怕早就被彻底打倒了。

"你难道就不怕丧失威信吗？"有一天夜里，艾默里这样问道。他们已经养成了习惯，每个星期都要相互走访几次。

"当然不怕。威信算什么东西，充其量？"

"有些人说，你就是一个相当有独到见解的政治家呢。"

他哈哈大笑起来。

"弗雷德·斯隆今天也对我说过这样的话。我不妨就接受这个美名吧。"

有一天下午,他们深入地谈到了艾默里长期以来一直关心着的一个话题——关于生理属性对一个人的性格特点的形成所具有的影响。伯恩详细探讨了这个问题在生物学上的意义,然后说:

"当然,健康比什么都重要——身体健康的人有双倍的机会去行善呢。"他说。

"我不同意你的观点——我不相信'强身派基督教'的那套说法。"

"我相信——我认为基督本人就具有非常强健的体魄。"

"啊,不对吧,"艾默里反对说,"他活得太辛苦啦。我估计,他死的时候身体已经完全垮掉了——那些伟大的圣徒们历来就没有一个是身强力壮的。"

"他们有一半人身体很差。"

"好吧,即便是这么回事儿,我也认为健康状况与行善并没有多大的关系;当然,能够顶得住极度的疲劳对于一个伟大的圣徒来说确实难能可贵,但是那些深得人心的传教士强打着精神终日忙忙碌碌地四处奔走,大肆宣扬强身健体能够拯救世界,这种追赶时髦的做法——不行,伯恩,我可不敢苟同。"

"算了,我们还是撇开这个话题吧——我们争不出什么名堂来的,再说,这个问题我自己也还没有完全想明白。不过,有一点我倒是确实知道的——人的外貌特征与这个问题大有关系。"

"是肤色吗?"艾默里急切地问道。

"对。"

"这正是我和汤姆曾经思考过的问题。"艾默里表示赞同,"我们查阅过近十年来的毕业生年鉴,也翻看过历届高年级学生会的照片。

我知道，你对这个令人敬畏的机构是很不以为然的，但是，在这种地方，一般来说，它确实代表着成功。嗯，我估计，在我们这所学校，每一个班级只有大约百分之三十五是金发碧眼的白人，是真正的白皮肤——然而每一届高年级学生会里却有三分之二是白皮肤。请注意，我们仔细研究过高年级学生会近十年来的照片，这就意味着，高年级学生中每十五个浅色头发的人里就有一个在高年级学生会里任职，而在那些深色头发的人当中，每五十个人里才只有一个。"

"确实是这么回事儿。"伯恩表示同意，"浅色头发的人的确高人一等啊，一般来说。我曾经就这个问题拿美国历届总统为例做过研究，结果却发现，他们当中有半数以上的人都是浅色头发的人——可是，你想想，那些在各色人种中数量占优势的黑头发和浅黑色皮肤的女人有多少吧。"

"人们是在无意中承认这一点的，"艾默里说，"你会注意到，人们总认为一个金发碧眼的白人就应当很健谈。倘若一个金发碧眼的姑娘不说话，我们就会说她是一个'洋娃娃'；倘若一个金发碧眼的男生老是沉默寡言，他就会被人当作愚昧无知的傻子。然而这个世界却到处都是'深色皮肤、沉默寡言的人'和不长脑子的'黑头发加浅黑色皮肤的懒洋洋的女人'，然而不知怎么回事儿，却从来就没有人责怪他们话少。"

"嘴巴大，下巴颏儿宽，鼻子也相当大，毫无疑问，就会构成一张非常优秀的面孔。"

"我可没有这么大的把握说这种话。"艾默里完全赞成的是符合传统标准的五官特征。

"噢，好吧——我来拿证据给你看。"伯恩说罢，就从他书桌的抽屉里翻出一大沓照片，全都是满脸大胡子、头发乱蓬蓬的文艺界的名人——托尔斯泰、惠特曼、卡宾特，等等。

"这些照片难道不精彩吗？"

出于礼貌，艾默里本想好好欣赏一番这些照片的，却又觉得非常好笑，便放弃了。

"伯恩，我觉得他们是我迄今所见过的相貌最丑陋的一群人。他们的模样看上去就像敬老院里的人一样。"

"啊，艾默里，你瞧瞧爱默生的额头；你瞧瞧托尔斯泰的眼睛。"他语气中颇有些责备的意思。

艾默里摇头。

"不！你可以说他们形象非凡啊什么的，反正你爱怎么说就怎么说——但是他们相貌丑陋却是毫无疑问的。"

伯恩并没有感到难堪，他无限深情地用手抚摸着照片上的那些宽大的额头，然后把照片统统收齐，放回他书桌的抽屉里。

夜间外出散步是他的一大爱好，有一天夜里，他好说歹说地要艾默里陪他出去走走。

"我讨厌黑夜。"艾默里不肯答应，"我没有这个习惯——除非是在我特别富有想象力的时候，但是，现在这个时候，我真的很讨厌——我在这方面就是一个十足的傻瓜。"

"何必说这种没用的话呢，瞧你。"

"完全有可能。"

"我们朝东面走，"伯恩建议说，"然后沿着林中的一条条小路散散步。"

"好像对我并没有多大的吸引力，"艾默里很不情愿地说，"不过，我们还是去吧。"

他们迈着轻快的步伐出发了，一边走一边热烈地争论着，一个钟头的时间很快就不知不觉地过去了，普林斯顿的灯火已被抛在了身后，只剩下亮闪闪的一个个小白点儿。

"任何一个稍微有点儿想象力的人都难免会感到害怕，"伯恩很认真地说，"像这种在夜间出来散步的事情，我过去也挺害怕的。我来告诉你我现在为什么哪儿都敢去而不感到害怕的原因吧。"

"说下去。"艾默里急切地催促道。他们这时正大步流星地走向那片树林，伯恩紧张而又热情的说话声为他这个话题平添了一丝暖意。

"我以前时常在夜间孤身一人到这里来散步，啊，三个月之前，只要一走到我们刚刚路过的那个十字路口，我就会停下脚步，不敢再往前走了。前方就是那片阴森恐怖的树林，那里有恶狗的嗥叫声，有若隐若现的黑影，什么都有，就是没有人的说话声，就像现在这种样子。当然，是我自己把那片树林里想象得什么可怕的东西都有的，就像你此时的感觉一样；你是不是有这种感觉呀？"

"是的。"艾默里承认说。

"嗯，后来我就开始分析这种心理现象——我的想象力老是顽固地把恐怖与黑暗联系在一起——于是，我就干脆来了个移花接木，把我的想象力与黑暗联系在一起了，任凭我的想象力自由自在地发挥——任凭我的脑海中闪现出流浪狗啊，逃犯啊，鬼魂啊等角色，后来我就不知不觉地沿着这条路走了下去。这样一来，心里反倒觉得踏实了——这就好比是换位思考，当你把自己完全放在别人的位置上来思考问题的时候，一切问题往往也就迎刃而解了。我心里很清楚，倘若我就是那条流浪狗，我就是那名逃犯，我就是那个鬼魂，我是绝不会加害于伯恩·霍利迪的，正如他也不会来加害于我一样。后来，我忽然想起了我的那块怀表。我最好还是回去一趟，把那块表放在寝室里，然后再壮起胆子到这片树林里来走一走。不对呀，我转念一想，两害相权应当取其轻嘛，我宁可丢失一块怀表，也不能就这样打道回府啊——想着想着，我就真的走进了这片树林——不但沿着林中的这条公路走了下去，而且还钻进了树林里，走着走着，心里就再也不感到恐惧了——不仅如此,到后来,有一天夜里,我居然还在树林里坐了下来,在那儿睡着了;这时候,我便知道,我已经安然度过害怕黑暗这一关了。"

"老天爷呀!"艾默里嘘了一口气,"换了我,我就做不到这一点。我说不定会在中途跑出来的,要是头一次到这里来,遇到有一辆汽车经过这儿,等到车灯消失了,夜色会变得更浓,那个时候我或许会走进去的。"

"哎,"沉默了一会儿之后,伯恩忽然说,"我们不知不觉地已经走了大半个林子啦,打道回府吧。"

在回来的路上,他发起了一场关于意志力的大讨论。

"这就是整个问题的关键所在,"他振振有词地说,"这就是善与恶之间唯一的一条分界线。我迄今为止还从来没有遇到过一个既过着腐化堕落的生活,却又连一点儿薄弱的意志也没有的人呢。"

"那些罪大恶极的罪犯又该如何解释?"

"他们通常都是些精神不正常的人。假如不是这样,那就是意志薄弱。天下并没有所谓意志坚强而又精神正常的罪犯。"

"伯恩,我根本不同意你的观点;你如何看待超人呢?"

"嗯?"

"他是邪恶的,我认为,然而他又是意志坚强,精神正常的。"

"我从来没有遇到过这种人。不过,我敢打赌,他要么是个傻子,要么就是个精神不正常的人。"

"这种人我不知碰到过多少次了,他既不是傻子,也不是精神不正常的人。这就是我为什么认为你说得不对的原因。"

"我肯定我没有说错——所以我不相信监禁,除非监禁的是精神不正常的人。"

在这一点上,艾默里没法苟同。在他看来,意志坚强的罪犯在现实生活中和在历史上似乎比比皆是，他们头脑精明，但是常常自欺欺人；人们可以在政界和商界找到这种人，在老一辈的政治家、国王、将军中也能找到这种人。但是伯恩坚决不同意这一看法，于是，在这一点上他们开始分道扬镳了。

伯恩渐渐脱离了他周围的世界，越走越远了。他辞掉了高年级学生会副主席的职务，差不多只把阅读和散步当作他唯一追求的两大兴趣爱好。他主动跑去旁听了研究生的哲学和生物学这两门课程，一节课也不缺席，神情专注地坐在那儿，目光中流露着相当悲哀的神色，仿佛像在期待着而讲课的老师却永远也不会涉及的某个问题。艾默里时常会看见他在座位上辗转不安地扭动着身子；他时常会突然变得喜形于色；他时常会激动万分地想就某一个观点与人展开辩论。

走在大街上时，他变得比以前更加心不在焉了，有人甚至指责他已经变成了一个势利小人，但是艾默里心里有数，他绝对不是这种人。有一回，艾默里在与他相距四英尺的地方遇见他时，他就像完全没看见他这个人似的，他脑子里在想着千里之外的事情呢，艾默里见了他这副样子，差点儿没因为心头不着边际的喜悦而呛得透不过气来。伯恩似乎在攀登别人或许永远也找不到落脚点的高峰呢。

"我可以肯定，"艾默里对汤姆这样表白说，"他是我迄今为止所遇见的第一位我承认智力在我之上的同龄人。"

"你承认这一点的时机不对——人家已经开始觉得他是一个脾气古怪的人了。"

"他的思想远远不是那些人所能理解的——你自己在跟他说话的时候不是也这样认为的嘛——老天爷，汤姆，你过去还经常站出来反对'人家是怎么说的'。一旦成功了，你就变得完全因循守旧了。"

汤姆听了这话变得越发恼火了。

"他到底想干什么——是极其神圣的事情吗？"

"不是！他与你所见过的哪一种人都不一样。他从来就没有加入过费城社①。他不相信那种破玩意儿。他不相信公共游泳池，也不相信一句及时的好话就能匡扶正义，洗尽世间的种种冤屈。此外，他什么时候想喝酒了就会去喝个够。"

"他肯定是犯了众怒。"

"你最近有没有跟他交谈过？"

"没有。"

这场争论以毫无结果而告终，不过，艾默里比以往任何时候都清楚地看到，在整个校园里，人们对待伯恩的情感已经发生了很大的变化。

"真是奇怪，"他们在这个问题上的态度有了一些缓解之后，有一天晚上，艾默里对汤姆说，"那些强烈反对伯恩的激进主义做法的人，显然都是法利赛人②这个层次上的——我的意思是说，这些人都是大学里最有教养的人——像你本人和菲伦比这样的各家报纸的编辑们，年轻的教授们……像朗格杜克这样的纯属文盲的运动员们，只有这些人才认为他变得越来越古怪了，但是他们也只是说'伯恩这老兄脑子里装的都是些稀奇古怪的念头'，说过就不再提起了——法利赛人这个层次上的——哎呀！这些人嘲弄起他来，连一点儿情面也不给呀。"

第二天上午，他迎面遇见了伯恩，伯恩当时刚上完一堂复习课，正沿着麦科什林荫道急匆匆地向前走去。

"您老人家这是要去哪儿呀，大权威？"

"去《普林斯顿人》报社，找菲伦比。"他朝艾默里扬了扬手中当

---

① 费城社（The Philadelphian Society），由普林斯顿大学的一小群学生于1825年创建起来的基督教团体，至20世纪初叶逐步发展为该校的一个半官方性质的宗教组织，也是"基督教青年会"的一个分支机构。

② 法利赛人（the Pharisee），古犹太教一个派别的成员，因严格遵守传统和成文法而与众不同，但多数被认为是自诩超凡入圣之人，后常喻指自以为是的人。

天早晨刚出的一份《普林斯顿人》报,"这篇社论就是他写的。"

"是要去活剥了他吗?"

"不是——不过,他倒真把我完全弄糊涂了。不是我错看了这个人,就是他突然之间变成了世界上最恶劣的激进分子。"

伯恩说罢便匆匆而去,然而事隔好几天之后,艾默里才听人说起后来所发生的那场对话。伯恩一走进那间神圣的编辑室,就兴高采烈地摊开了那份报纸。

"你好,杰西。"

"您老人家来啦,您好呀,萨伏那洛拉①。"

"我刚刚拜读了你的这篇社论。"

"好家伙——没想到您竟会如此屈尊俯就啊。"

"杰西啊,你吓了我一大跳呢。"

"怎么会呢?"

"你竟然写出如此大逆不道的玩意儿来,难道你就不怕全体教职员工都追着你骂吗?"

"什么呀?"

"就像今天早上的这份东西。"

"什么乱七八糟的——那份社论不过是一份指导性的纲领而已。"

"没错,可是那句语录——"

杰西坐直身子。

"什么语录?"

"你明明知道的:'谁要是不拥护我,就等于是反对我。'"

"噢——那又怎么样?"

---

① 萨伏那洛拉(Girolamo Savonarola,1452—1498),意大利传教士和宗教改革家,天主教多明我会教士,严格的禁欲主义者,以强烈抨击道德败坏和腐化而广受欢迎,成为佛罗伦萨事实上的统治者(1494—1495),但于 1497 年被逐出教会,后被当作异教徒用火刑处死。

杰西一脸的困惑，但并没有感到惊慌。

"行啊，你在这篇社论里是这样写的——让我把这段文字找出来。"伯恩展开那份报纸，然后朗声念起来，"诚如那位颇有绅士风度的先生所说，'谁要是不拥护我，就等于是反对我，此人也只能作出这种人所不齿的粗线条的划分，只能作出这种幼稚可笑的非常笼统的概括。'"

"那又能怎么样呢？"菲伦比脸上开始流露出惊慌的神色了，"这句话是奥利弗·克伦威尔[①]说的，不是吗？要不就是华盛顿说的，或者是哪一位圣徒说的？上帝啊，我忘了是谁说的了。"

伯恩爆发出一阵哈哈大笑。

"啊，杰西，啊，好你个善良的杰西啊。"

"这句话到底是谁说的呢，看在彼得的分上？"

"得了，"伯恩收住笑声，然后说，"那是使徒马修引自基督的一句话[②]。"

"我的上帝啊！"杰西大喊一声，身子后仰，一跤跌倒在废纸篓上。

艾默里写的一首诗

转眼间又过了几个星期。艾默里闲来无事时照例会偶尔去纽约兜兜风，想去碰碰运气，去感受一下乘坐在一辆崭新的鲜绿色的公共汽

[①] 奥利弗·克伦威尔（Oliver Cromwell，1599—1659），英国将军、政治家，1653至1658年间任共和政体护国公，是英国内战时期获胜的议会军即圆颅党的首领。作为一国之首，他自封为护国公而拒绝了议会于1657年给他加冕的提议，他的统治以英国国教的清教改革而闻名。他的儿子理查德（1626—1712）曾短暂继位，但于1659年被放逐。

[②] 参见《圣经·新约全书·马太福音》第十二章第三十节，以及《路加福音》第十一章第二十三节。《圣经》原文为："不与我相合的，就是敌我的。不同我收聚的，就是分散的。"

车里的滋味，因为，那种如同吃棒棒糖一样富有刺激的诱惑力或许能够打动他淡漠的性情。有一天，他冒冒失失地闯进了一家剧院，一个专业剧团正在上演一出保留剧目，剧名似乎隐隐约约有点儿熟悉。帷幕升起——他漫不经心地观看着，这时一个姑娘走了进来。有几句话如银铃般地在他耳边响起，拨动了他朦朦胧胧的记忆之弦。什么地方——？什么时候——？

接着，他似乎听见有个声音在他身旁悄悄地诉说着，那是一个非常轻柔、非常动人的说话声："啊，我就是这样一个可怜的小傻瓜呀。要是我做错了，你一定要告诉我。"

答案一闪念间就来了，因为他迅速而又欣喜地想起了伊莎贝尔。

他发现剧目单上有一块空白处，便开始奋笔疾书起来：

在这人影幢幢的黑暗中，我又一次举目观望，
在那帷幕徐徐升起的地方，岁月在滚滚流淌；
韶华荏苒，转瞬两年——我们曾白白放飞美好时光，
快乐的结局并没有让我们尚未发酵的灵魂失意惆怅；
我仍眷恋着你那充满渴望的容颜依偎在我身旁，
大大的眼睛，欢乐的神情，莞尔一笑春情荡漾，
而台上那出蹩脚的剧目已在我耳畔唱响，
犹如拍岸的层层细浪在撩拨着我的心房。

哈欠连天，然而心中却整晚都在不停地幻想，
我独自观望……周围皆是絮语绵绵的儿女情长，
当然破坏了多少有些魅力的剧景令人黯然神伤，
你有点泪眼汪汪，我也为你伤心欲狂，
恰在此刻！某男说要休妻，话语冠冕堂皇

而晕倒在他怀抱中的却是另外某个女郎。

依然心静如水

"鬼魂就是这种像哑巴一样不会说话的东西,"亚历克说,"它们反应也很迟钝。鬼魂的意图我总归是能猜得透的。"

"怎么猜?"汤姆问。

"呃,那要看在什么地方。比方说,在卧室里。如果你说话稍微谨慎一点,鬼魂就绝对不会来卧室里纠缠你了。"

"说下去,假定你觉得你自己的卧室里也许在闹鬼——深更半夜回到家时,你会采取什么措施呢?"艾默里饶有兴味地问道。

"手里拿一根棒子,"亚历克回答说,语气中带着生硬的敬畏之情,"一根大约有扫帚柄那么长的棒子。唔,首先要做的事情是用棒子在房间里扫一遍——做这件事情的时候,你得两眼一闭猛冲进书房,迅速打开所有的灯——然后,慢慢靠近壁橱,小心翼翼地举起棍棒在壁橱门口挥舞三四下。接着,要是没事儿,你就可以探头朝里面看看。务必,务必要先恶狠狠地挥舞几下棍棒——切不可贸然先探头朝里看!"

"当然,这是古时候凯尔特人的做法嘛。"汤姆一脸严肃地说。

"没错——不过他们通常是祈祷在先。不管怎么说,反正你得用这个方法把所有的壁橱和每一扇门的后面都扫一遍——"

"还有床。"艾默里提醒说。

"啊,艾默里,不行的!"亚历克顿时惊恐地大声说,"这个方法不对——床要采取不同的计策——先不去管床,因为你得重视这样做的道理——如果房间里真有鬼,那个鬼一天也就只有三分之一的时间是待在房间里的,它几乎总是躲在床底下的。"

"那么——"艾默里刚要开口说下去。

亚历克挥挥手,要他保持静默。

"你当然切不可去张望。你要站在房间的正中央,趁那个鬼还没有弄明白你的意图,你就突然一个猛扑冲向那张床——切不可慢吞吞地靠近那张床;对于鬼来说,你的脚踝就是你身上最容易受到攻击的部位——只要上了床,你就安然无恙了;那个鬼也许整夜都躺在床底下,但是你却平安无事,像在大白天里一样。如果你依然心有疑虑,那就拉过毛毯把自己严严实实地蒙在里面。"

"这番话倒是挺有意思的,汤姆。"

"是吗?"亚历克听了很是得意。"而且全是我自己的独到见解——我就是新世界的奥利弗·洛奇爵士[1]。"

艾默里再次对大学生活无比热爱起来。那种毅然决然、勇往直前的意识又重新回来了;青春在躁动,抖动着几片新生的羽毛。他甚至已经储蓄了足够的剩余能量,准备大张旗鼓地摆出一个崭新的姿态。

"摆出这副如此'痴迷'的嘴脸,到底是什么意思嘛,艾默里?"有一天,亚历克这样问道,后来又看见艾默里假装发呆似的捧着书本、一脸迷惘的样子,又说,"啊,你可千万别在我面前摆谱,弄得像伯恩那样神秘兮兮的。"

艾默里抬起头来望着他,一脸无辜的样子。

"什么呀?"

"什么'什么呀'?"亚历克油腔滑调地模仿着他的口吻,"你是不是想拿这本书把自己读成一个狂想派诗人呀——我们来看看这是一本什么书吧。"

---

[1] 奥利弗·洛奇爵士(Sir Oliver Joseph Lodge,1851—1940),英国物理学家、作家,无线电发报技术的先驱之一。他还致力于对人死后亡灵的研究。

他一把抓过书去，一脸不屑地看着。

"怎么样？"艾默里有点儿尴尬地说。

"是《圣·特蕾莎传》①嘛，"亚历克大声念道，"啊，我的天啊！"

"喂，亚历克。"

"怎么啦？"

"这事儿与你相干吗？"

"什么事儿与我相干啊？"

"我发呆不发呆与你有什么相干吗？"

"哇，不相干——当然与我不相干。"

"行，那就不要坏了人家的好事儿。倘若我喜欢到处跟人家毫不掩饰地说，我觉得我自己就是一个天才，那就让我说好哩。"

"你的名气已经越来越大啦，因为你表现得越来越怪异了嘛，"亚历克笑着说，"你想说的就是这个意思吧。"

艾默里终于占了上风，亚历克答应，倘若他们两人单独在一起的时候艾默里能够让他耳根清净地歇息一会儿，他就可以在有别人在场的情况下顾全他的面子。于是，艾默里便不惜花大代价开始"出风头"了，常常设宴款待那些行为举止最为怪异的人，他请来的人既有想法非常过激的研究生，也有满脑子都是关于上帝和政府的奇怪理论的导师们，这一举动不禁让目空一切的"别墅俱乐部"的人既感到惊诧不已，又觉得荒唐可爱。

二月的寒气已被温煦的阳光所驱散，时光欢快地走进了三月，在这期间，艾默里有好几次外出都是与达西大人共度周末去了。有一次他还带上了伯恩，成效也非常显著，因为在炫耀地介绍他们彼此认识

---

① 圣·特蕾莎（St. Teresa of Avila，1515—1582），西班牙天主教修女，神秘主义者，作家。《圣·特蕾莎传》（*The Life of St. Teresa*，1565）是她的自传。

的时候，他自己也同样感受到了无比的自豪和愉悦。达西大人带他去见过桑顿·汉考克几次，还带他到一个名叫劳伦斯太太的人家去过一两次，她是一个对罗马情有独钟的美国人，艾默里立即就喜欢上她了。

后来，有一天，他收到了达西大人的一封来信，信的末尾处附了一段写得很潦草却很有意思的话：

> 你知道吗，你有一个相隔三代的远房表姐，名叫克拉拉·佩奇，半年前丧偶，日子过得很清苦，目前住在费城，你知道她吗？在我印象中，你从来就没有见过她，不过，我希望你，也算是帮我一个忙，去看看她。在我心目中，她是一个非常出色的女人，年龄与你相仿。

艾默里叹了一口气，决定去走一趟，就算是帮一个忙吧……

克拉拉

她的身世无从考证……艾默里人虽不错，却远远配不上克拉拉，克拉拉有一头鬈曲成波浪形的金发，但是那时候还没有一个男人能配得上她。姑且不论那些枯燥乏味的关于女子美德的长篇大论，她的善良贤惠也远在那些冗长单调的关于寻觅夫君的道德说教之上。

悲伤淡淡地笼罩在她周围，然而当艾默里在费城找到她的时候，他却觉得她那双钢铁般坚强的蓝色眼眸里噙着的只有快乐。一股蛰伏着的力量，一种现实主义的态度，在她不得不面对各种各样的实际情况时，都已得到了最充分的展现。她独力撑持着生活在这个世界上，带着两个年幼的孩子，没有什么钱财。而且，最为糟糕的是，她还有那么一大群朋友。这年的冬天，艾默里来费城看望她的时候，恰逢她正在举行一场晚会，招待满满一屋子的男宾，这时候他才知道，她家里并没有雇一个用人，只是请了一个黑人小姑娘帮忙照看楼上的两个孩子。他看见本城的一个非常有名的浪荡子，一个酗酒成瘾、声名狼藉、远近皆知的男人，整晚上都坐在她对面，装出一副天真无邪的样子非常兴奋地大谈着女子寄宿学校。克拉拉的心情扭转得多快啊！在客厅里飘溢着一层淡淡的哀伤的气氛中，她与人交谈时居然还能做到说话娓娓动听，精彩得几乎是妙语如珠。

根据艾默里对情况的估计，这小女子目前想必已经是一贫如洗了，这个想法不免令他动了恻隐之心。初次抵达费城时，他原以为人们会告诉他，方舟街九二一号是一条景象凄凉的小巷，一个满目疮痍的棚户区。结果却发现，事实情况竟跟他原先的想法大相径庭，这一点甚至还令他感到有些失望。这是一幢老宅，多年来一直归她丈夫家所有。一个上了年纪的姑妈坚决反对变卖这幢房产，她把十年的税款一并交给了一名律师，自己却大摇大摆地去了檀香山，让克拉拉独自一人想方设法、勉为其难地为解决房子的供暖问题而四处奔波。然而，开门来迎接他的并不是一个头发蓬乱的女人，怀里抱着一个因缺少奶水而饿得哇哇啼哭的婴儿，并不是一个像艾米丽亚[①]那样满面愁容的女人。相反，从他所受到的接待来看，艾默里完全可以认为，她在这世上并无衣食之忧。

一种镇定自若的活力，一种朦朦胧胧的幽默感，与她沉着冷静的头脑形成了十分鲜明的对比反差——她时常会悄然躲进这样的情绪中

[①] 英国小说家威廉·M.萨克雷的代表作《名利场》中的人物。艾米丽亚是一个性格温柔、心地善良的美丽姑娘，由于家道中落，原先安定的生活失去了保障，结婚后，丈夫又禁不住同窗好友吕蓓卡的勾引而弃家出走，后在滑铁卢战役中阵亡。艾米丽亚带着孩子回到父母家过着贫苦的生活。

来寻求慰藉。她可以做一些最为单调乏味的事情（尽管她非常明智，从来不去做诸如编织呀，刺绣呀这类荒谬可笑的"闺阁女工"，免得把自己弄得婆婆妈妈的），然而，在事情料理完之后，她却可以立即捧起一本书来，让自己的想象力自由自在地翱翔，像一朵不成形的云彩一样随风飘荡。她性格中最深藏不露的那部分就是她那能够向四周漫射出金色的光辉的独特本领。正如放在黑暗房间里的一盆熊熊燃烧的炉火能够把浪漫或伤感投射到围坐在炉火边的那些安详的脸庞上一样，她也能够把她的光华或倩影投射到可容纳她的房间的各个角落。后来，她果真把她那位已经人老话多的叔叔变成了一个富有奇趣、喜欢沉思、颇有魅力的男人，把那个整日四处奔波投送电报的小青年转化成了一个心情愉悦、富有创见的蒲克式的促狭鬼[①]。起初，她的这一特点还真有点儿让艾默里感到莫名的恼火。他认为他自己身上的别具一格的性格特点已经够多了，可是她还想在他身上发掘出一些新的爱好，目的就是为了取悦在场的其他爱慕者，这让他感到非常尴尬。他觉得她仿佛就像一个彬彬有礼而又说一不二的舞台监督，试图逼迫他对自己已经扮演了多年的一个角色给出一个全新的诠释。

但是克拉拉在滔滔不尽地诉说着。克拉拉在详详细细地讲述着一个个微不足道的故事，讲女帽上的别针，讲灌得烂醉的男人，也讲她自己的事情……人们事后想要复述她讲过的那些逸事趣闻时，却一辈子也没法把哪个故事讲得像那么回事儿。他们似乎只是在天真无邪地倾听着，并对她抱以最真诚的微笑，他们中的许多人已经像这样笑了很久了；克拉拉的眼睛里几乎看不到眼泪，然而听的人却泪眼模糊，

[①] 蒲克（Puck），英国神话故事中经常出现的一个聪明伶俐、爱恶作剧的小精灵。后来童话故事中常常出现的顽皮而又善良的罗宾·古德费洛（Robin Goodfellow）便是蒲克的翻版。

含笑望着她。

在极偶然的情况下，在其余那些求婚者全都走了之后，艾默里还会稍微再待上半个钟头，他们在黄昏时分的喝茶时间里会吃几片涂了果酱的面包，喝一会儿茶，或者吃一点儿如她所说的"槭糖餐后甜点"的夜宵。

"你确实很了不起呀，真的！"有一天晚上，在六点的时候，艾默里在餐桌中央正襟危坐着，忽然变得有些迂腐起来。

"有什么了不起呀，"她回答说。她当时正在餐具柜里寻找餐巾，"我其实就是一个很平凡，很普通的人。是那种一心只想着孩子，对什么事情都没有兴趣的人。"

"这种话你说给别人听去吧，"艾默里轻蔑地嘲笑说，"你知道吗，你光彩照人，魅力四射呢。"他故意问了她一个他明明知道会让她感到尴尬的问题。他说的那句话就是《圣经》上第一个惹人厌烦的人说给亚当听的那句话①。

"说说你自己吧。"而她作出的回答一定也是亚当说的那句话。

"没有什么可说的。"

但是，到最后，亚当很可能还是把他夜里躲在蝗虫叽叽叫的沙土草地上时心里所想的全都说给那个惹人厌烦的人听了，而且他一定还非常逞能地说起了他与夏娃是多么不一样，然而却忘了夏娃与他自己到底是怎样的不一样……不管怎么说，反正克拉拉那天晚上对艾默里讲述了许多有关她自己的事情。她从十六岁起就过着饱经蹂躏的日子，安逸的生活结束之后，她的学业也急转直下，就此中断了。艾默里在翻阅她的私人藏书的时候，意外发现了一本已经破旧不堪的灰色

---

① 指《圣经》中耶和华告诉亚当不可偷食伊甸园中善恶树上的禁果的那句话。下文同上。（详见《圣经·创世记》第三章第十七节和第四章第一节至第十二节。）

封皮的书，不料，书中竟落下一张泛黄的纸片来，他厚着脸皮把这张纸打开来看了看。那是一首她在学校念书时写下的诗，诗中描写的是，在一个灰蒙蒙的日子里，在修道院的一堵灰蒙蒙的高墙上，有一个女孩坐在墙头，外衣被风吹起，正在遐想着这五光十色的世界。一般来说，这类无病呻吟的抒情诗只会让他感到乏味，但是她写的这首诗却蕴涵着如此朴实的情感，蕴涵着如此强大的气场，它一下子就将克拉拉的形象栩栩如生地展现在他的脑海中：克拉拉在如此冷飕飕、灰蒙蒙的日子里，用她那双漂亮、敏锐的蓝眼睛凝望着前方，想弄明白她人生中的种种不幸究竟是怎样从外面的那些花园里朝她一步步走来的。这首诗简直让他羡慕不已。他多么希望当时自己能陪着她一路走来，看着她坐在墙头上，对她诉说着不着边际的蠢话，或者诉说着浪漫至极的情话，而她则高高坐在墙头俯视着他。他忽然开始可怕地嫉妒起与克拉拉相关的每一桩事情来：她过去的遭遇，她身边的两个孩子，还有那些蜂拥而来的男男女女，那些人是来痛饮她冷傲的善意的，是来憩息他们疲惫的心灵的，就像在观看一出引人入胜的戏剧表演一样。

"看来无论什么人都不会让你感到厌烦的。"他揶揄地说。

"芸芸众生中大约有一半人会吧，"她承认说，"不过，在我看来，这已经是一个相当不错的平均数了，你说呢？"说罢，她便转身去寻找布朗宁的作品，想从他的诗章中找到与这个话题相关的内容。在他迄今所认识的人当中，唯独只有她在跟人谈话时会在中途突然停下，去查找有关篇章，引经据典来证明给他看，而且还不会让人因为注意力被分散而觉得不愉快。她对这一举动乐此不疲，而且还怀着如此高涨的热情，抱着如此认真的态度，这就让他不禁渐渐喜欢起来，痴痴地望着她那头金色的秀发披散在书卷上，眉头微蹙，猎取她所需要的文句。

在整个三月上旬，他都很喜欢到费城来过周末。然而几乎每次来都会碰到有另外一个人在场，而且她似乎也并不迫切地想要单独跟他见面，因为这样的机会自然多得很，只要她说一句话，他就会美滋滋地留下来，再待上充满爱慕的半个小时。没想到，他竟渐渐坠入了爱河，并且开始想入非非地考虑起结婚的事情来了。尽管这个设想在他的脑子里盘旋着，甚至差点儿就要说出口来，然而他后来总算明白过来，这个一厢情愿的欲望并没有很深的根基。有一回，他梦见这个愿望实现了，可是醒来时却是一身的冷汗，是被吓醒的，因为他在梦中见到的是一个傻乎乎的、亚麻色头发的克拉拉，金色已经从她的头发上消失，化成了一个丑陋的怪人，舌头上迸发出来的全都是枯燥乏味的陈词滥调。但是，她确实是他迄今所认识的第一个非常优秀的女人，是为数不多的确实让他很感兴趣的几个善良的人之一。她把她的善良变成了一份如此宝贵的财富。艾默里坚定地认为，绝大多数善良的人们不是把善良当成了拖累他们的一种负担，就是把善良歪曲成了一种虚假的亲切，当然，世上也还有始终存在着的自命不凡的人和满口仁义道德的伪善者——（但是艾默里从来没有把这些人计算在灵魂已经得到拯救的人之列）。

圣塞茜莉娅[①]

她身着灰色的天鹅绒裙装，

一头秀发亮丽得很不寻常，

绯红掩饰不住假装的悲伤，

红晕渐褪，美人更美；

[①] 圣塞茜莉娅（St.Cecilia, ?—230?），罗马天主教女殉道者，是教堂音乐的主保圣人。据传，她曾发誓独身，但被迫成婚后，她劝服丈夫皈依基督教，后两人双双殉教。罗马天主教、英国圣公会、东正教、东仪天主教等教派将每年11月22日定为纪念她的圣节。

春情在他与她之间荡漾

声声叹息伴着倦怠与灯光

这般微妙,他不知该如何抵挡……

粲然一笑,绯红又现脸上。

"你喜欢我吗?"

"当然喜欢啦。"克拉拉很认真地说。

"为什么呢?"

"嗯,我们在气质上有一些共同的特点。我们彼此身上自然而然地流露出来的那些特点——或者说,是与生俱来的那些特点。"

"你的言外之意是,我还没有很好地发挥我自己身上的这些特点吗?"

克拉拉犹豫了一下。

"嗯,我也说不准。当然,一个男人就必须去经受更多的磨难,而我嘛,一直是有人庇护的。"

"啊,别找托词来搪塞了,求求你,克拉拉,"艾默里打断了她的话,"还是请你略微说说我吧,可以吗?"

"当然可以啦,我也非常乐意说说你呢。"她脸上没了笑意。

"你真好。先来回答我几个问题吧。我是不是自高自大到了让人厌烦的地步了?"

"这个嘛——没有,你的虚荣心特别强,不过,人们要是注意到你这种虚荣心的影响有多大,就会觉得很好笑的。"

"我明白了。"

"你内心里其实是很谦卑的。一旦你觉得自己受到了别人的轻视,你就会跌入抑郁的第三层地狱。事实上,你这人并没有多少自尊。"

"你已经两次击中靶心啦,克拉拉。你是怎么做到的?你怎么就不让我说句话呢。"

"当然不能让你说啦——如果一个人在那儿夸夸其谈，我就没法对他作出评判了。不过，我话还没有说完呢；我之所以说你缺乏真正的自尊，即使你非常庄重地对一个萍水相逢的平庸之辈宣称，说你认为自己就是一个天才，那也说明不了问题。我的理由是，你总爱把一切重大的过失统统归咎在自己身上，并且也努力去实践自己的诺言。比方说吧，你总是说自己是一个不可救药的贪杯之徒。"

"可是，就发展的趋势而言，我就是这样的人啊。"

"你还说自己是一个性格软弱的人，说自己没有意志力呢。"

"一点儿意志力也没有——我总是被自己的情感所左右着，被自己的喜好所左右着，被自己深恶痛绝的厌倦情绪所左右着，被自己的许多强烈愿望所左右着——"

"你没有！"她攥紧一只小拳头砸向下面的另一只手，"你只是深深地、不可自拔地被这世上的一样东西所左右着，这就是你爱幻想。"

"你真是要让我刮目相看了。如果照这样说下去不会让你觉得无聊的话，那你就接着说吧。"

"我注意过这种情况，譬如说，当你从大学里出来，想在外面多待上一天的时候，你会以一种很自信的方式来考虑这个问题。你绝不会贸然先作出决定，而是要反复权衡走与留两者之间的利弊，直到你大体上把这个问题想清楚了为止。你会让你的想象力很阳光地在你的欲望之坡上翱翔好几个钟头，然后才会拿定主意。当然，你的想象力被自由放飞了一小段时间之后，就会想出一百万个为什么应当留下来的理由，因此，你的决定一经形成，往往都不够真实。你作出的决定总是有失偏颇。"

"不对吧，"艾默里立即反对说，"可是，难道这不是因为缺乏意志力的缘故，才导致我的想象力很阳光地跑偏了方向吗？"

"我亲爱的老弟呀,这一点你就大错特错啦。这跟有没有意志力根本没有任何关系;不管怎么说,反正这是一个荒谬至极、毫无用处的托词;你缺乏判断力——那种当机立断的判断力,尤其在你明明知道你的想象力将会捉弄你的时候,哪怕有半点机会也该迅速作出决断的判断力。"

"哎呀,我真该死!"艾默里惊讶地喊出声来,"这一点倒是我万万没有料到的。"

克拉拉并没有表现出扬扬得意的样子。她立即撇开了这个话题,转而谈论起别的事情来。不过,她的这番话已经足以促使他要去思考了,他认为她的话有一部分还是在理的。他感觉自己就像一个工厂老板,在指责了一名有舞弊行为的职员之后,却突然发现他自己的那个不争气的儿子竟然每个星期都要偷偷溜进他的办公室来篡改一次账本。他那可怜的、没有被正确对待的意志力,他一直拿来嘲弄自己、嘲弄朋友的意志力,此时就清白无辜地站在他面前,而他的判断力却已离他而去,走进了牢房,那个无法监禁的小顽童,他的想象力,却一直在他身边欢天喜地、挤眉弄眼地蹦来蹦去。克拉拉的话是他迄今所听到的唯一的忠告,是他一直独自在苦苦寻求,却又拒绝按别人的旨意行事的答案——也许是吧,唯独只有他跟达西大人的交谈可以另当别论。

他是多么爱跟克拉拉在一起做事啊,无论做什么事!陪她购物是一桩千载难逢、其乐无穷、梦寐以求的大好事。走进她曾光顾过的每一家商场,都能听见人们在一旁窃窃私语地议论她,称呼她漂亮的佩奇太太。

"我敢打赌,她不会长时间守寡的。"

"哎呀,别这么直着嗓门说出来嘛。她可不是来听你说教的。"

"她真漂亮!"

（该商场的一名楼面巡视员登场——众人皆缄默不语，等着他走过去，他一边走一边傻笑着。）

"社会名流啊，是吧？"

"是啊，不过，我估计，现在变穷啦。人家是这么说的。"

"咦！姑娘们，她还带着孩子呢！"

而克拉拉却一视同仁，对谁都满面笑容。艾默里坚信，那些商人们给她的都是优惠价，有时候她是知道的，有时候她并不知道。他知道她对衣着非常讲究，不管买什么，总是挑商场里最好的东西买，因此必然会得到商场楼面主管的悉心照顾，那是最最基本的常识。

有时候，他们会一起去教堂做礼拜，他总是走在她身边，陶醉地望着她的面颊，由于清新的空气中夹杂着丝丝雨意，她的面颊显得很湿润。她非常虔诚，虔诚之心是始终如一的，当她跪在那儿，把一头金发披散下来，整个人都笼罩在彩色玻璃映射过来的光环中的时候，她的心灵达到了什么样的高度，她汲取了什么样的力量，上帝都知道。

"圣塞茜莉娅。"有一天，他忽然声音很响地喊出口来，完全是不由自主地喊出来的，引得众人都转过身来盯着他们，连那位正在布道的神甫也愣怔了片刻，克拉拉和艾默里两人也都羞得面红耳赤。

这是他们度过的最后一个星期天，因为这天夜里，他把这一切都毁了。他把持不住地失控了。

他们当时正沐浴在三月的暮色中散步，天气暖融融的，像在六月里一样，青春的欢乐充满了他的心灵，于是，他感到他该把憋在心里的话说出来了。

"我想，"他说，声音有些发抖，"假如我丧失了对你的信心，我也就丧失了对上帝的信心啦。"

她望着他，一张脸已惊得花容失色，他便问她哪儿不舒服。

"没什么,"她期期艾艾地说,"只不过是这句话:在这之前,已经有五个男人对我说过这样的话了,这话让我感到很害怕。"

"啊,克拉拉,这是你命中注定的事情!"

她没有回答。

"我认为,恋爱对你来说是——"他刚开了个头。

她快如闪电般地转过身来。

"我从来就没有恋爱过。"

他们一路向前走去,他慢慢认识到了她告诉他这句话的用意有多深……从来就没有恋爱过……她似乎突然间变成了单单只是圣灵之光的女儿了。他的整个存在已经一落千丈,跌出了她的平台,差不多就像约瑟肯定认识到了马利亚的永恒意义一样[1],他渴望的也仅仅只是触摸一下她的衣裙而已。但是他仍听见自己的声音在非常机械地说:

"可是,我爱你——倘若我身上还有一丝隐性的伟大之处……啊,我不会说话,可是,克拉拉,要是我两年以后有条件了回来娶你——"

她摇着头。

"不,"她说,"我永远不会再结婚了。我已经有两个孩子了,我要把自己奉献给他们。我喜欢你——我喜欢所有聪明的男人,尤其更加喜欢你——但是,你是非常了解我的,你应当知道,我绝不会跟一个聪明的男人结婚的——"她话没说完就突然打住了。

"艾默里。"

"什么事儿?"

---

[1] 源出《圣经·新约全书·马太福音》第一章第十八节:耶稣·基督的母亲马利亚已经许配给了约瑟,还没有迎娶,玛利亚就因受了圣灵之光而怀了孕,不久后即产下耶稣·基督。

"你并没有爱上我。你从来就没有想过要娶我为妻，对不对？"

"那只是一种朦朦胧胧的意识，"他颇有些诧异地说，"我还没有感受到，就像我没想到自己竟会那样不由自主地喊出声来一样，但是，我爱你——或者说非常仰慕你——或者说非常崇拜你——"

"你就拉倒吧——花五分钟时间把你的情感目录浏览一遍吧。"

艾默里很勉强地笑了笑。

"别把我当成这么无足轻重的人嘛，克拉拉，你有时候的确挺让人郁闷的。"

"你哪是一个无足轻重的人啊，才不是呢，"她情深意切地说，一边伸过手去挽起他的胳膊，睁大眼睛热切地望着他——在苍茫的暮色中，他能看得出闪烁在她眼睛里的一片真挚之情，"一个无足轻重的人是永远也没人理睬的人。"

"瞧这春天的气息是多么的浓郁——你心中的柔情蜜意是多么的感人啊。"

她放下了他的那只胳膊。

"你现在已经完全想开啦，我也感到很欣慰。给我来支烟吧。你还从来没有看到过我抽烟吧，对吗？嗯，我抽烟的，一个月大概有那么一次吧。"

后来，这个非常迷人的姑娘跟艾默里一起朝着街角来了一场赛跑，像两个疯疯癫癫的孩子一样，在淡蓝色的暮霭中撒着欢儿拔腿狂奔着。

"我明天要到乡下去，"她宣布说，整个人娇喘吁吁地站在那儿，躲开了街角路灯投过来的刺眼的强光，"这几天是极好的日子，不可错过，虽然我在城里也许更能感受得到。"

"啊，克拉拉！"艾默里说，"假如上帝他老人家把你的心灵朝另一个方向稍微拨偏了那么一丁点儿，你就成了一个精力旺盛的淘气鬼啦！"

"也许是吧，"她回答说，"不过，我觉得不会的。我这人其实根本不会撒野，也从来没有撒过野。刚才那场小小的爆发纯粹是春天里精力旺盛的缘故。"

"可是，你也真行啊。"他说。

他们此时又一起慢步向前走去。

"不对——你又说错了，一个像你这样以智慧超群而自诩的人，怎么会老是这样一再地冤枉我呢？我是一个与明媚的春光所代表的一切事物截然相反的人。要是我碰巧长得像某个故作多情的古希腊雕塑家所喜爱的那种花容月貌的女子，那是很不幸的，不过，我可以肯定地告诉你，假如不是因为我长着这样一张脸，我也许早就成了那个女修道院里的一名清心寡欲的修女了，而不会——"她话没说完，突然又撒腿跑开了，他赶紧追了上去，却听见她高亢的声音朝他飘来——"我的两个宝贝孩子，我得赶紧回去看看。"

她是他迄今所认识的最有独到见解的姑娘，跟她在一起，他就能懂得另一个男人是怎样被看中的。艾默里常常遇见的那些已经身为人妻的女人，往往都是他熟悉的所谓初入社交界的少妇们，当他在神情专注地望着她们时，他心里想象着的却是，他已经读懂了她们脸上的暧昧之意：

"啊，要是我能得到你的欢心该多好啊！"啊，这个人的自高自大已经到了何等地步！

不过，这一夜似乎还算是一个星光灿烂、莺歌燕舞的一夜，克拉拉闪光的灵魂依然在他们走过的路上熠熠生辉。

"金色的年华，金色的年华就是这畅想曲——"他对着一个个小水洼儿吟唱着……"金色的年华就是这畅想曲，金色的曼陀林弹奏出金色的旋律，金色的小提琴拉响金色的音品，啊，美人儿，啊，倦慵的美人儿……如同编织篮里的一绞绞纱锭，凡夫俗子们厘不清也道不明；啊，多么年轻而又放肆的一代天骄，有谁想知道，有谁想问个究竟？……有谁能唱出如此金色的……"

艾默里心中有些愤愤不平

缓慢拖沓却又不可规避，然而最终却风云突变，裹挟着惊涛骇浪汹涌而至，这就是战争。当艾默里还在那儿夸夸其谈，还在做着他的美梦的时候，战争的浪潮已经迅速席卷而来，拍击着海岸，冲刷着普林斯顿学子们嬉戏的沙滩。每天晚上，健身馆里照样人声鼎沸，一队又一队或进攻或防守的橄榄球队替补队员们在地板上奔跑扑腾着，来来回回拖在地上滑行的脚步把篮球场上画出的标线都磨损得看不见了。在接下来的那个周末，艾默里去了一趟华盛顿，他一眼就看出了危机的一些迹象，在返程的软席车厢里，这些迹象竟转化成了一种反感，因为他对面的卧铺全都被那些浑身散发着臭气的外国人占据了——大概是希腊人吧，他猜想，或者是俄国人。他暗暗寻思，爱国主义精神对于同一种族的人来说是多么容易产生，而战争又是多么容易打起来，就像当年那十三个殖民地打起来的那场战争，或者像南部邦联打起来的那场战争。那天夜里，他通宵未眠，耳边却在听着那些外国人发出的一阵阵哄笑，听着他们发出的一阵阵鼾声，而车厢里则弥漫着他们身上散发出的美国最新生产的浓烈的香水味。

在普林斯顿，人人都能在公开场合谈笑风生，然而在私底下议论的却是，如果他们为国捐躯了，那至少也算死得很英勇。文学爱好者们在满怀激情地阅读鲁伯特·布鲁克的诗作，花花公子们在担心着政府会不会让军官们穿着英国样式的军服；有几个不可救药的懒人分别给陆军部的几个不重要的部门写了信,要求寻找轻松的任务和软席车厢。

接着,过了一个星期之后,艾默里见到了伯恩,一见面就立刻知道,任何辩论都是徒劳无益的——伯恩摇身一变,已然成了一名主张用和平方式解决争端的不抵抗主义者。他广泛涉猎具有社会主义思想倾向的杂志,言必称托尔斯泰,并强烈渴望投身于某一种事业,以便充分发挥他蓄积在体内随时准备迸发出的能量,这些因素最终决定了他要把宣讲和平作为一种主观的理想。

"德国军队进入比利时的时候,"他开始宣讲起来,"倘若当地居民都以息事宁人的态度一如既往地该做什么就做什么,德国军队就会涣散瓦解——"

"我知道,"艾默里打断了他的话,"这些话我都听说过。不过,我可不打算跟你谈什么宣传鼓动方面的事情。也有可能你是对的——但是,即便如此,我们恐怕也要先等上数百年之久,才能等到不抵抗主义成为我们触手可及的现实。"

"可是,艾默里,你听我说——"

"伯恩,我们就来辩一辩——"

"好得很。"

"只有一个问题——我并不想强求你要考虑你的家人或朋友,因为我知道,与你的使命感相比,他们连一分钱也不值——可是,伯恩,你怎么知道你所阅读的那些杂志,你所加入的那些协会,你所结识的那些理想主义者,就不是彻头彻尾的亲德分子呢?"

"有一些是,那是当然的。"

"你怎么知道他们不是十足的亲德分子呢——不过是一群意志薄弱的人罢了——他们有德籍-犹太人的名字呢。"

"当然,也有这种可能,"他慢条斯理地说,"我采取现在这样一种立场,有几分是因为我受了我所听到的那些鼓动性宣传的影响,我自己也说不清;不过,我认为,这是自然而然地发自我内心最深处的信念——似乎就是目前展现在我面前的一条人生之路。"

艾默里的心猛然沉了下去。

"不过,你好好想一想这种蛊惑人心的宣传所具有的欺骗性吧——没有谁当真会因为你坚持和平主义的信仰就把你处死的——你目前采取的这种立场只会让你沦落到与那些罪恶昭彰的人为伍的地步——"

"我看这未必就是事实。"他打断了他的话。

"唉,在我听来,你这话全然散发着纽约那帮对生活放荡不羁的文化人的味道呢。"

"我明白你这话是什么意思,这也正是我为什么对要不要进行鼓动性宣传还不是很有把握的原因所在。"

"你是孤掌难鸣啊,伯恩——你想向人们宣讲你的那番道理,可是他们才不会听你那一套呢——纵然你有上帝所赐予你的一切才干。"

"许多年以前,圣司提反[1]一定也是这样想的。没想到他是在布道的时候被人家杀害的。他在临死的时候心里也许想的是,一切努力就这样白白浪费了。但是,你知道,我始终觉得,使徒保罗[2]在前往大马士革的路上所想到的也是圣司提反的死,正是这件事促使他走遍世界,宣讲基督的教诲的。"

"接着说呀。"

"说完了——这就是我肩负的特殊使命。即使我现在只是一个小

---

[1] 圣司提反(Saint Stephen,?—34),耶路撒冷的七圣之一,也是基督教的第一位殉道者,在宣教时被众教徒用乱石砸死。详见《圣经·新约全书·使徒行传》第七章第五十四节至六十节。
[2] 使徒保罗(Paul the Apostle,c.AD5—c.AD67),又称圣保罗,基督教最早,也最具影响的传教士之一。详见《圣经·新约全书·使徒行传》第二十二章第六节。

小的马前卒——就是用来成为牺牲品的——上帝啊！艾默里——你可千万别以为我喜欢德国人啊！"

"好吧，我也没有别的话可说了——关于不抵抗主义，我已经找到了它的全部逻辑的终点，此时此刻，我面前好比站着一个被排斥在外的中间派，站着一个现在和将来都始终如一的人的高大幽灵。在这个高大幽灵的身旁，一边站着的是托尔斯泰的逻辑必然性，另一边站着的是尼采的逻辑必然性——"艾默里说到这里突然打住了，"你打算什么时候动身？"

"我打算下个星期就走。"

"我会来送你的，理所应当嘛。"

他走开的时候，艾默里似乎想起了两年前在布莱尔拱门下与克里告别时的情景，觉得这两人脸上的神情竟有如此大的相似性。艾默里心中就在闷闷不乐地寻思着，怎么也弄不明白自己为什么总不能深入地了解这两个人最诚实的一面。

"伯恩是一个狂热分子，"他对汤姆说，"而且他也是绝对错误的，不过，我倒是觉得，他只是在无意中做了那些无政府主义出版商和那些被德国人收买过去的混账变节者们手中的一枚小卒子——虽然如此，他的形象却总是萦绕在我的脑海中——留下了种种值得回味的记忆——"

一个星期之后，伯恩以一种不露声色而又感人至深的方式走了。他卖掉了他全部的物品，来到楼下的寝室跟大家告别，骑着一辆破旧的自行车，他打算就骑着这辆自行车回他的老家宾夕法尼亚。

"隐士彼得[①]在跟主教黎塞留话别呢。"亚历克在一旁话中有话地

[①] 隐士彼得（Peter the Hermit, c.1050—1115），法国僧侣，第一次十字军东征时的关键人物之一，其布道实际上就是在发布战斗号召，动员欧洲成千上万的农民奔赴圣地，其中多数在小亚细亚被土耳其人所屠杀，彼得后来成为弗兰德一个隐修院的院长。

说，在伯恩跟艾默里握手道别的时候，他正懒洋洋地躺在窗台上。

然而艾默里却没有心情来接他这句话，望着伯恩的两条长腿蹬着他那辆滑稽的自行车渐渐远去，消失在亚历山大楼后面的身影，他心里很不是滋味，觉得自己在接下来的一个星期里不会有好心情的。并不是因为他怀疑这场战争——在他看来，德国无疑是让人极为反感的一切事物的象征，是物质至上主义以及巨大的无法无天的势力的导向标；而是因为伯恩的脸庞总是挥之不去地留在他的记忆里，况且他对自己即将要听到的歇斯底里的叫喊也非常反感。

"怎么会突然诽谤起歌德来了，这样做到底有什么好处？"他对亚历克和汤姆态度激昂地说，"为什么要连篇累牍地著书立说来证明就是他发动了这场战争呢——或者为什么偏要去证明那个呆头呆脑、被过分夸大了的席勒[①]是一个披着伪装的恶魔呢？"

"你究竟有没有读过他们写的东西？"汤姆狡黠地问。

"没有。"艾默里承认说。

"我也没有读过。"他大笑着说。

"有人会大声疾呼的，"亚历克不动声色地说，"不过，歌德的作品照样还在图书馆的书架上原封不动地放着呢——谁愿意读就让谁去吃这个苦头呗！"

艾默里慢吞吞地坐了下来，这个话题也被丢在了一边。

"你有什么打算，艾默里？"

"步兵或者航空兵吧，我暂时还拿不定主意——我不喜欢机械化部队，不过，话说回来，对我来说，航空兵当然是一个挺不错的

[①] 席勒（Johann Christoph Friedrich von Schiller，1759—1805），德国剧作家、诗人、历史学家和批评家，早年受狂飙突进运动影响，后成为启蒙运动的重要人物。他的历史剧包括《华伦斯坦三部曲》(*Wallenstein*，1800)、《玛丽·斯图亚特》(*Mary Stuart*，1800) 和《威廉·退尔》(*William Tell*，1804)，著名诗作有《欢乐颂》(*Ode to Joy*)，贝多芬在《第九交响曲》中曾为之谱曲。

选择——"

"我的感觉跟艾默里一样，"汤姆说，"步兵或者航空兵——当然，航空兵听起来好像是战争比较浪漫的一面——就像从前的骑兵一样，你们知道的。不过，我跟艾默里一样，连马力和活塞杆都分不清。"

不管怎么说，反正艾默里把他因为缺乏热情而导致的不满，最终演变成了试图把整个这场战争的罪责都归咎在他们这一代人的先辈们的身上，归咎在所有曾在一八七〇年为德国欢呼过的那些人的身上①，归咎在所有狂热追捧物质至上主义的那些人的身上，归咎在所有崇拜德国高科技和高效率的那些人的身上。因此，有一天，在上英文课的时候，他听到老师在引用《洛克斯雷大楼》②，便坐在那里陷入了沉思冥想之中，对于丁尼生和他所代表的一切充满了蔑视——因为他把丁尼生当成了维多利亚时代的人的典型代表。

  那些维多利亚时代的人啊，根本不知哭泣为何物
  他们播下了种子，却让他们的子孙后代收获痛苦——

艾默里在他的笔记本上潦草地写下了这两行诗。那位仍在讲课的教授正在大谈丁尼生诗作的博大精深，五十个学子都在埋着头认真记

---

① 指普法战争（Franco-Prussian War），即1870年至1871年拿破仑三世治下的法国和普鲁士之间的战争，其间，普鲁士军队进攻法国并在色当战役中决定性地击败了法国；法国的战败标志着法兰西第二帝国的终结，而就普鲁士而言，在凡尔赛宣布成立的德意志帝国则标志着俾斯麦实现德意志统一的雄心达到了顶点。普法战争常被认为是导致欧洲1914年危机和第一次世界大战爆发的直接原因。

② 《洛克斯雷大楼》（Locksley Hall），丁尼生写于1835年的一首长诗，以富有戏剧性的内心独白的方式描写一位少小离家却疲惫归来的士兵返回故乡时的真情实感，是丁尼生的杰作之一，后被收于他1842年出版的《诗集》中。全诗由97节对偶句，按八音步抑扬格韵律写成。在下文中，艾默里模仿的也是这种对偶句结构。

笔记。艾默里翻过新的一页，又开始胡乱涂写起来：

他们战栗了，因为他们终于明白了达尔文先生的思想，
他们战栗了，因为华尔兹已经兴起而纽曼①却走得太过匆忙——

可华尔兹舞的兴起时代比这要早得多，于是他便把这一行画掉了。

"还有这首诗，标题为《绥靖时代的一首颂歌》②。"是那位教授的声音，瓮声瓮气地从远处飘来。"绥靖时代"——上帝啊！样样东西都被塞进了那只箱子，那些维多利亚时代的人则坐在箱盖上神态安详地微笑着……而布朗宁却在他的意大利别墅里勇敢地呐喊着，"一切终于圆满结束了。③"艾默里又七拼八凑地胡乱写起来：

你跪在神殿里求饶，他也探过身来想听你祷告，
你感谢他给了你"辉煌的收获"——你指责他是为了"华夏中国"④。

为什么不能一次写出一节以上的对偶句来呢？他现在该想出点儿什么能够押韵的东西来了。

---

① 纽曼（John Henry Newman，1801—1890），英国高级教士和神学家，英国牛津运动的创始人之一，1845年皈依罗马天主教，并于1879年成为主教，著述颇丰，是19世纪英国宗教史上的重要人物。
②《绥靖时代的一首颂歌》(A Song of the Time of Order)，斯温伯恩发表于1852年的一首诗。
③ 引自罗伯特·布朗宁的《戏剧抒情诗》(Dramatic Lyrics, 1842)。此句"All's for the best"已成为英语谚语，意为"一切都已圆满结束。"
④ 借自丁尼生诗作中的词语。

你得用科学来规约他老人家，尽管他以前犯过错……

罢了，反正……

你曾在家中照看过你的后代——"我刚把屋子收拾好！"你曾这样大嚷大叫，

你在欧洲度过了五十个春秋，后来就堂堂正正地——一了百了。

"在很大程度上，这就是丁尼生的思想，"那位教授在讲课的声音传来，"斯温伯恩的《绥靖时代的颂歌》不妨也可用作丁尼生这首诗的标题。他反对动乱，反对铺张浪费，把社会秩序理想化了。"

艾默里终于有了灵感。他又翻过一页，在笔记本上奋笔疾书了二十分钟之久，这也是这堂课所剩下的最后一点时间。写完之后，他走上讲台，把他从笔记本上撕下来的一页纸放在讲台上。

"先生，这是献给那些维多利亚时代的人的一首诗。"他冷冷地说。

教授一脸诧异地拿起那张纸，而艾默里则趁机飞快地夺门而出了。

以下就是艾默里写的那首诗：

绥靖时代颂歌多
　你偏让我们来唱说
　　证据确凿那纯属庸人自扰，

生活的答案怎能在诗歌中寻找。

狱吏的钥匙在叮当作响
　伴着古老的钟声在耳畔回荡，
　　时代才是人生诸多疑问的谜底，
　　　我们已处在时代的最末档……

这里是我国浩瀚无垠的海洋
　还有一片天空可让我们举目仰望，
　　枪炮加军队严密戍守着边疆，
　　　铁臂防护手套——却并非用来打仗。

千万种怀旧的情绪令人黯然神伤
　还有那一大通陈词滥调叫人人都惆怅迷惘，
　　绥靖时代的颂歌真不少啊——
　　　我们鹦鹉学舌，一遍又一遍地反复吟唱。

许多事情都宣告结束了

　　四月上旬就这样在一种糊里糊涂的状态中悄然过去了——糊里糊涂、整晚整晚地泡在俱乐部的游廊上，伴着屋子里那台留声机播放着的《可怜的蝴蝶》……因为《可怜的蝴蝶》是最后那一学年广为流行的一首歌曲。战争似乎还没有波及他们，若不是因为每隔一天的下午都要军训，大四年级的这个春天也许跟上一届并没有什么不同之处，然而艾默里却非常强烈地意识到，这是旧体制下的最后一个春天了。

"这就是对那位超人①的莫大抗议。"艾默里说。

"我也有同感。"亚历克赞成地说。

"他跟任何一种乌托邦思想都是绝对势不两立的。只要他出现在哪里,哪里就会有麻烦,就会有潜伏的灾难,因为他一开口说话,听众就会群情激昂,心旌摇曳。"

"当然,他充其量也就是一个虽有才华却毫无道德修养的人。"

"就那么回事儿呗。我认为要认真加以思考的最糟糕的一件事是这个问题——目前发生的这一切以前都曾经发生过,将来隔多久又会再次发生呢?滑铁卢战役过去五十年之后,对于英国的中小学生们来说,拿破仑差不多跟威灵顿公爵②一样都成英雄了。我们怎么知道将来我们的孙辈们就不会也像这样把冯·兴登堡③当作偶像来崇拜呢?"

"这是什么原因造成的?"

"时代呗,这该死的时代,还有那些历史学家。要是我们能够学会把罪恶就当作罪恶来看待,那该多好,无论这种罪恶是否披着或污秽不堪,或千篇一律,或辉煌壮丽的外衣。"

"上帝啊!难道这四年来我们还没有把这宇宙间的一切不平之事全都痛痛快快地骂个遍吗?"

不久,夜幕降临了,这是他们即将度过的最后一夜。汤姆和艾默里明天一早就要奔赴他们各自不同的训练营了,此时,他们仍一如既往地走在这幽暗的小道上,似乎依旧能看到周围他们所熟悉的那些人

---

① 指尼采的超人哲学。
② 威灵顿公爵(Arther Wellesley Wellington,1769—1852),英国将军,英国保守党政治家和首相(1828—1830),素有"铁公爵"之称,在半岛战争(1808—1814)中任英军指挥官,1815年在滑铁卢战役中打败拿破仑,从而结束了拿破仑战争。
③ 冯·兴登堡(Paul Ludwig von Hindenburg,1847—1934),德国陆军元帅和政治家,1925年至1934年间任魏玛共和国总统,1925年当选为德国总统,1932年再次当选,1933年勉强任命希特勒为总理。在第一次世界大战中,他曾击溃俄军,1915年任德军总参谋长。

的面孔。

"今天晚上，草地上到处都鬼影幢幢的。"

"整个校园因为有了这些幽灵而充满了生机呢。"

他们在利特尔大楼前停留了片刻，仰望着月亮慢慢爬上天际，月光把多德楼的石棉瓦屋顶映照得一片银白，把窸窣作响的树林浸染成了一派深蓝色。

"你知道么，"汤姆悄声说，"我们此时此刻体会到的就是那种美妙无比的青春感，那种已经在这里骄横恣肆了两百年的青春感。"

布莱尔拱门那边终于爆发出如潮水般涌来的歌声——有人由于一直在依依不舍地话别而变得泣不成声的说话声。

"我们在这里留下的远远不只是我们这个班级的形象；我们留下的是青春的全部传统。我们就是这样的一代人——我们打破了一切联系，打破了似乎想在这里将我们与脚蹬高筒皮靴、出身名门望族的那几代人捆绑在一起的一切联系。我们已经在这里与伯尔①和'轻骑兵哈里·李'②手挽手地走过半数以上这些深蓝色的夜晚了。"

"这就是夜色原有的色调，"汤姆突然把话题扯开了，"深蓝色——色彩再多一点儿就会破坏了整体的美感，就会使夜色变得异乎寻常。那些塔楼的尖顶，衬托着预示黎明即将来临的蓝天，还有那些在石棉瓦屋顶上闪烁着的蓝光——挺让人心里发酸的……十分——"

"再见了，艾伦·伯尔，"艾默里朝着寂静的拿骚大楼高喊道，"人生中的许多不可思议的角落你和我都知道。"

---

① 伯尔（Aaron Burr，1756—1836），美国民主共和党政治家，参加过美国独立战争，1804年在担任副总统期间，他在一场决斗中杀死了政敌亚历山大·汉密尔顿，后又密谋墨西哥独立，以叛国罪被审判，但最终被宣告无罪。他于1772年毕业于普林斯顿大学。

② "轻骑兵哈里·李"，即亨利·李（Henry Lee，1756—1818），美国独立战争大陆军骑兵部队的军官，因战功显赫而得名，担任过弗吉尼亚州的第九任州长，美国国会代表，1773年毕业于普林斯顿大学。

他的声音在寂静的夜空中回荡着。

"所有的火炬都已熄灭,"汤姆悄声说,"啊,梅萨利纳①,那些长长的幽影落在体育馆上,在那儿营造着清真寺的一个个光塔——"

刹那间,大一那年曾说过的种种豪言壮语突然像潮水般涌上了他们的心田,过了一会儿,他们彼此望着对方,眼睛里噙着淡淡的泪水。

"见鬼!"

"见鬼!"

最后的一道光亮已经渐渐淡去,悠然飘过了这片土地——这片低洼、狭长的土地,这片阳光灿烂、尖塔遍布的土地;那些夜游神又拨弄起了他们的里拉琴②,伴着哀婉的曲调在林间漫长的过道上边走边唱;暗淡的鬼火在茫茫夜色中跳荡着,从塔顶飘向塔身;啊,那充满梦魇的睡眠,那永不厌倦的梦魇,从莲花的花瓣中挤压出这般值得珍藏的眷恋,一个小时的精彩体验。

在这与世隔绝、布满星光和尖塔的幽谷中,已经无须再等待月色的朦胧,因为一个永恒的充满欲望的早晨已经来临,转眼将至尘世间的午后。此时此地,赫拉克利特斯③,在这烈火熊熊、万物飘动的夜色中,你是否还能找到你曾在死气沉沉的岁月中掷地有声说出的预言?在这午夜时分,在这忽明忽暗的余烬中,在这翻卷的烈焰的衬托下,我的欲望将会看到,这个世界交织着辉煌与悲伤。

---

① 梅萨利纳(Valeria Messalina, c.22—48),罗马皇后,克劳狄一世的第三个妻子,因鼓动宫廷谋杀和婚外恋而臭名昭著,后被克劳狄下令处死。
② 里拉琴(lyre),古希腊的一种弦乐器。
③ 赫拉克利特斯(Heraclitus,约公元前500),古希腊哲学家,认为火是万物之源,永恒是一种虚幻,万物都处在不断变化的和谐的过程中。

插曲
一九一七年五月至一九一九年二月

　　这是一封邮戳为一九一八年一月的信件，是达西大人写给艾默里的，艾默里如今已是美军第一百七十一步兵团的一名少尉，部队就驻扎在长岛米尔斯军营的专用港口。

　　我亲爱的孩子：
　　　　关于你个人的情况，你只须告诉我一声你依然如故，一切安好即可；至于其他方面的事情，我只要追溯一下焦虑不安的记忆，只要用一只体温计测量一下是否发烧，把你现在的状况与我在你这个年龄时的表现作一下对比就知道了。但是人们总归会喋喋不休地发表议论的，你和我也照样会隔着这人生的舞台相互叫喊着一些全无用处的废话的，直到这荒唐可笑的人生的帷幕最终砰的一声砸在我们频频颔首示意的脑袋上。但是你已经开始噼噼啪啪地运行你人生的幻灯机了，用的差不多就是我当年播放过的那一叠幻灯片，所以我有必要给你写这封信，即使只是为了鼓噪人们常说的这一大通无与伦比的蠢话……

这是一件事情的终结：无论是好还是坏，你永远不再是我过去所熟知的那个艾默里·布莱恩了，我们也永远不会再用过去那样的方式见面了，因为你们这一代人正在艰难地成长，比我们这一代人的成长要艰难多了，尽管你们这一代人汲取了九十年代①的养分。

艾默里，近来我在重读埃斯库罗斯②的作品，在《阿伽门农》非凡的讽喻文体中，我总算找到了可针对当今这个痛苦时代的唯一答案——我们满耳听到的都是，整个世界已然坍塌了，与历史上何其相似的这个年代已经倒退到绝望的无可奈何的地步了。有的时候，我会把外部世界的人当作古罗马军团来看待，他们远在腐败堕落的城市的千里之外，抵挡着那些乌合之众……毕竟，与腐败堕落的城市比起来，那些乌合之众要更加危险一点……这是对人类的又一个沉重打击，我们许多年前在欢迎将士凯旋归来时曾经表现出的种种狂热，面对众多阵亡将士的尸体，我们在整个维多利亚时代一直都在扬扬得意地说着蠢话……

于是，后来便出现了一个彻头彻尾的、一味追求物质享受的世界——还有天主教会。我真不知道何处才是最适合于你的位置。不过有一点我倒是放心的——你活着是凯尔特人，死了也是凯尔特人。因此，如果你不把苍天当作一种持久的标准来衡量你的思想，那你就会发现大地会不依不饶地召回你的雄心壮志。

艾默里呀，我突然发觉我现在已经是一个老人了。如同所有的老人一样，我也时常做梦，我就把我梦中的一些事情告诉你

---

① 指19世纪90年代。
② 埃斯库罗斯（Aeschylus，约公元前525—约公元前456），古希腊三大悲剧家之一，相传一生创作了80多部悲剧，尤以《奥瑞斯忒亚》（*Oresteia*，约创作于公元前458年）三部曲最为著名，包括《阿伽门农》（*Agamemnon*）、《奠酒人》（*Choephoroe*）和《降幅女神》（*Eumenides*），讲述阿伽门农被妻子克莱登妮斯特拉亚所谋杀及他们的儿子俄瑞斯忒斯的复仇的故事。

吧。我一直很喜欢做这样的遐想，你就是我的儿子，在我的遐想中，也许是我在年轻的时候，在处于某种不省人事的状态中的时候，我成了你的生身父亲，而等我苏醒过来时，我却怎么也想不起这件事来了……这就是做父亲的人的本能，艾默里——虽然独善其身的思想要比肉欲更加深入内心……

有时候，我觉得唯一能合理解释我们两人如此相像的理由是，我们有一个共同的祖先，我发现达西家族和奥哈拉家族共有的唯一血缘是奥唐纳修……他的名字叫斯蒂芬，我认为……

倘若闪电击中了我们两人中的一个，那就等于同时击中了我们两个人：在你尚未抵达那个军港的时候，我就已经办妥了一应证件，准备前往罗马，我现在时刻都在听候通知，告诉我在哪里登船。说不定在你还没有收到这封信的时候，我就已经起程在海上航行了；接下来就该轮到你啦。你已经投身于战争了，像一个谦谦君子应该做的那样，就像你当初上中学、上大学那样，因为这是一件我们应该做的事情。爱说空话大话、爱激动地高喊英雄主义口号的行为还是让给那些中产阶级的人为好，他们做起这种事情来要内行多了。

去年三月的那个周末，你曾带着伯恩·霍利迪从普林斯顿大学专程来看望过我，这件事你还记得吗？他是一个多么出类拔萃的小伙子啊！可是后来，你在来信中说，他把我视为他心目中的卓越的楷模了，这个说法着实让我吓了一大跳——他怎么会这样容易受蒙骗呢？"卓越的楷模"是唯一既不能用在你身上，也不能用在我身上的一个词语。形容我们两个人可以用许多其他的词语——比方说，我们很不平常，我们待人随和，我想，人们不妨也可以说我们才华横溢。我们可以吸引人们的注意力，我们可以制造气氛，我们几乎可以在凯尔特人的微妙的处事方法中失去我们凯尔特人的灵魂,我们几乎也可以始终我行我素;但是,"卓越的楷模"——万万使不得!

我即将起程去罗马了,身上携带着令人惊讶的一系列文件和前往欧洲每一个国家的首都的介绍信,我一到那边,就会造成"不小的轰动"的。我多么希望你能随我一同前往啊!这段文字乍听上去颇有点儿愤世嫉俗的味道,绝不是一个已经人到中年的神职人员应该对一个即将出征的年轻人说的话;唯一可以拿来作借口的是,这番话是这个已经人到中年的神职人员说给他自己听的。有许多秘密深藏在我们心中,你知道我指的是什么,你跟我一样明白。我们都有崇高的信仰,尽管你的信仰目前还没有完全具体成形;我们都有一颗特别真诚的心,一切诡辩都不能摧毁,最为重要的是,我们都有一种孩子般的淳朴率真的天性,这一点可以使我们永远也不会当真怀有狠毒之心。

我为你写了一首挽歌,随信附上。我很抱歉,你的脸颊还没有漂亮到我在这首诗中所描绘的那样,但是,你会一边抽着烟,一边彻夜看书的——

反正下面就是这首诗:

为义子而作的一首挽歌
哀义子即将奔赴前线去征战外国国王

呜呼哀哉 [1]
我心爱的儿子已离我而去奔向战场
　　他风华正茂像少年安格斯·奥奇 [2] 一样漂亮

---

[1] 此处原文为爱尔兰盖尔语中的感叹词 Ochone,这首挽歌的结尾处也是 Och Ochone,表示遗憾、悲痛、哀伤、惋惜等情感。这首挽歌每一节的第一行均为表示同样情感的爱尔兰语的不同表达方式,故译文仍保留原文的拼写形式。
[2] 少年安格斯·奥奇(Angus Oge),爱尔兰神话中的爱神、美少年,头上盘旋着四只象征爱情的飞鸟。

像安格斯头上聪明的爱情鸟欲展翅飞翔

  他的头脑如穆伊尔蒂姆的古楚霖[①]敏感又顽强。

Awirra athrue

他的额头洁白如梅弗[②]亲手挤出的牛奶

  他的脸颊红润如樱桃树上花朵的盛开

满树樱桃压弯枝头向圣母马利亚点头致意

  而圣母马利亚正在给上帝之子喂奶。

Aveelia Vrone

他的头发像塔拉山的国王[③]的金色护领

  他的眼眸像爱尔兰灰色的四海一样深沉

他目光如炬地眺望着征程

  只见前方雾蒙蒙雨纷纷。

Mavrone go Gudyo

他将欣然浴血沙场奋战在众头领中

  他们将以豪迈的行动来表现自己的英勇

他的生命将会在战斗中丢失

  我的灵魂之弦必将为他而拨动。

[①] 古楚霖（Cuchulin），爱尔兰民间传说中的大力士和侠义英雄。爱尔兰戏剧家和民间文学家奥古斯塔·格雷戈里夫人（Lady Augusta Isabella Gregory, 1852—1932）著有传奇小说《穆伊尔蒂姆的古楚霖》(Cuchulin of Muirtheme, 1902)，这部作品曾是20世纪20年代在欧美两地广为流行的畅销小说之一。

[②] 梅弗（Maeve），爱尔兰神话中美丽迷人的歌曲女神。

[③] 塔拉山（The Hill of Tara），位于爱尔兰米斯郡境内，是爱尔兰神话中的圣山，也是古爱尔兰的权力中心，相传有142位爱尔兰国王在此登基或继位，因而有"国王之乡"之称，而"塔拉山的国王"则是中世纪爱尔兰文学和爱尔兰神话中最高权力的象征。

A Vich Deerlish

我的心与我儿子的心血脉相通
  我的生命当然也体现在他的生命中
一个人纵然可以有两次青春
  却也只能体现在他儿子的生命中。

Jia du Vaha Alanav

愿上帝之子上下左右四面八方护佑他刀枪不入
  愿通灵之神洒下迷雾使外国国王双眼模糊
愿仁慈的圣母执手牵引他在战场上所向披靡
  使他在敌军中如入无人之境而敌人却不见他的来路。

愿盖尔人圣帕特里克,教会的全体牧师,全爱尔兰的五千圣徒
  都来为他助阵比盾牌更加有效地为他庇护
庇护他出征参战去杀敌无数
  呜呼哀哉。

  艾默里啊——艾默里——我感到,不知何故,这就是我要嘱咐你的全部话语,我们两个人当中有一个人,甚至两个人,不会一直好端端地活到这场战争结束的……我一直都想告诉你,在过去的这几年里,我本人在你身上的这种转世化身,意义有多么重大……我们两个人竟是如此不可思议的相似……如此不可思议的相异。

  再见了,亲爱的孩子,愿上帝与你同在。

赛耶·达西

221

黑夜登船

艾默里在甲板上径直朝前走去，终于在一盏电灯下找到了一只高脚凳。他从口袋里摸出笔记本和铅笔，思索了一下，然后开始慢慢地、非常吃力地写起来：

我们今夜开拔……
　　默然无语，我们把寂静空旷的街道挤得密密麻麻，
　　　　黑压压的军队已经在整装待发，
　　而沉闷的脚步声却让幽灵受了惊吓
　　　　这月黑风高之夜唯有军人出征的步伐；
　　黑魆魆的船坞中回荡着阵阵脚步声算是应答
　　　　日夜兼程奔赴而来的队伍一望无涯。

　　我们在风息全无的甲板上踯躅徘徊，
　　　　遥看海岸线上黑影幢幢犹似妖魔在作怪
　　千日光阴今为始，一身灰军装，难免成残骸……
　　　　啊，我们该不该向天悲叹
　　岁月蹉跎，壮志未酬身先衰！

　　　　遥望大海，只见白浪滔滔海天一线！
　　云层开处，燃烧的天光赫然闪现
　　　　航道上波光粼粼，舰艏劈开一座座峰谷浪尖，
　　　　舰艉翻腾着阵阵海浪，涛声连天
　　　　应和着冗长的夜祷声响成一片，

……我们今夜起程，一夜无眠。

艾默里给驻扎在佐治亚州高顿营的 T. P. 丹维里埃中尉写了一封信，发信的地址和日期为"布雷斯特，一九一九年三月十一日"。

亲爱的波德莱尔：

我们这个月的三十号在曼哈顿聚一聚吧；然后我们就接着去租一间可以让我们尽情玩乐的公寓，就你、我，亚历克三个人，我写这封信的时候，他就在我身边。我也不知道我到底打算干什么，不过，我有一个很模糊的梦想，准备从政。为什么毕业于牛津和剑桥的英国青年中的佼佼者都进入了政界，而在美国，我们却让粗俗的人去从政呢？——他们在慈善机构的收容所里长大，在装配生产线上接受的教育，接着就被选派进了国会，都是一群大腹便便、结党营私的人，正如那些持不同政见的人过去常说的那样，他们既没有"思想"，也没有"理想"。即使是四十年前，我们在政界也有不少称职的人啊，可是现在呢，我们现在的培养目标却是要不择手段地拼命敛财，要做百万富翁，要"让世人知道我们是用什么材料制成的"。有时候我真希望自己是一个英国人。美国式的生活真他妈的太笨，太蠢，太健康了。

由于我母亲，可怜的比阿特丽斯，前不久去世了，我也许还有一点儿钱可以继承，但是钱少得可怜。我对母亲什么都可以原谅，就是不能原谅她到了人生即将结束的时候，突然心血来潮开始笃信宗教，于是就把原本已经不多的财产的一半都用到了镶着彩色玻璃的教堂里，用到神学院的捐款上去了。巴顿先生，我的律师，写信告诉我说，我的成千上万的财富大部分都投在城市有轨电车公司上了，而这个所谓的"城市有轨电车公司"一直就是个亏损企业，因为车费只有五分钱。你就想象一下那份工资单吧，要付给一个不识字的文盲工人每月三百五十元的工资呢！——然而这一切我还是相信的，即使我已经看到曾经是多么可观的一大笔财富就这样一点一点地消失了，消失在投机上，消失在铺张浪费上，消失在民主管理上，消失在所得税上——多么现代啊，这就是完完全全的我呀，梅布尔。

不管怎么说，我们一定要拥有确实时髦得能让人倾倒的房间——你可以在某一家时装杂志找一份工作，亚历克可以进那家锌矿公司，或者进他们家人自己开的随便哪一家公司——他正站在我背后探头探脑地看我写信呢，他说那是一家铜业公司。不过，在我看来，管它是什么公司都关系不大，你说呢？不管是锌矿公司赚来的钱，还是铜业公司赚来的钱，差不多都可能存在腐败堕落的内幕。至于大名鼎鼎的艾默里嘛，他会写出不朽的文学作品来的，只要他有信心，敢于冒天下之大不韪向别人讲述这些事情。留给子孙后代的最危险的礼物，莫过于几句说得巧妙的陈词滥调。

汤姆，你为什么不做一个天主教徒呢？当然，要想做一名虔诚的天主教徒，你就得抛弃你过去常跟我说起的那些用心极其险恶的阴谋诡计。但是，倘若你与那些金色的高大烛台联系在一起，你没准就能写出更加优美的诗歌来，甚至还能写出又长又平和的赞美诗来，即使美国的神甫都是相当平庸的，摆脱不了中产阶级的特性，就像我母亲比阿特丽斯生前常说的那样，不过话说回来，你只需要找一个漂亮一点的教堂就行了，我也会把你介绍给达西大人的，他的确是一个旷世奇才。

克里的死是一个沉重的打击，从某种程度上说，杰西的死也不失为一个沉重的打击啊。我还有一个极大的好奇，很想知道伯恩究竟是被世界的哪一个奇怪的角落所吞噬的。你认为他会不会是以某种莫须有的罪名被投进监狱的?战争,按照正确的反应,可以把人变得正统,我承认,这场战争非但没有把我变得正统,倒反而把我锤炼成了一个充满激情的不可知论者。罗马天主教的羽翼近来频频遭挫,它的作用恐怕已经微不足道了,他们也不再有什么像样的作家了。切斯特顿的作品我已经读腻了。

我唯独只发现有一个军人经受住了这种被炒作得沸沸扬扬的精神危机的考验,像这个名叫唐纳德·翰基[1]的人一样,而我认识的这个人目前已经在攻读牧师职位了,所以说,他已经成熟了,可以担当这个职位了。我真诚地认为,这纯属一派胡言,尽管对于那些待在国内的人来说,这似乎也是一种情感上的慰藉;也会使父母双亲为他们的孩子而感到欣慰。这种因危机而引发的宗教信仰毫无价值可言,充其量只会转瞬即逝。我认为有四个人发现了帕里斯[2],相比之下,只有一个人发现了上帝。

可是我们——你、我,还有亚历克——啊,我们要找一个日本男管家,穿戴整齐地去出席晚宴,喝佐餐葡萄酒,过一种爱沉思默想,却毫无感情可言的生活,直到我们决定与财产拥有者们一起拿起机关枪——或者与布尔什维克们一起扔炸弹。啊!汤姆,我巴不得闹出点儿什么事情来呢。我像魔鬼一样焦躁不安,害怕发胖,害怕恋爱,变得越来越婆婆妈妈了。

日内瓦湖畔的家园如今已经出租了,但是等我有了着落之后,我打算去西部,去找巴顿先生,了解一下有关的细节。来信可寄芝加哥,由布莱克斯通转交。

敬颂近祺　亲爱的博斯韦尔,
塞缪尔·约翰逊

---

[1] 唐纳德·翰基(Donald Hankey, 1884—1916),英国军人,因其两卷本的描写第一次世界大战期间英国志愿兵的散文《弃学从戎》(*A Student in Arms*, 1915, 1916)而闻名。
[2] 帕里斯(Paris),古希腊神话中的特洛伊王子,因拐走斯巴达王的妻子海伦而引发了特洛伊战争。

第二卷
一位重要人物的成长历程

第一章 初入社交圈的少女

时间为二月。场景为康涅奇家位于纽约第六十八大街的那幢别墅里的一间宽敞而又精致的卧室。这是一间女孩子的房间：粉红色的墙面，粉红色的窗帘，连那张奶油色的床上铺着的床罩也是粉红色的。粉红色和奶油色是这个房间的主色调，但是室内仅有的一件全景式的家具却是一张非常豪华的梳妆台，梳妆台的台面上压着一块玻璃板，梳妆台上镶着一面三棱镜。墙壁上挂着一幅昂贵的套彩版画《樱桃熟了》[1]，几幅兰德西尔所作的温顺可爱的小狗[2]，以及麦克斯菲尔德·帕里什所作的装饰画《黑岛上的国王》[3]。

房间里极其凌乱，构成这凌乱不堪的画面的是以下这些物品：(1) 七八个空纸板箱，一条条

---

[1]《樱桃成熟了》(Cherry Ripe)，英国著名画家约翰·艾弗列特·米莱斯（John Everett Milais, 1829—1896）所作的一幅版画。
[2] 兰德西尔（Sir Edwin Henry Landseer, 1802—1873），英国著名画家，尤以画马、狗、鹿等形形色色的动物而著称。
[3] 麦克斯菲尔德·帕里什（Maxfield Parrish, 1870—1966），美国著名画家，《黑岛上的国王》(King of the Black Isles) 是他以《天方夜谭》为题材所作的装饰画。

薄绵纸如同耷拉在嘴角边的舌头一样令人心悸地垂挂在掀开的纸箱口;(2)各式各样日常外出时穿的连衣裙与出席晚会时穿的晚礼服亲如姊妹地混搭在一起,全都堆放在桌子上,显然全都是新买的;(3)一卷丝网薄纱,已经失去了其应有的尊贵身份,歪歪扭扭地胡乱缠绕在眼前这一切物品上;(4)两只小巧的椅子上各堆放着一摞难以用笔墨来形容的女式内衣内裤。铺陈在眼前的这些奢华精美的衣物购买起来得花费多少钱啊,人们一定很想看看那些账单,而尽情享用着这些奢华物品的那位白雪公主又是谁呢,人们一定也抑制不住心头的欲望想一睹她的芳容为快——瞧!那边有人登场了!真叫人大失所望!上来的这位原来只是一个女仆,是来寻找什么东西的——她把一堆衣服从其中一只椅子上拎起来看了看——不在这里;再去翻另一堆衣服,接着再查看梳妆台,又在五斗橱的几个抽屉里寻觅着。她把几件非常漂亮的女式无袖内衣和一件款式令人惊奇的睡衣拿到亮处看了看,然而这些却都不是她要找的——她走了出去。

　　一阵含混不清的咕哝声从隔壁房间传来。

　　瞧,我们马上就要热血沸腾了。现在出场的这位是康涅奇太太、亚历克的母亲,只见她体态丰满,仪容端庄,脸上的脂粉涂抹得恰到好处,完全符合一个遗孀的身份,但是人却显得非常疲惫。她在寻找**那样东西**的时候,两片嘴唇一直在引人注目地翕动着。她翻找东西的动作不及那个女佣来得干脆利落,不过她在做这件事情的时候却带有一股怒气,这就极大地弥补了她找东西时的粗枝大叶。她在那卷丝网薄纱上绊了一下,嘴里骂骂咧咧的声音谁都能听得清清楚楚。她两手空空地退下场去。

场外叽叽喳喳的说话声渐渐增强,一个姑娘的声音,一个被宠坏了的姑娘的娇滴滴的声音在说,"在所有愚笨的人当中——"

片刻之后,第三个寻觅者登场,然而却不是说话声音娇滴滴的那个姑娘,而是一个看上去年纪比她还要小一些的姑娘。此时登场的这一位是塞茜莉娅·康涅奇,芳龄十六,模样俊俏,聪明伶俐,性情也开朗大方。她身穿一袭准备外出参加晚会的长裙,这套晚礼服的款式显得十分朴素,大概是让她心烦了吧。她走到离她最近的那堆衣物前,从中挑选了一件瘦小的粉红色的裙子,提起来在身上仔细比试着。

塞茜莉娅:粉红色的吗?
罗莎琳德:(场外音)对!
塞茜莉娅:很时髦吗?
罗莎琳德:对!
塞茜莉娅:我总算找着了!
(她在梳妆台的镜子里左顾右盼着,随即便开始热情奔放地跳起希米舞[①]来。)
罗莎琳德:(场外音)你在干什么——在试穿吗?
(塞茜莉娅戛然而止,把那条裙子搭在右边肩膀上走了出去。
亚历克·康涅奇从另一扇门登场。他飞快地朝四周扫了一眼,然后用洪亮的嗓门高喊道:妈妈!隔壁房门里传来一片抗议声,促使他立即拔脚朝那扇门奔去,然而又一阵互相斥责的声音迫使他停下了脚步。)
亚历克:原来你们都在这儿呀!艾默里·布莱恩来了。

[①] 希米舞(shimmy),一种跳起来时自肩部以下身体大幅度晃动或摇摆的爵士舞。

塞茜莉娅：（反应敏捷地）带他到楼下去呗。

亚历克：啊，他已经在楼下了。

康涅奇太太：那就带他去看看给他安排好的房间吧。你告诉他，就说很抱歉，我现在还不便于跟他见面。

亚历克：关于你们的情况，他已经听说过很多啦。我希望你们能动作快一点儿。父亲现在正在那儿跟他大谈有关这场战争的事儿呢，他快要坐不住了。他是个性情中人，挺容易激动的。

（最后这一句话足以引起了塞茜莉娅的关注，使她马上走进了房间。）

塞茜莉娅：（她自顾自地坐在那堆高高的内衣内裤上）你说这话是什么意思——性情中人？你过去在信中也常常这样说起他。

亚历克：噢，他是搞创作的，经常会写点儿东西。

塞茜莉娅：他会弹钢琴吗？

亚历克：我想大概不会吧。

塞茜莉娅：（满腹狐疑地）喝酒吗？

亚历克：喝的——对他这个人来说，喝点儿酒根本不足为奇。

塞茜莉娅：有钱吗？

亚历克：我的上帝啊——你去问他吧，他过去是很有钱的，现在也还有些收入。

（康涅奇太太登场。）

康涅奇太太：亚历克，你随便带哪个朋友来，我们都理所当然要热情接待——

亚历克：你一定要见见艾默里这个人。

康涅奇太太：那当然，我本来就想见见他的。不过，我觉得你也太像小孩子一样任性啦，放着条件这么优越的家不住，偏要跟那两个男生一块儿住在外面那种乱七八糟的公寓里。但愿你们几个不是因为要尽情地在一起喝酒的缘故吧（她稍作停顿）。今晚恐怕要有点儿急慢他了。这个星期我们都要听罗莎琳德的,你明白吧。一个女孩子家初次进入社交圈,她需要大家给予充分的关心啊。

罗莎琳德:(场外音)好啊,那么,你们就用实际行动来证明你们的爱心吧,快进来呀,帮我把扣子扣一下嘛。

(康涅奇太太退下。)

亚历克:罗莎琳德还是那样,一点儿都没变嘛。

塞茜莉娅:(压低嗓音)她太任性了,都是被宠坏的。

亚历克:她今晚要遇到克星了。

塞茜莉娅:谁?——是艾默里·布莱恩先生吗?

(亚历克点点头。)

塞茜莉娅:唉,罗莎琳德还得去见那个她怎么也甩不掉的男人呢。说句老实话,亚历克,她对待男人的态度可恶劣了。她会当众辱骂人家,挖苦人家,跟人家约会的时候会经常玩失约耍弄人家,还当着人家的面打哈欠呢——可是那些男人还是会死心塌地再来找罪受。

亚历克:他们就喜欢自己找罪受。

塞茜莉娅:他们哪会喜欢找罪受呢。她就是一个——她就像一个很会用色相勾引男人的荡妇,我觉得——她会让女孩子做那种她自己往往很想做的事——她唯独不喜欢跟姑娘们打交道。

亚历克:这种性格是我们家祖传的吧。

塞茜莉娅:(无可奈何地)我估计这种性格还没来得及传到我身上就已经失传了。

亚历克:罗莎琳德平时表现得还算有规矩吗?

塞茜莉娅:不是特别的有规矩。嗯,她平时的表现也就一般般吧——经常抽烟,喝潘趣酒,频频跟人家接吻——唉,没错——这事儿谁都知道的——也算是这场战争留下的一种后遗症吧,你知道的。

(康涅奇太太上场。)

康涅奇太太：罗莎琳德已经差不多收拾打扮好了，我现在可以下楼去见见你那位朋友啦。

（亚历克和他母亲退场。）

罗莎琳德：（场外音）哎，妈妈——

塞茜莉娅：妈妈已经到楼下去了。

（直到现在，罗莎琳德才终于登场。罗莎琳德就是——地地道道的罗莎琳德。有些女孩子根本不需要花费一丁点儿力气就能让男人迷恋上她们，罗莎琳德就是这类女孩子当中的一个。只有两类男人对她很少问津：愚笨型的男人通常怕她太聪明，而智慧型的男人通常又怕她太漂亮。除了这两类人之外，其余的男人她都通吃，因为她生来就有国色天香的优势嘛。

如果说罗莎琳德有可能是被宠坏了的话，到了这个时候，这个过程也该告一段落了，事实上，她的性格脾气也不应该完全像现在这种样子；她无论什么时候想要什么就一定要得到什么，如果没有称心遂意地达到目的，她就会耍小性子，让周围的人一个个都痛苦不堪——不过，从真正意义上说，她并没有被宠坏。她始终保持着的鲜活的热情，她渴望成长和掌握本领的心愿，她对永无止境的浪漫爱情的无限向往，她的勇气和本质上的真诚——这些特点并没有被宠坏。

有很长一段时间，她时不时地会打心眼儿里嫌恶全家的每一个人。她完全不受任何道德原则的约束；她奉行的人生哲学是，对待自己要抓紧时机，及时行乐[①]，对待别人要放任自流，不加

[①] 此处原文为拉丁语 carpe diem，意为"抓紧时机，及时行乐"。

干涉①。她特别爱听那些骇人听闻的传闻；她身上的这种粗犷豪放的性格特点通常与那些生性华而不实、爱说大话的人倒是挺气味相投的。她渴望别人喜欢她，但是假如别人不喜欢她，她也绝不会为此而发愁，也不会为此而改变自己。

她绝不是一个模范人物。

所有漂亮女人的教育都是从认识男人开始的。罗莎琳德对于一个接一个作为个体存在的男人向来都很失望，但是对于作为性爱对象的男人她还是很有信心的。女人则是令她憎恶的族类。她们代表了她在自己身上也能体会到，并且非常鄙夷的一些性格特点——自幼就小心眼儿，刚愎自用，生性胆怯，还爱耍小点子骗人。她曾经对满满一屋子的她母亲的闺蜜们说，需要女人存在的唯一理由是，男人们需要一个能搅扰得他们心神不宁的尤物。她舞跳得非常漂亮，善于绘画，但画得很草率，文字惊人得流畅，但只运用于写情书。

但是，所有对罗莎琳德横加批评指责的人，到头来都免不了要说她人长得漂亮。她有那样一头光彩照人的金发，谁要是想学她的样儿也把头发弄成她那样，没准还能帮染发行业的一个大忙呢。一张永远也让人亲不够的嘴巴，樱桃小口，略显肉感，绝对能令人春心荡漾。灰褐色的眼眸，白皙无瑕的皮肤，两个颜色若隐若现的小豆豆。她身材苗条，形体健美，没有一处发育不良，望着她在房间里走来走去，望着她在大街上款款而行，望着

---

① 此处原文为法语 laissez-faire，意为"放任主义；不干涉主义"。

她挥动高尔夫球杆，或者做一个"侧手翻"动作，都会令人赏心悦目。

最后一项先决条件——她浑身散发出的勃勃生机，以及她那在瞬间就能产生效果的人格魅力，避免了艾默里曾经在伊莎贝尔身上看到的那种刻意表现出来的、颇有些夸张的个性特点。达西大人若是见了她也会感到进退两难的，不知该说她是一个有个性的人，还是一个有品位的人。她也许就是一个将诸多特点融于一身、香艳怡人、难以形容、百年一遇的人吧。

在她初次亮相于社交场合的这天晚上，她的表现活脱脱就是一个欢快活泼的小女孩，尽管她满脑子里装着的都是奇异诡谲、偏离常规的智慧。她母亲的女仆刚刚帮她梳理好头发，但是她很不耐烦地认为她自己梳的发型更好看。此时此刻，她因为心情烦躁不安，不想只待在一个地方。我们则认为，那是因为她待在这凌乱不堪的房间里的缘故。她就要开口说话了。如果说伊莎贝尔的女低音听上去就像小提琴的声音，但是你若听了罗莎琳德的声音，你就会说，她的声音听上去就像瀑布一样悦耳动听。）

罗莎琳德：说实话，这世上唯独只有两种服饰是我真正喜欢穿的——（坐在梳妆台前梳头）一种是有裙撑的腰身宽大的裙子；另一种是上下一体的泳装。我穿这两种服装都非常妩媚动人。
塞茜莉娅：就要粉墨登场踏进社交圈了，你开心吧？
罗莎琳德：当然开心啦；你不开心吗？
塞茜莉娅：（挖苦地）你是很开心，这样一来，你就可以嫁人了嘛，可以跟那帮放荡不羁、年纪轻轻的已婚男人住到长岛去了嘛。你想要的生活不就是这种一环扣一环的很不严肃的恋爱吗,每一个环节上都有一个男人。

罗莎琳德:要的就是这种生活!你的意思是说,我已经找到这种生活了吧。

塞茜莉娅:哈!

罗莎琳德:塞茜莉娅,亲爱的,你不知道这是一种什么样的煎熬啊——像我这样。我要是走在大街上,就不得不把我这张脸绷得紧紧的,像一块铁板一样,免得那些男人朝我挤眉弄眼。我要是坐在剧院的第一排放肆地纵声大笑一下,台上的那些喜剧演员整晚上就会对着我一个人演戏了。我要是在哪次舞会上不经意地悄声说了一句话,或者无意中使了一个眼色,或者不小心丢了一块手绢,我的舞伴就会天天给我打电话,足足要打一个星期呢。

塞茜莉娅:那肯定是一种挺严峻的考验吧。

罗莎琳德:最不幸的是,仅有的那几个勉强还能引起我一点儿兴趣的男人根本就配不上我。要是我——要是我穷得没钱花的话,我干脆就去当演员算了。

塞茜莉娅:是啊,你不妨就演你最拿手的角色,你完全可以凭这个本事赚钱的。

罗莎琳德:有时候,尤其在我感到心情特别好的时候,我就在想,我为什么要把这么美好的青春浪费在某一个男人身上呢?

塞茜莉娅:常常在你感到心情特别郁闷的时候,我就在纳闷,你为什么要把一肚子怨气偏偏都发泄在全家人身上呢?(站起身来)我想,我该到楼下去看看艾默里·布莱恩先生了。我喜欢性情中的男人。

罗莎琳德:压根儿就没有这样的人。男人其实根本就不懂怎样才是真的生气了,怎样才是真的很开心——要是那些家伙真懂,那才叫怪呢。

塞茜莉娅：好啦，我很高兴我没有你的那些烦恼。我已经有心上人了。

罗莎琳德：（一脸不屑地笑了笑）有心上人了？哼，你这昏了头的小丫头片子！妈妈要是听见你说这种话，准会把你送到寄宿学校去的，那才是最适合你的地方。

塞茜莉娅：但是，你不会告诉她的，因为我知道好多我完全可以抖搂出去的秘密——你也太自私了！

罗莎琳德：（有点儿生气地）快走吧，小丫头片子！你的心上人是谁呀，是那个送冰的人吗？还是那个开糖果店的男人？

塞茜莉娅：脑子真笨——再见吧，亲爱的。待会儿见。

罗莎琳德：啊，你一定要好好表现——你是一个好帮手呢。

（塞茜莉娅退出场外。罗莎琳德梳理好头发，然后站起身来，嘴里一边哼着小曲儿。她走到镜子前，站在镜子前柔软的地毯上跳起舞来。她注视着的不是自己的舞步，而是自己的那双眼睛——绝非只是随便看看而已，而是每次都看得全神贯注，尤其是她微笑时的模样。房门冷不防开了，随手砰的一声关上门的人正是艾默里，冷静而又潇洒，与平常一样。他即刻就变得局促不安起来。）

他：啊，对不起，我以为——

她：（魅力十足地粲然一笑）哦，你就是艾默里·布莱恩吧，对不对？

他：（仔细打量着她）那你就是罗莎琳德咯？

她：我就称呼你艾默里吧，行吗——啊，进来吧——没关系的——妈妈马上就会上这儿来的——（压低声音）真糟糕。

他：（仔细环顾四周）这地方在我看来倒是挺有创意的。

她：这是一个"男人非请莫入之地"。

他：这个地方就是你——你——（停顿）。

她：对——这些东西都是（她款款走到梳妆台前）。瞧，这是我用的口红——这些是眼线笔。

他：我原先并不知道你是这样的。

她：你原先以为我是什么样的？

他：我本来以为你有点儿——有点儿——不谙男女之事的，只知道游泳啊，打高尔夫球啊之类的事情。

她：噢，我的确爱好这些运动——不过，都不在上班时间。

他：上班时间？

她：六点到两点——严格意义上说。

他：我倒是愿意花些钱来购买这家企业的股票的。

她：啊，不是什么企业——只是"罗莎琳德无限责任公司"。拥有百分之五十一的股份，名声啊，信用啊等等，样样东西统统加在一起，每年两万五千美元。

他：（不以为然地）颇有点儿像叫人心寒的生意嘛。

她：哎哟，艾默里，你又不会在意这个的——对吧？我要是能遇上这样一个男人，跟他相处了两个星期之后依然还没有让我厌烦得要死，情况也许就会有所不同了。

他：真奇怪，你对男人的看法与我对女人的看法不谋而合呢。

她：我这个人其实并不是很有女人味的，你知道——在我的思想深处。

他：（颇感兴趣地）说下去。

她：不，你说嘛——该你接着往下说才对——刚才在你的逼问下，我已经说过我自己的情况了。这是违反规矩的。

他：规矩？

她：我自己立下的规矩——不过，你嘛——啊，艾默里，我听说

239

你是一个很有才华的人呢。我们全家人都很看重你的。

他:多么鼓舞人的话呀!

她:亚历克说,是你教会他如何思考的。你是这样做的吗?我还以为谁都做不到这一点呢。

他:说得对。我其实是一个很笨拙的人。

(他显然并不希望别人把他这句话当真。)

她:你骗人。

他:我这个人嘛——我信仰宗教——我爱好文学。我是一个——我写过不少诗。

她:是自由体诗吧①——太好了!(她慷慨激昂地朗诵起来。)

  万木都郁郁苍苍,

  鸟儿在林中歌唱,

  姑娘却服下了毒药汤,

  鸟儿伤心地飞走,

  姑娘已饮恨身亡。

他:(朗声大笑)不,我写的不是这种诗。

她:(出其不意地)我喜欢你。

他:别这样。

她:还挺谦虚嘛——

他:在你面前,我心里还是有些害怕的。在女孩子面前我总是有些害怕——要等我亲吻了她之后才会好一些。

她:(加重语气地)我的亲爱的小伙子,战争已经结束啦。

他:所以,我永远都会怕你的。

(他们双方都有点儿矜持。)

---

① 此处原文为法语 Vers libre,意为"自由体诗"。

他：（经过一番思考之后）听我说。这是一个说出来挺吓人的问题。

她：（完全明白即将要发生的事情）再等五分钟吧。

他：可是，你会——吻我吗？要不，你害怕了吧？

她：我才不怕呢——不过，你的借口也太拙劣了。

他：罗莎琳德，我真的忍不住要吻你啦。

她：我也是。

（于是，他们接吻了——吻得真真切切，痛快淋漓。）

他：（喘不过气来的一瞬间过去之后）嗯，你的好奇心得到满足了吧？

她：你呢？

他：没有，反倒被激发起来了。

（他脸上的表情说明，这话是真的。）

她：（如痴如梦地）我已经跟数十个男人亲吻过了。我估计我还会再跟数十个男人接吻的。

他：（出神地）是啊，我估计你会的——像这样。

她：大多数人都很喜欢我接吻的方式。

他：（猛然醒悟地）仁慈的上帝啊，没错。再吻我一次吧，罗莎琳德。

她：不——我的好奇心一般只要得到一次满足就够了。

他：（垂头丧气地）这也是一条规矩吗？

她：我的规矩都是随机应变的。

他：你和我有不少相通之处呢——只不过我比你岁数大，在经验方面要比你老道一些。

她：你多大岁数呀？

他：差不多要二十三了。你呢？

她：十九——刚满。

他：我估计，你就是某个时髦学校培养出来的产物吧。

她：不对——我还是一块好端端的原材料呢。我是被斯潘斯学校① 开除的——我已经忘记是什么原因了。

他：你大体有哪些性格特点？

她：啊，我很聪明，也很自私，要是惹急了会感情用事，喜欢受人恭维——

他：（出其不意地）我又不想跟你谈恋爱——

她：（眉头上扬）也没有人求你来呀。

他：（继续冷冰冰地）不过，我也许会爱上你的。我很喜欢你的嘴巴。

她：嘘！请不要爱上我的嘴巴——我的头发呀，眼睛呀，肩膀呀，拖鞋呀，爱上我的哪个部位都行——就是不要爱上我的嘴巴。人人都爱上我的嘴巴了。

他：你的嘴巴真漂亮。

她：就是小了点儿。

他：不，不小——让我看看。

（他又结结实实地吻了她一下。）

她：（有些动情了）说点儿亲热的话嘛。

他：（吓了一跳）愿上帝帮帮我。

她：（拉开距离）算啦，别说了——说句亲热的话这么难。

他：我们用得着装模作样吗？才这么一会儿？

她：我们的时间标准跟人家的不一样。

他：已经在说——别人了。

---

① 斯潘斯学校（Spence School），美国著名女子私立学校，创办于1892年，寄宿制，位于纽约市第四十八大街。

她：我们就来装装样子吧。

他：不行——我装不来——这是感情问题。

她：难道你不是一个爱感情用事的人吗？

他：不是，我是一个很浪漫的人——感情用事的人总认为爱情是天长地久的——浪漫的人仅对爱情抱有一线希望，不相信爱情会天长地久。感情是一种很情绪化的东西。

她：你从来就不动感情吗？（两眼微闭着）你大概是在自吹自擂，觉得那是一种高人一等的态度吧。

他：行啦——罗莎琳德，罗莎琳德，别争了——再吻我一下吧。

她：（此时已变得相当冷淡）不——我根本就没有想吻你的欲望了。

他：（毫不掩饰地流露出一脸的惊讶）你一分钟前还说你想吻我呢。

她：我说的是现在。

他：那我还是走吧。

她：我看也是。

（他拔脚便朝门口走去。）

她：啊！

（他转过身来。）

她：（大笑）比分——主场队：一百分——客场队：零分。

（他扭头就走。）

她：（语速很快地）下雨——停赛。

（他夺门而出。）

（她不动声色地走到五斗橱前，取出一盒香烟来，把它藏在书桌一侧的抽屉里。她母亲走进房间，手里拿着一本笔记本。）

康涅奇太太：好哇——我一直想趁我们还没有下楼之前先跟你单独谈谈呢。

罗莎琳德：天啊！你吓死我了！

康涅奇太太：罗莎琳德啊，你这个人花起钱来也太大手大脚啦。

罗莎琳德：（无奈地）是的。

康涅奇太太：你知道么，你父亲的收入已经不如从前了。

罗莎琳德：（做了个鬼脸）啊，求你别说钱的事情好不好。

康涅奇太太：没钱你什么事情也办不成啊。今年是我们住这幢别墅的最后一年了——除非情况出现转机，否则，塞茜莉娅就享受不到你这么优越的条件啦。

罗莎琳德：（很不耐烦地）行啦——到底是什么事儿呀？

康涅奇太太：所以，有几件事情我要你给我好好当心点儿，这几件事情我都记在我手里的这本笔记本上了。第一桩事情是：不要见了年轻小伙子就没了人影。也许能碰上一个有缘分的良机，但是就目前而言，我要你就待在舞池里，待在我能够找得到你的地方。有这么几个男人，我想让你去见见面，我不喜欢看见你躲在玻璃暖房的哪个角落里跟什么人在那儿傻乎乎地聊天——也不可以去听人家聊天。

罗莎琳德：（语气尖刻地）行啊，听人家聊天总比自己在那儿聊天要好一点吧。

康涅奇太太：不要把大量的时间浪费在那帮年轻大学生身上了——那帮十九、二十来岁的学生娃娃。我不反对你偶尔去参加一下他们的班级舞会，或者去看一场他们的橄榄球比赛，但是不可以参加那些让人家趁机占你便宜的聚会，跟那些乱七八糟的人坐在闹市区的小咖啡馆里吃吃喝喝——

罗莎琳德：（提出她自己的行为准则，并且也说得头头是道，与她妈妈说得一样偏激）妈妈，行啦——都什么年代啦，你总不能什么事情都按照你们九十[①]年代初的那种做法来办吧。

[①] 指19世纪90年代。

康涅奇太太：(毫不理会)今天晚上，我想让你去见一见你父亲的几个单身汉朋友——那几个男人年纪还不算大。

罗莎琳德：(很明智地点了点头)大概有四十五岁了吧？

康涅奇太太：(口气严厉地)有什么不可以的？

罗莎琳德：哦，完全可以——他们懂生活，满脸沧桑，让人肃然起敬(连连摇头)——不过，他们还是愿意跳舞的。

康涅奇太太：我还没有跟布莱恩先生见过面呢——不过，我觉得你不会喜欢他的。看他样子，他也不是一个能赚大钱的人。

罗莎琳德：妈妈，我从来就没有考虑过钱的问题。

康涅奇太太：是你从来就没有把跟人家的关系维持到要考虑钱的问题吧。

罗莎琳德：(叹了一口气)没错，我看，将来有一天，我不如就跟大把大把的钱结婚算了——等我对一切都感到厌倦了。

康涅奇太太：(指着手中的笔记本)我接到哈特福德[①]那边来的一份电报。道森·赖德马上就到。总算有这么一个我很喜欢的年轻人，他钱多得可以打水漂漂呢。在我看来，你既然有点儿讨厌霍华德·吉莱斯皮，那你就不妨给赖德先生鼓鼓劲儿吧。这是他一个月里第三次来我们家登门拜访了。

罗莎琳德：你怎么知道我讨厌霍华德·吉莱斯皮？

康涅奇太太：这孩子每次来都是一副可怜巴巴的样子。

罗莎琳德：那是恋爱大战前所使用的一种很浪漫的手段。全都是不对头的。

康涅奇太太：(她该说的话已经说完)不管怎么说，今天晚上你要让我们为你感到骄傲才行。

[①] 哈特福德（Hartford），美国康涅狄格州的州府城市，也是美国新英格兰地区的第二大城市。

罗莎琳德：难道你觉得我还不够漂亮吗？

康涅奇太太：你自己知道你漂亮不漂亮。

（楼下传来一把小提琴在调弦时发出的如泣如诉的琴声，还有一阵隆隆的鼓声。康涅奇太太迅速转过身来对着她女儿。）

康涅奇太太：走吧！

罗莎琳德：等一会儿！

（她母亲离开了现场。罗莎琳德走到镜子前，非常满意地仔细打量着自己在镜子里的形象。她吻了一下自己的手，接着又用这只手摸了摸自己在镜子里的嘴巴。片刻之后，她关上所有的电灯，然后便离开了房间。全场暂时一片寂静。悠扬柔和的钢琴声，轻飏曼妙的击鼓声，新穿上的丝绸裙子的窸窣声，全都交织在一起，回响在外面的楼梯口，并飘进了虚掩着的房间。灯火通明的大厅里人影绰绰，熙来攘往。楼下传来的笑声一阵高过一阵。随后，有人翩然而入，并随手关上房门，打开了所有的电灯。来人是塞茜莉娅。她走到五斗橱前，在抽屉里翻找着，略微犹豫了一下——然后走到书桌边，从抽屉里拿出那盒香烟，并从中取出一支。她点燃香烟，吞云吐雾地吸了一阵，然后朝那面镜子走去。）

塞茜莉娅：（以非常成熟老练的口吻）啊，真是的，"初次进入社交界"如今竟成了这么滑稽的一出闹剧，你们大家都看到了吧。一个人在踏进十七岁这个年龄之前，其实是可以尽情地到处玩耍的，相比之下，进入社交界真是一件令人非常扫兴的事儿。（与一名想象中的中年贵族握手）是啊，您请——我相信我已久仰您的大名了，因为我常听姐姐说起您。请抽烟——都是上等的烟。这些烟都是——都是花冠牌[1]的。您不抽烟？真可惜！是国王不许抽烟吧，我看是。好吧，

---

[1] 花冠牌（Coronas），一种古巴产的雪茄。

我们来跳舞吧。

（于是，她伴随着楼下传来的乐曲的节拍在房间里翩然跳起舞来，双臂伸向想象中的舞伴，那支香烟在她手中上下翻飞。）

几小时之后

楼下一间幽静的密室的一角，摆放着一张非常舒适的真皮长沙发。沙发两端的上方各有一盏小巧的灯，沙发的正上方挂着一幅油画，画中人是一位年岁很高、神态非常尊贵的绅士，年代为一八六〇年。外面正在播放的音乐是狐步曲。

罗莎琳德正端坐在那张长沙发上，她的左边坐着霍华德·吉莱斯皮，一个毫无生气的青年，年龄大约二十四岁。他显然很不高兴，她也索然无趣。

吉莱斯皮：（怯生生地）你说我变了，这话是什么意思嘛。我觉得我对你的心一点儿也没有变，还跟过去一样，一往情深。

罗莎琳德：可是，在我看来，你跟过去大不一样了。

吉莱斯皮：三个星期之前，你还老是说，你之所以喜欢我，就是因为我这个人非常淡定，非常冷漠——我还是我，一点儿也没有变呀。

罗莎琳德：可是，在我看来却不是这样的。我过去喜欢你，是因为你有一双棕色的眼睛，两条瘦长的腿。

吉莱斯皮：（茫然不知所措地）我的两条腿还是一样的瘦长，两只眼睛还是一样的棕色呀。你就是一个专门利用色相勾引男人，榨取人家钱财的荡妇，就这么回事儿。

罗莎琳德：要说勾引男人，我唯一知道的事情就是钢琴总谱是怎么一回事儿。让男人意乱情迷的是我十分完美的天姿国色。我过去总以为你是绝不会吃醋的。现在呢，无论我走到哪里，你的那双眼睛就会跟到哪里。

吉莱斯皮：那是因为我爱你。

罗莎琳德：（非常冷漠地）这我知道。

吉莱斯皮：可是，你已经有两个星期没有吻过我了。我以前一直认为，一个女孩子要是让人家吻了之后，她就——她就——她就一吻定终身了。

罗莎琳德：那种时代早已一去不复返啦。你每次来见我，都得从头再来一遍，只有这样才能真正赢得我的心。

吉莱斯皮：此话当真吗？

罗莎琳德：差不多跟平常一样吧。人们从前的接吻往往有两种情况：第一种是，女孩子被人家吻了，然后就被人家抛弃了；第二种是，他们接吻之后就订婚了。如今还有第三种情况呢，那就是，男人被女孩子吻了，然后又被那个女孩子抛弃了。假如九十年代的某个男人夸耀说，他吻过一个女孩子，人人听了都知道，他已经跟这个女孩子定下终身了。如果一九一九年的某个男人也像这样夸耀，人人听了都知道是怎么一回事，那是因为他再也不可能吻她了。倘若一开始就很正派得体，如今哪个女孩子都比男人强。

吉莱斯皮：那你为什么还要玩弄男人呢？

罗莎琳德：（俯身向前，装作很私密的样子）对于头一次那个关键的时刻来说，男人一定要真的对你很感兴趣。有这样一种关键时刻的——哦，就在初吻之前，要说上那么一句悄悄话才对——必须是某种值得一说的悄悄话。

吉莱斯皮：然后呢？

罗莎琳德：然后就接吻呗，吻过之后，你得让他谈谈他自己的情况。要不了多久，他就心无旁骛，一心只想着要单独跟你在一起幽会了——他会板起面孔生闷气，他无心再去拼搏，他也不想再玩儿下去了——胜券在握了嘛！

（现在登场的是道森·赖德，二十六岁，相貌英俊，家财万贯，忠于他自己的人生信条，也许是一个让人讨厌的人，但是他镇定自若，一副稳操胜券的样子。）

赖德：我想，这一曲该轮到我来跟你跳了吧，罗莎琳德。

罗莎琳德：嗯，道森，这么说，你认出我来啦。现在我才知道，我脸上涂抹的脂粉还不算太多。赖德先生，这位是吉莱斯皮先生。

（他们握手，吉莱斯皮随即起身离开，一副垂头丧气的样子。）

赖德：你们的这次聚会毫无疑问是一大成功啊。

罗莎琳德：是吗——我近来就没有看见过什么成功的聚会。我感到很疲惫——麻烦你在外面坐一会儿，好吗？

赖德：麻烦——我高兴着呢。你知道，我最讨厌这种"急匆匆地赶场子"的做法了。昨天跟一个姑娘见面，今天跟一个姑娘见面，明天再跟一个姑娘见面。

罗莎琳德：道森！

赖德：什么事？

罗莎琳德：我心里有个疑惑，不知你是不是知道我爱你。

赖德：（吃了一惊）什么——啊——你知道么，你是一个非常出众的姑娘呢！

罗莎琳德：因为你也知道，我这个人脾气很坏。谁要是娶了我，就别想再有安安稳稳的日子了。我心眼儿很小——气量小得不得了。

赖德：哦，我不会说那种话的。

罗莎琳德：噢，真的，我这人确实气量很小——尤其是对跟我最亲近的人。（她站起身来）走吧，我们该走了。我已经回心转意了，我想去跳舞。妈妈说不定正在生气呢。

（两人同时退场。亚历克与塞茜莉娅登场。）

塞茜莉娅：我运气真好，中场休息时间能够跟我自己的哥哥待在一起。

亚历克：（非常沮丧地）要是你不想让我陪你，我马上就走。

塞茜莉娅：仁慈的老天爷啊，别走嘛——你要是走了，下一支舞曲我跟谁跳啊？（叹气）自从那帮法国军官回去以后，舞会就没有什么情调了。

亚历克：（若有所思地）我可不愿看到艾默里爱上罗莎琳德。

塞茜莉娅：为什么，我怎么觉得这就是你最希望看到的呢。

亚历克：没错，可是，自从看到这些女孩子之后——我也说不清楚。我跟艾默里交情很深。他这个人很敏感的，我可不愿看到他因为某个不喜欢他的人而伤了他的心。

塞茜莉娅：他的相貌非常英俊。

亚历克：（依然作沉思状）她不会嫁给他的，可是一个女孩子也大可不必为了让一个男人伤心而嫁给他呀。

塞茜莉娅：怎么会这样呢？但愿我能知道这其中的秘密。

亚历克：唉，你这心肠冷酷的小猫咪。某些人真幸运，因为上帝给了你一个塌鼻子。

（康涅奇太太上场。）

康涅奇太太：罗莎琳德到底跑到哪儿去啦？

亚历克：（炫耀地）要想查明她的行踪，你当然算找对人了。她自然会来找我们的。

康涅奇太太：你爸爸找来了八个单身汉百万富翁，都在等着要跟她见面呢。

亚历克：你可以组建一个小分队开进大厅来了。

康涅奇太太：我在说正经事儿呢——就我所知，即便这是她初入社交界的第一夜，她说不定也会待在"椰林夜总会"里跟某个橄榄球运动员在一起鬼混的。你们到左边去找找，我就——

亚历克：（很不客气地顶撞了一句）你怎么不派那个男管家到地下室里去找找呢，那样不是更好吗？

康涅奇太太：（十分严肃地）哦，你以为她不会待在那儿吗？

塞茜莉娅：妈妈，他只不过是开了一句玩笑。

亚历克：妈妈满脑子里想的都是，她正在跟某个跨栏运动员大喝啤酒呢。

康涅奇太太：我们赶紧找她去吧。

（他们退下场去。罗莎琳德登场，后面跟着吉莱斯皮。）

吉莱斯皮：罗莎琳德——我再问你一遍。难道你当真就一点儿也不在乎我吗？

（艾默里迈着轻快的步伐走进场内。）

艾默里：该我登台亮相了。

罗莎琳德：吉莱斯皮先生，这位是布莱恩先生。

吉莱斯皮：我见过布莱恩先生。日内瓦湖畔来的，对不对？

艾默里：没错。

吉莱斯皮：（气急败坏地）那里我去过。地处——中西部，对不对？

艾默里：（尖刻地）大概是吧。不过，我始终觉得，我宁可当一盘乡土气息很浓的辣乎乎的玉米粉蒸肉，也不愿当一盆没有一点儿作料的汤。

吉莱斯皮：什么话！

艾默里：哦，我没有要冒犯你的意思。

（吉莱斯皮躬身走开。）

251

罗莎琳德：他这人也太市侩了。

艾默里：我曾经爱上过一个很市侩的人呢。

罗莎琳德：结果呢？

艾默里：啊，对了——她名叫伊莎贝尔——傻乎乎的什么也不懂，只知道我灌输给她的那点儿东西。

罗莎琳德：后来呢？

艾默里：最后，我总算说服了她，让她相信，她的精明程度肯定比我强——结果呢，她却把我给甩了。还说我这个人爱挑剔，不切实际，你看看这是什么事儿嘛。

罗莎琳德：你说的"不切实际"是什么意思？

艾默里：哦——会开车，但不会换轮胎。

罗莎琳德：你有什么打算？

艾默里：说不清——竞选总统，搞创作——

罗莎琳德：去格林威治村吗？

艾默里：仁慈的上帝啊，不——我说的是搞创作——不是酗酒。

罗莎琳德：我喜欢经商的人。聪明的人一般都长得很难看。

艾默里：我仿佛觉得我们是一见如故呢。

罗莎琳德：噢，你是不是准备从"金字塔"的故事开始写起呀？

艾默里：不——我打算把故事的场景设置在法国。我就是路易十四，你就是我的一个——我的一个（变换了一下语气）假定——我们相爱了。

罗莎琳德：我刚才就已经提出过，我们不妨装装样子嘛。

艾默里：要是我们刚才假装相爱了，事情可就闹大啦。

罗莎琳德：为什么呢？

艾默里：因为自私的人，从某种意义上说，极有可能假戏真做，闹出沸沸扬扬的爱情故事来。

罗莎琳德：（送上她的两片香唇）来装装样子吧。

（他们态度非常审慎地热吻起来。）

艾默里：我不会说甜言蜜语。不过，你真的很漂亮。

罗莎琳德：我要的不是这个。

艾默里：那你要什么？

罗莎琳德：（悲哀地）哦，没什么——我唯一想要的是感情，真正的感情——可惜我从来就没有得到过。

艾默里：我从来就没有发现这世上还有什么别的感情——我对这一点非常厌恶。

罗莎琳德：找一个能够满足人家艺术品位的男性怎么就这么难呢。

（有人推开了一扇门，华尔兹舞曲的乐声飘进房间。罗莎琳德站起身来。）

罗莎琳德：你听！他们正在播放的是《再吻我一次》①。

（他定定地望着她。）

艾默里：嗯？

罗莎琳德：嗯？

艾默里：（喃喃地——已经败下阵来）我爱你。

罗莎琳德：我爱你——此时此刻。

（他们热吻在一起。）

艾默里：啊，上帝呀，我做错什么了吗？

罗莎琳德：没做错什么呀。啊，别说话。再吻我一次。

艾默里：我不知道是什么原因，也说不清是怎么回事儿，只知道我爱你——从看见你的那个时刻起就爱上你了。

---

① 《再吻我一次》(Kiss Me Again)，1905年10月在美国百老汇首次上演的两幕轻歌剧《莫蒂斯小姐》(Mlle. Modiste)中的一首歌曲，在20世纪初叶的美国极为流行。后来这部歌剧又被多次改编成电影，这首歌曲也被多次翻唱。

罗莎琳德：我也是——我——我——啊，今夜毕竟是今夜。

（她哥哥信步走进室内，见状吃了一惊，回过神来之后大声说"啊，对不起"，随即转身离去。）

罗莎琳德：（她的两片嘴唇几乎动也没动）别放开我呀——我才不在乎人家知道我在干什么呢。

艾默里：说吧！

罗莎琳德：我爱你——此时此刻。（他们彼此分开了）啊——我非常年轻，谢天谢地——人也长得相当漂亮，谢天谢地——也很幸福，谢天谢地，谢天谢地——（她停顿了一下，接着，在一阵莫名其妙的似乎预示着什么的冲动之后，她又加了一句）可怜的艾默里啊！

（他又亲吻了她一下。）

缘　分

还不到两个星期，艾默里和罗莎琳德就双双坠入了爱河，两人爱得如胶似漆，爱得死去活来。曾经败坏过他们各自十几回浪漫经历的那些至关重要的气质特点，在这席卷而来的情感巨浪的冲刷下，已经显得无关紧要了。

"这回也许就是一场非常荒唐的恋爱，"她对她忧心忡忡的母亲说，"但是这场恋爱绝对不会落空的。"

这场爱的浪潮在三月上旬将艾默里卷进了一家广告公司，他在这家广告公司里一边以惊人的干劲格外卖力地工作着，一边做着无比激动人心的美梦，梦见自己突然发了一笔横财，一夜暴富起来，带着罗莎琳德在意大利各地游玩。

他们常常形影不离，一起吃午饭，一起用晚餐，而且几乎每天晚上都难分难舍地厮守在一起——每次都是在一种紧张得令人喘不过气来、又不敢发出任何声响的状态中度过的,仿佛他们非常害怕这着了魔似的状况随时都会被打破,他们随时都会被逐出这玫瑰与火焰构成的天堂似的。然而这着了魔似的状况还是转化成一种入定般的常态了,他们的感情似乎也在与日俱增;他们开始谈婚论嫁了,并且打算七月——甚至六月就结婚。生活的全部意义都已转化为他们对爱情的誓言絮语,一切经验,一切欲望,一切雄心壮志,统统都被他们弃若敝屣了——他们的幽默感也全都龟缩到角落里睡大觉去了;他们以前的那些风流韵事似乎也已成了颇有点儿滑稽可笑的往事,成了几乎无须感到遗憾的少男少女时代的作品。

艾默里已经完全陷入了意乱情迷的状态,在他的人生中这是第二次,他正急匆匆地要迎头赶上他这一代人的行列呢。

一个小小的插曲

艾默里悠闲自得地沿着那条林荫大道信步向前走去,心里一边在遐想着,这第一夜终将是属于他的——绚烂多彩的晚霞与朦朦胧胧的街巷交融在一起,构成了一派宛如盛大的庆典游行,宛如欢腾的嘉年华会般的壮丽景象……仿佛他终于掩上了这本和谐之音正渐渐淡去的人生之书,踏上了一条能给人以美妙的感官享受,能使人产生心灵上的阵阵悸动的人生之路。处处都是这些数不尽的灯火,夜色笼罩下的条条街道处处都如此这般地孕育着无限的生机,处处都是如此莺歌燕舞的美好景象——他怀着一种似梦非梦的心情缓缓穿行在人流中,似乎在期待着罗莎琳德迈着急切的脚步从四面八方的角落里迎面向他走来……暮色中的一张张令人难忘的面孔都汇集成了她的面容,无数纷至沓来的脚步声,无数婀娜多姿的体态,都汇集成了她的脚步声,这情景多么让人浮想联翩啊。她含情脉脉地凝望着他的目光是那样的温

255

柔，比美酒更让人陶醉。甚至连他此时如梦般的幻想都像阵阵悠扬的小提琴曲一样美妙，像夏日的各种声音回荡在夏日的空气中一样。

房间里一片黑暗，唯有汤姆手中的香烟隐隐约约地发着红光，汤姆正懒洋洋地靠坐在敞开的窗台上。在随手关上房门的那一刹那，艾默里背靠着房门站了一小会儿。

"你好啊，本韦努托·切里尼①。今天的广告生意做得怎么样？"

艾默里展开四肢仰靠在长沙发上。

"我讨厌这种千篇一律的生意经！"生意兴隆的广告公司的景象顷刻间便化为乌有，取而代之的是另一幅画面。

"我的上帝啊！她太美妙了！"

汤姆叹了口气。

"我不能告诉你，"艾默里反反复复地说着，"她到底有多么美妙。我不想让你知道。我不想让任何人知道。"

窗台上又是一声叹息——非常无奈的一声长叹。

"她就是生活，就是希望，就是幸福，就是我现在的整个世界。"

他感到眼眶里有一滴泪珠颤动着。

"啊，上帝呀，汤姆！"

酸甜苦辣

"坐就要像我们这样坐才对。"她悄声说。

他坐在那张宽大的椅子里，双臂张开，这样她就可以小鸟依人般地依偎在他的怀抱中。

---

① 本韦努托·切里尼（Benvenuto Cellini，1500—1571），意大利文艺复兴时期佛罗伦萨的金匠、雕刻家、画家、音乐家、军人，是欧洲文艺复兴时期最为重要的代表人物之一。他还写过一部著名的自传，生动而有趣，被翻译成多种文字。

"我就知道你今晚会来的，"她娇柔地说，"像夏天一样火热，在我最需要你的时候……亲爱的……亲爱的……"

他的嘴唇慵懒地在她的脸蛋上磨蹭着。

"你的味道真好。"他叹了一口气。

"你这样说是什么意思呀，我的心上人？"

"啊，真甜，真香……"他把她抱得更紧了。

"艾默里，"她情意绵绵地说，"等你做好一应准备要来娶我了，我就嫁给你。"

"我们在刚开始的时候是不会有多少财产的。"

"别这么说嘛！"她嗔怪地叫起来，"你要是因为拿不出你想给我的东西就这样谴责自己，我会很心痛的。我已经得到你这个宝贵的人了——对我来说，这就足够了。"

"告诉我……"

"你是知道的，对吗？啊，你知道的。"

"对，可是我要听你亲口说出来。"

"我爱你，艾默里，真心实意地爱你。"

"永远，好吗？"

"一生一世——啊，艾默里——"

"什么？"

"我要让自己成为永远属于你的人。我要让你的亲人成为我的亲人。我要给你生好几个小宝宝。"

"可是，我已经没有什么亲人了。"

"不许笑话我，艾默里。快吻我吧。"

"你要我怎么做，我就怎么做。"他说。

"不，是你要我怎么做我就怎么做。我们就是你——不是我。啊，你已经是我生命中如此重要的组成部分了，是我生命中不可分离的全部……"

他闭上了眼睛。

"我都高兴得简直快要慌了神啦。假如这就是——这就是最令人销魂的那一刻,那不就糟了吗……

她神情恍惚地望着他。

"美貌与爱情终究会过去的,我知道……啊,其中的忧伤也是在所难免的。我觉得,所有大快人心的喜事多少都有一点儿忧伤。美貌就好比是玫瑰的香气,然而玫瑰终究是要凋谢的——"

"美貌就好比是以身相许时的那种极度的痛苦,而痛苦终将会过去的……"

"当然,艾默里,我们都很漂亮,我知道。我相信,上帝是爱我们的——"

"上帝爱的是你。你是他所拥有的最宝贵的财富。"

"我不是他的,我是你的。艾默里,我永远都是你的人。我第一次感到后悔了,过去跟别人的所有亲吻都是不应该的;现在我明白了,一个吻会意味着多么大的价值。"

事毕之后,他们常常会一起吸烟,他会对她讲起自己这一天在那家广告公司里的工作情况——也会谈论起他们以后可能会住在什么地方。有时候,在他絮絮叨叨、话特别多的时候,她会依偎在他的怀抱里渐渐睡去,但是他爱的就是这个罗莎琳德——在所有名叫罗莎琳德的人当中——因为他在这个世界上从来就没有爱过任何别的人。这些都是难以捉摸、转瞬即逝、无法追忆的时光啊。

水上事件

有一天,艾默里和霍华德·吉莱斯皮在闹市区偶然相遇,两人便一起去吃了一顿午饭，席间，艾默里听到了一件让他感到颇为高兴的事儿。吉莱斯皮在几杯鸡尾酒下肚之后，话就开始多了起来。他一开口便对艾默里说，罗莎琳德肯定是一个性格有点儿古怪的人。

他曾经陪伴她去参加过一次在韦斯特切斯特县①举行的游泳活动，当时好像有个人在说，安妮特·凯勒曼②曾经到访过那里，在那里逗留了一天，并且爬上了一幢三十英尺高的避暑别墅摇摇晃晃的屋顶，从那个屋顶上往下跳水。罗莎琳德听了之后，立即就逼着霍华德·吉莱斯皮陪她一起去爬上那个屋顶，好让她身临其境地体会一下那种感觉。

一分钟之后，他刚在屋檐边坐下来，两脚还悬在半空中晃悠着，就看见一个人影倏地一下从他身边蹿了过去；是罗莎琳德，只见她双臂伸展，摆出一个优美的天鹅式的跳水动作，身体轻盈地在空中飞扑而下，跃入了清澈的水中。

"当然，我也只好往下跳，跟着她跳下去就是了——可是我差一点儿没葬送掉自己的性命。我当时心里想的是，我能够像这样试着跳一下就算相当不错。参加那次游泳活动的人还没有一个做过这样的尝试呢。唉，事过之后，罗莎琳德居然还好意思来问我，说我往下跳的时候为什么要佝偻着身子。'这个姿势并不会减轻丝毫的压力，'她说，'这项活动只需要你拿出你全部的勇气来就行了。'我问你，面对这样的一个女孩子，一个男人能有什么办法呢？没有必要了，我宣布放弃。"

吉莱斯皮怎么也弄不明白，艾默里为什么在整个午餐期间一直都

---

① 韦斯特切斯特县（Westchester County），位于美国纽约州境内。
② 安妮特·凯勒曼（Annette Marie Sara Kellerman，1886—1975），澳大利亚职业游泳运动员、轻歌剧演员、电影演员、作家。她是女子泳装改良的先驱，也是世界上第一位身穿上下一体式泳装登台亮相的人。

在乐不可支地笑着。他心想,这家伙也许就是那些空虚的乐观主义者中的一员吧。

五个星期之后

场景还是在康涅奇家的那间书房里。罗莎琳德独自一人,郁郁寡欢地坐在那张长沙发上,情绪非常消沉,两眼直愣愣地望着前方,然而却目中无物。她已经有了比较明显的变化——首先是人瘦了一圈;目光已经不那么炯炯有神;显而易见,她整个人看上去似乎比原来整整大了一岁。

她母亲走进来,裹着一件去剧院看戏时穿的大氅。她忐忑不安地打量了一眼罗莎琳德。

康涅奇太太:今晚谁要来?

(罗莎琳德没听见她说话,至少是没有注意。)

康涅奇太太:亚历克要带我去看巴里的那出喜剧《你也有份,布鲁特斯》①。(她忽然发觉自己是在自言自语,没有人在听。)罗莎琳德!我在问你呢,今晚谁要来?

罗莎琳德:(吓了一跳)啊——什么——哦——艾默里——

康涅奇太太:(用讥讽的语气)你近来有这么多的爱慕者,我怎么说得出究竟是哪一位。(罗莎琳德没有接话。)道森·赖德的耐心比

---

① 巴里(Sir James Mattew Barrie, 1860—1937),苏格兰著名剧作家、小说家。此处康涅奇太太所说的剧名是错的,应该是巴里的三幕喜剧《亲爱的布鲁特斯》(*Dear Bruts*, 1917),剧名取自莎士比亚悲剧《恺撒大帝》(*Julius Caesar*, 1599),写的也是"仲夏夜之梦"。而"你也有份,布鲁特斯"(*Et tu, Bruts*),则是莎剧《恺撒大帝》中,恺撒在遇刺临死前对他的朋友马库斯·布鲁特斯所说的一句话。这句话后来成为常被引用的一句名言,在西方文化中被广泛用来比喻"最终的背叛"。

我原来想象的要好多了。这个星期你一个晚上也没有陪他。

罗莎琳德：（脸上带着一种新近才有的非常厌烦的表情）妈妈——请你——

康涅奇太太：唉，我不干涉。你已经在一个凭空想象出来的天才身上浪费了两个多月啦，而这个人的名下却连一分钱都没有，不过，你就这样继续做下去吧，在他身上浪费你的一生吧。我不干涉。

罗莎琳德：（仿佛在背枯燥乏味的功课一样）你知道，他还是有一些收入的——你也知道，他在那家广告公司每星期还能挣到三十五块钱——

康涅奇太太：这点儿钱连给你买衣服都不够哇。（她停顿了一下，但是罗莎琳德并没有接话。）每当我告诫你千万别走上你日后天天都会感到后悔莫及的那一步时，我心里是在为你的最大的利益着想呢。这可不是你父亲也许能够帮得上你的事情。他近来日子也不太好过，再说年纪也大了。你日后要依靠的这个人绝对是一个空想家，虽然这小伙子人长得不错，出身也好，可惜就是一个空想家——只不过有点儿小聪明。（她的言外之意是，这个特点本身就是非常恶劣的。）

罗莎琳德：看在老天爷的分上，妈妈——

（一个女仆登台，通报布莱恩先生到了，话音没落，他就立即跟着进来了。艾默里的那些朋友十天来一直都在说他失魂落魄，"像遭了天谴似的"，他的模样也确实如此。事实上，他已经有三十六个小时没能吃下过一口东西了。）

艾默里：晚上好，康涅奇太太。

康涅奇太太：（并非毫无热情地）晚上好，艾默里。

（艾默里和罗莎琳德交换了一下眼色——就在这时，亚历克走了进来。亚历克始终保持着完全中立的态度。他打心底里认为，他们的婚姻只会让艾默里变得碌碌无为，而罗莎琳德则会变得痛苦不堪，不过,他还是非常同情这两个人的。)

亚历克:你好,艾默里!

艾默里:你好,亚历克!汤姆说,他会在剧院里跟你碰面的。

亚历克:对,我刚见过他。今天的广告生意怎么样?写下什么精彩的篇章没有?

艾默里:哦,还是老样子。我涨工资了——(人人都以迫切的目光注视着他)——每星期增加了两块钱呢。(众人皆为之愕然绝倒。)

康涅奇太太:走吧,亚历克,我听见车来了。

(这是一个美好的夜晚,但也不乏令人心寒的时候。康涅奇太太和亚历克走了之后,场上的人一时无语。罗莎琳德依旧两眼直愣愣地望着壁炉,神情沮丧。艾默里走上前来,伸出一只胳膊搂住她。)

艾默里:亲爱的,我的好姑娘。

(他们拥吻在一起。又是一阵沉默,过了一会儿,她一把抓住他的手,在他的手上不停地亲吻着,然后拉起那只手捂在自己的胸口上。)

罗莎琳德:(伤心地)我爱你这双手,这双手是我的最爱。每当你从我这儿走了之后——非常疲惫的样子,我眼前就会浮现起你这双手;我熟悉你这双手上的每一道掌纹。让我好心疼的一双手啊!

(他们四目相对,默默注视了一会儿,接着,她开始哭了起来——没有眼泪的抽泣。)

艾默里:罗莎琳德!

罗莎琳德:啊,我们简直就是一对可怜巴巴的人儿啊!

艾默里:罗莎琳德!

罗莎琳德:啊,我还不如死了算了呢。

艾默里:罗莎琳德啊,要是再有一个这样的夜晚,我就要彻底崩溃了。你这个样子到现在已经有四天啦。你得给人以更多的鼓励才对,要不然我就没法安心工作了,也吃不下,睡不好。(他无助地四下里张望着,仿佛想寻找几个新鲜的词语来包装原来那几句已经过时的陈腐的表达方式。)我们必须营造一个良好的开端才行。我喜欢这个良好的开端由我们共同来创造。(见她毫无反应,他强打起来的乐观精神黯然消失了。)你这是怎么啦?(他猛然站起身来,在房间里来来回回地走着。)一定是道森·赖德捣的鬼,肯定是这么回事儿。肯定是他搅得你心神不宁。每天下午你都跟他搅和在一起,已经有整整一个星期了。有人跑来告诉我,说他们老是看见你们两个待在一起,可我呢,我还得强作欢颜,点头称是,假装这事儿不会对我有丝毫的影响。可是,事态在一天天发展,你却什么也不肯告诉我。

罗莎琳德:艾默里,如果你再不坐下来,我就要大声哭喊了。

艾默里:(猛然在她身边坐下)啊,天哪!

罗莎琳德:(温情脉脉地拉着他的手)你知道我很爱你,对吗?

艾默里:对。

罗莎琳德:你知道我会永远爱你的——

艾默里:别说这种话,你这话让我感到害怕。你这种话听上去好像我们两个人不会在一起了。(她哭了一会儿,然后从长沙发上站起来,走到那张扶手椅前坐下。)整个下午我都感到事情越来越糟了。我在办公室里差点儿就要发疯了——连一行字也写不下来。把一切都原原本本地告诉我吧。

罗莎琳德:实在没有什么好说的,真的。我只是感到心里很烦。

艾默里:罗莎琳德,你是在琢磨着要嫁给道森·赖德吧。

罗莎琳德:(略微迟疑了一下)他一整天都在向我求婚。

艾默里:哼,他胆子倒不小!

罗莎琳德:(又犹豫了一下)我喜欢他。

艾默里：别说这种话。这种话让我听了很伤心。

罗莎琳德：别像个白痴一样犯傻了。你心里明明知道，你是我迄今为止所爱上的，今后也会永远痴心不改的唯一的男人。

艾默里：（飞快地）罗莎琳德，我们结婚吧——下星期。

罗莎琳德：我们办不到呀。

艾默里：怎么办不到？

罗莎琳德：啊，我们没有办法结婚啊。我愿意做你的女人——生活在一个穷困潦倒的地方。

艾默里：我们会有每月两百七十五块钱的收入的，总共。

罗莎琳德：亲爱的，我平常连自己的头发都不能做了。

艾默里：我可以帮你做呀。

罗莎琳德：（哭笑不得）多谢了。

艾默里：罗莎琳德，你不可以老想着要嫁给别的某个人。告诉我！你别老是让我蒙在鼓里。只要你肯告诉我，我就可以帮你打消掉这个念头。

罗莎琳德：这只是——我们两个人的事儿。我们很可怜的，仅此而已。让我爱上你的那些优点，恰恰正是让你永远不会有出息的缺点啊。

艾默里：（郁闷地）说下去。

罗莎琳德：啊——就是因为有了道森·赖德。他是那样的可靠，我简直觉得他会是一个——是一个——在背后起衬托作用的人。

艾默里：可你并不爱他呀。

罗莎琳德：我知道，但是我敬重他，再说，他也是一个心地善良的人，一个性格坚强的人。

艾默里：（怨艾地）没错——他是这种人。

罗莎琳德：嗯——有这么一件小事儿可以说来给你听听。星期二的下午，我们在麦城①碰到了一个可怜兮兮的小男孩——可是，啊，道森却把那小男孩抱起来放在他膝头上坐着，跟他说话，还答应给他买一套印第安人的服装呢——第二天，他居然还记得这件事，并且真去给他买了一套——于是，啊，他这件事做得真漂亮，让我心里不禁想到，他以后准会非常仁慈地对待——对待我们的孩子们的——悉心照料好我们的孩子们的——那样的话，我就不用操心了。

艾默里：（绝望地）罗莎琳德！罗莎琳德！

罗莎琳德：（略显调皮地）别故意装出这副痛苦的样子来嘛。

艾默里：我们相互伤害起来怎么这样狠！

罗莎琳德：（又开始抽泣起来）真是一对天生的冤家呀——你和我。多么像我一直渴望却根本没想过我会得到的一个梦想啊。我一生中从来还没有感受过的第一次真正无私的体验。我不能眼睁睁地看着它消失在这毫无情趣的气氛中！

艾默里：不会的——不会的！

罗莎琳德：我宁愿把它当作一个美好的记忆珍藏起来——把它深埋在我的心中。

艾默里：是啊，这一点女人能做得到——但是男人却做不到。我会永远铭记在心的，我铭记在心的不是这恋爱过程中的美好享受，而仅仅只是痛苦，无穷无尽的痛苦。

罗莎琳德：别这样！

艾默里：我有生之年绝不会再看到你，绝不会再亲吻你了，就像一扇大门被封闭了，被牢牢闩上了一样——你不敢做我的妻子。

罗莎琳德：不——不——我现在正在走的就是一条最艰难的路，最坚强的路。嫁给你说不定就是一种失败，但是我从来没有动摇

---

① 麦城（Rye），美国纽约州韦斯特切斯特县境内一个小镇。

过——你要是再不停下来,还在那儿来来回回地踱步,我就要使劲儿哭叫了。

(他又一次绝望地瘫坐在那张长沙发上。)

艾默里:过来吧,到这儿来,吻我一下。

罗莎琳德:不行。

艾默里:难道你已经不想吻我啦?

罗莎琳德:今天晚上,我要你平静而又冷静地爱我一回。

艾默里:是预示这场爱情走向尽头的先兆吧。

罗莎琳德:(突然大彻大悟地)艾默里啊,你还很年轻。我也很年轻。人家现在会原谅我们的装腔作势,原谅我们的爱慕虚荣,原谅我们待人就像桑丘①一样,做了坏事还浑然不觉。人们现在会原谅我们的。但是你肯定会遇上无数接踵而来的挫折和打击的——

艾默里:你就害怕和我一起来应对这些挫折和打击了。

罗莎琳德:不是,不是这回事儿。我曾经不知在什么地方读到过这样一首诗——你会说,那是艾拉·薇拉·威尔科克斯②写的,会觉得好笑——不过,你还是听一听吧:

因为这就是智慧——去爱,去生活吧,

去听从命运的安排或神灵的发落吧,

不要问得太多,也不要做任何祈求,

---

① 桑丘(Sancho Panza),西班牙作家塞万提斯的著名小说《堂吉诃德》中的另一重要人物,是游侠骑士堂吉诃德的侍从,主仆二人性格迥异,但相辅相成:主人耽于幻想,仆人处处求实;主人急公好义,仆人胆小怕事;两人合伙干下了无数荒唐可笑的蠢事。

② 艾拉·薇拉·威尔科克斯(Ella Wheeler Wilcox, 1850—1919),美国女作家、诗人,代表作有诗集《充满激情的诗章》(Poems of Passion),其中最脍炙人口的是《孤独》(Solitude),这首诗的开头两行常被人引用:"笑吧,世人会与你一起欢笑;哭吧,你独自一人向隅哭泣。"但此处引用的却并非她的诗句。

去热吻红唇去爱抚秀发去爱个够吧,

激情如潮,我们在爱液中随波逐流,

去拥有,去占领吧,然后——见好就收。

艾默里:可是,我们还没有做过爱呀。

罗莎琳德:艾默里,我是你的人——这一点你是知道的。上个月有好多次,假如你说出口来,我就完完全全是你的人了。可是我不能嫁给你,把我们两个人的一生都毁了。

艾默里:我们必须抓住我们获得幸福的机遇才行。

罗莎琳德:道森说,我会慢慢爱上他的。

(艾默里垂头丧气地两手抱着脑袋动也没动。生命的活力似乎突然间从他身上消失殆尽了。)

罗莎琳德:夫君啊!夫君!我不能跟你做爱呀,可是,我也无法想象没有你的日子该怎么过。

艾默里:罗莎琳德,我们是在相互制造烦恼啊。就因为我们两个人都太敏感,太紧张了,这个星期——

(他的声音莫名其妙地变得十分苍老。她起身朝他走过去,双手捧起他的脸,在他脸上亲吻着。)

罗莎琳德:我不能啊,艾默里。我不能没有绿树和鲜花,我做不到心甘情愿把自己关在一个非常狭小的公寓里,等着你下班回家。你会讨厌我成天生活在一个狭窄的氛围里的。我也会逼得你讨厌我的。

(她又一次被突如其来、抑制不住的泪水模糊了双眼。)

艾默里:罗莎琳德——

罗莎琳德:啊,亲爱的,你走吧——别把分手弄得让人更加难过了!这样我受不了——

艾默里:(他的脸紧绷着,声音也很不自然)你知道你在说什么

267

吗？你是说永远吗？

（他们所受的折磨在性质上是两样的。）

罗莎琳德：难道你还不明白——

艾默里：如果你还爱我的话，我恐怕就没法明白了。你是害怕跟我一起去经受两年时间的煎熬吧。

罗莎琳德：我不会做你所爱的那个罗莎琳德的。

艾默里：（有点儿歇斯底里了）我不会放弃你的！我不会的，绝不会！我非把你追到手不可！

罗莎琳德：（话音中已经带着刻薄的口吻了）你现在的表现就像个小孩子。

艾默里：（狂怒地）我不管！你把我们的一生都毁了！

罗莎琳德：我这是明智之举啊，唯有这件事做得还算明智。

艾默里：你是要嫁给道森·赖德吗？

罗莎琳德：啊，你就别问了。你知道，我在某些方面还是很老到的——在其他事情上——这个嘛，我还只是个小姑娘呢。我喜欢阳光，喜欢漂亮的东西，喜欢过快活的日子——我还害怕承担责任。我可不想为坛坛罐罐、做饭刷碗、扫帚拖把之类的事情而操心费神。我要操心的是，我夏日里去游泳的时候，我的腿是否光滑圆润，皮肤是否会被太阳晒黑。

艾默里：可是，你是爱我的。

罗莎琳德：这恰恰正是这段恋情为什么必须尽早结束的原因。随波逐流太伤感情了。这样的情景我们不能再有了。

（她从手指上摘下了他送给她的那枚戒指，把那枚戒指还给了他。他们眼睛再次被泪水遮住了。）

艾默里：（他的嘴唇贴着她湿润的脸颊）别这样！留着吧，求求你——啊，别伤我的心！

（她轻轻地把那枚戒指硬塞进他的手中。）

罗莎琳德：（泣不成声地）你最好还是走吧。

艾默里：再见——

（她又一次温情脉脉地望着他，目光中带着无限的渴望、无限的悲伤。）

罗莎琳德：千万别忘了我啊，艾默里——

艾默里：再见——

（他朝门口走去，笨手笨脚地摸索着寻找门的把手，终于抓住了门把手——她看着他扬起头来——他就这样走了。走了——她差点儿从那张长沙发上跳起来。然而，紧接着，她一头扑倒在长沙发上，把脸埋在几只枕头里。）

罗莎琳德：啊，上帝啊！我真想死掉算了！（过了一会儿，她站起身来，两眼紧闭，一路摸索着朝门口走去。但她随即又转过身来，再一次打量着这间房间。他们曾经在这里坐拥过，曾经在这里做过无数的美梦：那只烟灰缸，她曾经无数次为他装满过火柴；那个遮阳的窗帘，他们曾经非常谨慎地把它放低了整整一个星期天的下午。她泪眼模糊地站在那儿，往事一幕幕地浮现在她脑海中；她情不自禁地说出声来。）啊，艾默里，我对你做错了什么？

（伤痛会随着时间的流逝而被人们忘却，然而在这伤痛的背后，罗莎琳德却深深地感到，她已经失去了什么，她不明白失去的究竟是什么，也不明白为什么会失去。）

第二章　康复期的各种试验

纽约人酒吧，由于有麦克斯菲尔德·帕里什[①]所作的那幅喜气洋洋、情趣盎然的油画《老国王科尔》而顾客盈门，店内总是座无虚席。艾默里在酒吧的入口处停下来，看了看他的手表；他尤其想知道准确的时间，因为他心里放不下的某件事情已经有了分类和编目，他愿意把事情分门别类、干净利落地处理好。以后倘若还能够想起"那件事情结束的确切时间为一九一九年六月十日八点二十分"，他心里也会朦朦胧胧地感到满意的。这样计算时间，是为了把他从她家出来之后所走的那段路也考虑进去——至于这一段路究竟是怎么走过来的，他事后一点儿也回想不出来了。

他整个人都处于一种颇为怪诞的状态：整整两天都愁眉苦脸，神经兮兮，夜不能寐，饭菜也没有碰过一口，这种状况最终以情感危机加上罗莎琳德所断然作出的这个决定而达到了顶点——这件事给他带来的

[①] 麦克斯菲尔德·帕里什（Maxfield Parrish, 1870—1966），美国画家、插图画家，20世纪上半叶活跃于文艺界，尤以其独具特色的色彩饱满的油画和新古典主义画法而闻名。

精神压力，如同一剂迷幻药，使他富有睿智的头脑陷入了一种让人心生怜悯的昏昏沉沉的状态。当他坐在免费午餐的餐桌前，动作笨拙地胡乱拨弄着面前的橄榄果时，有一个人走上前来跟他打了一声招呼，却吓得他两手一哆嗦，把橄榄果撒了一地。

"喂，艾默里……"

这人其实就是他过去在普林斯顿所认识的一个人；他一时想不起他叫什么名字了。

"你好，老弟——"他听见自己在说。

"我是吉姆·威尔逊啊——你已经忘了吧。"

"没错，你就是，吉姆。我记得。"

"打算去参加校友聚会？"

"你知道啊！"话一出口他就立刻明白过来，他并不打算去参加校友聚会。

"是要去海外吗？"

艾默里点了点头，两眼怪异地瞪着。为了给一个人让路，他朝后退了一步，不料却打翻了桌上那只装橄榄果的碟子，碟子哗的一声摔碎在地板上。

"太不像话了。"他嘴里含混不清地咕哝了一声，"要来杯酒吗？"

威尔逊居然摆出一副老成持重的样子，伸出手去拍了拍他的后背。

"你已经喝多啦，老伙计。"

艾默里两眼呆愣愣地瞪着威尔逊，把他看得心里直发毛。

"喝多了，真是活见鬼！"艾默里终于说了一声，"我今天一口酒也没有喝。"

威尔逊一脸的不相信。

"你到底喝还是不喝？"艾默里很粗暴地大叫了一声。

于是，两人便一起朝吧台走去。

"高杯的黑麦威士忌。"

"我只要一杯布朗克斯鸡尾酒。"

威尔逊又干了一杯，艾默里则已一连喝下了好几杯。两人决定干脆坐下来喝。到了十点，威尔逊的位置已经被一五届的卡林所取代。艾默里尽管已经喝得晕头转向，但他还是用一层又一层并不太强的满足感把自己精神上的一个个创伤点都严严实实地掩盖好，开始滔滔不绝地谈论起这场战争来。

"简直就是一片精神的废墟嘛，"他用貌似充满智慧的口吻表情严肃地一再说，"我整整两年的光阴都是在知识的真空中度过的。理想主义全丢了，变成了一头十足的牲口。"他表情丰富地朝墙上那幅"老国王科尔"挥了挥拳头，"变成普鲁士式的人了，对什么都满不在乎了，尤其是对女人。过去对女子学院的人说话就直截了当，现在就他妈的更不在乎了。"他幅度很大地甩手一挥，把一个德国赛尔脱兹矿泉水瓶子摔碎在地板上，发出很响的噪音，借以表达他的缺乏原则，但是这一举动并没有影响到他的高谈阔论，"还是及时行乐吧，因为明天就要去死了。从现在起，这就是我的人生哲学。"

卡林忍不住打了个哈欠，而艾默里因为正说得眉飞色舞，仍在继续口若悬河：

"过去对什么事情都感到好奇——人们都心安理得地通过彼此相让来达成一致意见，对生活采取的也是一半对一半的态度。现在不感到好奇了，不感到好奇了——"他为了要卡林相信他现在已经没有那种好奇心了，语气越说越重，结果却弄得想不起自己说话的思路了，于是，便对着整个酒吧里的人大声宣布，说自己是一头"十足的牲口"，以此来草草收场。

"你在宣告什么呀，艾默里？"

艾默里推心置腹地欠身向前。

"宣告我人生的毁灭。紧要关头毁灭了我的人生。这一点恕我不能告诉你——"

他听见卡林对那酒吧服务生说了一句：

"给他来点儿镇静剂。"

艾默里气得直摇头。

"我根本不需要这玩意儿！"

"可是，听我说，艾默里，你快要把自己灌得吐出来啦。瞧你的脸色，都白得像个幽灵一样了。"

这句话艾默里倒是听进去了。他很想在镜子里照一照自己的形象，不过，他此时即便眯起一只眼睛来，也只能看到吧台后面那一溜酒瓶子那么远的距离。

"还算是一个关系不错的哥们。我们去弄点儿——弄点儿色拉来吧。"

他整了整自己的外套，想努力摆出一副若无其事的样子来，但是要离开吧台对他来说却是一件很难办到的事，结果他还是瘫倒在一张椅子上。

"我们到尚利餐馆去吧。"卡林提议道，并主动伸出一只胳膊去搀扶他。

有了这一臂之力，艾默里总算勉强站立起来，硬撑着挪动双腿走过第四十二大街。

尚利餐馆里非常昏暗。他能意识到自己是在直着嗓门说话，他觉得自己大概是在说他恨不得把人家都踩在自己的脚底下，他觉得自己的用词非常简洁明了，因而也非常令人信服。他吃了三块总汇三明治，每一块都是狼吞虎咽地吃下去的，仿佛像在嚼巧克力糖豆一样。随后，罗莎琳德的形象又开始从他脑海里冒了出来，他还发觉自己唇齿间一遍又一遍地蹦出来的全都是她的名字。接下来，他感到自己困得不行了，迷迷糊糊、昏昏沉沉的，只觉得那些身穿燕尾服的人们，可能是酒店里的那些服务生吧，全都聚拢在他这张桌子的周围……

……他到了一间卧室，卡林好像在说他的鞋带打成死结了。

"没关系，"他困乏不堪地勉强说了一句，"穿着鞋睡……"

依然借酒浇愁

他大笑着从睡梦中醒来，睁开眼睛懒洋洋地环顾了一遍周围的景象，这显然是一家高档宾馆配有浴室的客房。他的脑袋仍在天旋地转，一幅接一幅的画面不断浮现在眼前，接着又变得模糊起来，然后便像冰雪一样消融了，然而，除了想纵声大笑一场的欲望之外，他并没有意识完全清醒的反应。他伸手抓起床边的电话。

"喂——这家宾馆叫什么名字——"

"是纽约人吗？行，请送两杯高杯的黑麦威士忌上来——"

他躺了一会儿，心中在百无聊赖地遐想着，不知他们送来的是整整一瓶酒，还是那种只用小玻璃杯子装着的两杯。过了一会儿，他费劲地挣扎着从床上爬起来，迈开脚步缓慢地走进了浴室。

从浴室里出来时，他懒洋洋地一边走一边用浴巾擦着身子，却猛然发觉那名酒吧服务生已经把酒送来了，脑子里便突然冒出了一个想戏弄他一下的念头。然而他转念一想，又觉得这样做未免有辱没尊严之嫌，于是便挥挥手让他走了。

新送来的烈酒咕嘟嘟地倒入腹中之后，他浑身一阵发热，原先孤零零地浮现在眼前的那一幅幅画面开始慢慢衔接起来，仿佛形成了一部反映前一天情况的电影胶片。他又一次看到罗莎琳德蜷曲着身子脑袋埋在一堆枕头里哭泣的情景，他又一次感觉到她的泪水湿润着他的面颊。她的话语如银铃般开始在他的耳畔回荡着,"千万别忘了我呀,艾默里——千万别忘了我——"

"去他妈的!"他声音颤抖地恶骂了一声,接着喉头便哽住了,由于一阵悲伤猛地涌上了心田,他浑身瘫软地倒在了床上。过了一会儿,他睁开眼睛,凝望着天花板。

"你这该死的傻瓜!"他无比愤慨地大叫了一声,接着又长长地叹了一口气,然后从床上爬起来,朝那瓶酒走去。又一杯酒下肚之后,他任由自己的眼泪淋漓畅快地流淌下来。他故意让自己追忆着已经消逝的那个春天里所发生的一桩桩小事,自言自语地诉说着郁积在心中的万般情感,结果却反而使他对悲伤的反应变得更加强烈起来。

"我们当初是多么幸福啊,"他用在舞台上表演般的声调说,"无比的幸福啊。"接着又失声痛哭起来,人跪在床边,半边脑袋埋在枕头下。

"我心爱的姑娘——我心爱的——啊——"

他咬紧牙关强忍着,然而泪水还是像潮水般哗哗地从眼中流淌下来。

"啊……我亲爱的姑娘啊,我曾经拥有的一切,我曾经想要的一切啊……啊,我的姑娘,回来吧,你快回来吧!我需要你啊……需要你……我们是多么可怜啊……我们给彼此带来的只有痛苦……她不会再理我了……我再也见不着她了,我再也做不成她的朋友了。结果肯定是这样的——结果肯定是这样的——"

接着他又说:

"我们当初是多么幸福啊,无比的幸福……"

他直起身来,怀着万分激动的心情一头扑倒在床上,然后又精疲力竭地翻过身来躺下,同时也慢慢明白过来,自己在前一天的夜里确实喝得烂醉如泥,脑袋现在依然还在天旋地转呢。他大笑起来,起身下了床，再一次跨过了忘川①……

中午时分，他闯进了聚集在比尔特莫酒吧的那群人里，放纵再度开始。事后他依稀还能回想起他当时曾与一名英国军官大谈过法国诗歌，经人介绍，他才知道，那人原来是"皇家步兵的科恩上尉"，他还记得自己在那次午餐会上曾试图朗诵过《月光》②这首诗；之后，他就在一张宽大、柔软的椅子上睡着了，一直睡到五点，直到另一拨人来了才把他叫醒；接着又是喝酒，借酒浇愁，调整心态，准备迎接晚餐的煎熬。他们有意专门挑选了泰森酒店的戏票，因为那里有一出戏表演的是连续四次饮酒的情景——那出戏里只有两个人，说话声音单调乏味，场景烟雾腾腾，气氛也很是阴郁，灯光效果也很差，即使他的眼力十分出色，也很难看得分明。他事后猜想，那出戏一定是《玩笑盛宴》③……

……随后，他们又去了椰林夜总会，在那里，艾默里又在外面的一个小阳台上睡着了。出了夜总会来到扬克斯的尚利酒吧后，他差不多已经能有条理地说话了，再加上他也小心翼翼地控制着自己所喝的高杯威士忌的杯数，便渐渐变得头脑清醒起来，而且话也越来越多了，喋喋不休地说个没完。他发觉跟他聚在一起的这伙人一共有五个，其中有两个人他好像有点儿似曾相识；他人也变得义气起来，硬要支付自己所消费的那一部分费用，并且大声坚持，现场的一切要由他来安排，坐在他周围那几张餐桌上的人都被他逗乐了……

不知是谁提了一句，说有一个名气很响的卡巴莱④歌舞明星就坐

---

① 忘川（Lethe），古希腊神话冥府中的河流，饮其水就能忘却过去的一切。
② 《月光》(*Clair de Lune*)，法国象征主义诗歌代表人物保尔·魏尔伦（Paul Verlaine, 1844—1896）的作品，写的是月光下的一场假面舞会，象征心灵的精神状态。
③ 《玩笑盛宴》(*The Jest*, 1909)，意大利剧作家贝尼里（Sem Benieli, 1877—1949）的四幕喜剧。
④ 卡巴莱（cabaret），酒店或夜总会里的一种有歌舞和滑稽短剧表演的夜间娱乐。

在邻桌，于是艾默里便站起身来，风度翩翩地走了过去，向他们作了自我介绍……这一举动立即使他卷入了一场激烈的争吵，先是跟她的陪同争吵，接着又跟酒吧的领班争吵——艾默里的态度显得很高傲，再说这个献殷勤的举动未免也有些太夸张……经过一番无可辩驳的说理交锋之后，他同意让别人陪着回到自己的座位上。

"决定自杀了。"他突然宣布说。

"什么时候？明年吗？"

"现在。明天早晨。准备在海军准将大酒店里包一个房间，把浴缸里放满热水，然后切开血管。"

"他越来越病态了！"

"你需要再来一杯黑麦威士忌呀，老弟！"

"这个问题我们明天再细谈吧。"

但是任凭别人怎么劝说，艾默里就是不听，至少在观点上。

"这种事情你过去干过没有？"他故作神秘地悄声问道。

"当然干过！"

"经常这样干吗？"

"我的老毛病。"

这句话又引起了一番议论。有一个人说，他有时在心情非常压抑的情况下就会很严肃地考虑这种事情。另一个人附和说，人活在这世上实在没有什么意义。"科恩上尉"说，这家伙不知是在什么时候又加入进来的，按照他的看法，一个人只有在健康状况极其恶劣的情况下才最容易产生这种想法。艾默里则提议说，干脆每个人都去要一杯布朗克斯鸡尾酒来，在里面掺入碎玻璃，然后就把这杯酒喝下去。使他感到宽慰的是，在场的人谁也没有对他的这个说法表示赞同，于是，他喝干了自己的那杯高杯黑麦威士忌之后，便用一只手托着下巴颏儿，把胳膊肘撑在桌子上——这是一个非常微妙、不大可能会被人看出来的睡觉姿势，他放下心来——然后就昏昏沉沉地进入了熟睡状态……

他被一个女人推醒，那女人就依偎在他身边，一个漂亮的女人，一头乱蓬蓬的棕褐色的头发，生着一双深蓝色的眼眸。

"带我回家！"她大声说。

"你好！"艾默里一边说，一边眨了眨眼睛。

"我喜欢你，"她柔情蜜意地说。

"我也喜欢你。"

他注意到灯火阑珊处有一个男人正在直着嗓门大声嚷嚷，而正在跟他争吵的人却是他们这伙人当中的一个。

"一直在纠缠着我的那个家伙是一个十足的蠢货，"那蓝眼睛女人悄声贴着他耳边说，"我恨死他了。我要跟你一起回家。"

"你喝醉了吧？"艾默里以超强的智慧问道。

她羞答答地点了点头。

"你还是跟他一起回家吧，"他一脸严肃地对她说，"是他带你来的。"

就在这时，灯火阑珊处的那个吵得正凶的男人猛然挣脱开揪住他不放的那几个人，径直冲了过来。

"喂！"那人恶狠狠地说，"是我把这姑娘从外面带到这儿来的，你这样做就是横刀夺爱！"

艾默里冷冷地瞅了他一眼，不料，那姑娘这时却把他抱得更紧了。

"你把那姑娘放开！"那个凶巴巴的男人大吼一声。

艾默里也竭力让自己摆出一副瞪大眼睛、目露凶光的样子。

"你滚蛋吧！"他终于以命令的口吻说了一声，然后便转过脸去注视着那姑娘。

"这叫一见钟情。"他话中有话地说。

"我爱你。"她娇滴滴地说了一声,然后便小鸟依人般地依偎在他身上。她确实生着一双非常漂亮的眼睛。

不知是谁凑过来,贴着艾默里的耳朵悄声说了一句话。

"那姑娘就是玛格丽特·戴亚蒙。她喝醉了,把她弄到这儿来的人,就是站在你旁边的这个家伙。最好放开她。"

"那就叫他看好她呀!"艾默里十分恼怒地大声说,"我又不是基督教青年会的工作人员,我是吗?——我是吗?"

"放开她!"

"明明是她抱着我不肯撒手嘛,妈的!就让她抱着吧!"

桌子四周围人越聚越多。一场恶架眼看就要打起来了,但是一个油头滑脑的服务生急忙跑过来,使劲儿掰开了玛格丽特·戴亚蒙的手指头,迫使她不得不松开了紧紧抱着艾默里的那双手,气得她扬起手掌,狠狠抽了那服务生一记响亮的耳光,然后又挥舞着双臂张牙舞爪地扑向了她原先的那位已经气急败坏的护花使者,在他的身上一阵乱打。

"啊,老天爷!"艾默里喊了一声。

"我们走!"

"赶紧走,待会儿就叫不到出租车了!"

"结账,服务生。"

"快走吧,艾默里。你的风流韵事已经结束啦。"

艾默里大笑不止。

"你不知道你刚才这句话说得多么千真万确。你哪里想得到啊。这才是整个问题的关键所在呢。"

艾默里的劳资问题

两天后的一个早上,艾默里来到巴斯科姆-巴洛广告公司,在总经理办公室的门上敲了敲。

"进来!"

艾默里脚步踉跄地走进办公室。

"早上好,巴洛先生。"

巴洛先生戴上眼镜,仔细打量着来人,嘴巴微微张开,这副样子也许能使他听得更加清楚吧。

"嗯,是布莱恩先生啊。我们有好些日子没有见过面啦。"

"是啊,"艾默里说,"我是来辞职的。"

"呃——嗯——这是——"

"我不喜欢这份工作。"

"很遗憾。我觉得我们的关系还是一直相处得相当——呃——愉快的。你在工作上好像还是蛮勤奋的嘛——大概还有点儿偏爱,写出的东西也还挺有文采的——"

"我只是对这份工作感到厌倦了,"艾默里非常粗鲁地打断了他的话,"至于海瑞贝尔公司的面粉究竟是不是比别的公司的面粉更好一些,对我来说一点儿关系也没有。事实上,我也从来就不吃他们的面粉。所以嘛,我也就懒得再跟人家说短道长,议论这些面粉好与不好了——啊,我知道我自己一直在酗酒——"

巴洛先生的面孔一连抽搐了好几下,然后就像铸铁一样僵住了。

"你以前提出的升职要求——"

艾默里摆摆手让他别再说了。

"还有,我认为付给我的薪水也实在低得太不像话了。每星期才三十五块钱——还不及一个熟练木工的薪水高呢。"

"你不过才刚刚开始工作嘛。你以前从来就没有工作过。"巴洛先生冷冷地说。

"可是,我耗费了大约一万块钱去接受教育,难道就是为了来替你写这些破烂玩意儿？不管怎么说，就工龄而言，你这里的这些速记员，五年来，你一直都是按每星期十五块钱的薪水付给他们的。"

"我不想跟你争辩，先生。"巴洛先生说着，站起身来。

"我也不想跟你争辩呀。我只是想来告诉你，我打算辞职了。"

他们面面相觑地站在那里对视了片刻，然后，艾默里就转身离开了这间办公室。

暂时稍稍平静下来

这件事发生四天之后，艾默里终于回到公寓里来了。汤姆正在埋头为《新民主》杂志写一个书评，他已经受聘在这家杂志的编委会工作了。他们默默无言地彼此打量了一会儿。

"还好吗？"

"还好吗？"

"仁慈的上帝呀，艾默里，你是在哪儿被人把眼睛打得乌青的——还有下巴？"

艾默里哈哈一笑。

"这算不了什么。"

他剥去外套，裸露出两个肩膀。

"瞧这儿！"

汤姆不禁低声惊呼了一声。

"是什么人揍你的？"

艾默里又哈哈一笑。

"啊，有好多人呢。我被他们狠狠揍了一顿。真的。"他慢慢换上衬衣，"挨打肯定也是迟早的事儿，这顿打我是绝对躲不过的。"

"到底是谁干的？"

"唉，我估计，有几个是酒吧的服务生吧，大概还有两三个海员，还有几个是毫不相干的过路人。那是一种最为奇怪的感觉了。你不就是想体验一下那种滋味嘛，被人家狠狠揍一顿也是应该的。你没一会儿就倒下了，人人似乎都在劈头盖脸地抽你，直到把你打翻在地——紧接着，他们就朝你身上乱踢。"

汤姆点起了一支香烟。

"我满城到处找你，找了整整一天呢，艾默里。想不到你总是比我略胜一筹啊。依我看，这些天来，你肯定一直跟某些人搅和在一起。"

艾默里一屁股坐在一张扶手椅里，问汤姆要了一支香烟。

"你现在酒醒了吧？"汤姆一脸疑惑地探问道。

"非常清醒。怎么啦？"

"哦，亚历克已经搬走了。他家人一直在牢牢盯着他，要他回家去住，所以他就——"

一阵痛苦袭遍了艾默里全身。

"太恶劣了。"

"是啊，是太恶劣了。如果我们打算继续在这儿住下去，就得另外再找个人来才行。房租涨了。"

"说得对。随便找个什么人来吧。这事儿就由你全权负责了，汤姆。"

艾默里走进自己的卧室。他抬眼看见的第一件物品就是罗莎琳德的一张照片，他原本是打算把这张照片镶在一个镜框里的，照片就斜靠在梳妆台上的一面镜子旁边。他看了看那张仍旧原封未动地摆放那儿的照片。他现如今只剩下看看照片、触景生情的份儿啦，随后，他脑海里不禁又栩栩如生地浮现出一幅幅有关她的画面，相比之下，这幅相片却又莫名其妙地显得很不真实了。他又返身回到了书房。

"有没有硬纸盒?"

"没有,"汤姆回答说,显得很茫然,"我要那玩意儿干什么?哦,对了——亚历克的房间里好像有一个。"

艾默里四处乱翻了一通,终于找到了他想要的纸盒,便又回到梳妆台前,拉开一只抽屉,只见抽屉里塞得满满当当的,里面有许多信札、便条儿、一截项链、两块小手绢,以及几张快照。他仔仔细细地整理着这些物品,把它们统统搬进了那只纸盒里,在做这件事情的时候,他脑子里情不自禁地想起了有一本书里所描写的情景,那本书里的主人公把他已经失去的恋人留下来的一块肥皂保存了整整一年,最后还是用这块肥皂来洗手了。他嘿嘿一笑,接着便哼起了《自从你走了之后》①这首歌……哼着哼着,又戛然而止……

捆扎纸盒的那根绳子居然断了两次,费了好一番周折之后,他总算勉强把纸盒扎牢,便随手把这包东西丢进了他那只大箱子的底部,然后砰的一声盖上了箱盖,又返身回到书房。

"准备出去吗?"汤姆的话音里暗含着一丝担忧。

"唔——唔。"

"去哪儿?"

"不好说呀,老弟。"

"我们一起去吃顿饭吧。"

"对不起。我跟苏凯·布雷特已经有约在先了,这顿饭说好了要跟他一块儿吃的。"

"哦。"

"再见。"

---

① 《自从你走了之后》(After You've Gone),1918 年的美国流行歌曲,由美国著名作曲家、歌手、钢琴家特纳·雷顿(Turner Layton, 1894—1978)作曲,著名诗人、歌词作家亨利·克里默(Henry Creamer, 1879—1930)作词,后来许多爵士乐歌曲均据此创作。

艾默里走到马路对面，在那儿喝了一杯高杯的威士忌；然后才慢慢走向华盛顿广场，登上一辆公共汽车，在车顶层上找了一个座位坐下来。他在第四十三大街下了车，径直大摇大摆地走进了比尔特莫酒吧。

"你好呀，艾默里！"

"你想喝点儿什么？"

"你来啦！服务生！"

体温正常了

随着《禁酒法案》的生效和"优先解决饥渴问题"之日的到来[1]，艾默里借酒浇愁的习惯也戛然而止了，因此，有一天早晨，他从睡梦中一觉醒来时，便大出意外地发现，原先的那种"出了酒吧再进酒吧"的日子已经一去不复返了，然而他既没有为过去这三个星期的行为感到悔恨，也没有为这样的日子不可能再来而感到遗憾。他采取了最为极端，即也是最为软弱无力的办法为自己筑起了一道屏障，以此来抵御在回味往事时心中一阵阵如刀割般的痛苦，尽管他不会写下这个过程供别人去借鉴，但他最终却发觉，这个办法还是行之有效的：他已经度过了头一拨如潮水奔涌般的痛苦。

切不可有什么误解！艾默里对罗莎琳德的爱还是动了真感情的，他永远也不会再像这样去爱另一个活着的人了。她已经从他身上汲取走了他青春时期勃勃涌动的第一次爱的浪潮，而且还从他尚未被探究

---

[1] 1918年11月19日，美国国会通过了《第十八条修正案》，即美国《战时禁酒法案》，严禁任何企业或个人生产或出售酒精含量超过2.75%的饮品。该临时法案于1919年6月30日正式开始生效，因此，1919年7月1日这一天便被当时的人们广泛戏称为"优先解决饥渴问题"之日。《战时禁酒法案》直到1933年3月才被废止。

过的内心深处带走了连他自己都会感到惊讶的那份柔情，那种温文尔雅的举止和全然无我的慷慨，他从来未曾奉献给另外一个人。他后来又经历过不少次恋爱，然而那是完全不同类型的恋爱：在这些恋爱事件中，他又回到了那种对他来说也许更加典型的心理状态，在这样的心理状态下，女孩子已然成了反映他内心某种情绪的一面镜子。罗莎琳德从他身上汲取走的不仅仅是充满激情的恋爱，他的确对罗莎琳德怀有一种深厚的、无法否认的真挚感情。

然而，这场恋爱在快要结束的时候出现的那种状况却活像舞台上演的一出悲剧，而且最终竟然演变成了一连三个星期都在放浪形骸地纵酒作乐，简直就像做了一场令人匪夷所思的噩梦一样，后来终于把他折腾得在感情上精疲力竭了。周围的那些人和环境在他的记忆中全都是冷冰冰的，或者全都是故意装出来的假象，他似乎也乐得逍遥在这个庇护所里。他后来以他父亲的葬礼为素材，写了一个愤世嫉俗的短篇故事，并把它投给了一家杂志，没想到竟收到了一张六十美元的支票，而且还约请他继续再为他们写一些同样格调的故事。这一下使他的虚荣心稍稍得到了一点满足，然而却并没有激励他去继续写作。

他开始潜心读书了，涉猎也非常广泛。《一个青年艺术家的画像》[1]让他颇感困惑和沮丧；《朱安与彼得》和《永不熄灭的火种》[2]这两部小说则引起了他极大的兴趣；从一个名叫门肯[3]的批评家的文章里，他发现了几部非常优秀的美国小说，这几部小说着实也令他惊叹

---

[1]《一个青年艺术家的画像》(*A Portrait of the Artist as a Young Man*, 1916)，爱尔兰著名作家詹姆斯·乔伊斯 (James Joyce, 1882—1941) 的一部长篇小说。
[2]《朱安与彼得》(*Joan and Peter*, 1918)、《永不熄灭的火种》(*The Undying Fire*, 1919) 均为英国著名作家 H.G. 威尔斯所创作的长篇小说。
[3] 门肯 (Henry Louis Menken, 1880—1956)，美国著名记者、散文家，美国社会生活和文化的辛辣批评家，20 世纪前 50 年最具影响力的作家和散文家之一。

不已:《凡多佛与兽性》①《特伦·威尔的毁灭》②,以及《珍妮姑娘》③。然而,诸如麦肯齐、切斯特顿、高尔斯华绥、贝内特这样的一些作家在他心目中的地位,则已从原来富有远见卓识、饱经人间沧桑的天才作家,降格为仅仅只写消遣性作品的同时代的人了。萧伯纳超凡脱俗、清晰简练的文笔和精彩绝伦的连贯性,以及 H.G. 威尔斯为了将浪漫主义的匀称之钥插入难以捉摸的真理之锁而付出的壮美得让人陶醉的诸般努力,单凭这一点就已赢得了他如痴如迷般的关注。

艾默里很想去看望达西大人。他一回国就给他写过信,但是却一直没有收到他的回信。他也知道,去拜访达西大人就意味着要讲罗莎琳德的事,然而一想到要把这件事再讲述一遍,他就感到不寒而栗。

在追忆那些凡事都能泰然处之的人物的时候,他不禁想起了劳伦斯夫人,那是一位头脑非常聪颖、仪态非常端庄的贵妇人,是教会的一名皈依者,也是达西大人的一个虔诚的崇拜者。

有一天,他给她打了一个电话。对,她还清清楚楚地记得他的模样呢;没有,达西大人不在城里,她认为他此时人在波士顿;他答应过一回来就来出席晚宴的。艾默里能不能过来与她共进午餐呢?

"我觉得我还是赶紧过来一趟才对,劳伦斯夫人。"到了之后,他这样含糊其辞地说。

"达西大人上个星期刚刚来过此地,"劳伦斯夫人用遗憾的口吻

---

① 《凡多佛与兽性》(*Vandover and the Brute*, 1914),美国自然主义小说家弗兰克·诺里斯(Frank Norris, 1870—1902)的长篇小说,系根据他生前未完成的手稿出版。
② 《特伦·威尔的毁灭》(*The Damnation of Theron Ware*, 1896),美国小说家和新闻记者哈罗德·弗雷德里克(Harold Frederic, 1856—1898)的一部长篇小说。这部现实主义小说被评论界广泛誉为美国文学中的一部经典之作,堪与英国著名作家萨缪尔·巴特勒(Samuel Butler, 1835—1902)的《众生之路》(*The Way of All Flesh*, 1903)和美国著名小说家、剧作家辛克莱·刘易斯(Sinclair Lewis, 1885—1951)的《埃尔默·甘特里》(*Elmer Gantry*, 1927)相媲美,尽管一般读者对此并不熟悉。
③ 《珍妮姑娘》(*Jennie Gerhardt*, 1911),美国小说家西奥多·德莱赛(Theodore Dreiser, 1871—1945)的第三部长篇小说。

说,"他当时还急着要见你一面呢,可是,他把你的地址遗忘在家里了。"

"他是不是以为我已经投身于布尔什维克主义了?"艾默里问,显得很关心。

"哦,他这段时间心情很不好受。"

"为什么?"

"在为爱尔兰共和国担忧呢。他认为这个国家已经没有尊严了。"

"怎么回事?"

"爱尔兰总统到达的时候,他恰好去了波士顿,但是他心里感到特别痛苦,因为接待委员会的那帮人在乘车的时候,老是用胳膊搂着那位总统。"

"我不怪他。"

"哎,你在部队里服役的时候,让你最为深刻难忘的事情是什么?你看上好像比过去要老成多啦。"

"那是另外一场战役,而且是更具有灾难性的战役所造成的。"他回答说,尽管他内心里苦不堪言,但他还是勉强笑了笑,"不过,说起部队里的事情来——让我想一想——哦,我发现了一个秘密,一个人的实际胆量有多大,在很大程度上取决于他的身体状况。我觉得我的勇敢程度并不亚于我身边的那些战友——我过去还老是为这一点发愁呢。"

"还有呢?"

"呃,我的看法是,人一旦对这一点习以为常,那他就什么事情都能经受得住,何况我在心理学这门课的考试中还得过高分呢。"

劳伦斯夫人大笑起来。艾默里越发觉得,待在河滨大道这幢清凉宜人的别墅里有一种让人心情特别放松的感觉,这里远离人口更加稠密的纽约,完全没有许多人挤在同一个狭小的空间呼出大量难闻的气味的那种感觉。劳伦斯夫人使他朦朦胧胧地想起了比阿特丽斯,并不是在气质上,而是在她那十分优雅的风度和端庄的举止上。这幢别墅,屋内的陈设以及席间上菜的方式,与他在长岛那些名门豪宅里所遇见的情形有天壤之别,那些人家的用人做事情太冒失,绝对应该将他们赶走,即便与他在那些更加因循守旧的"联谊俱乐部"[①]会员们的家中所见到的情景相比,悬殊也很大。他心中就有些纳闷,这种与之相对称而又有约束力的气氛,这种典雅的魅力,尽管他觉得颇具欧洲大陆的风格,不知是不是通过劳伦斯夫人早年定居在新英格兰地区的祖先的家族渊源凝聚而成的,或者是由于她长期居住在意大利和西班牙而养成的吧。

在午餐桌上,两杯法国苏特恩白葡萄酒[②]下肚之后,他的话又渐渐开始多了起来,他以他自认为颇具昔日魅力的风采,大谈着宗教、文学,以及正在威胁到整个社会秩序的种种现象。劳伦斯夫人明显流露出很乐意跟他在一起交谈的神情,她关注的尤其是他的见解;他也很想让人们再度喜欢他的一些见解——要不了多久,这里或许就会成为一个非常惬意的居住地啦。

"达西大人依然认为你就是他的化身,他认为你的信仰终究会渐渐明朗起来的。"

"也许吧。"他同意这个说法,"目前我还没有信奉任何一门教派。这仅仅是因为,宗教与我这个年龄的生活似乎并没有丝毫的关联。"

离开她家之后,他沿着河滨大道向前走去,心里很有些沾沾自喜的感觉。现在再来讨论诸如此类的话题,比方说,斯蒂芬·文森

[①] "联谊俱乐部"(Union Club),此处指"纽约市联谊俱乐部",是美国历史最悠久三大私人俱乐部之一,创办于1836年,会员中有包括美国总统、纽约州长、纽约市长、工业巨头、金融寡头、报业巨擘等在内的社会各界的许多大人物。
[②] 苏特恩白葡萄酒(Sauterne),法国出产的一种白葡萄酒。

特·贝尼特①这个年轻的诗人,或者爱尔兰共和国,简直让人感到很好笑。不管是爱德华·卡森律师②还是科哈兰法官③提出的那些散发着陈腐臭气的指控,反正他已经对爱尔兰问题感到彻底厌倦了;然而,曾几何时,他自己身上的那些凯尔特人的性格特点还是他人生哲学的支柱呢。

他似乎突然意识到,生活中原来还有这么多的乐趣可以去领略,但愿这种昔日兴趣的再次复活不会意味着他会再一次逃离生活——逃离生活本身。

坐立不安

"我已经太老啦,对什么都感到厌倦啦,汤姆。"有一天,艾默里这样感慨地说,他此刻正躺在舒适的窗台上悠闲地伸着懒腰。他向来觉得,采取横卧的姿势才会感到特别自然,舒坦。

"你过去总是妙趣横生地把自己的想法先跟人家讲一通,然后才开始动笔写的,"他又接着说,"现在呢,你把自以为能够拿去付印的想法统统都藏匿在自己的心里了。"

生活已经稳定下来,又回到了过去那种胸无大志的常态。他们认为,倘若节俭一点,他们依然还能租得起这套公寓,汤姆俨然变成了一只蜗在家里不肯出门的老猫,对这套公寓他倒是越来越喜欢了。墙

---

① 斯蒂芬·文森特·贝尼特(Stephen Vincent Benét,1898—1943),美国小说家、诗人,因一部描写美国南北战争的叙事长诗《约翰·布朗的遗体》(*John Brown's Body*,1928)而获得1929年度普利策奖。
② 爱德华·卡森(Edward Henry Carson,1854—1935),爱尔兰律师、法官、北爱尔兰统一党领袖。
③ 科哈兰(Daniel Cohalan,1865—1946),美籍爱尔兰人的领袖人物,纽约州高级法院的大法官(1912—1935)。

上挂着的那几幅已经旧了的英国狩猎图版画的印制品是汤姆的,还有承蒙以前住户的好意留下来的那幅大挂毯,大学颓废时期保存下来的一件堪称文物的纪念品,一大堆无人来认领的蜡烛扦,以及那张雕花的路易十四的椅子,但是,这张椅子谁坐上去超过一分钟就会感到脊椎酸痛难忍——汤姆口口声声说,那是因为人们是坐在蒙特斯潘[①]阴魂的膝头上的缘故——不管怎么说,反正是因为有了汤姆的这些家当,他们才决定继续住下去的。

他们很少外出:只是偶尔才去看一场戏,或者去利兹饭店吃顿饭,或者去出席一下普林斯顿大学俱乐部的活动。由于禁酒,这些大名鼎鼎的幽会地点也都一个个受了致命伤;谁也不会在中午十二点或晚上五点再悠闲自得地走向比特莫酒吧了,那种意气相投的好兴致再也找不到了,不管是汤姆,还是艾默里,都已经没了那份激情再到"二十夜总会"(俗称"怪人夜总会"),或者到广场酒店的玫瑰厅去拈花惹草,去找那些中西部来的或者新泽西来的初入社交场合的女孩子们跳舞了——更何况,即便是那样,也需要先喝下几杯鸡尾酒,"才能让自己的智商降低到在场的那些女人的智力水平",就像艾默里曾经对一名大惊失色的女总管所说的那样。

艾默里近来收到了好几封巴顿先生寄来的让人担忧的信函——日内瓦湖畔的那幢别墅因为面积太大,不容易租出去;目前能够收的最理想的租金,只能勉强解决今年要支付的税款和作些必要的修缮,除此之外也就所剩无几了。事实上,这位律师的潜台词是,整个房产握在艾默里的手里,名义上虽然好听,实际上却是一个累赘。然而,哪怕在今后的三年里整个房产不能给他生出一分钱来,由于怀着一份说

[①] 蒙特斯潘(Madame de Montespan,1641—1707),法王路易十四的最得宠的情妇,曾为路易十四生育了七个子女。

不清的感情，艾默里已经拿定主意，目前，不管怎么说，他是不会变卖这幢别墅的。

这一天，也就是他对汤姆诉说自己的厌倦情绪的这一天，是一个非常典型的日子。他睡到中午才起床，然后就去与劳伦斯夫人共进午餐，接着便登上了一辆他喜欢的公共汽车的顶层，心不在焉地回家。

"你怎么会不感到厌倦呢，"汤姆打着哈欠说，"对于你这个年龄和条件的年轻人来说，这不就是一种司空见惯的心态吗？"

"是啊，"艾默里心事重重地说，"可是，我不仅感到忒厌倦，我还坐立不安呢。"

"是爱情和战争让你这样的。"

"唉，"艾默里在思索着，"就这场战争本身而言，不管是对你还是对我，究竟是否产生了很大的影响，这一点我还说不准——不过，这场战争肯定把原有的那些背景都毁掉了，似乎把个人主义思想从我们这一代人身上彻底铲除了。"

汤姆惊讶地抬起头来。

"这一点是毫无疑问的，"艾默里坚持说，"我不好说这场战争是否把个人主义思想也从整个世界彻底铲除了。啊，上帝，从前的日子是多么快乐，我可以常常做梦，梦想自己能成为一名真正的大独裁者，或者成为一名作家，或者成为一名宗教领袖或者政治领袖——然而现在呢，即便再出一个列奥纳多·达·芬奇，或者再出一个洛伦佐·德·美第奇[1]，也不可能成为这个世界的一个真正老派的中流砥柱式的人物了。生活太广阔，太复杂啦。这个世界杂草蔓生，盘根错节，连动一根手指头都做不到，然而我过去还一直打算要做一个像这

---

[1] 洛伦佐·德·美第奇（Lorenzo de' Medici, 1449—1492），意大利文艺复兴时期的政治家、外交家、文学艺术家们的支持者和赞助者、佛罗伦萨的统治者。

样了不起的手指头呢。"

"我不同意你的观点，"汤姆打断了他的话，"自从——呃，自从法国大革命以来，还从来没有人被摆放到如此以我为中心的位置上来呢。"

艾默里态度强烈地表示不同意。

"你错误地理解了这个特定的时代啦，在这样一个特定的时代里，每一个顽梗不化的狂热分子都是个人主义者，代表了一个特定时期的个人主义思想。威尔逊[1]只有在他代表着国家利益的时候才是强大有力的，就连他也不得不一而再，再而三地作出妥协呢。即便是福熙[2]，他的重要性也不及'石墙'杰克逊[3]的一半。战争一贯是人类最具个人主义色彩的一种追求，然而战争造就出的那些人们喜闻乐见的战斗英雄，却不具有权威性，也不担当任何责任：吉纳迈，还有中士约克[4]就是很好的例子。一个小学生怎么可能把潘兴[5]看成大英雄呢？一个大人物根本就没有时间去踏踏实实地做任何事情，他是坐享其成地坐在那儿当大人物的。"

"那么，你认为将来就再也不会有什么永久性的世界公认的英雄了？"

---

[1] 威尔逊（Thomas Woodrow Wilson，1856—1924），普林斯顿大学校长（1902—1910），美国新泽西州州长（1911—1913），美国第二十八任总统（1913—1921），在第一次世界大战期间于1917年4月向国会提出对德宣战。

[2] 福熙（Ferdinand Foch，1851—1929），法国元帅、军事理论家，第一次世界大战期间任法军总参谋长。

[3] "石墙"杰克逊（Thomas Jonanthan Jackson，1824—1863），美国南北战争时期南部联军的将领，因1861年在第一次马萨纳斯战役中的杰出指挥而一举成名，后成为罗伯特·E.李将军手下的得力将领。

[4] 吉纳迈（Goerges Guynemer，1894—1917），第一次世界大战时期的法国空军飞行员，在一次空战中失踪，后被追认为法国民族英雄；约克中士（Alvin Cullum York，1887—1964），第一次世界大战时期的美国战斗英雄，1941年，美国好莱坞把他的事迹拍成电影《约克军曹》（Sergeant York，1941）。

[5] 潘兴（John Joseph Pershing，1860—1948），美国将军，军事指挥家，第一次世界大战期间美国远征军将领，也是美国历史上唯一终身享有美军最高军衔的将领（其军衔为0-1号）。

"没错——要从历史上来看——不是从生活中来看。卡莱尔[①]倘若还活着,恐怕也很难找到材料来续写新的一章,论述'作为大人物的英雄'。"

"说下去。我今天倒要洗耳恭听了。"

"人们现在都在如此苦苦地煎熬着,就是因为他们相信会有领袖人物的出现,都在眼巴巴地苦苦期盼着呢。可是,我们刚看到一个深得人心的改革家,或者政治家,或者军人,或者作家,或者哲学家出现了——出现了一个像罗斯福,像托尔斯泰,像伍德,像萧伯纳,像尼采这样的人物,可是这样的人物刚一出现,马上就被批评的逆流冲走了。我的上帝啊,如今这世上已经没有一个人能够永久长存了。这就是一条通向默默无闻的最可靠的道路哇。听着同一个人的名字被一遍又一遍地重复着,人们会感到厌烦的。"

"于是,你就把这个责任归咎到新闻舆论的头上了?"

"那还用说嘛。就看看你自己吧,你是《新民主》杂志的一名编辑,这可是一份在本国被人们誉为最优秀的周刊啊,看这份杂志的读者都是一些想干出一番事业的人。你的任务是什么呢?哇,对上面指派你去评述的每一个人、每一个学说、每一本书、每一个政策、你都要尽可能写得巧妙些,写得饶有兴味,要尽可能以漂亮的文笔表现出愤世嫉俗的味道来。你对所要讨论的热点问题揭示得越清楚,抒发的精神上的愤慨越多,他们支付给你的金钱就会越多,花钱来购买这一期杂志的人也就会越多。你,汤姆·丹维里埃,一个备受折磨的雪莱式的诗人,如今也变了,学会见风使舵了,人也变得乖巧了,变得不

[①] 卡莱尔(Thomas Carlyle, 1795—1881),苏格兰讽刺作家、散文家、历史学家、社会评论家,《爱丁堡百科全书》的撰写人之一,著有《法国大革命》(The French Revolution: A History, 1837)、《论英雄、英雄崇拜及历史上的英雄事迹》(On Heroes and Hero Worship and the Heroic in History, 1841)等多部论著,对英国维多利亚时期的文化有很大影响。

择手段了,你这是代表了全人类的批评意识呢——啊,你别抗议,这种把戏我也知道。我念大学的时候也是经常写书评的,我那时候是把援引最新出版的写得坦诚而又有良知的书籍当作一种难得的消遣来对待的,努力想提出一种理论,或者提出一种解决问题的良方,作为一种'可喜可贺的补充,来增添我们夏日轻松读书的乐趣'。得了,这一点你就承认了吧。"

汤姆大笑,于是艾默里扬扬得意地继续说着。

"我们需要有信仰。年轻的学子们要尽可能相信那些老一辈的作家,选民们要尽可能相信他们在国会里的代表,各国的民众要尽可能相信他们的政治家,然而他们做不到。摇旗呐喊的声音太多,杂乱无章、缺乏逻辑、考虑不周的批评太多。这种情况在报业界更为严重。任何一个腰缠万贯、毫无进步思想的老家伙,只要有那种被人们称之为金融天赋的特别贪婪、什么都想抓在手里的心态,就可以拥有一家报纸,而报纸则是成千上万疲惫不堪、来去匆匆的各色人等的精神食粮和饮品,人们太忙于现代生活的诸般事务了,只能囫囵吞下已经被提前消化了的食物。花上两分钱,选民们就买下了自己的政治主张,买下了偏见,买下了哲学观点。一年以后,又会有一个新的政治集团出现,或者报纸的所有权发生了变更,由此而产生的后果是:更加的混乱不堪,更加的矛盾重重,各种新思想的突然涌入,各种新思想的相互杂糅,各种新思想的升华,对各种新思想的反拨——"

他稍稍停顿了一下,但只是为了喘口气。

"这就是为什么我已经发誓绝不动笔写东西的原因,除非等我的想法明晰了,或者完全放弃了;即使不向人们的头脑里灌输那些具有危险性的、思想浅薄的箴言警句,盘踞在我灵魂上的罪恶也已经够多了;我也可以致使某个蹩脚的、从不得罪人的资本家与一枚炸弹发生卑鄙的联系,或者搞得某个天真无邪的小布尔什维克与一颗机枪子弹纠缠不清——"

在这种针对他与《新民主》杂志的关系大加冷嘲热讽的刺激下,汤姆越来越感到坐立不安了。

"这一切与你现在的厌倦情绪有什么相干?"

艾默里则认为大有关系。

"我应该怎么去适应环境?"他诘问道,"我追求的人生目标是什么?是去向全人类做宣传鼓动吗?按照美国小说里的说法,我们是被人牵着鼻子走的,因此才会相信,十九岁至二十五岁的'健康的美国男子'是完全没有性能力的动物。事实上,他越是健康,此话就越是没有道理。让你激动起来的唯一办法,就是激发起某种强烈的兴趣来。行啦,这场战争已经结束了;我因为对身为作家的人所肩负的职责太坚信不疑了,所以我现在还不能从事写作;这个,至于做生意嘛,生意自有生意经。除了跟经济学有那么一点点实用主义的联系之外,这一行与我在这个世界上感兴趣的任何事情都没有丝毫关系。我所能看到的这个行当的前景是,碌碌无为地没在一个小职员的岗位上,我的人生的下一个十年,也是最宝贵的十年,或许可以拍成一部反映脑力劳动的工业电影。"

"写小说试试看。"汤姆建议说。

"问题是,我一动手写那些故事,脑子就会走神——弄得我老是担心我只是在写小说,而不是在生活——心里老是在想着,说不定生活正在向我召唤呢,心就飞到里茨大饭店的日式花园里去了,或者飞到大西洋城去了,或者飞到曼哈顿东区的南面去了。"

"不管怎么说,"他继续说道,"反正我没有那种必不可少的冲动。我以前就想做一个生活有规律的正常人,可是那个女孩子却偏偏看不懂我的这种心思。"

"你还会再找到一个的。"

"上帝啊！打消这个念头吧。你为什么不对我说'假如这个女孩子值得你拥有，她就会等着你的'？不，先生，那个真正值得你拥有的女孩子是不会等任何人的。假如我真的觉得我还会跟别的女孩子谈恋爱，那我对人性仅存的那么一点点信念也就丧失殆尽了。也许我还会跟女孩子们玩玩——但是罗莎琳德却是这普天之下唯一能让我心动的姑娘。"

"行啦，"汤姆打着哈欠说，"我一直在扮演着你的知己，听你倾诉衷肠呢，已经听了你足足有一个钟头啦。但是话说回来，看到你又开始对某个事件发表言辞激烈的看法了，我还是挺高兴的。"

"我也很高兴啊，"艾默里很不情愿地附和说，"但是，每当我看到一个幸福的家庭的时候，我这肚子里就觉得特别难受——"

"幸福的家庭就是要让人产生那样的感觉呀。"汤姆挖苦地说。

爱吹毛求疵的汤姆

艾默里也有不少日子是只当别人的听客的。这种情况往往是在汤姆一边吞云吐雾，一边恣肆宰杀美国文学的时候，他就理屈词穷，什么话也说不出来了。

"一年五万块啊，"他听着听着就会大呼小叫起来。"我的上帝啊！你瞧瞧这些人，你瞧瞧这些人——埃德娜·费尔伯[1]、古维诺尔·莫里斯[2]、范妮·赫斯特[3]、玛丽·罗伯茨·莱因哈特[4]——他们当中没

---

[1] 埃德娜·费尔伯（Edna Ferber, 1885—1968），美国小说家、剧作家。她的长篇小说尤其脍炙人口，曾三度荣获普利策图书奖。
[2] 古维诺尔·莫里斯（Gouberneur Morris, 1752—1816），美国政治家，美国宪法起草人之一，12岁即考入美国哥伦比亚大学，七年后从该校毕业，获硕士学位。
[3] 范妮·赫斯特（Fanny Hurst, 1889—1968），美国小说家，有多部作品被改编、拍摄为电影。
[4] 玛丽·罗伯茨·莱因哈特（Mary Roberts Rinehart, 1876—1958），美国小说家，常被人们称为"美国的阿加莎·克里斯蒂"。

有一个人写出过一部能够延续十年的短篇小说或长篇小说。这个名叫柯布①的人——我看他既不聪明，又不风趣——而且更重要的是，我觉得民众中不会有多少人认为他既聪明，又风趣的，只有那些编辑是例外。他只不过会成天喝得醉醺醺的拉广告。还有——啊，哈罗德·贝尔·赖特②，啊，赞恩·格雷③——"

"他们努力了。"

"不对，他们甚至都不费力气。他们中的有些人确实很能写，可惜他们就是不肯坐下来老老实实地写出一部像样的长篇小说来。他们中的大多数人根本就不会写作，我只能这样说。我认为鲁伯特·休斯④还是想努力展现出一幅美国生活的真实、全面的图景的，但是他的风格和视角都很不合乎规范。欧内斯特·普尔⑤和多萝西·坎菲尔德⑥也努力了，可惜他们绝对没有一丝幽默感可言，这就难免会使他们的创作捉襟见肘；不过，他们至少还能把自己的作品塞得满满的，而不是把它很单薄地铺陈开来。每一个作家在创作每一部作品的时候都应当想到，作品的写成之日，似乎就是他将要被斩首之时。

"你这话里含有双重寓意吗？"

---

① 柯布（Thomas Howell Cobb, 1815—1868），美国政治家，"南部邦联"的缔造者之一，曾连任五届美国众议院议员，历任美国财长（1857—1860）、佐治亚州州长(1851—1853)。
② 哈罗德·贝尔·赖特（Harold Bell Wright, 1872—1944），美国20世纪初的畅销小说家，是美国文学史上第一位一部小说的发行量超过百万册的作家，也是第一位稿酬超百万美元的作家。
③ 赞恩·格雷（Pearl Zane Grey, 1872—1939），美国小说家，以描写美国西部的自然风光和冒险经历而著称，一生创作一百多部小说，其中以《紫艾草骑士》(Riders of the Purple Sage, 1912）极为畅销，被誉为美国西部小说的经典之作。
④ 鲁伯特·休斯（Rupert Hughes, 1872—1956），美国历史学家、小说家、好莱坞电影导演、作曲家，曾任美国作协主席。
⑤ 欧内斯特·普尔（Ernest Cook Poole, 1880—1950），美国小说家，1902年毕业于普林斯顿大学，第一次世界大战期间担任《星期六晚邮报》驻欧洲记者站记者，小说有强烈社会主义思想倾向，1918年获普利策小说奖。
⑥ 多萝西·坎菲尔德（Dorothy Canfield Fisher, 1879—1958），美国教育改革家、社会活动家、畅销小说家。

"别打岔！他们当中有几个人好像还算有那么一点儿文化背景，有那么一点儿悟性的，也会运用一大堆很有文学色彩的措辞和文句，可是他们却又偏偏不肯老老实实地沉下心来写作；他们都口口声声说，好东西未必就能赢得读者大众的青睐。那么，威尔斯、康拉德、高尔斯华绥、萧伯纳、贝内特，以及其他一些人，他们的作品半数以上的销量都放在美国了，你说这到底是什么原因呢？"

"可爱的汤米对那些诗人有何高见？"

汤姆只好服输了。他放下双臂，任由两只胳膊松垮垮地垂在椅子的两侧晃悠着，嘴里在叽里咕噜、含混不清地念叨着什么。

"我眼下正在写一首讽刺这些人的打油诗，题目暂定为《波士顿流浪派诗人和赫斯特[①]书评人》。"

"那就让我们来听听这首诗吧。"艾默里迫不及待地说。

"我只把最后那几行写完了。"

"这倒是非常现代的写法。要是这几行很好玩儿，那就读来听听吧。"

汤姆从口袋里掏出一张折叠着的稿纸，然后大声朗读起来，还不时地稍作停顿，好让艾默里明白这是一首用自由体写成的诗。

于是
瓦尔特·阿伦斯伯格，
艾尔弗雷德·克兰伯格，
卡尔·桑德伯格，
路易斯·昂特迈耶，
尤妮斯·蒂金斯，

[①] 赫斯特（The Hearst Corporation），美国最大的大众传媒集团，总部在纽约曼哈顿，由美国报业巨头威廉·赫斯特（William Randolph Hearst, 1863—1951）创办。

克拉拉·莎娜菲尔特，

詹姆斯·奥本海姆，

迈克斯维尔·博登海姆，

理查德·格朗泽，

萨穆尔·艾丽斯，

康拉德·艾肯①，

我把你们的名字排列在此

这样你们也许就能流芳百世

但愿不是浪得虚名，

这些弯弯曲曲、姹紫嫣红的名字，

都镌刻在我少年时代

珍藏的作品全集里。

艾默里大笑不止。

"你已经把那枚铁质三色堇花赢到手啦。就冲你最后这两行诗的那股傲气，我也要请你吃顿饭。"

对于汤姆不分青红皂白地将这些美国小说家和诗人统统罚入了地狱的做法，艾默里并不完全赞同。韦切尔·林赛②和布思·塔金顿都是他非常喜爱的作家，他也很欣赏埃德加·李·马斯特斯③严谨认真的艺术手法，虽然还略欠丰满。

"我最讨厌的就是这种痴人说梦似的蠢话，什么'我是上帝——我是人——我驾着风儿来——我看破红尘——我就是生活的意义。'"

---

① 这首诗中所列的都是后来在美国文学史上有一定地位的人，但是在菲茨杰拉德创作这部小说时，他们还是年轻的作家和诗人。
② 韦切尔·林赛（Vachel Linsay, 1879—1931），美国诗人，被美国评论界视为现代"吟唱诗歌"之父。
③ 埃德加·李·马斯特斯（Edgar Lee Masters, 1868—1950），美国诗人、传记作家、戏剧家。

"简直是活见鬼!"

"我真希望,美国的小说家们不要再把正经事儿硬当成富有浪漫色彩的逸事趣闻大加渲染了。没有人愿意读这种东西的,除非写的全是些骗人的事儿。假如写的是一个富有趣味性的题材,人家宁可掏钱把詹姆斯·J. 希尔①的传记买来看,也不会去看那些冗长拖沓的办公室里的悲剧故事,这些故事颠来倒去反复讲述的不过就是已经如过眼云烟的一些事情的重要性而已——"

"还有阴郁的氛围,"汤姆说,"这也是他们爱写的一个题材,不过我得承认,俄国人已经垄断了这类题材。我们的特长是写小女孩的故事,写她们摔断了脊椎骨,后来被脾气乖戾的老头儿收养了,因为她们的笑容是那样灿烂。你会觉得,我们这个种族的人统统都是些快乐的瘸子,而俄罗斯农民的共同结局则是自杀——"

"已经六点啦,"艾默里看了看自己的腕表说,"就凭你'我少年时代珍藏的作品全集'这句诗所表现出的力度,我也要掏钱请你吃一顿丰盛的大餐。"

回首往事

过完最后一个酷暑难当的星期之后,热得人汗流浃背,热得头脑发昏的七月总算熬过去了,而艾默里在经受了又一波心绪不宁的骚动之后,忽然意识到,自从他上次与罗莎琳德见过面以来到现在,时间刚好五个月。然而他现在已经很难想象那个还不懂情为何物,却在激情澎湃地渴望着生活中的冒险经历的小青年当时是怎样迈步走下汽车的。有一

---

① 詹姆斯·J. 希尔(James J. Hill, 1838—1916),美国大北方铁路公司总裁,因其致力于建造的发达的美国铁路网,极大促进了美国中西部和太平洋沿岸经济的快速发展而被人们称为"帝国的缔造者"。

天夜里，当滚滚热浪以压倒一切之势直扑进他卧室的窗口，逼得人浑身无力，连气也喘不过来的时候，他勉强打起精神苦苦思考了好几个小时，想把那次的辛酸经历记载下来，使之成为永不泯灭的历史。

　　二月的街道，夜幕降临之际，寒风萧萧，疾风劲吹，裹挟着莫名其妙、时断时续的阵阵雨水，拖着沉重的脚步行走在满目荒凉的步道上，眼前晶莹莹的湿雪被踩踏得四处飞溅，在路灯的照耀下闪闪烁烁，宛如天上的某一台神圣的机械洒下了一层金灿灿的油，披着星光，踏着融雪，行走了整整一个钟头。

　　莫名其妙的雨水——那是充盈在无数男人眼中的热泪，活生生地噙满眼眶暂且还没有洒落……啊，我还很年轻，因此我还可以再来找你，理解力非常有限，人却长得非常漂亮的姑娘，再来品尝那记忆犹存的梦境中的滋味，品尝你嘴唇上的甜蜜而又清新的滋味。

　　……午夜的空气中飘散着一股浓烈的气味——四下里一片寂静，死气沉沉，任何声息都还没有苏醒——生命就像冰层在碎裂一样毕剥作响！——忽然传来一曲美妙的乐声，你人已站在那里，魅力四射，却脸色惨白……春天已经破茧而出（屋檐上的一串串冰柱已经越来越短，被仙女偷换后留下的丑八怪婴孩的城池已在乐声中渐渐消失）。

　　我们的思绪就像笼罩在那一排排屋檐上的寒气逼人的薄雾；我们两个人的灵魂在亲热地接吻，在高高的天际，在那连绵不断、错综复杂的电网上空——那似笑非笑、令人毛骨悚然的声音在四处回荡，过后留下的却只有一声很不真实的表达年轻人欲望的叹息；悔恨已经尾随她曾经爱过的东西扬长而去，将这毫无价值的巨大外壳抛在了身后。

另一个结局

八月中旬,他收到了达西大人寄来的一封信,很明显,达西大人是刚刚在一个偶然的机会碰巧得知他现在的住址的。

我亲爱的孩子:

你的上一封来信就足以让我为你感到担忧了。这可一点儿也不像你固有的性格啊。从这封信的字里行间,我应该能想象得出,你与那个女孩子的婚约弄得你非常不开心,我也能看得出,你已经失去了战前你对浪漫爱情的一切感觉。倘若你认为没有宗教信仰也照样能够有浪漫的爱情,那你就大错特错了。有时候我也在想,对于我们两个人来说,成功的秘诀,假如我们能找到这个秘诀的话,其实就是我们身上的那种具有心灵感应意义的元素:一旦有某种东西注入了我们的心田,我们的许多个性就得到了放大,一旦这种东西消退,我们的许多个性也就随之萎缩;我不妨这样说吧,你的上两封信都写得相当干枯。要谨防自己迷失在另一个人的个性阴影里,无论此人是男人还是女人。

主教奥尼尔大人和波士顿大主教眼下正和我住在一起,所以我连写封信的工夫都很难抽出来,但是我希望你以后可以上我这儿来住一阵子,哪怕只待上一个周末也好呀。这个星期我要到华盛顿去一趟。

我将来会做什么,现在依然悬而未决。倘若在八个月之内看到主教的红冠屈尊落在了我这颗不足挂齿的脑袋上,我不会感到意外,这话只限于我们俩私下里说说,切不可与外人言。不管怎么说,我很想在纽约或华盛顿拥有一幢房子,这样你也就可以顺便来这儿度周末了。

艾默里啊，我很高兴我们两个人都还活着；这场战争原本可以轻而易举地毁灭掉一个极其美好的家庭；不过，说到婚姻问题，你现在正处于人生中最为危险的年龄段。你或许可以匆匆忙忙地结婚，然后再静下心来慢慢后悔，但是我认为你不会这样做。根据你写给我的这封信中所谈到的你目前所面临的灾难性的经济状况来看，你想要的那些东西当然是不可能得到的。然而，要是我按照我通常采用的方法来对你作一个判断的话，我可以这样说，不出一年就会有精神危机之类的事情发生了。

一定要常给我写信。我现在对你的情况很不了解，心里感到很不是滋味。

非常爱你的
赛耶·达西

收到这封信之后还没到一个星期，他们这个小小的住户就陡然间土崩瓦解了。直接原因是汤姆的母亲身患重病，可能是久治不愈的疾病吧。于是，他们把一应家具都储藏起来，发出房屋转租的公告，然后便心情郁闷地在宾夕法尼亚火车站握手告别了。艾默里和汤姆似乎老是要告别。

由于感觉非常孤独，艾默里抑制不住一时的心血来潮，便出发南下，打算去陪在华盛顿出差的达西大人小住几日。不料，因为耽搁了两个钟头，他们竟天各一方，失去了联系。随后，艾默里便立即决定去找一个已经有好多年没有联系过但依然还记得的舅舅，在他那儿住上几天，于是他便登上了北上的旅程，穿过马里兰州丰饶繁茂的田野，来到了拉密利县。但是，他原打算只住两天就走的，没想到在这儿竟一住就是一个多月，从八月中旬一直待到九月将尽，因为他在马里兰州遇上了埃莉诺。

第三章　年轻人的荒唐事

在后来的许多年里，每当艾默里想起埃莉诺的时候，他似乎依然听见那股阴风在他的周围呜咽着，把一阵阵瘆人的寒气送进了他的心房，连心房以外的地方都禁不住冷得发颤。那天晚上，当他们登上那面山坡，观赏着一轮冷月缥缥缈缈穿行在云间的时候，他又进一步丧失了他的部分个性，那是无论用什么方法也没法将其复原的；况且一旦他失去了它，他就连后悔的力量也丧失了。埃莉诺，不妨这样说，是邪恶在美貌的掩护下悄悄向艾默里发动偷袭的最后一次，也是把他迷恋得神魂颠倒，最终把他的心灵剁成了碎片的最后一个怪诞的神秘之物。

只要跟她在一起，他的想象力就会横冲直撞，不受任何约束，这就是他们之所以爬上那座最高的山冈，在那儿观赏一轮邪恶的月亮慢慢升上高空的原因，因为他们知道，只有在那种时刻，他们才能够看到他们彼此身上的邪恶。可是，埃莉诺呢——艾默里有没有梦见她？到后来是他们的魂儿在蠢蠢欲动，然而他们两人发自灵魂深处的希望却都是永远也不要再见面了。

是她眼睛里流露出的那种无限忧伤的神情吸引了他？抑或是他在她那豁达、明净的内心深处找到了能照见自己的镜子？她今后再也无法拥有像艾默里这样的奇遇了，倘若她将来读到这段文字，她会说：

"艾默里今后也不会碰到像我这样的奇遇了。"

他不会为此而叹息的，她也不会因此而叹息。

埃莉诺曾经动笔描写过这段感情：

我们只知道，那些正渐渐淡去的往事
  　终将会被我们遗忘……
  　　　被弃置在一旁……
念想已随冰雪一起消亡，
  　梦中不知情为何物
  　　　才招致今日这一幕景象：
我们曾大笑着迎接过那些突如其来的黎明，
  　那情景人人有目共睹，如今却已无人能够分享，
黎明依旧却别无他样……倘若我们再度相逢
  　我们谁也不会把彼此放在心上。

亲爱的……我不会有一滴眼泪为此而流淌……
  　稍稍再过一段时日
  　　　懊悔之情也将一扫而光
虽然还会为某一次记忆尚存的亲吻心旌摇荡——
  　但绝不会为此而静思遐想，
  　　　哪怕我们已经再度相逢在他乡，
也只会让旧魂灵在荒野里四处游荡，
  　或者在辽阔的海面上劈波斩浪……

> 即使两个灰色的形体在泡沫下放任自流
> 我们也不会去抬眼张望。

他们不计后果地大吵了一架,因为艾默里坚持认为,这段诗文中所用到的 sea 与 see 这两个单词根本算不上押韵。随后,埃莉诺又把另一首诗拿出来吟诵了一遍,只吟诵了其中的一部分,因为她还没有想好这首诗的开头句:

> ……但是智慧已然流逝……只是岁月依旧
> 会赋予我们智慧……时代不可违拗
> 终将会归于老朽——纵然眼泪流干
> 到头来还是一无所有。

埃莉诺对马里兰州痛恨至极。在世代居住在拉密利县的那些古老的世族中,她家是历史最悠久的一户人家,她与她的祖父生活在一起,住在一幢规模很大却显得阴森森的古旧别墅里。她是在法国出生,在法国长大的……我发觉我这样开篇好像不大对头。让我重新讲述吧。

艾默里感觉百无聊赖,他通常一到乡下就会有这种感觉。他时常会独自一人走到很远的地方去——而且是漫无目的地一边走,一边对着路边的玉米地暗诵《乌拉鲁姆》这首诗,心里还一边暗自庆幸着,埃德加·爱伦·坡就是在那种自满自足、笑对人生的气氛中自己灌醉酒而死去的[①]。有一天午后,他沿着一条他以前从来没有走过的乡间

---

① 埃德加·爱伦·坡(Edgar Allen Poe,1809—1849),美国作家、诗人、文学评论家、现代侦探小说和科幻小说的创始人、美国浪漫主义运动的主要人物。一般把爱伦·坡的死因归咎为醉酒致死,但其真正的死因至今仍是一个谜。《乌拉鲁姆》(Ulalume,1847)是爱伦·坡的一首长诗,描写叙述者为自己年轻貌美却英年早逝的恋人悲痛欲绝的心情。

小路走了好几英里，后来，在一个黑人妇女不得要领的胡乱指引下，他竟鬼使神差地走进了一片小树林……不知怎么就完全迷失了方向。一场短时间的雷暴雨看来是决计要来临了，而且更让他万分心急的是，空中已是乌云密布，天黑得什么也看不见了，紧接着，滂沱大雨就开始噼里啪啦地穿破树冠倾泻而下，周围的一切刹那间变得十分诡秘，仿佛有无数魑魅魍魉在随处出没一样。雷声大作，带着吓人的霹雳声在山谷中炸响，一阵又一阵隆隆的雷声在这片树林里此起彼伏，四处回荡。他糊里糊涂、跌跌撞撞地向前奔去，一心想夺路而出，走啊走啊，他终于透过纵横交错的枝丫构成的网罗，看到了林间的一个岔口，就在这时，一道长长的闪电划破天际，照亮了一片空旷的地带。他疾步奔向树林的边缘，然而到了这里，他又犹豫了片刻，不知是该从前面这片田野里穿过去，还是该奔向远处山谷下透出灯光的那间小屋去暂时躲避一下。此时也不过才五点半刚过，但是他前方十步远的地方已经几乎看不清了，只有在闪电划破天际时才能看出，周围大片大片土地上的一切景物竟显得那样鲜艳夺目，光怪陆离。

猛然间，一个奇怪的声音从天而降，落在他的耳畔。那是一支歌，用一种低沉、沙哑的嗓音唱出的一支歌，而且还是一个女孩子的嗓音，不管是谁在唱，反正那歌声离他很近。要是在一年之前，他听了这歌声说不定会放声大笑，没准也会感到不寒而栗；但是在他此刻这种心情忐忑不安的状态下，他只是伫立在那儿聆听着，没一会儿，那歌词就慢慢渗进了他的意识之中：

    那长吁短叹的呜咽
    那如泣如诉的小提琴声
    那是秋天的悲歌
    在深深刺痛着我的心

惆怅寂寞苦无主
声声慢慢无人听。

一道闪电撕裂了天空,但那歌声并没有戛然而止,甚至连一个颤音都没有出现。那姑娘显然就在这片田野里,那隐隐约约的歌喉似乎就是从他正前方大约二十英尺远的一个草垛上传来的。

过了一会儿,那歌声忽然停住了;休止了一阵之后,接着又开始唱起来,那声调听上去很是怪诞,一会儿高亢激越,一会儿吊在半空,一会儿低落回旋,与雨声混杂在一起:

一切皆令人窒息
容颜苍白憔悴
钟声阵阵响起
令我追怀往昔
遥想旧时光阴
不禁冷泪湿衣襟……①

"到底是拉密利县的什么人在那儿吟唱?"艾默里大声说,牙齿咬得咯咯作响,"是什么人胆敢用即兴自编的曲调对着一堆湿漉漉的草垛吟唱魏尔伦的诗句?"

"是什么人在那儿!"那声音吆喝道,并没有一丝惊慌,"你是谁?——是曼弗雷德②,还是圣·克里斯托弗③,还是维多利亚女王?"

---

① 这两节诗均出自《秋之歌》(*Chanson d'automne*,1896),是法国象征派大诗人保尔·魏尔伦的名篇之一。本书此处的原文为法语。
② 曼弗雷德(Manfred),英国著名浪漫派诗人拜伦的戏剧诗《曼弗雷德》(*Manfred*,1816—1817)中的主人公,具有超人特征的浮士德式的贵族人物。
③ 圣·克里斯托弗(Saint Christopher),罗马天主教敬仰的殉道圣徒,死于罗马皇帝德西乌斯(Decius)在位期间(249—251)。

"我是唐璜①！"艾默里脱口叫道，他不得不抬高嗓门来压过风雨交加的啸叫声。

草垛那边传来一声欣喜的尖叫。

"我知道你是谁——你就是那个喜欢《乌拉鲁姆》的金发男生吧——我听得出你的声音。"

"我怎么上去啊？"他站在草垛的脚下高喊道，他这时人已经走到了草垛边，浑身水淋淋的，已经湿透了。草垛的边缘露出了一个脑袋——由于天色太黑，艾默里只能辨认出一束湿漉漉的头发和两只像猫眼一样闪烁着的眼睛。

"往后退一点！"那吆喝声从上面传下来，"然后再往上跳，我会抓住你的手的——不对，不是从这边——要从另一边。"

他立即按照这些指令行动起来，当他张开四肢攀上草垛的边沿，两只膝盖还深陷在草堆里时，一只小巧、白皙的手伸了过来，一把抓住了他的手，协助他爬到了草垛顶上。

"你总算上来啦，璜，"她披着一头湿淋淋的头发高声叫道，"你会不会介意我略去了'唐'这个敬称呀？"

"你的这个大拇指怎么长得跟我的一模一样啊！"他惊呼了一声。

"你还在握着人家的手呢，你连人家的脸都没看见，就抓着人家的手不放，这可是不怀好意的举动啊。"他立即放下了那只手。

仿佛是他的祈祷得到应验了一样，这时恰好来了一道闪电，他赶忙借着闪电迫不及待地打量着他身边的这个人，她就站在这个已被雨

---

① 唐璜（Don Juan），西班牙民间传说中的传奇人物，著名的风流成性的浪荡子。"唐璜"一词在西方文学中常被用作为"好色之徒"（womanizer）的代名词。欧洲文学史中有无数作家从不同角度描绘过这个人物，最著名的要数拜伦所创作的同名长篇史诗《唐璜》（*Don Juan*, 1821），在拜伦的这部诗作中，唐璜已从一个浮华浪荡的贵公子被改造成了一名善良正直的热血青年。在西班牙语中，Don 译作"堂"或"唐"，表示敬称，用于姓氏之前，意为"先生"。

水浸透，离地面有十英尺高的草垛上。但是她的脸庞是遮着的，他只能看见一个苗条的身段，看见那油黑、潮湿、剪得很短的头发，还有那双白皙的小手，手上的那两个大拇指和他的一样，也是翻过来向上翘着的。

"坐下来吧，"她彬彬有礼地提议说，这时闪电已经过去，黑暗再次合拢，团团包围着他们，"要是你和我面对面地坐在这个凹陷下去的地方，你也可以用这雨衣的一半来挡挡雨，这件雨衣是我一直在当防水帐篷用的，你这一来，我的计划就被你蛮不讲理地打乱啦。"

"我是应了人家的邀请才上来的，"艾默里乐滋滋地说，"是你邀请我上来的——你心里明白，是你刚才请我上来的。"

"唐璜一贯用的就是这个伎俩，"她一边说，一边哈哈大笑着，"不过，我不会再叫你这个名字了，因为你长着一头红红的头发。不仅如此，你还会背诵《乌拉鲁姆》，我不妨就做一回普绪喀[①]吧，做你的灵魂。"

艾默里羞红了脸，幸好有风帘雨幕遮挡，没人看得见。他们就这样面对面地坐在这草垛中一个微微凹陷下去的地方，雨衣披在头顶上，两个人的大半个身子好歹都已遮住，实在遮蔽不到的地方也只有任凭风吹雨打了。艾默里心情无比迫切地想看看眼前的这个普绪喀究竟是个什么模样，岂料闪电怎么也不肯再现身了，他只好焦急地等待着。仁慈的上帝啊！假如她人长得不漂亮——假如她已经人到四十，又很迂腐——老天爷啊！假设，这仅仅只是一个假设，倘若她是一个疯婆子怎么办。然而他也知道，这最后一个假设是完全不成立的。就

[①] 普绪喀（Psyche），古希腊神话中以少女形象出现的人类灵魂的化身，与爱神厄洛斯（Eros）相恋。《乌拉鲁姆》的叙述者也曾把他的灵魂人格化为古希腊神话中的普绪客。

像上帝派人找本韦努托·切利尼①的手下去搞谋杀一样，此时此刻，上帝指派一个女孩子逗他开心来了，他心里就在想，就算她是一个疯婆子，那也只是因为她正好填补了他此时心中的空虚。

"我不是疯婆子。"她说。

"不是什么？"

"不是疯婆子。我第一次见到你的时候，我就没有觉得你是个疯子，所以嘛，如果你像这样看待我，那可就太不公平啦。"

"这到底是怎么一回事儿——"

只要埃莉诺和艾默里彼此都熟悉了，他们就有可能"关心一个话题"，虽然两个人的心里明明都在想着这个话题，却偏偏都碍于情面，说不出口来，然而十分钟之后大声说出来时，却发觉他们的头脑里一直都在遵循着同样的思路，各自产生的想法竟然都并行不悖，殊途同归，别人倒是会觉得，这个想法与起先的那个话题是绝对毫不相干的。

"跟我说说，"他提出要求，并且心情迫切地向前探过身去，"你是怎么知道《乌拉鲁姆》的——你是怎么知道我头发的颜色的？你叫什么名字？你在这里干什么？把你的一切统统都告诉我吧，马上，好吗？"

突然，一道闪电飞掠而过，携着强烈的光芒在天边闪烁着，跳跃着，就在这一瞬间，他看到了埃莉诺，而且是第一次直视着她的那双眼睛。啊，她长得漂亮极了——白皙的肌肤，在星光下呈现出大理石般的颜色，纤细的双眉，还有那双绿莹莹地闪动着的眼眸，简直就像

---

① 本韦努托·切利尼（Benvenuto Cellini，1500—1571），意大利文艺复兴时期佛罗伦萨有名的金匠、雕塑家、画家、音乐家，风格主义艺术流派的重要艺术家之一。但此处指的是法国剧作家、作曲家艾克托尔·柏辽兹（Hector Berlioz，1803—1869）以切利尼生平为背景所创作的两幕歌剧《本韦努托·切利尼》（*Benvenuto Cellini*，1838）中的情景。

两颗耀眼夺目的绿宝石。她真是一个令人怦然心动的姑娘啊,按他的估计,她大约有十九岁,模样显得非常机敏,楚楚动人,她的上嘴唇上有一道藏不住秘密的白色线纹,那既是一个美中不足,又让人满心欢喜。他惊叫了一声,颓然仰靠在身后的干草壁上。

"瞧,你已经看到我了,"她很平静地说,"而且我猜想,你肯定马上就会说,我这双在燃烧的绿眼睛能把火烧进你的脑子里去。"

"你的头发是哪种颜色?"他急不可待地问道,"你剪的是短发,对吗?"

"没错,我是剪的短发。我也不知道我的头发算什么颜色,"她一面沉思,一面回答说,"许多男人都问过我这个问题。就算是中间色吧,我想——没有一个人会长时间盯着我的头发看的。不过,我有一双长得很漂亮的眼睛,对吧。我不在乎你会怎么说,反正我这双眼睛很漂亮。"

"回答我的问题呀,马德琳。"

"不记得你都问了些什么问题了——再说,我的名字也不是马德琳呀,我叫埃莉诺。"

"这个名字我猜也该能猜得到的。你的模样就像埃莉诺——你就长着埃莉诺的那张脸。你明白我这话是什么意思[①]。"

一时默然无语,他们倾听着雨声。

"雨水在顺着我的脖子往下淌呢,我的疯哥哥。"她终于主动说出一句话来。

"回答我刚才问你的那些问题。"

"唉——萨维奇是我的姓,埃莉诺是我的名;家住那幢很大、很

[①] 英文名字"埃莉诺"(Eleanor),是"海伦"(Helen)的别称。在古希腊神话中,海伦是宙斯的女儿、斯巴达王的妻子,后来被特洛伊王子帕里斯拐走,由此引发了特洛伊战争。

古老的别墅，在顺着这条路下去一英里远的地方；要说活在这世上最亲最亲的亲人，那就是爷爷——拉密利·萨维奇；身高，五英尺四英寸；表壳号，3077W；鼻子，非常精致的鹰钩鼻；性格，怪异得不可思议——"

"我呢，"艾默里打断了她的话，"你是在什么地方看见过我的？"

"啊，世上就有这样一些男人，你就是其中的一个，"她轻蔑地说，"一说话就非要生拉硬扯地老把自己的破事儿扯进来不可。唉，我的哥哥耶，上个星期有一天，我正独自一人躲在篱笆墙后面好好地晒太阳呢，这时候有一个男人走了过来，一副怡然自得、想入非非的样子，嘴里还在念念有词地念叨着：

　　此时夜光已是老迈色衰
　　　　　　（他说）
　　星昏已指明晨曦的到来
　　小路的尽头一片烟雨迷蒙
　　　　　　（他说）
　　星云散尽处将会彩虹盛开①。

于是，我就睁开眼睛，好奇地隔着篱笆墙朝外边望去，没想到，你已经撒开腿奔跑起来了，大概是出于某种不为人知的原因吧，所以嘛，我只看到了你那个漂亮脑袋的后脑勺。'啊！'我说，'来了这么样的一个男人，他没准会让我们好多人为他扼腕叹息。'后来，我就继续去生我的闷气了——"

"行啦，"艾默里打断了她，"还是回过头来接着说你自己吧。"

---

① 此处的诗句引自埃德加·爱伦·坡《乌拉鲁姆》第四节（全诗共有九节）。

"好吧，我就来说说我自己吧。我属于这样一类人，在这个世界上到处惹是生非，专门给别人制造惊险刺激的绯闻，但是真正纠缠到我自己头上来的却没有几回，只有在今天晚上这样的情景下，我才会认认真真地去揣摩男人的心。我有登台演出的社交勇气，却没有那样的精力；我没有这份闲心坐下来写书；我也从来没有遇到过一个我愿意嫁给他的男人。反正我还小，才十八岁。"

这场雷暴雨总算渐渐平息了，只剩下轻轻飘落的雨丝，唯独狂风还在一个劲儿地猛刮，发出一阵阵如鬼哭狼嚎般的啸叫声，把草垛刮得严重倾斜，左右摇晃得很厉害。艾默里这时已经处于一种神情恍惚的状态。他感觉每一刻时光都非常宝贵。他以前还从来没有碰到过像这种样子的女孩子呢——她似乎永远不会再有完全相同的举动了。他一点儿都没有觉得自己表现得像一个剧中人，即身处某种不合常理的情景，却照样能表现得恰当得体的那种感觉——他反倒有了一种回归故里的感觉。

"我刚刚作出了一个非常重大的决定，"又一阵短暂的沉默之后，埃莉诺说，"这也是我为什么会到这里来的原因，也算是对你的另一个问题的回答吧。我刚刚下了决心，我不会再去相信那种海枯石烂永不变心之类的话了。"

"真的！多么平庸的陈词滥调啊！"

"确实是平庸得吓人的陈词滥调，"她回答说，"但是，平庸归平庸，表达的却是令人十分沮丧的心情，而且还夹带着一种萎靡不振、病恹恹的郁闷情绪呢。我从家里跑到这儿来，把全身浇得水淋淋的——活像一只落汤的母鸡；不过，落汤的母鸡往往有思维非常清晰的头脑。"她总结性地说。

"接着往下说呀。"艾默里彬彬有礼地说。

"唉——我是一个不怕天黑的人，所以，我就披着油布雨衣，穿着胶鞋从家里出来了。你瞧，我过去老是战战兢兢的，那是以前的事儿了，就怕自己会祸从口出，说出不相信上帝的话来——因为说这种话会遭到雷劈的——可是，我现在不是依然还好端端地坐在这儿嘛，并没有挨雷劈呀，当然没有啦，不过，最关键的一点是，这一回我不害怕了，不再像去年那样了，那时候我还是基督教科学派的一名成员呢。所以，我现在知道了，我是一个唯物主义者，因此，当你走出家门，站在那片小树林的边缘，差点儿没被吓死的时候，我已经跟这个草垛亲热上啦，正亲热得难分难舍呢。"

"哇，你这个小坏蛋——"艾默里愤恨地说，"有什么东西能把我吓倒？"

"你自己呀！"她大叫了一声，把他吓得跳了起来。她却乐得直拍手，抚掌大笑，"你瞧——你瞧——！良心——弄死它得啦，像我一样！埃莉诺·萨维奇，专门研究唯物主义的专家——不会被吓得跳起来，不会被吓得连声尖叫，早早就来——"

"但是，我必须有一个灵魂才行，"他反驳说，"我做不到很有理性——我也不可能那么谨小慎微。"

她朝他探过身来，其实她那双激情燃烧的眼睛连一刻也没有离开过他的那双眼睛，她带着那种颇有些浪漫的、几乎不容置辩的口吻轻声说：

"这一点我早就料到啦，璜，我担心的也就是这一点——你是一个爱感情用事的人。你跟我不一样。我是一个浪漫的小唯物主义者。"

"我可不是爱感情用事的人——我跟你一样浪漫。最关键的一点是，你知道，爱感情用事的人会认为，感情这种东西是能够永世长存的——浪漫的人则会怀着一种极度的自信认为，感情这种东西不会永世长存。"（这是艾默里作出的一个貌似成熟老到的区分。）

"精辟之言啊。我要回家了，"她带着悲戚的语气说，"我们离开这个草垛，一起走到那个十字路口去吧。"

他们慢吞吞地从这个临时的栖身之处起身下来了。她不愿让他扶着她下来，便摆摆手示意他让开，然后蜷缩起身子，以一个优雅的动作纵身一跃，飘然落到了草垛下柔软的泥泞里，不料却一屁股坐在了泥泞里，便干脆坐在那儿自嘲地哈哈笑着。片刻之后，她从地上一跃而起，把她的一只小手悄悄塞进了他的手中，接着，他们便踮着脚尖从这片田野里横穿过去，连蹦带跳地专拣一块块已经干涸的地方落脚。田野中的每一个波光粼粼的水洼中似乎都荡漾着一种超然的喜悦之情，因为月亮这时已经升上了半空，雷暴雨也已经急急如律令似的赶往马里兰州西部去了。每当埃莉诺的胳膊一碰到他的胳膊，他就感到自己两手冰凉，心头一阵阵发慌，唯恐会握不住他手中的这支无形的画笔，因为他正在按着自己的想象用这支画笔描绘她身上的那些动人之处呢。每当他跟她挨得很近地走在一起时，他就会故态复萌，不停地用他的眼角去打量她——她果然是一个天生的尤物，既秀色可餐，又憨态可掬，他巴不得他的命运的归宿就是永远坐在某个草垛上，通过她那双绿色的眼眸来参悟人生。那天夜里，他的享乐主义思想变得越发高涨起来，当她的身影像一个灰白色的幽灵渐渐消失在小路的尽头时，一串意味深长的歌声飘出田野，一路陪伴着他走在回家的路上。夏日的飞蛾整夜都在艾默里的窗口飞进飞出，忽高忽低的嗡嗡声整夜都在响个不停，透过银白色的月光，与心灵深处不可思议的幻想曲交织在一起——他躺在宁静的黑暗中，整夜没有合眼。

九 月

艾默里挑选出一片草叶，很内行地放在嘴里一点儿一点儿地啃噬着。

"我从来不在八、九月里谈恋爱。"他献殷勤地说。

"那都在什么时候谈呢?"

"圣诞节或者复活节呀。我是一个严格遵守宗教礼数的人。"

"复活节!"她仰起脸来,显示出她那翘挺挺的鼻梁,"嚯!春天,身上还穿着腰围很紧的外套呢!"

"复活节常常会让春天变得黯然神伤,对吗?复活节会扎起她的小辫子,穿上裁剪考究的西装的。"

> 系紧你的鞋带吧,啊,你健步如飞,
> 你双脚生辉,速度无比,永不疲惫——①

埃莉诺声音轻柔地吟诵着她所援引的这两行诗,然后又添了一句,"依我看,万圣节这个节日要比感恩节更适合放在秋天。"

"适合得多呢——圣诞节前的平安夜放在冬天是非常合适的,可是夏天……"

"夏天就没有一个节日,"她说,"我们无论如何也不可能发生夏日之恋的。已经有这么多的人尝试过夏日之恋了,所以,这个名称已经成了一个普天之下人人皆知的说法啦。夏天只不过是春天里的一个没有兑现的诺言,一个填补,骗取我四月里梦寐以求的温暖、芬芳之夜的采花贼。夏天是一个令人忧伤的季节,万物都没法繁衍生息……它根本就没有一个节日。"

"有七月四日呀②。"艾默里诙谐地提醒说。

"别搞笑吧!"她说着,拿眼睛狠狠扫了他一下。

---

① 引自斯温伯恩《阿塔兰忒在卡吕顿》(参见第106页注释)。
② 七月四日是美国独立纪念日。

"那么，怎样才能兑现春天的诺言呢？"

她思索了一下。

"啊，我估计老天爷还是能办得到的，假如真有这样一个老天爷的话，"她斩钉截铁地说，"一个颇有点儿异教徒味道的老天爷——你应该成为一个唯物主义者才对。"她继续前言不搭后语地说。

"为什么？"

"因为你的模样特别像照片上的鲁伯特·布鲁克。"

自从认识了埃莉诺之后，艾默里就竭力想装扮得有几分像鲁伯特·布鲁克。他所说的话，他对待生活的态度，对待她的态度，对待他自己的态度，都无不折射出这位已故英国人的文学情操。她常常坐在草地上，任由一阵阵懒洋洋的风儿吹拂着她那头短发，用她那听上去颇有些沙哑的声音忽高忽低、很有节奏地朗诵着，从《格兰特切斯特古老教区的牧师住所》一直朗诵到《怀基基》①。埃莉诺在诵读这些诗作的时候，声音中往往都带着十分强烈的情感。在读诗的时候，他们彼此间似乎靠得更近了，不仅在精神上，而且在肉体上，甚至比她倒在他怀里的时候靠得还要近，而且这种情况还屡屡发生，因为他们从一开始就有点儿半推半就地相爱上了。然而，艾默里现在还会有爱情吗？他依然能够一如既往地在半小时以内让自己的感情迅速燃烧起来——然而，即便他们都无比欢欣地沉浸在他们各自的遐想中的时候，他心里也明白，他们谁也不会像他以前那样过分在意了——我猜想，这就是他们为什么会求助于布鲁克，求助于斯温伯恩，求助于雪莱的缘由。他们之所以与这些诗人结缘，就是为了要让一切都变得美

---

① 鲁伯特·布鲁克的诗作，《格兰特切斯特古老教区的牧师住所》(*The Old Vicarage, Grantchester*, 1912)，全诗共 140 行，作于柏林；《怀基基》(*Waikiki*, 1913)，全诗共 14 行，作于美国夏威夷檀香山的怀基基；这两首诗的语言均十分优美，因而脍炙人口，经久不衰。

好起来，变得尽善尽美，变得丰富多彩，变得很有想象力；他们必须将那些细微的金色的小触须从他的想象中弯曲到她的想象中来，这样才有可能占领那片既不怎么亲近，又不怎么像梦的伟大而又深厚的爱情高地。

有一首诗他们曾一遍又一遍地反复吟诵过；那首诗就是斯温伯恩的《时光的胜利》①，其中的四行诗后来一直回荡在他的记忆中，每当他在暖融融的夜晚看见无数萤火虫在昏暗的树干间飞舞，听到无数青蛙在低沉地聒噪时，他就会想起这四行诗。紧接着，埃莉诺似乎就从夜色中走了出来，站立在他身边，随后，他就会听见她那低沉的嗓音，带着那种用羊毛鼓槌敲鼓般的声调，一遍又一遍地吟诵着：

是否值得掉一滴眼泪，是否值得耗费一个钟头的时光，
　　把已经完全陈腐的诸般旧事再拿来缅想；
为那些不会结果的瘪壳和那转瞬即败色凋零的鲜花，
　　为那一去不返的梦幻和那一忍再忍的举动而伤心欲狂？

两天之后，他们就正式将彼此向双方的家人作了介绍，于是，他的舅妈便趁机把她的来历一五一十地告诉了他。拉密利家现在只有两个人：上了年纪的拉密利老先生和他的孙女埃莉诺。她早年是跟着她那永远也静不下心来的母亲一起生活在法国的。在艾默里的想象中，她的母亲与他自己的母亲在这方面倒是非常相像，她母亲一去世，她就回到了美国，居住在马里兰州。她起先去了巴尔的摩，跟她的一个老光棍叔叔住在一起，在那样的生存环境下，她刚长到十七岁时就硬

---

① 《时光的胜利》(Triumph of Time，1886)，全诗共 392 行，以凄婉的笔调描写男主人公因为逝去的时光和被拒绝的爱情而对人生发出的哀叹，颇有莎士比亚《哈姆雷特》的风格。

要去闯荡世界，进入社交圈了。她不服管教，闹腾了一个冬天，由于跟她在巴尔的摩的所有亲戚都吵翻了，弄得他们一个个都惊骇不已，气急败坏，叫苦不迭，结果谁也不愿接受她，于是，她便在三月住到乡下来了。她走到哪里，哪里就会一下子冒出如此这般的大帮子人来，这帮人经常坐在高档豪华大轿车里喝鸡尾酒，男女不分、自甘堕落地成天在一起鬼混，对待长辈的态度更是颐指气使，傲慢无礼，而沾染上了浓厚的街头习气的埃莉诺，则把许多依然还沉浸在圣蒂摩西女子学校和法明顿女子学校①的生活中清白无辜的姑娘都引入了歧途，害得她们一个个都走上了放浪不羁、淫荡乱性的不归路。她的叔叔是一个更加虚伪的年代里造就出来的一个对什么都漫不经心，唯独对女人却殷勤有加的花心男人，当这些事情传到他的耳朵里时，连他都禁不住大发了一通脾气。埃莉诺当时在表面上唯唯诺诺，心底里却大不服气，而且还很气愤，于是，她就赌气逃避到她爷爷家这个避风港里来了，可惜她爷爷已是风烛残年，只能终日蹒跚在乡间。有关她的事情，道听途说的就这些，其余的细节则是她本人说出来的，不过那些都是后话。

他们常去游泳，每当艾默里懒洋洋地在水中随波漂流的时候，他就会封闭住自己的思维，把一切想法统统都拒在脑门之外，眼中只有那些雾气蒙蒙、泛着肥皂泡的一块块陆地，看着阳光泼洒下来，穿过那些如醉汉临风般摇曳着的树木，白花花地泻落在大地上。在这鲜花怒放的月份已经淡去，时光正处于交替更迭的季节里，除了戏水，潜泳，闲适地躺在沙滩上，怎么可能还有人会去思考，发愁，或者做别的事情？让岁月流逝吧——让伤感、记忆、痛苦在外面的世界去反复

---

① 法明顿女子学校（Farmington），康涅狄格州的一所名校。它与圣蒂摩西女子学校同为美国历史悠久、教育严谨的名牌中学。

重演吧,在这里,在他还得继续去面对那一切之前,他想再一次随波逐流,想再重温一回年轻时的滋味。

有时候,艾默里心中也会感到有些愤愤不平,生活原本是循着一条前景一直看好、沿途的风光多姿多彩的康庄大道平稳向前推进的,现在倒好,竟然演变成了一系列瞬息万变、互不相干的场景——两年的汗水和心血,被罗莎琳德激发起来的那种意想不到、荒诞不经的想做父亲的本能;跟埃莉诺朝夕相处在一起的这个秋天,究其本质特点而言,一半是出于肉欲,一半是神经质的。他觉得,要想把这些奇形怪状、很难处理的画面全都粘贴到他的人生的剪贴簿上,必然需要他全身心地投入,而这却远远不是他力所能及的。这就好比是在吃一桌非常丰盛的筵席,席间,他要端坐在这里,用他青春岁月里的这半个钟头的时间,去尝遍人间这一道道精彩绝伦、艳丽无比的美味佳肴。

他暗暗向自己保证,务必要抽出一定时间来,把所有这一切统统都焊接在一起。连续好几个月来,他似乎一直在徘徊不定,觉得自己时而被卷进了爱的激流,或者说,被卷进了让人销魂摄魄的激流,时而又被抛弃在波翻浪涌的旋涡之中,而身处旋涡之中时,他是根本没有思考的欲望的,只等着被再次抛上浪尖,被再次卷走。

"这令人绝望、气息奄奄的秋天和我们的爱情啊——瞧这两者,结合得多么融洽!"有一天,当他们正湿淋淋地躺在水边的时候,埃莉诺很伤感地说。

"我们两颗心的小阳春——"他忽然缄口不说了。

"告诉我吧,"她终于忍不住问道,"她是浅色的皮肤还是深色的皮肤?"

"浅色皮肤。"

"她长得比我还漂亮吗?"

"我也说不清。"艾默里立即回答说。

有一天晚上，他们一起外出散步，此时恰逢皓月当空，月光如泻，把这片花园映照得处处生辉，艾默里和埃莉诺置身于其间，宛若身临仙境一般，两个人淡淡的身影仿佛就是两个幽灵的幻影，栩栩如生地表现着永恒的美，相互倾诉着奇异的小精灵般的缠绵悱恻的爱意。后来，他们踏着月光拐进了一个挂满葡萄藤的凉亭，站在葡萄架下的黑暗之中，葡萄架下散发出的阵阵沁人心脾的清香味，犹如在传递着声声哀怨之情，听上去简直就像在演奏着凄婉的乐声。

"划一根火柴吧，"她轻声说道，"我想看看你的模样。"

嚓——！火光亮起！

夜幕和那些疤痕累累的树木就像一出舞台剧的布景，跟埃莉诺一同置身于此地，身形影影绰绰，虚无缥缈，不知何故，这情景似乎显得有些奇怪而又熟悉。艾默里心想，唯有过去的事情才会显得既莫名其妙，又让人难以置信呢。火柴熄灭了。

"黑得伸手不见五指啦。"

"我们现在只不过是两个声音罢了，"埃莉诺喃喃地说，"两个微不足道的寂寞酸楚的声音罢了。再划一根火柴吧。"

"刚才就已经是最后一根火柴了。"

他突然伸出手，一把将她揽进了自己的怀抱中。

"你就是我的女人——你心里明白，你就是我的女人！"他发狂地大叫了一声……月光扭曲着穿过葡萄藤蔓钻了进来，在那儿聆听着……萤火虫聚集在他们的上方，聆听着他们的窃窃私语，仿佛它们也想博得他的一瞥，因为它们的眼睛在闪动着灿烂的光辉。

夏日的终结

"这草地上根本就没有一丝风吹草动的迹象，没有一丝风儿，连一点儿动静也没有……掩映在林中的那些池塘里的水,如同一面面镜子,正对着那一轮满月,将那个金色的信物牢牢镶嵌在它那面积庞大、冷若寒冰的镜面上了,"埃莉诺用她那凄婉动人的声调对着沉沉夜空下的一棵棵如骷髅般矗立着的树木说,"这地方像不像有妖魔鬼怪在作祟啊?如果你能管束住你胯下那匹马的前蹄,我们就抄近路穿过这片小树林,去看看那些掩映在林中的池塘吧。"

"这样做等于是在跟踪啊,你会撞见那个魔鬼的,"他反对说,"再说,我对马儿的脾性也没有熟悉到那种程度,没法骑着马在这黑漆漆的夜色中把那个魔鬼赶走呀。"

"别胡说八道了,你这个大傻瓜。"她言不由衷地轻声说,接着,她又探过身来,用她手中的那根短鞭在他身上轻轻抽打着,"你可以把你那匹老马留在我们家的马厩里嘛,我明天再给你送过来。"

"可是,我舅舅明天早晨七点还得用这匹老马送我去火车站呢。"

"别像个被宠坏了的大宝贝吧——记住,你这人身上有一种摇摆不定的倾向,如果你徘徊不定,你就成不了那盏照耀我人生的明灯。"

艾默里驱马上前,在她身边与她并辔而行,随后,他朝她探过身去,一把抓住了她的一只手。

"说我就是你的明灯——快说,要是不说,我就把你拖过来,强迫你骑在我的背后。"

她抬起头来笑了笑,随即又兴奋地摇了摇头:

"啊,你来呀!——要不然就,唉,还是算了吧。为什么所有这些让人兴奋不已的事情都这么让人浑身不自在呢,弄得就像在打仗,在探险,在加拿大滑雪一样?顺便说一下,我们马上就要去攀登哈珀山了。我觉得我们的这项登山计划可以在五点左右开始实施。"

"你这个小魔女!"艾默里愤愤不平地大叫起来,"你是要逼迫我熬个通宵,明天一整天就像个外来移民一样倒在火车上呼呼大睡,一

323

路睡回到纽约去吧。"

"嘘！别出声！那边路上有人来了——我们快走吧！哟——嗬——嗬！"这一声吼叫说不定能把一个天黑之后还在匆匆赶路的夜行人吓出一身鸡皮疙瘩来，吼声未落，她已拨转马头，扎进了树林，艾默里则慢腾腾地在后面跟着，如同他三个星期以来整天都跟在她屁股后面一样。

这个夏天转眼就过去了，不过，这些天来，他一直在留心观察着埃莉诺，好一个体态优美、口齿伶俐的曼弗雷德呀，她一面为自己构筑着一座座富有理智和想象力的金字塔，一面也为自己那喜怒无常的十几岁少女所特有的矫揉造作的举止而自鸣得意，他们还在餐桌上作诗。

一百个欢乐的六月之前，当一颗虚荣心在亲吻着另一颗虚荣心的时候，他曾呼吸急促地反复打量着她，随后，正如所有男人或许都知道的那样，他就将她的眼睛与诗歌中描写的生和死紧密联系在一起了：

"我要让时光老人来牵线做媒，挽留住我的爱情！"他说……然而美人却随风而去，瞬息间就消失得不见了踪影，随后，她的恋人们也陪着她一起死去……

——永存不灭的是他的睿智，而不是她的眼眸；永存不灭的是他的技艺，而不是她的秀发：

"还有谁愿意来学习作诗的技巧，做一个聪明人，在他的十四行诗前驻足停顿"……因此，我要用我全部的话语，无论正确与否，把你唱诵到第一千个六月，而且永远也不会有一个人知晓，你曾经当过一回午后的美人。

有一天，他写下了以上这段文字，原因是，这段时间以来，他一直在反复思索着，我们对《十四行诗中的黑美人》①的态度怎么会如此冷淡，我们心中对那位黑美人的怀念怎么会如此少得可怜，根本没有像那位大诗人所希望的那样记住她。因为莎士比亚之所以能够怀着如此非凡的绝望之情来写这首诗，他心中所渴望的一定是，这个女人应当长生不老，与世共存……而现在，我们并没有对她表现出真正的热情……这当中所具有的讽刺意味是，倘若他关注得更多的是这首诗本身，而不是那个黑美人，这首十四行诗必然会流于一般，仅仅只是平淡无奇、仿效他人的花言巧语，二十年之后大概就没有一个人会来读它了……

这是艾默里这辈子与埃莉诺相见的最后一个夜晚。他明天一早就要动身离开此地了，于是，他们便商量好，要借着这寒冷的月光来一个骑马远行的告别仪式。她有许多心里话要说，她说——也许这是她一生中能够表现得很有理性的最后一次（她的意思是，要用让人感到舒适的姿势）。于是，他们就拨转马头走进了这片树林。半个钟头过去了，两人却几乎都没有说一句话，只是在一根讨厌的树枝碍事的时候，她才悄悄骂了一声"妈的！"——那是任何别的女孩子无论如何也说不出口来的一声娇嗔的细语。后来，他们就牵着已经跑累了的马儿，开始攀登哈珀山了。

"仁慈的老天爷呀！这里真安静！"埃莉诺悄声说，"简直是人迹罕至啊，比那片树林荒僻多了。"

"我不喜欢树林，"艾默里说着，禁不住打了个寒战，"在茫茫黑夜里，不管是什么样的叶片儿，不管是什么样的灌木丛，我一概都很

---

① 《十四行诗中的黑美人》(*The Dark Lady of the Sonnets*，1910)，萧伯纳所创作的一幕短剧，写的是莎士比亚以及他的《黑美人十四行诗》(*The Dark Lady Sonnets*) 第127至154行里所描写的人物，即莎士比亚所爱恋的"黑美人"。

讨厌。这里就不一样，非常的开阔，让人精神上很放松。"

"这绵延起伏的山坡，这绵延起伏的山冈啊。"

"还有一轮冷月，月光正顺着山坡滚滚而下呢。"

"还有你和我，这最后一点才是最为重要的一点。"

这天的夜色显得很宁静，四下里静谧无声——他们循着一条笔直的山道攀上山来，朝山顶上那个悬崖的边缘走去，他们走的这条山道在任何时候都不会留下多少足迹的。上山来的路上只有偶尔一见的黑人居住的小木屋，在洒满岩脊的月光下闪烁着一抹银灰色，截断了漫长的、路面光秃秃的山道；小木屋的后面就是那片树林黑魆魆的边缘，如同撒在白花花的蛋糕上的一层黑乎乎的糖霜，再往前去，就是那非常扎眼、与天相接的地平线了。相比之下，这里的气温要寒冷得多——简直太冷了，冷得寒气直往他们身上钻，把他们脑海中的那些温暖宜人、情意缠绵的夜晚统统都赶了出去。

"现在已经是夏天的尾声啦，"埃莉诺柔声说，"你听听我们的马儿蹄子落地时踏出的那种声音——嘚—嘚—嘚—嗒—嘚。你有没有遇到过头脑发热的时候，把世间所有的声音都拿来细细区分，结果却统统变成了嘚—嘚—嘚的声音，直到你对天发誓，'永恒'是可以细分成许许多多的嘚—嘚声的？我就有这样的感觉——马儿老了就是这样嘚—嘚—嘚地走路的……我估计，这就是马儿和时钟与我们人类的唯一区别。人要是没发疯，是不可能像这样嘚—嘚—嘚地走路的。"

微风由弱变强，越吹越猛，埃莉诺裹紧身上的披风，人已经冷得瑟瑟发抖了。

"你感觉很冷吗？"艾默里问道。

"没有，我正在反省自我呢——我内心深处的那个顽梗不化的自我，那才是一个真正的自我，带着与生俱来的诚实，它能让我时刻意识到我自己身上的罪过，从而使我不至于沦为一个十恶不赦的坏女人。"

他们骑着马登上了那个靠近悬崖的地方，艾默里探过头去凝眸俯瞰着下方。陡峭的山崖与谷底地面相连接的地方落差深达一百英尺，那里有一条黑乎乎的山涧，构成了一条非常醒目的分界线，湍急的水流中有无数细碎的光点熠熠闪烁着，打破了这条分界线。

"腐朽透顶啊，这腐朽透顶的旧世界，"埃莉诺冷不防地突然开口说，"而这世上最最不幸的人儿就数我了——啊，我为什么偏偏是一个女孩子呢？我为什么不是一个天生的傻瓜呢？——瞧瞧你这副样子；你比我还要傻呢，虽然没有傻到那种地步，但还是有几分傻样儿。不过，你可以满世界到处乱跑，觉得乏味了就换一个地方，然后再铆足了劲儿到处乱跑；你可以随意玩弄人家女孩子而又不坠入人家用感情编织起来的罗网；你可以为所欲为，而且事后还能振振有词地找出各种理由来为自己开脱——可是，我呢，我这个人无论做什么事情都很有头脑，然而却被捆绑在未来的婚姻这条沉船上了。要是我出生在距今一百年以前的话，那倒也就罢了，可是现在，摆在我面前的有什么——我只好嫁人，那是毫无疑问的。可是，嫁给谁呢？我太优秀了，对大多数男人来说都不太合适，然而，为了能得到他们的关爱，我还不得不迁就于他们的水准，让他们凌驾于我的聪明才智之上。年复一年，我若是老不出嫁，想嫁一个一等男人的机缘就越来越渺茫了。我充其量只会从一两个城市里挑选，当然，我得嫁进一个衣食无忧的人家才行。"

"听我说嘛，"她又一次依偎过来，"我喜欢聪明的男人，喜欢相貌英俊的男人，还有，当然，我更看重的是一个人的人品，在这一点上谁也比不上我。啊，只有五十分之一的人稍稍懂得一点儿什么叫性爱。我为了赶时髦，看过一点儿弗洛伊德以及诸如此类的学说，然而，非常糟糕的是，这世上的每一点儿所谓真正的爱情，百分之

327

九十九都是出于强烈的情欲,剩下的那么一点点可怜的爱情则是出于嫉妒。"话说到这里,她忽然出其不意地打住了,就像她先前没来由地突然拉开了话匣子一样。

"当然,你说得对,"艾默里赞同地说,"这是一种相当令人讨厌而又强大得让人无法抗拒的力量,这种力量恰恰正是推动万物运作的机制不可分割的组成部分。这就好比一个让你看到了他的表演手段的演员!等一等,我要想出一个恰当的表达……"

他顿了顿,想找一个恰当的比喻。他们这时已经绕过了那个悬崖,正骑着马走在距离悬崖左侧大约五十英尺远的山路上。

"你瞧,每个人都得有这样一件披风,好用它来裹住自己的身子。那些混迹于才智非凡的人当中的平庸者,即柏拉图所说的才智属于二流水平的人,他们运用的是被维多利亚式的情感稀释了的浪漫主义骑士精神的残渣——而我们这些自称是知识分子的人,是把这一点遮掩起来的,假装这只是我们身上的另外一面,与我们闪光的思想和智慧毫不相干;我们假装我们能够意识到这一点,这样做也确实能够使我们保护好自己而不至于沦为被情欲所左右的牺牲品。然而事实真相却是,性爱就存在于我们纯而又纯的抽象思维的正当中,非常的贴近,甚至都模糊了我们的视线……我现在可以吻你了,而且愿意……"他坐在马鞍上朝她探过身去,但是她抽身躲开了。

"我不行——我现在还不能吻你——我现在变得更加敏感了。"

"那就等于说,你现在变得更傻了,"他很不耐烦地断言说,"习俗是抵挡不住性爱的,聪明才智也一样帮不了你……"

"那要用什么才能抵挡得住呢?"她激动起来,"用罗马天主教的教义,还是用孔夫子的箴言?"

艾默里抬起头来,一副相当惊诧的样子。

"这就是你惯用的灵丹妙药吧,对吗?"她叫喊起来,"啊,原来你也只不过是一个伪君子呀。数以千计的神甫成天黑沉着脸训斥那些堕落的意大利人和不识字的爱尔兰人,害得他们天天悔恨不已,就因为他们叽里咕噜地说了许多对第六戒和第九戒①茫然不解的蠢话。什么感情呀,精神胭脂呀,灵丹妙药呀,全都是用来掩盖事实真相的外衣。我告诉你,这世上根本就没有什么上帝,甚至也不存在什么绝对抽象的美德;因此,个人的一切问题都得通过个人的智慧自己去解决,比方说,像我这样额头高、肤色白皙的人的智慧,不过,像你这种学究气太重而又太自命不凡的道学先生,是死也不会承认这一点的。"她放下手中的缰绳,朝着满天繁星挥舞着她的两只小拳头。

"假如这世上真有一个上帝存在的话,那就让他来惩罚我——来惩罚我吧!"

"又在效仿那些无神论者的论调奢谈上帝了。"艾默里尖锐地说。他的唯物主义思想原本就是一件非常单薄的外衣,现在已经被埃莉诺的一番亵渎上帝的言辞撕成了碎片……这一点她明明是知道的,也正因为她知道这一点,他才恼羞成怒的。

"就像大多数找不到适合于自己的信仰的知识分子一样,"他态度冷傲地接着说,"就像拿破仑、奥斯卡·王尔德,以及剩下来的你们这号人一样,到了临终的时候,你们还是会大喊大叫着要求派一名神甫来的。"

埃莉诺猝不及防地勒住马头,他也慌忙拉紧缰绳伫立在她身边。

"我会吗?"她说,那声音听上去怪腔怪调的,着实让他吃了一惊,"我会吗?你看好了!我要从这个悬崖上跳过去!"还没容他来得及出手阻拦,她已拨转马头,以极快的速度冲向了那个高地的尽头。

---

① 据《圣经·旧约全书·出埃及记》,摩西传十诫中的第六戒是:"汝等不可奸淫";第九戒是:"汝等不可贪恋邻人的房屋,也不可贪恋邻人的妻子、仆婢、牛驴、及其他一切所有的。"(详见《圣经·旧约全书·出埃及记》第二十章第九十一页。)

他急忙掉过头来,策马朝她追了上去,全身冷得像一块冰坨子,连一根根神经都在嘎嘎作响。看来要想拦住她已经完全无望了。月亮已被遮蔽在一团乌云里,她的马儿准会像瞎了眼一样纵身跳下那个悬崖的。就在这时,在距离悬崖的边缘大约有十英尺远的地方,她突然尖叫了一声,整个人在剧烈地左右摇晃着——从马背上一头栽了下来,在地上连打了两个滚儿,停落在距离悬崖的边缘仅有五英尺远的一丛灌木里。随着一声狂暴的嘶鸣,那匹马摔下了悬崖。他迅速奔到埃莉诺身边,看见她正圆睁着两只眼睛。

"埃莉诺!"他大声叫喊着。

她没有回答,只是嘴唇动了动,两只眼睛里却一下子涌满了泪水。

"埃莉诺,你摔伤了没有?"

"没有;大概没有吧。"她淡淡地说了一声,然而随即便哭泣起来。

"我的马儿是不是摔死了?"

"仁慈的上帝啊——是的!"

"啊!"她号啕大哭起来,"我本来以为我是能跳过去的。我真的不知道——"

他轻柔地把她从地上搀扶起来,然后又扶着她爬上了他的马鞍。事已至此,他们只好踏上回家的路了;艾默里牵着马,她趴在马鞍的前桥上,辛酸地抽泣着。

"我生来就有一种容易头脑发热的性格倾向,"她结结巴巴地说,"像这样的事情我以前就曾经干过两次。在我十二岁那年,妈妈发——发疯了——满口胡言乱语。那时候,我们还住在维也纳——"

在回家的途中,她一路上都在吞吞吐吐地诉说着自己的身世,然而艾默里的爱意却在随着渐渐下沉的月亮一点儿一点儿地衰退。到了她家的门口时,他们出于习惯,照例开始亲吻告别,互道晚安,但是主动向他投怀送抱的事情,她却做不到了,他也没有像以前那样张开双臂去拥抱她,在刚刚过去的这个星期里,他总是一见面就张开双臂来迎接她的。他们在门口站了一小会儿,彼此的心里只有怨恨,只有让人备感酸楚的伤感。但是,由于艾默里在埃莉诺身上爱的只是他自己,他现在怨恨的也只是一面镜子而已。他们的姿势散落在已经渐渐泛白、初露端倪的晨曦之中,如同破碎的玻璃镜片。星星早已隐退得不见了踪影,天地间剩下的只是一阵阵在轻声叹息着的风儿,以及风儿在停歇时的一阵阵寂静……然而赤裸裸的灵魂永远都是没有人要的蹩脚货,于是,他很快便转身走上了回家的路,让新的光明伴着初升的太阳一起来临。

埃莉诺几年后寄给艾默里的一首诗

  此时此刻,已从泥土中获得重生的小精灵,在侧耳聆听潺潺流水声,

    在饶舌仿效着这悦耳动听的乐声,在承接这沉甸甸的一线光明,

  她是喜笑颜开的大地的女儿,正敞开胸怀迎接白昼的来临……

    此时此刻,我们可以窃窃私语而无人偷听,也不怕夜阑人静。

  踽踽独行……那是光华夺目的异境,还是我们必将经历的人生一景,

    在这残夏已然披散开她的秀发的慵倦时辰?

  我们爱的倩影,以及它们洒落在地上的光怪陆离的图形

    如同一幅幅挂毯,神秘而又黯淡,在这令人窒息的气氛

中飘零。

  这是如白驹过隙的白昼……而黑夜则另有一番景象，
   夜色惨淡如梦，犹似铅笔勾勒出的树影幢幢——
星星如鬼影摩肩接踵，在搜寻它们昔日的辉煌，
  在悲风中向我们低声诉说着和平与安康，
诉说着已被白昼打得粉碎的古老、过时的信仰，
  廉价的青春换来的是月光下令人欣喜的惆怅；
那是举足轻重的言语和我们所熟知的渴望
  那是我们支付给六月这个高利贷者的一笔情账。

此时此刻，意识的最深处仍在梦绕魂牵，独坐溪水边
  然而清清河水并没有送来我们无须知道的往事如烟，
倘若只有日光而条条小溪都停止歌唱，那将是何种画面，
  仿佛我们依然形影不离……我对你曾是那般爱意绵绵……
夏日已尽，昨夜的温存还有什么值得留恋，
  会吸引我们重返那变幻不定的林中空地上的家园？
那片闹鬼的红花草中是什么东西在趁着黑暗时隐时现？
  上帝呀！……搅得你睡梦中都无法安稳……惊叫连连……

  唉……我们已经感受过……我们如今就是那惊魂一刻的见证人。
大片流星从空中陨落，撒下的金属如落英缤纷；
永不知倦的大地的女儿横卧在溪水边，已是疲惫万分，

靠在这个不谙世事的丑八怪男孩身边的人就是我这个小精灵……

恐惧是我们追踪上帝之女时得到的一声回音；

如今我们有脸也有声……然而转眼间就将消失殆尽，

向着潺潺流水诉说心中半真半假的爱情……

廉价的青春换来的是月光下令人欣喜的苦闷。

艾默里寄给埃莉诺的一首诗
（他把这首诗取名为《夏日的暴风雨》）

风萧萧，歌声渐弱，落叶沾满衫，

风萧萧，遥听欢声笑语渐黯然……

雨蒙蒙，田野深处，有一个声音在呼唤……

灰云飞渡苍穹，霎时在头顶消散，

片片彩云追红日，向着她翩翩起舞，霞光绚烂

云霞姊妹同上。一只白鸽蓦然掠过，身影如幻

停落在鸽棚上，林中顿时羽翼翻飞，景致非凡；

然而山谷中却传来千树万木的哭喊

黑黢黢的暴风雨正在那边凌空飞舞；携来

它清新的气息，也携来了大海的哀叹

还有那悠远的雷声，细长而又慵懒……

我仍在耐心静观……

等待雾霭弥漫，等待黑沉沉的雨幕落云端——

等待更强劲的风儿来掀起那命运的帷幔，

等待更欢快的风儿把她的一头秀发吹散；

然而我却又一次

遭受了严峻的打击、教训和疾风骤雨般的摧残,
黑云压顶、狂风劲吹,我知道,暴风雨即将开始发难。

有一年夏天,每一场雨水都很稀罕;
有一个季节,每一阵风儿都很温暖……
而现在,你在这蒙蒙雾霭中向我走来……秀发凌乱
被风雨吹散,湿润的双唇又噘成了一道弧弯
轻狂地嘲弄他人,肆意侮慢,绝望地淫乐寻欢
这就是我们从前相识时你显得老气横秋的根源;
你像幽灵一样爱在风雨来临前跑出来四处游荡,
徜徉在田间,伴着无茎的花儿随风乱转,
带着你旧日的希望、枯枝败叶,以及情殇——
往事渺茫如梦,往昔的蹉跎时光让人心酸
(耳鬓厮磨的私房话会悄悄潜入夜色正浓的黑暗……
纷乱的骚动终将会渐渐消失在树冠)
夜已来临
撕开她湿漉漉的胸口处被白日的雨水溅污的衣衫
顺着那让人魂牵梦绕的山丘一路滑下,泪光闪闪,
用她的秀发遮掩住她那双精灵古怪的绿眼睛……
在苍茫暮色下发生的爱情……
在星光闪烁的夜空下发生的爱情;
万籁俱寂,连树梢都默然无语……一派祥和宁静……

风萧萧,遥听欢声笑语渐黯然……

第四章　傲视一切的牺牲

　　大西洋城。白天将尽，艾默里在沿着海滨木板人行道踱着方步。望着那永不停息、波涛汹涌、千变万化的海浪，闻着那咸涩的海风吹来的近乎悲怆的气味，他的心情渐渐平静下来。大海啊，他暗自寻思着，要比这背信弃义的陆地更加珍惜它的记忆。大海似乎依旧在低声细语地讲述着古代斯堪的纳维亚人的战船当年是如何扯起风帆，在他们渡鸦图案的旗帜指挥下，在海洋世界里劈波斩浪，勇往直前的事迹，讲述着堪称人类文明的灰色堡垒的大不列颠无畏级战舰如何在一个昏暗的七月开足马力，冲破迷雾，驶入北海的情景。

　　"喂——艾默里·布莱恩！"

　　艾默里低头朝下面的马路望去。一辆车身很低的赛车已经急刹车停了下来，一张熟悉的兴致勃勃的面孔从驾驶座上探出来。

　　"快下来呀，蠢材！"亚历克高喊道。

　　艾默里一边大声打着招呼，一边顺着一排木头台阶飞奔而下，来到赛车前。他和亚历克还是时不时地经常见面的,但是两人之间始终横亘着罗莎琳德这个障碍。他对这一点感到很遗憾,他不愿失去亚历克这个朋友。

"布莱恩先生,这位是沃特森小姐,这位是韦恩小姐,还有这位,塔利先生。"

"你们好!"

"艾默里,"亚历克兴高采烈地说,"要是你愿意立即跳上车来,我们就带你到一个非常僻静、没有人打扰的地方去,再给你来上一小杯波本威士忌[①]。"

艾默里有点儿迟疑不决地想了想。

"这主意不错。"

"那就上车来吧——往里挪一挪,吉儿,艾默里会非常慷慨大方地把他的微笑献给你的。"

艾默里挤上车来,坐在后排座位上,身边是一个打扮得十分妖冶、嘴唇涂成了朱红色的金发女郎。

"你好呀,我叫道格·费尔班克斯,"她非常轻浮地说,"你是在步行锻炼身体呢,还是在猎艳找伴儿啊?"

"我是在计算有多少个浪头,"艾默里一本正经地回答说,"我马上就要去从事统计学方面的工作了。"

"不许跟我开玩笑,道格。"

当他们开到一条好像不大有人会经常来光顾的小街时,亚历克在浓重的树影下把车子停了下来。

"这么大冷天的,你跑到这儿来干什么,艾默里?"他一边问,一边从皮毛垫子下取出一瓶一夸脱[②]装的波本威士忌。

[①] 波本威士忌(Bourbon),产于美国肯塔基州波旁县的一种威士忌。
[②] 夸脱(quart),英美用于计量液体的单位,等于两品脱。

艾默里避开了这个问题。的确，他到海滨来原本也就没有什么很明确的理由。

"你还记得我们的那次聚会吗，在上大二的时候？"他反过来问道。

"我怎么不记得？那一次，我们就睡在阿斯伯里帕克的凉亭里——"

"老天爷啊，亚历克！真难想象，杰西、迪克，还有克里，三个人都已经不在人世了。"

亚历克不禁打了个寒战。

"不要再说这事儿啦。秋天里的这些阴沉沉的日子已经够让我心情压抑了。"

吉儿似乎求之不得。

"道格这家伙不知怎么搞的，似乎也有点儿郁闷，"她评头品足地说道，"要叫他多喝点儿酒——如今这年头，这么好的酒已经难得一见了。"

"其实，我很想问你的是，艾默里，你在哪儿——"

"啊，纽约呗，我想——"

"我是说今天晚上，因为你还没有预订房间呢，你还是帮我一个忙吧。"

"很乐意为你效劳。"

"是这样，我和塔利在拉尼尔酒店预订了两个房间，浴室在两个房间的当中，但是他非要回纽约不可。我不想再换地方了。我想问你的是，你愿不愿来住其中的一间？"

艾默里当然愿意，他巴不得即刻就可以进房间呢。

"钥匙由你自己去接待处要，房间是用我的名字预订的。"

由于懒得再多跑冤枉路，也不想再装模作样，艾默里于是就下了

337

车，又到海滨木板人行道上去溜达了一会儿，然后才走回酒店。

他又一次陷入了人生的旋涡之中，这是一个深不可测、催人昏昏欲睡的大涡流，全然没有一丝想要工作或动笔写作的欲望，也没有想要做爱或放荡一回的欲望。他平生第一次真心盼望着死神能从他们这一代人的身上碾压过去，压灭他们委琐的狂热、争斗和得意忘形的喧闹。此次来海滨寻访所感受到的这种极度寂寞的心情，与他四年前的热闹非凡、无比欢乐的结伴而行，形成了一个十分鲜明的对比观照，他青春的朝气似乎从来没有像现在这样消失得无影无踪。那时候，在他人生的诸般事情中，最纯粹，最平常的事情莫过于倒头酣睡，他浑身上下对于美的意识，一切的欲念，都已飘然而去，而填补它们遗留下来的这些空缺的仅仅只是他理想幻灭之后所产生的极度倦怠、无奈的心情。

"一个女人要想留住一个男人的心，就必须抓住他身上最大的弱点才行。[①]"这句话是他大多数难眠之夜所思考的一个核心命题，他觉得今晚这一夜必然也是一个不眠之夜。他头脑里已经开始就这个话题演绎起各种各样的可能性来了。不知疲倦的激情，强烈的嫉妒心，渴望占有和征服的欲念——他对罗莎琳德的全部爱情现在就只剩下这些东西了。这些依然残留在他身上的东西，是他对已经失去的青春活力所付出的代价——是包裹在用爱的欢愉做成的薄糖衣下苦涩的氯化亚汞。

到了房间里，他脱去衣服，用几条毯子把自己严严实实地裹起来，以防感染上十月的风寒，然后打开窗户，昏昏沉沉地坐在窗边的一张扶手椅里发呆。

[①] 语出奥斯卡·王尔德的剧作《少奶奶的扇子》(*Lady Windermere's Fan*，1892）第三幕；原文为："如果一个女人想留住一个男人的心，她只要抓住他身上最大的弱点就行了。"(If a woman wants to hold a man, she has merely to appeal to the worst in him.)

他想起了几个月前曾读过的一首诗：

啊，忠贞不渝的心上人，你为我操劳经年，
我却四海漂泊，把韶华青春等闲虚度——

然而，他意识不到光阴的虚掷，意识不到目前的希冀也隐含着虚度光阴之意。他只感到生活已经抛弃了他。

"罗莎琳德啊！罗莎琳德！"他向着渐趋浓郁的夜色轻声倾吐着这几个字眼，直至房间里仿佛到处都充斥着她的身影；潮湿、咸涩的海风带着丝丝雨意吹拂着他的头发，一轮明月的月晕在天空中灼灼闪烁，把窗帘映得忽明忽暗，幽影幢幢。他迷迷糊糊地睡着了。

等他一觉醒来时，夜已很深，万籁俱静。裹在身上的毯子已经从肩头滑落，他伸手在皮肤上摸了一把，发觉又湿又冷。

就在这时，他忽然察觉到了一阵急切的窃窃私语声，离他还不到十英尺远。

他四肢发硬，浑身不自在起来。

"别弄出响声来！"是亚历克的声音，"吉儿——你听见没有？"

"听见啦——"是娇喘着发出的非常轻微，非常惊慌的声音。他们在浴室里。

接着，他耳朵里听到的动静更大了，声音来自外面走廊上的某个地方。那是几个男人含混不清的说话声和一阵连续不断的闷闷的敲门声。艾默里一把掀掉身上的毯子，移步走到浴室门前。

"我的上帝呀！"又是那姑娘的声音，"你只能放他们进来了。"

"嘘！"

突然，艾默里客厅的门上响起了一阵急促、持续的敲击声，与此同时，亚历克也从浴室里走了出来，后面跟着的是那个嘴唇涂得鲜红的姑娘。他们两人都裹着睡衣。

"艾默里!"这是一声十分焦急的耳语。

"出什么事儿啦?"

"是酒店的几个私家侦探。我的上帝啊,艾默里——他们就是来寻找试验性的案件的,想找一个案子来证明以往判过的案例是否符合宪法——"

"原来是这样,那就让他们进来吧。"

"你不懂。他们会用'曼恩法案'①的名义把我抓起来的。"

那姑娘慢吞吞地跟在他身后,一副愁眉苦脸、哀婉动人的样儿,躲在黑暗中。

艾默里灵机一动,计上心来。

"你大声嚷嚷,把他们放进你的房间里来,"他非常焦急地提议说,"我就趁机从这扇门把她带出去。"

"可是,他们在这儿也布置人了。他们会守住这扇门的。"

"你就不能报一个假名吗?"

"不可能了。我登记住宿的时候用的是我的真名;再说,他们也会以车牌号为线索追查到我的。"

"那你就说,你们已经结过婚了。"

"吉儿说,这家酒店的私人侦探里有一个人认识她。"

那姑娘已经偷偷溜到床边,慌七慌八地爬上了床;躺在那儿可怜巴巴地听着那敲门声,而敲门声已经渐渐演变成了砰砰的擂门声。紧接着便传来了一个汉子的大嗓门,那是非常气愤、口气强硬的大

---

① 曼恩法案(Mann Act),又称"禁止贩卖白奴法案"(White-Slave Traffic Act),于1910年6月25日在美国国会获得通过,旨在禁止州与州之间贩卖白奴的行为,但其根本宗旨为:"禁止一切非法的、出于不道德的目的贩运妇女的行为,"从而达到"禁止贩卖妇女、遏制一切违反道德准则的性行为"的目的。

嗓门：

"快把门打开，否则我们要破门而入了！"

在那大嗓门刚刚停息下来的片刻寂静中，艾默里忽然意识到，这个房间里除了人之外，还另有别的东西……蜷缩在床上的那个可怜人儿的头顶上方和四周围都笼罩着一层神秘的光轮，形同游丝，像漏进房间里来的一束月光，散发着难闻的腐败气息，活像变了味儿的劣质葡萄酒，然而恐怖的气氛已经迅速蔓延开来，笼罩在他们三个人的头上……而窗户边，在瑟瑟抖动着的窗帘中，仿佛还站立着一个别的什么东西，没有五官，也没法辨认，然而却是那样莫名其妙地熟悉……与此同时，有两只巨大的箱子并排自行落在了艾默里的眼前；这一切都是发生在他脑海里的，但是说时迟那时快，其实际占用的时间还不到十秒钟。

那第一个如电光石火般在他的脑际一闪而过的念头，就是献身精神所具有的那种崇高的非人格性——他忽然领悟到，我们所说的爱情和仇恨，奖赏与惩罚之类的东西，其实与献身精神并没有丝毫关系，就像今天是几月几日与献身精神并没有任何关联一样。他脑海中飞快地再次浮现出他在大学读书时曾听到的一则有关献身精神的故事：有一个人在一次考试中犯有作弊行为；他的一个同寝室的同学出于一时冲动，把全部责任都揽在自己的头上——由于作弊行为的可耻，这个清白无辜的人的整个前途似乎都笼罩在悔恨和失败的阴影中，然而更加可悲的是，那个真正的作弊者竟然毫不领情。这个人后来终因不堪重负而自杀了——几年之后真相才水落石出。当时，这件事让艾默里感到既困惑不解，又惶遽不安。现在他终于悟出这其中的道理了；那就是，献身精神绝不是换取自由的等价物。它就像一个庞大的负责选举工作的机构，它就像政权的一种传承方式——是某些人在某个特定的历史时期必须做出的一种难能可贵的壮举，它所具有的本质内涵并

341

不是做出某种担保，而是要承担责任，并不是提供某种保障，而是承担无穷无尽的风险。它的强大动力或许会拖着他走向毁灭——当促成这种献身精神的情感浪潮逐渐消退之后，做出这种崇高举动的人说不定会永远被遗忘在一座绝望的孤岛上，落在时代潮流的后面。

……艾默里知道，事过之后，亚历克说不定会为自己替他付出了如此巨大的牺牲而对他怀恨在心的……

……所有这一切都历历在目地扔在艾默里的眼前，如同一幅已被展开的画卷一样，而远在他对面，同时也在揣摩着他的心思的，是那声息全无，却在静候其变的两股力量：笼罩在那姑娘头顶上方和她四周围的那层形同游丝的神秘光轮，以及伫立在窗户边的那个似曾相识的东西。

献身精神就其固有的本质而言，就是大义凛然和非人格化的；献身精神应当永远是傲视一切的。

不要为我哭泣，为你们的儿女们哭泣吧。[1]

不管怎样——艾默里暗暗思忖着——上帝会这样对我说的。

艾默里感到有一股喜悦之情突然涌上了心田，随后，宛如电影里显现的一张面孔一样，笼罩在床头上的那个神秘的光轮也渐渐暗淡下来，最后消散得无影无踪了；窗户边的那个动感的影子，本来已经近得几乎能让他说出名目来了，此时也只是在那儿停留了极其短暂一瞬间，随即便像一阵风似的急速飘出了房间。他捏紧双拳，心中立即涌起一阵无比的兴奋……这十秒钟内发生的事情结束了……

---

[1] 耶稣被钉死在十字架之前转身对赶到现场来的众多百姓们说，"耶路撒冷的女子，不要为我哭泣，为你们自己哭吧，为你们的儿女哭泣吧。"（详见《圣经·新约全书·路加福音》第二十三章第二十七节至二十八节。）

"就照我说的办,亚历克——照我说的办。你明白吗?"

亚历克哑然无语地朝他看了看——他那张脸上已是一副痛苦不堪的表情。

"你有一大家子人呢,"艾默里慢条斯理地接着说,"你有一大家子人在等着你呢,你不可以卷到这种事情里来的,这是很要紧的。你听见我说的话没有?"他又清清楚楚地把他的话重复了一遍。"你听见我说的话没有?"

"我听见了。"说话的声音显得很压抑,极不自然,但是他那双眼睛却连一秒钟也没有离开过艾默里的眼睛。

"亚历克,你马上在这儿躺下来。要是有人进来了,你就装出喝醉了酒的样子。你就按我说的办——如果你不按我说的办,我没准会宰了你的。"

他们又彼此对视了一眼。随后,艾默里立即快步走到梳妆台前,拿起他那本简装版的书,并且不容置辩地朝那姑娘招了招手。他听见亚历克咬牙切齿地蹦出一个字眼来,好像说的是"劳教所",紧接着,他就带着吉儿走进了浴室,而且随即把浴室的门插上了插销。

"你是来这儿陪我的,"他用严厉的口吻说,"你整个晚上都跟我待在一起。"

她点了点头,憋着嗓子娇声娇气地叫了一声。

等了一秒钟之后,他去打开了另一扇门,有三个人一齐拥了进来。房间里顿时被强烈的电灯光照得雪亮,他站在那儿不停地眨巴着眼睛。

"你玩的这套把戏未免也有点儿太危险了吧,年轻人。"

艾默里嘿嘿一笑。

"是吗?"

这三个人当中貌似头头模样的那个人带着命令的神情朝一个身材

343

魁梧、穿格子布西装的汉子点了点头。

"行了吧，奥尔森。"

"我明白你的意思，奥梅先生，"奥尔森说着，点了点头。其余的两个人则大惑不解地朝他们追捕的对象上下打量了一眼，然后便撤出了房间，并气呼呼地随手把门关上了。

那个身材魁梧的汉子用鄙夷的目光审视着艾默里。

"你难道从来就没有听说过'曼恩法案'吗？居然还敢带着她跑到这种地方来？"他用大拇指朝那姑娘指了指，"你那辆车子上挂的是一块纽约的车牌照——居然还敢跑到这种酒店里来。"他摇摇头，意思是说，他一直是在苦苦追踪艾默里的，不过，现在已经不打算追究他了。

"哎呀，"艾默里极其不耐烦地说，"你要我们怎么做？"

"穿上衣服，快点——还有，叫你那个朋友别再这样大声嚷嚷了。"吉儿一直坐在床头声音很响地抽泣着，但是一听到这几句话，她马上便苦着脸停止了抽泣，然后收拢好自己的那堆衣服，慢慢退回浴室去了。艾默里在穿亚历克的内衣时，心里觉得自己对眼前这个局面的应对态度还是挺惬意的，很有点儿幽默的味道。那个身材魁梧的汉子显得很委屈的模样，让他心里直想笑。

"这里还有别的人吗？"奥尔森盘问道，竭力想摆出一副目光敏锐、善于追查案子的样子。

"还有那个包下这两个房间的家伙，"艾默里漫不经心地说，"不过，他早就喝得烂醉如泥啦，从六点一直睡到现在。"

"我待会儿就去看一看他。"

"你们是怎么发现的？"艾默里问道，显得很好奇的样子。

"值夜班的店员看见你们带着这个女人上楼的。"

艾默里点点头；吉儿复又走出浴室，虽说还是衣冠不整，但总算收拾体面了。

"现在这样吧,"奥尔森一边说,一边掏出一个记事本来,"我要记下你们的真名——别他妈的用什么约翰·史密斯呀,玛丽·布朗呀之类的假名来糊弄人。"

"等一等,"艾默里语气平静地说,"那边那个拉皮条的家伙就算了吧。我们不过是被逮了个正着,这也没有什么大不了的。"

奥尔森狠狠瞪了他一眼。

"叫什么名字?"他厉声说。

艾默里报了他的名字和他在纽约的地址。

"那女人呢?"

"吉儿小姐——"

"喂,"奥尔森怒气冲冲地喝道,"收起你那套在幼稚园里哼唧哼唧的儿歌吧。说,你叫什么名字?是萨拉·墨菲?还是明妮·杰克逊?"

"啊,我的上帝啊!"那姑娘双手捂着已经泪水涟涟的脸蛋哭着说,"我不想让我妈妈知道。我不想让我妈妈知道哇。"

"快说!"

"闭上你的嘴吧!"艾默里朝奥尔森大吼一声。

一阵愕然。

"斯特拉·罗宾斯。"她终于结结巴巴地说了出来。

"新罕布什尔州,拉格威大街,普通案件的移送。"

奥尔森啪的一声合上他的记事本,态度非常生硬地打量着他俩。

"根据权限,本酒店是完全可以把这些证据移交给警方的,那样的话,你就要进劳教所啦,因为你把一个女孩子从一个州带到另一个州来,是出于不道德的目的——"他说到这里停顿了一下,以便让他这番话的权威性能够深入人心,"不过——本酒店准备把你们放了。"

"这事儿可千万不能登报啊!"吉儿尖厉地哭叫着,"饶了我们吧! 嚯!"

一阵如释重负的感觉顿时袭遍艾默里的全身。他明白,他已经平安无事了,不过,也只有在这种时候,他才真正体会到,他这种引火烧身的举动会招惹出多么大的麻烦来。

"但是,话又说回来,"奥尔森接着说,"这些酒店相互之间有一个保护性的协作关系。这种事情实在太多,我们已经跟各家报纸协商好了,所以,你们就免费地稍微曝光一下吧。不提酒店的名字,只是发一行文字,说你们在大西洋城犯了点事儿。明白吗?"

"我明白。"

"你们算是从轻发落啦——处理得简直太轻了——不过——"

"行啦,"艾默里一身轻松地说,"让我们赶紧离开这儿吧。我们也用不着发表一个告别演说吧。"

奥尔森迈步穿过浴室,出来后,又朝亚历克躺在那儿一动不动的身躯草草瞥了一眼。随后,他关掉房间里的所有电灯,招招手示意他们跟着他。在他们走进电梯的时候,艾默里暗暗寻思,要不要来一个虚张声势的举动——考虑良久,最终还是没有表现出来。他伸出手去,轻轻拍了拍奥尔森的胳膊。

"能不能麻烦你把头上的帽子摘了?电梯里有女士呢。"

奥尔森慢吞吞地把帽子摘了下来。走在酒店大堂的灯光下,他们经历了非常尴尬的两分钟,因为那个值夜班的店员以及几个晚到的客人都在用好奇的目光盯着他们看;那个衣着艳俗的姑娘头低着,那个相貌英俊的小伙子则很傲气地把下巴颏儿抬高了好几度;结论显然是不言自明的。接着是户外扑面而来的彻骨寒气——酒店外,晨光初露,咸涩的海风显得更加新鲜,更加浓郁了。

"你们可以叫一辆出租车过来,然后就溜之大吉吧。"奥尔森说着，朝停在那边只能模模糊糊看得出轮廓的两辆汽车指了指，两个司机大概还在车子里熟睡呢。

"再见吧。"奥尔森说。他暗示性地把手插进自己的口袋，不料，艾默里却不满地闷哼了一声，二话不说，挽起那姑娘的胳膊，转身扬长而去。

"你刚才是吩咐司机往哪儿开的？"当他们坐上车，沿着昏暗的马路向前疾驰时，她忍不住问道。

"火车站。"

"要是那家伙写信告诉我妈妈——"

"他不会这样做的。谁也甭想了解到这件事的真相——我们的朋友和敌人除外。"

大海那边，天已破晓。

"天越来越蓝了。"她说。

"蓝得很美呢，"艾默里很审慎地附和说，接着又深思熟虑地说，"差不多已经是用早餐的时候啦——你想不想吃点儿什么？"

"吃饭——"她高兴地哈哈一笑说，"吃饭就是破坏我们这次聚会的罪魁祸首。我们原本预订了一份非常丰盛的晚餐，要他们在凌晨两点左右送到楼上房间里来的。亚历克没有给那个服务生小费，所以，我猜想，是那个小杂种偷偷把我们给告发了。"

吉儿低落的情绪已经烟消云散，似乎比正在渐渐隐去的夜色消散得还要快。"我实话告诉你吧，"她语重心长地说，"如果你真想上演一出风流快活的床上好戏，那就不要去酗酒，但是，如果你想喝得酩酊大醉的话，那就不要进卧室上床。"

"我会铭记在心的。"

他出其不意地轻轻叩了叩车窗玻璃，他们的车子随即在一家通宵营业的餐馆门前停了下来。

347

"亚历克是你的一个非常要好的朋友吗?"吉儿问,他们这时已经安安稳稳地坐在餐馆内的高脚凳上了,两个人都把胳膊肘支在已经被磨得失去了光泽的柜台上。

"他以前一直是。他也许不想再做我的好朋友啦——真搞不懂是什么原因。"

"你这件事干得可真傻呀,把所有责任都揽在自己的身上。他就那么重要吗?难道比你自己还重要?"

艾默里大笑起来。

"这一点还有待于进一步了解,"他回答说,"这也正是问题的关键所在啊。"

精神支柱接二连三地倒塌

回到纽约两天之后,艾默里在一份报纸上找到了他一直在注意寻找的那条消息——有十来行文字,谨向世人告示,艾默里·布莱恩先生,"他自己交代的住址"是,如此云云,由于在大西洋城的一家酒店他自己的客房里容留一位并非他自己太太的女士,现在已经被请出了这家酒店。

看着看着,他禁不住大吃了一惊,连一根根手指头都在发抖,因为在这条消息的正上方还刊登着另一段文字更长的告示,其起首语是这样写的:

利兰·R.康涅奇夫妇谨在此郑重宣布,小女罗莎琳德已与J.道森·赖德先生正式订婚,赖德先生是康涅狄格州哈特福德市的——

他扔下报纸，颓然扑倒在床上，胸口有一种错愕、下沉的感觉。她走了，已成定局了，她终于离他而去了。直到现在，他的内心深处都还有意无意地珍藏着这份希望，总有一天她会需要他的，会派人来劝他回去的，向他哭诉那是一场误会，她的心唯独只为她给他造成的痛苦而伤痛不已。他从此再也找不到那份对她的思念之情了，哪怕是让人忧郁的非分之想也找不到了——绝不会是这个已经变得更加冷酷无情，更加年老色衰的罗莎琳德了——也绝不会是任何一个面容憔悴、失意潦倒的女人了，他的想象力哪怕在他跨入四十岁这个门槛的时候，也绝不会再产生这样的念头了——艾默里渴望得到的是她的青春，是她焕发着勃勃生机的思想和肉体，是她现在正在一劳永逸出卖的那种东西。然而现在，就他自己而言，年轻的罗莎琳德已经死了。

过了一天之后，他又收到了巴顿先生从芝加哥寄来的一封寥寥数语、简明扼要的信，信中告诉他说，鉴于又有三家电车公司落入了破产产业管理者的手中，他目前已经不可能再收到任何汇款了。祸不单行，最后，在一个令人头晕目眩的星期天的夜里，一份电报告诉了他达西大人已于五天前猝死在费城的噩耗。

这时候他才明白，他在大西洋城那间客房的窗帘中看见的那一幕究竟是什么。

第五章　自我中心主义者成长为一位重要人物

在沉睡中我已越陷越深
　　怀着昔日的欲念、婉约的情分，
一声断喝如醍醐灌顶
　　黑暗立即遁出灰白色的门；
为了探求共同的人生纲领
　　我再度在朗朗乾坤中搜寻自信……
然而那千篇一律的怪现象至今犹存：
　　雨蒙蒙的人生道路永无止境。

啊，但愿我还能再度崛起，再度振奋
　　将那宿酒激起的热度一扫而尽，
去迎接晴空万里的崭新的黎明
　　高楼大厦鳞次栉比，恍若人间仙境；
去找回飘浮在空中的每一个海市蜃景
　　找回每一个象征，而不再是虚幻的梦……
然而那千篇一律的怪现象至今犹存：
　　雨蒙蒙的人生道路永无止境。

艾默里站在一家剧院的花格玻璃闸门下，凝望着这场起初下得很大的雨，大滴大滴的雨珠哗啦啦地从天而降，落在人行道上漾开来，形成了一个个黑乎乎的污渍。天空变得灰蒙蒙的，泛着乳白色的光；有一盏孤零零的灯突然亮起来，衬托出马路对面一扇窗户的轮廓；紧接着又有一盏灯亮起来；随后，有上百盏灯纷纷跳跃着亮起来，闪闪烁烁，映入人们的视线。在他的脚下，宛如镶嵌着密密麻麻的铁钉的天光，渐渐变成了昏黄色；大街上，出租车的车灯射出的耀眼光束把已然漆黑一片的路面照得通亮。这场不受欢迎的十一月的雨水像是故意与人作对似的偷走了白天的最后时光，并将它典当给了古老的收受赃物的铺子——茫茫黑夜。

随着一阵莫名其妙的噼里啪啦的响声，他身后那个剧院里的静默无声的气氛终于宣告结束了，紧随其后的是人们纷纷站立起来时发出的沉闷的隆隆声和许多人叽叽喳喳地同时说话的喧闹声。午场演出散场了。

他侧身站到一旁，半边身子几乎淋在雨中，好让熙熙攘攘的人群从身边走过去。一个小男孩冲到门外，鼻子嗅了嗅这潮湿、清新的空气，随手把他的大衣领子竖了起来。有三四对情侣急匆匆地奔了出来；接着又有不少人三五成群地走了出来，这些人走出剧院时，眼睛都无一例外地四处张望着，先看看湿漉漉的大街，再看看空气中在淅淅沥沥下个不停的雨，然后再看看阴沉沉的天空；最后出来的是一大群前呼后拥、步态悠闲的人，扑面而来的浓烈气味呛得他很难受，那是男人身上的烟草味加上女人身上变了味儿的脂粉散发出的让人作呕的骚味和恶臭混合在一起的气味。这群前呼后拥的人过去之后，又稀稀拉拉地走来了几个人；接着又来了五六个吊儿郎当的人；随后是一个拄着双拐的男人；后来，剧院里终于传出翻动座椅的乒乒乓乓的响声，表明剧院的引座员又开始忙碌起来了。

纽约似乎还没有怎么苏醒过来，仿佛只是在它的床上翻了个身而已。脸色苍白的男人们步履匆匆地从眼前走过，都把大衣领子夹得紧紧的；一大群满面倦容，却像喜鹊一样叽叽喳喳的女孩子从百货商场里拥了出来，一路上嘻嘻哈哈，尖叫声不断，三人挤做一团合撑着一把雨伞；一小队迈着整齐步伐的警察迎面走来，他们已经神奇地披上了护身的油布雨衣。

这场雨给了艾默里一种超然的感觉，然而身边无钱的城市生活却有着无数令人不快的方方面面，这些不快随时都会一个接一个地让他碰上。地铁里拥挤不堪，臭气熏天，让人透不过气来——车厢里总是有人把那些小广告卡片不由分说地硬塞进你的手里，还朝你斜睨着眼睛，那情形就好比总有些无聊透顶、令人生厌的人硬拽住你胳膊要把某个与你毫不相干的事情从头至尾再说一遍一样；满腹怨气地担心着是不是有别的人靠在你的身上；一个男人死活不肯把自己的座位让给一个女人坐，为了这个座位而讨厌她；那个女人也因为他不让座给自己而恨他；最让人受不了的莫过于那些无比恶劣、如影随形的幻觉效应，那就是人们的呼吸吐纳，裹在人的躯体上的旧布片，以及人们咀嚼零食时散发出的难闻的怪味——从最乐观的方面来看，也不过就是人太多——太暴躁或者太冷淡，太疲惫，太忧虑。

他脑子里想象着这些人居住的房间会是什么样的情景——房间的墙上贴着疤痕累累的墙纸，墙纸上的图案是浓笔重墨的向日葵，以绿、黄这两种色调为背景，屋子里放着马口铁的浴缸，门厅阴暗，房屋的后面是没有绿树花草、肮脏得难以形容的空地。住在这样的地方，甚至连谈情说爱也会被当成是勾引行为——附近就发生过惨不忍睹的命案，楼上的公寓里还住着非法同居的母亲。而且往往出于节俭的考虑，到了冬天，室内总是密不透风，而在漫长的夏天，在黏糊糊的湿热的墙壁包围下，则是汗流不止的噩梦般的情景……龌龊的餐馆，里面那些大大咧咧、一身疲惫的人们自说自话地拿自己已经用过的咖啡匙尽情地舀糖，碗底剩下的只是硬邦邦的棕褐色沉积物。

在这样的地方，倘若只有男人，要不然就只有女人，情况大概就不至于那么糟糕了。然而，当这些男男女女在极其恶劣的环境里聚拢在一起的时候，所有的人似乎一下子都变得堕落透顶了。女人若是让男人看到自己在受苦受穷，往往会感到羞愧难当；男人若是看到自己的女人在受苦受穷，往往会感到愤愤不平。这种情况比他所看到的任何战场都要卑污，比泥淖、汗水、危险糅合在一起的任何实际的艰难困苦都更让人难以预料，在这样一种氛围里，结婚生子、生老病死，都成了令人憎恶、秘而不宣的事情。

他记得有一天在地铁里，有一个送货的小伙计把一个规格很大的、用鲜花扎成的送葬用的花圈搬进了车厢，鲜花的香味顿时使车厢里的空气焕然一新，也给车厢里的每一个人送来了短暂的欢乐。

"我嫌恶贫穷的人，"艾默里忽然这样想道，"我不喜欢看到他们那样受穷。贫困在过去也许是美好的，然而现在，贫困已经等于是堕落了。它是世界上最丑陋的东西。腐化堕落但腰缠万贯，要比清白无罪但一贫如洗在本质上更加纯洁。"他似乎又看到了一个人的身影，那个人举足轻重的身份曾经给他留下了非常深刻的印象——那是一个衣着十分考究的年轻人，他从一家夜总会的窗口凝望着下方的第五大道，正在跟他的同伴说着什么，带着一脸纯然是厌恶的神情。艾默里认为，他当时说的话没准就是："我的上帝啊！人真是可怕！"

艾默里有生以来还从来没有像现在这样关心过贫穷者。他颇有点儿玩世不恭地想到，自己怎么就变得对整个人类完全没有同情心了呢。欧·亨利在这些劳苦大众的身上看到的是浪漫、悲情、敢爱、敢

353

恨——而艾默里看到的却只有粗俗、原形毕露的肮脏，以及愚昧。他压根儿就没有为此而谴责过自己：他从来就没有因为自己的那些自然而又真诚地流露出来的感情责备过自己。他理所当然地认为，他所作出的任何反应都是他本色中的一部分，既不可改变，也不属于道德范畴。关于贫穷这个问题，倘若视角发生了转变，被扩大化了，与某个更加高尚、更加庄严的人生观紧密联系在一起了，说不定在将来的某一天甚至也会成为他的问题；然而在目前，这个问题只会引起他的深恶痛绝。

他慢慢朝第五大道走去，边走边躲躲闪闪地避让着那些不长眼睛的雨伞随时给他带来的阴险的威胁，走到德尔莫尼科大酒店的门前时，他站在那儿叫停了一辆公共汽车。他扣紧大衣的腰带，登上汽车的顶层，孤独地坐在那儿随这辆车向前驶去，任凭绵绵细雨扑面而来，脸颊上怎么也抹不尽的冷雨反复刺激着他，使他一直保持清醒的状态。于是，一场对话在他的意识深处展开了，说得更确切一点，那是他聚精会神地重新接续上的一段对话。这段对话并不是在两个说话人之间展开的，而是一个人的对话，好比一个人既担任着发话人的角色，又担任着应答人的角色。

问：——喂——目前的处境如何？

答：——目前的处境是，我名下大约还有二十四块钱。

问：——你还有日内瓦湖畔的庄园呢。

答：——但是我打算留住这份家产。

问：——你能活下去吗？

答：——我想象不出怎么就没法活下去。人家可以写书挣钱，我也想明白了，凡是那些靠写书挣钱的人能够做到的事情，我总归也能做得到。其实，写书也是我唯一会做的事情。

问：——说得具体些。

答：——我也说不清我该干什么——我也没有多大的好奇心。我准备明天就永远离开纽约。这是一个倒霉的城市，除非你生活在这个城市的最上层。

问：——你想拥有很多钱吗？

答：——不。我只是害怕会受穷。

问：——很怕吗？

答：——只是被动地有点儿怕。

问：——何处才是你漂泊的归属？

答：——不要问我！

问：——难道你一点儿也不在乎吗？

答：——相当在乎呢。我并不想在道德上自取灭亡。

问：——你难道什么兴趣也没有了吗？

答：——什么兴趣也没有啦。我再也没有什么舍不得失去的美德了。就像一只已经在渐渐冷却的咖啡壶还在散发着热量一样，我们在整个青少年时期都在释放着美德的卡路里。这就是所谓的纯真时代。

问：——这个想法挺有意思。

答：——这就是为什么"好人得不到好报"这一主题总是很吸引人的原因。人们围绕在好人身边，说到底，就是为了要靠着他释放出来的美德的卡路里来温暖他们自己的心。撒拉不过说了一句质朴的话，人们脸上顿时就高兴得露出了傻笑[1]——"瞧这可怜的孩子多天真啊！"他们是在借她的美德来温暖他们自己的心呢。但是撒拉看出了人们的傻笑，从此便没有再说这句话。只是打那以后，她感到有点儿心寒了。

---

[1] 据《圣经》，撒拉是亚伯拉罕的妻子，在亚伯拉罕一百岁时，撒拉为他产下一子，取名以撒。以撒降生后，撒拉说："上帝使我嬉笑。凡听见者必与我一同嬉笑。"（详见《圣经·旧约全书·创世记》第二十一章第六节至第七节。）

355

问：——你的卡路里全都散失殆尽了吗？

答：——全都散失殆尽啦。我已经开始靠着别人的美德来温暖我自己的心了。

问：——你是一个道德败坏的人吗？

答：——我看是，我也不敢肯定。反正我现在已经再也说不清什么是善，什么是恶了。

问：——这本身就是一个不祥之兆吧？

答：——那倒不一定。

问：——什么才是判别道德败坏的标准呢？

答：——变得彻头彻尾的言而无信——声称自己"还不是一个这么坏的家伙"，觉得自己是在为白白流逝的青春悔恨，而实际上，我唯独只羡慕白白流逝的青春所带来的诸多快乐。青春就好比是供你享用的一大盘糖果。爱感情用事的人认为，人们很想置身于他们过去在吃糖果之前所沉溺的那种纯洁、烂漫的状态。其实不然。他们无非是想得到重新再吃一回糖果的乐趣罢了。已婚的妇人并不想再做一回姑娘——她要的是再度一回蜜月。我可不想重演我的童真。我想要的是再度失去童真的那种快乐。

问：——何处才是你漂泊的归属呢？

这段对话非常荒唐地融入了他头脑中的那个他十分熟悉的状态——各种欲念、担忧、外部印象、身体反应，全都怪诞地混合在一起的大杂烩。

第一百二十七大街——要不就是第一百三十七大街……二和三看上去很相像——不对，不太像。座位湿漉漉的……到底是衣服把积攒在座位上的雨水吸干了，还是座位把身上的干衣服浸湿了？坐在潮湿的东西上会得阑尾炎的，蛤蟆帕克的妈妈是这样说的。唉，他得过阑尾炎——我要起诉那家轮船公司，比阿特丽斯说，我舅舅拥有四分之一的股权呢——比阿特丽斯已经去天国了吗……也许没有吧——有他在代表着比阿特丽斯永垂不朽的形象呢，当然他也代表着许多已故男人的风流韵事，那些人在世时肯定从来就没有想到过他……倘若不是得了阑尾炎，也许会得流感的。什么？第一百二十号大街？第一百一十二号大街肯定早就被抛在后面了。是一〇二号，不是一二七号。罗莎琳德不像比阿特丽斯，埃莉诺像比阿特丽斯，只是更疯一点儿，更聪明一点儿。这一带公寓租金很贵——大概一个月一百五十块——说不定已经涨到二百了。姨父在明尼阿波利斯的那幢大得不得了的别墅才付一百块钱。问：——你进门的时候，楼梯是在左边还是在右边？不管怎么说，大学路十二号那幢楼的楼梯是直通里面的，在左手边。多么肮脏的一条河啊——你想下去看看这条河是否真的那么肮脏吗——法国的河流全都是棕褐色的，或者黑乎乎的，美国南部的河流也一样。二十四块钱等于四百八十个炸面包圈。他可以靠着这二十四块钱生活三个月，睡觉可以到公园里去。不知吉儿这时人在什么地方——是吉儿·贝恩，还是吉儿·菲尼，还是吉儿·塞尼——管他娘的叫什么呢——脖子都酸了，这座位也太他妈的不舒服啦。一点儿也没有要跟吉儿睡觉的欲望，亚历克到底看中了她什么？亚历克看女人的眼光未免也太低俗了。还数自己的审美观最高雅：伊莎贝尔、克拉拉、罗莎琳德、埃莉诺，个个都是地道的美国女人。埃莉诺可以在棒球比赛中当投球手，也许还是个用左手投球的人呢。罗莎琳德是外场手，非常优秀的击球手，克拉拉也许可以当一垒。不知亨伯德的尸体现在成什么样儿了。倘若他自己当初没去做那个刺刀教官，恐怕早在三个月前就上前线了，也有可能阵亡了。那该死的丧钟会在哪儿敲响呢——

河滨大道上的那些门牌号码全都被蒙蒙雾气和水滴滴的树木遮蔽得模模糊糊，根本来不及细看，不过，艾默里终于看清了一个门牌号——第一百二十七大街。他下了车，因为原本就没有带着什么明确的目标，便顺着一条弯弯曲曲、地势越来越低的人行道向前走去，走着走着，眼前豁然开朗，人已到了河边，映入眼帘的一条长长的码头和星罗棋布的船坞，里面停泊着各种小型船舶：小游艇、独木舟、小划艇、单桅帆船，可谓应有尽有。他转身朝北沿着河岸走去，跳过一道小小的用铁丝网围成的栅栏，不料却发觉自己竟置身在一个庞大而又杂乱无章，与一个码头相毗邻的船坞里。放眼望去，周围全都是大大小小、船体已处于不同修理阶段的船舶。他闻到了锯木屑和油漆的气味，也闻到了哈得孙河那几乎辨别不出的淡淡的臭味。一个人从浓重的幽影中向他走来。

"你好。"艾默里说。

"有通行证吗？"

"没有。这里不对外开放吗？"

"这里是哈得孙河运动和游艇俱乐部。"

"啊！我不知道。我只是随便走走。"

"呃——"那人满腹狐疑地说。

"如果不让进，我这就走。"

那人喉咙里不置可否地哼哈了几声，然后便走开了。艾默里独自在一条倒扣过来的船上坐下来，心事重重地向前探着身子，用一只手支着下巴颏。

"遇到倒霉的时候，就会迫使我变成一个该死的坏人。"他慢吞吞地说。

意志消沉的时刻

蒙蒙细雨一直在下个不停，艾默里一筹莫展地回望着他人生的溪流,回望着溪流中所有闪光的地方和肮脏的浅滩。首先,他依然害怕——倒不再是那种有形的害怕,而是怕见人,怕偏见,怕受苦受难,怕生活单调。然而,在他那酸楚的心灵的深处,他仍感到很疑惑,不知自己究竟是否真的比什么人都要倒霉。他知道,他终究还可以让自己变得世故起来,装糊涂,说自己的懦弱完全是种种生存际遇和周围的环境所造成的;对于他这样一个言必称"我"的自负者来说,每每在他独自一人生闷气的时候,就会有一个声音贴在他耳边讨好地悄悄对他说:"不。天才!"然而那恰恰也是恐惧的一种表现形式,因为就是这个声音在悄悄地对他说,高尚与善良这两者,他是不可能兼得的,说天才正是那些难以名状的陈规旧习与不断推陈出新的新花样在他脑子里恰到好处的结合,还说任何一种戒律都会有抑制作用,使天才沦为平庸。与其他那些具体的缺点和毛病相比较,艾默里很可能更蔑视自己的个性——他很不喜欢预见到这样的情景,明天乃至以后的一千天里,他会像某个三流音乐家或某个一级演员那样,听到一句恭维的话就自负得膨胀起来,听到一句对自己不利的坏话就绷起脸来生闷气。令他感到羞愧难当的是,那些非常淳朴,非常老实的人通常都不信任他;对那些只要一跟他搅和在一起就会丧失个性的人,他往往又表现得都很冷酷——好几个女孩子,还有不时会遇上的大学时代的同学,都是受过他的不良影响的人;还有那些时常跟随他去参与心灵冒险的人,但是只有他一个人完好无损地逃出了冒险的境地。

像今天这样的夜晚,因为这样的夜晚近来在频频出现了,他通常总能够从这种让人着迷的内省中逃脱出来。他采用的方法是,让自己心里想着孩子们,想着孩子们不可限量的前途——他俯身向前,侧耳聆听着,他听到马路对面的一幢屋子里有一个婴儿惊醒了,细细的哭声打破了寂静的夜空。他立即快如闪电般地抽身离去,心头掠过一丝惊慌，不知自己这愁云密布的绝望情绪是否会在那婴儿的幼小心灵投下一层阴影。他不禁打了个寒噤。倘若将来有一天他心中的这个天平被打翻了，他变成了一个专门吓唬孩子的怪物，趁着黑夜潜入屋内，影影绰绰地与那些幽灵同流合污，而那些幽灵又把许多见不得人的秘密悄悄告诉给了盘踞在月球那一大片黑暗土地上的疯子们，那该如何是好……

艾默里露出一丝微笑。

"你把自己封闭得太死了。"他听到有一个人在这样对他说。接着又说——

"走出来吧，去干点儿实实在在的工作吧——"

"不要发愁——"

他遐想着自己将来有可能会说的话。

"是啊——也许我曾经是一个处于幼稚阶段的自我中心主义者，不过，我很快就发觉，过多地考虑自己使我的思想陷入了不健康的状态。"

他突然感到胸中涌动着一股想放纵自己，走向堕落的强烈欲望——但并不是想去放浪形骸地堕落一回，因为这并不是一个谦谦君子应有的行为，而是想安安稳稳、畅快淋漓地沉沦在人所不见的乌有之乡。他遐想着自己正置身于墨西哥一座用砖坯砌成的房屋里的情景，半倚半躺地斜靠在一张铺着毛毯的长沙发上，他那纤细修长、颇有艺术家风范的手指间夹着一支香烟，耳边在聆听着一把吉他轻轻拨弄出的忧伤的泛音。凄婉的琴声是在为一支古老的卡斯蒂利亚挽歌伴奏，身边有一个橄榄色皮肤、朱红色嘴唇的姑娘亲昵地抚弄着他的头发。在这种地方，他也许会过着一种奇异的、周而复始的生活，可以摆脱一切是是非非，摆脱天狗，摆脱每一个上帝（具有异国情调的墨西哥的上帝除外，因为墨西哥的上帝自己就很闲散，而且还格外醉心于东方的香料）——从成功、希望、贫困的桎梏中解脱出来，进入那条得到豁免的漫长的滑道，因为这条滑道毕竟只通向死亡的人工湖。

可以让人舒心惬意地堕落下去的地方实在太多了：塞德港[1]、上海、突厥斯坦的部分地区、君士坦丁堡[2]、南太平洋——遍地都是让人魂牵梦绕的伤心音乐和数不胜数的香料，在这些地方，肉欲很可能就是生活的一种方式，就是生活的一种表现形式，在这些地方，夜空与夕照的色彩差别所折射出的似乎只是激情的喜怒无常：嘴唇与罂粟花的色彩。

依然在清除杂念

曾几何时，他还能够非常令人惊奇地嗅出邪恶的迹象，就像马儿能够在夜间察觉到前方有一座断桥一样，可是在菲比的房间里看到的双脚长得十分诡异的那个人却缩小，隐遁了，化成了悬浮在吉儿头顶上的那道光轮。他出于本能觉察到了贫穷散发出的恶臭，然而他再也窥探不出更加隐蔽、深藏在傲慢与肉欲之中的邪恶了。

这世上再也不会有什么智者了；这世上再也不会有什么英雄了；伯恩·霍利迪已经完蛋了，从人们的视线中彻底消失了，仿佛他从来就没有在这个世界上生活过一样；达西大人已经死了。艾默里是伴随着上千部书籍、上千个谎言成长起来的；他曾经怀着渴望的心情聆听过那些道貌岸然、标榜自己什么都懂、其实什么都不懂的人的教

---

[1] 塞德港（Port Said），埃及东北部一河口城市，位于苏伊士运河北岸，距地中海约30公里。
[2] 君士坦丁堡（Constantinople），土耳其港口城市伊斯坦布尔的旧称。

海。先贤们所描绘的那些具有神秘色彩的太虚幻境，曾经在多少个夜深人静的时刻让他的心中充满了敬畏之情，如今却隐隐约约地使他产生了反感。那些曾经站立在高山之巅睥视人生的拜伦和布鲁克的效仿者们，到头来也不过就是些浪荡子和装腔作势的人而已，充其量不过是舍本逐末，把勇气的幻影错当成智慧的实体了。理想幻灭之后，他眼前赫然呈现出的是一幅蔚为壮观的历史性场面，有一支恍若隔世的庞大队伍正浩浩荡荡地朝他开来。队伍中有传递神谕的先知，有雅典人，有殉道者，有圣人，有科学家，有唐璜式的人物，有耶稣会的会士，有清教徒，有浮士德式的人物，有诗人，有不抵抗主义者；这些人就像盛装出席一场大学联谊会的校友们一样在他眼前鱼贯而过，因为他们的梦想，他们的个性，他们的人生信条，都曾像一盏盏彩灯一样轮番照耀过他的灵魂；他们每一个人都曾努力表现过人生的辉煌和人的重大意义；他们每一个人都曾夸耀过，他们已经把过去所发生的一切统统融入了他们自己很不牢靠的通则之中；然而他们每一个人所仰仗的终究还是固定的舞台和剧院的规则，这就是，人在饥不择食地寻求信念的时候，必然会利用离他自己最近，也是最方便的精神食粮来滋养他们的心灵。

女人——对于女人，他曾寄予过莫大的期望；他曾希望将她们的美貌转化为形形色色的艺术表现形式；她们深不可测的本能，尽管是那样惊人的表里不一，那样惊人的不可理喻，但是就经验而论，他还是想把她们永久保存在自己的记忆中——女人如今已经成了仅仅为她们自己的后代而献身的神圣的牺牲品罢了。伊莎贝尔、克拉拉、罗莎琳德、埃莉诺，全都是因为她们美丽的容貌才被弃如敝屣的，男人们不过是因为看中了她们美丽的容貌才趋之若鹜地围着她们团团转的，如今，除了只剩下一颗懊丧的心和一页困惑的话要写之外，她们已经不可能再作出任何贡献了。

艾默里对于来自别人的帮助早已丧失了信心，这一点是他根据几个概括性的三段论推断出来的。假定他这一代人，即使从这场维多利亚时代式的战争中走出来时已经被打得遍体鳞伤，大批阵亡，元气大伤了，他们也是进步的继承人。假定得出的结论有细小的分歧，而这些分歧又可以撇之一边，尽管偶然也会造成几百万年轻人的死亡，这些分歧终究还是可以通过解释加以消除的——假定萧伯纳和伯恩哈迪①、博纳·劳②和贝特曼·霍尔威格③彼此都是进步的继承人，但愿他们都意见一致地反对躲避窈窕迷人的美女——假如撇开他们是对立面这一事实，采取个别对待的方式去接近这些似乎可以担当领袖角色的人物，那么，他对这些人自身所存在的诸多差异和矛盾也已感到厌恶了。

就拿桑顿·汉考克这个人为例吧，他是一个被知识界一半的人尊奉为人生哲学的权威式的人物，是一个证明并坚信他所遵从的道德准则的人，是一个教育家们的教育家，是一个曾经担任过几任美国总统的顾问的人——然而艾默里了解这个人的底细，此人在内心深处仰赖的却是另一门宗教的神甫。

还有达西大人，尽管主教的职位已经指日可待，他却也有不可思议、神色恐怖、缺乏安全感的时刻——他所笃信的宗教是这样一种甚至连怀疑都能按照其自身信仰来解释的宗教，这就非常令人费解了：假如你怀疑魔鬼，那么让你起疑心的也恰恰正是这个魔鬼。艾默里曾亲眼目睹达西大人出入于那些头脑鲁钝、没有文化教养的人家，面红

---

① 伯恩哈迪（Friedrich Adolf Julius von Bernhardi, 1849—1930），普鲁士将军、军事历史学家，曾大力主张侵略政策，称"战争是神圣的事业"。
② 博纳·劳（Andrew Bonar Law, 1858—1923），英国保守党领袖、前英国首相（1922—1923）。
③ 贝特曼·霍尔威格（Theobaild von Bethmann Hollweg, 1856—1921），德国政治家，德国前总理（1909—1917）。

耳赤地阅读通俗小说，让自己满负荷地泡在日常公务中，其目的就想借此来逃避那种恐惧的心态。

还有这样一位神甫，头脑要略微聪明一点，心地大概也要纯洁一点，艾默里知道，年龄也不一定就比他大。

艾默里感到很孤独——他从一个狭小的围场里逃离出来，不料却进入了另一个巨大的迷宫。他现在的处境就像歌德开始写《浮士德》时的处境；他现在的处境就像康拉德创作《阿尔迈耶的蠢行》①时的处境。

艾默里暗自寻思，这世上由于天生头脑清晰或者由于幡然醒悟的缘故而逃出狭小的围场，走进这个巨大迷宫的人，究其本质而言，不外乎有两种类型。一种人像威尔斯和柏拉图，他们几乎是无意识地拥有一套莫名其妙、深藏不露的正统观念，他们自己也只接受人人都有可能接受的事物——他们是不可救药的浪漫主义者，虽然竭尽全力，却依然无法以赤裸裸的灵魂进入这个迷宫；另一种人是像利剑一样的先锋派人士，如塞缪尔·巴特勒②、勒南③、伏尔泰，他们的进步缓慢得多，但是最终却会更深刻，他们并没有直接走思辨哲学这条悲观的线路，而是在永恒不断地尝试着如何将积极向上的价值观赋予人生……

艾默里的思索在这里戛然而止。他有生以来第一次对所有泛泛而论的概念性话语和精辟的隽语箴言产生了强烈的怀疑。这些话语对于

---

① 康拉德（Joseph Conrad, 1857—1924），英国著名小说家；《阿尔迈耶的蠢行》（*Almayer's Folly*, 1895）是他的第一部长篇小说，根据他在马来半岛的见闻写成。
② 塞缪尔·巴特勒（Samuel Butler, 1835—1902），英国著名小说家、科幻小说家、生物学家，攻击基督教教义，反对正统达尔文主义。著有长篇小说《众生之路》（*The Way of All Flesh*, 1903）和取自英文单词 nowhere 的乌托邦文类的讽刺小说《艾瑞洪》（*Erewhon*, 1901）。
③ 勒南（Joseph Ernest Renan, 1823—1892），法国历史学家、神学家、哲学家，其出版于1863 年的《耶稣传》（*Vie de Jésus*）摈弃了对耶稣一生中的超自然说法，因而引起争议。

大众的心理来说太容易了，也太危险了。然而一切思想往往都是在三十年之后才以诸如此类的形式影响到大众的：本森和切斯特顿普及了于斯曼和纽曼；萧伯纳美化了尼采、易卜生、叔本华。普通百姓则通过另外某个人似是而非的精辟之言和说教式的隽语箴言，听到了已经作古的天才所推断出的结论。

生活全然就是他妈的一派混乱不堪的状况……好比一场人人都在越位，而裁判却被赶出了场外的橄榄球比赛——人人都在振振有词地宣称，裁判应该站在自己这一方……

进步就是一个迷宫……人们冒冒失失地闯了进来，然后又乱糟糟地抢着退了出去，大呼他们已经找到了……无形之王——生命力①——进化的原理……著书立说，发动战争，创办学校……

艾默里，纵然他不是一个自私的人，也会从他自己的立场出发，对这一切疑问提出质询的。他是他自己的形象的最好写照——坐在雨中，一个有性别特征、有自尊心、有血有肉的人，却被机缘，被他自己因为爱情的芬芳而变得喜怒无常的性格，被孩子们挫败了，他要保护好自己的形象，以便将来能为全人类建立起富有生命力的意识而出力。

在自我谴责、孤寂落寞、理想破灭的状况下，他走到了这个迷宫的入口处。

又一片晨曦徘徊在河面上；一辆迟归的出租车沿着大街匆匆驶去，车灯依然闪亮，如同喝了一宿的酒之后镶嵌在煞白的脸上两只通红的眼睛。远处的河面上传来了一阵忧郁的汽笛声。

---

① 此处原文为法语 elan vital，即法国哲学家柏格森所说的"生命力"。

达西大人

艾默里一直在思考着，不知达西大人究竟会怎样看待他自己的葬礼。葬礼非常隆重，完全是按照天主教的规矩和礼拜仪式举行的。由奥尼尔大主教亲自唱诵庄严的天主教大弥撒，由主教宣读最后的赦罪文。到场出席葬礼的人有桑顿·汉考克、劳伦斯夫人、英国大使和意大利大使、罗马教皇派来的使节，以及一大批朋友和神甫——然而一把无情的剪刀还是剪断了达西大人一直牢牢攥在他手心儿里的这些网线。望着他躺在棺木里，紧握的双手摆放在他紫色的法衣上，对艾默里来说，这是令他久久难以忘怀的悲痛一幕。达西大人的面容一点儿也没有变，再说，由于他根本不知道自己就要死去，因此，他脸上没有痛苦，也没有恐惧。这个已经故去的人曾经是艾默里的至亲好友，既是他的至亲好友，也是别人的至亲好友——因为教堂里挤满了人，一个个都是惊呆的表情，瞪大眼睛直视着，地位最高的似乎也是受打击最大的。

主教，看上去活像一个身披斗篷式的法衣、头戴主教僧帽的大天使，洒了圣水；风琴声骤然响起；唱诗班开始唱起了莫扎特的《安魂曲》①。

所有这些人都很悲痛，因为他们都曾在一定程度上依赖过达西大人。他们的悲痛远远不止是对"他话语中时而迸出的俏皮话和他在行走时步态的突然改变"的那种感情，就像威尔斯在作品中所描写的那样。这些人仰承的是达西大人的信仰，仰承他出主意让他们去寻找人生的欢乐，仰仗他把宗教变成某种有光有影的东西，仰仗他把一切光

---

① 此处原文为 Requiem Eternam。

和影全然变成上帝的面貌。只要有他在身边，人们就觉得安全。

如果说从艾默里试图要作出的牺牲中脱胎而出的仅仅是他已经充分实现了的幡然醒悟，那么从达西大人的葬礼上脱胎而出的则是一个浪漫的小精灵，这个小精灵必将陪伴着他一起踏进这迷宫般的人生。他已经找到了他过去曾经想得到的、他至今一直想得到的东西，他今后也会始终需要的东西——人活着未必一定要受到别人的仰慕，就像他过去一直所担心的那样；人活着未必一定要受到别人的爱戴，就像他过去一直迫使自己去相信的那样；但是人活着一定要成为一个对人民有用的人，一定要成为一个为社会所不可或缺的人；他想起了他曾在伯恩身上体会到的那种安全感。

人生由于这喷薄而出的耀眼夺目的光芒而变得豁然开朗，艾默里顿时意想不到地，而且是永久性地摈弃了他长期以来一直无精打采地在心中反复玩味的一句老生常谈的隽语："重要得丢不开的事情是少之又少的，什么事情也不会重要得丢不开。"

恰恰相反的是，艾默里胸中已萌动着要给人民以安全感的强烈愿望。

戴眼镜的彪形大汉

在艾默里准备步行前往普林斯顿大学的这一天，天空纯然是一派毫无色彩的苍穹，凉意沁人，天高云淡，而且荒芜得没有一丝要下雨的坏兆头。这是一个灰色的日子，这样的天气是最缺乏感官刺激的天气了；这是一个会让人浮想联翩的日子，这是一个会让人志存高远的日子，这是一个会让人清晰地展望未来的日子。这是一个很容易将那些抽象的真理和纯洁的心灵联系在一起的日子，抽象的真理和纯洁的心灵一遇到阳光就会溶解，一遇到月光则会在嘲弄的笑声中渐渐淡去。树木和云层是严格按照古雅朴实的风格雕刻而成的；乡间的一切声音全都和谐地汇成了一个单音调的乐声，像喇叭吹奏出的金属声，像《希腊古瓮》①一样扣人心弦。

这样的日子使艾默里深深沉浸在沉思冥想的状态之中，不料却弄得沿途好几个驾车旅行的人对他大为光火，他们不得不最大限度地减慢车速，否则就会当场把他撞倒在地。他旁若无人地完全沉浸在自己的万千思绪中，因而对这种莫名其妙的现象几乎一点儿也没有感到惊讶——在距离曼哈顿不到五十英里的地方，有人表现出了高度的热情友好——有一辆路过的汽车竟缓缓在他身旁停了下来，接着便有一个声音叫停了他。他抬起头来看了看，眼前是一辆庞然大物般的牵引车，车内坐着两个中年人，其中一人是一个身材瘦小的汉子，神情焦灼，看那模样活像是从另外那个人的身上人工培育出来的，而另外那个人则长得膀大腰圆，戴着护目镜，一副器宇轩昂的样子。

"你要不要搭个便车？"那个像是人工培育出来的人问道，一边说，一边拿眼角朝那个器宇轩昂的汉子瞥了一眼，仿佛要习惯性地征得他的默许似的。

"当然要啊。多谢啦。"

司机立即推开车门，于是，艾默里便爬上车，在后排座位的正当中稳稳地坐下来。他非常好奇地仔细打量着这两个同伴。那个彪形大汉最主要的特征好像是对自己有着十足的信心，他的自信心与他对周围的一切极度厌倦的态度形成了鲜明的对比。他护目镜下面醒目地突出来的那一部分脸庞可以用人们通常所说的"棱角分明"来形容；一层层不会有损他尊严的赘肉堆积在下巴附近；下巴的上方是一张嘴唇

---

① 《希腊古瓮》(*Ode on a Grecian Urn*, 1820)，系英国浪漫主义大诗人约翰·济慈（John Keats, 1795—1821）的著名诗篇之一。本书作者的文风受济慈的影响很大。

很薄的阔嘴和一个线条粗犷、鼻梁挺拔的鹰钩鼻,然后,在脸庞的下方,两只肩膀微微下塌着,毫不费劲地与他那宽阔有力的胸膛和腹部相连接。他的穿着非常考究,但不花哨。艾默里注意到,他特别喜欢死死地盯着那个司机的后脑勺看,仿佛他一直在出神入化却又百思不得其解地思考着怎么会有这么多乱糟糟、硬邦邦的头发这个问题。

个头较为瘦小的那个汉子唯一的特点是,他就是完全被湮没在另外那个人的个性特征里的一个人。他属于那种级别比较低下的秘书之类的人,到了四十岁这把年纪的时候,终于在自己的名片上清清楚楚地印上了一行字:"总裁助理",并且毫无怨言地把自己的余生全都奉献给模仿得来的矫揉造作的癖性上了。

"路很远吗?"身材瘦小的汉子问,语气虽然冷漠,但还算客气。

"好长一段路呢。"

"徒步行走是为了锻炼身体吗?"

"不是,"艾默里非常简洁地说,"我步行是因为我舍不得花钱乘车。"

"啊。"

过了一会儿,他又问:

"你是在找工作吗?因为这世上的工作多得很呢,"他相当恼火地接着说,"人人都在抱怨找不到工作。大西部就特别缺少劳动力嘛。"说到大西部时,他做了一个横扫的手势。

"你有什么手艺吗?"

没有——艾默里没学过什么手艺。

"当职员的,呃?"

不是——艾默里没当过什么职员。

"不管你是干哪一行的,"那身材瘦小的汉子说,好像同意艾默里刚才所说的话才是明智之举似的,"现在正是寻找机遇和着手创业的大好时机。"他又朝那个彪形大汉瞥了一眼,就像一个在盘问证人的律师老是要情不自禁地朝陪审团看一样。

艾默里暗自寻思,自己总该说点儿什么吧,然而他无论怎样想,也只能想到一件可以拿出来说说的事情。

"当然,我想挣好多好多的钱——"

那身材瘦小的汉子乐呵呵地笑起来,不过神情倒还是挺认真的。

"钱这东西是现如今人人都想要的,却又不愿意花力气去挣。"

"这是一种非常自然、非常健康的欲望嘛。几乎所有正常的人都希望能够不费大力气就富起来——只有那些问题剧里的金融家是例外,他们就想'闯出一条路来'。你难道就不想轻轻松松赚大钱吗?"

"当然不想。"那个当秘书的人非常愤慨地说。

"可是,"艾默里接着说,并没有理睬他的回答,"我目前很穷,所以我正在考虑要不要把宣传社会主义思想当作我的特长呢。"

两个汉子都好奇地瞥了他一眼。

"这些个爱发表爆炸性言论的人啊——"个头矮小的汉子一听到那彪形大汉说出掏心窝子的话来,马上便缄口不语了。

"假如我认为你就是一个爱发表爆炸性言论的人,我会把你扭送到纽瓦克[①]监狱去的。这就是我对那些社会主义者的看法。"

艾默里大笑。

"你是什么人,"那彪形大汉问道,"是那种只会空谈而无实际行动的布尔什维克,还是那种不切实际的理想主义者?我根本看不出这两种人有什么不同之处。那些个理想主义者就爱到处流窜,写一些蛊惑人心的玩意儿,煽动贫穷的移民起来闹事。"

---

① 纽瓦克(Newark),美国新泽西州东北部港口城市。

"得了吧,"艾默里说,"假如做一名理想主义者能够既平平安安,又有钱可赚,我又何乐而不为呢。"

"你遇到什么难处了吧?是把饭碗弄丢了吗?"

"那倒也谈不上,不过——唉,就算是吧。"

"是一份什么样的工作?"

"给一家广告公司写广告词。"

"做广告这一行可赚钱啦。"

艾默里不显山不露水地笑了笑。

"啊,我承认,干这一行终究还是能赚到钱的。有才华的人无论走到哪里都不会活活饿死的。如今这年头,连搞艺术的也能挣到足够的钱来养家糊口了。搞绘画的可以替你画杂志的封面,搞创作的可以给你写广告词,搞音乐的可以帮你拼凑出一些拉格泰姆音乐[①]在剧院里演出。印刷业大规模的商业化了,给每一个有才华的人创造了一份既无伤大雅,又还算体面的职业,他们或许可以谋划到一个适合于自己的位置了。但是一定要小心提防那些既是艺术家同时又一味凭理智行事的人。那些不能适应社会的艺术家——当今世界的什么卢梭呀,托尔斯泰呀,塞缪尔·巴特勒呀,艾默里·布莱恩呀——"

"艾默里·布莱恩是什么人?"身材矮小的汉子大费猜疑地问道。

"哦,"艾默里说,"他是一个——他是一个知识阶层的人士,目前还不是很出名。"

身材瘦小的汉子哈哈大笑起来,笑得那样认真,然而又突然止住了笑,因为艾默里的那双炯炯有神的眼睛在瞪着他呢。

"你笑什么?"

[①] 拉格泰姆音乐(Ragtime),一种源于美国黑人乐队的早期爵士乐。

"这些个知识阶层的人啊——"

"你知道'知识阶层'是什么意思吗？"

那身材矮小的男人立即紧张地眨巴着眼睛。

"怎么啦，这个字眼的意思通常是——"

"这个字眼的意思永远是'头脑聪明，受过良好教育'，"艾默里打断了他的话，"这个字眼就意味着已经掌握了人类经验的活的知识。"艾默里拿定主意，这次一定要非常粗鲁地表现一回。他转过身去对那个彪形大汉说"这个小青年啊"，又用大拇指朝那个秘书指了指，说"小青年"这三个字的口气，就像在说旅馆里专门为客人搬运行李兼做听差的一名杂役一样，丝毫没有"年轻"的含义，"对所有通俗易懂的语词所隐含的意义一律都稀里糊涂地搞不清"。

"你对资方把持着印刷业这一事实持反对意见？"那彪形大汉说罢，用他那双戴着护目镜的眼睛盯着他。

"没错——我还反对为他们这些人从事脑力劳动呢。我似乎觉得，我所看到的周围的所有企业都存在一个根本性的问题，招募来的全都是一群甘愿俯首听命的傻乎乎的新手，干活儿要加班加点，工钱却少得可怜。"

"说到这里，"那彪形大汉说，"你还不得不承认，付给干重活儿的体力劳动者的工资肯定算高的——每天才工作五六个钟头——真是滑稽。你从工会会员那里花钱也买不来他们老老实实地干一天的活儿。"

"那是你们自找的，"艾默里坚持说，"你们这些人不逼到那种份儿上是从来不会作出让步的。"

"什么人？"

"你们这个阶层的人呗；直到前不久，我也算这个阶层的一员；那些靠继承，或者靠勤奋，或者靠聪明，或者靠欺骗而成为有钱阶层的人。"

"你不妨想象一下，要是在那边修马路的那个工人有了钱，他会不会心甘情愿地舍弃这份工作？"

"不会，可是这两点之间有什么关系吗？"

年长的汉子想了想。

"没有，我承认没有关系。不过听上去好像还是有关系的。"

"事实上，"艾默里接着说，"他可能会变得更加糟糕。劳动阶层的人心胸更狭窄，更不讨人喜欢，人也更加自私——肯定也更加愚昧。可是，所有这些跟我们谈的问题没有一点关系呀。"

"说得确切一点，我们谈的是什么问题？"

话说到这里，艾默里不得不暂且作罢了，开始认真思考着刚才所说的究竟是一个什么样的问题。

艾默里生造了一个词语

"生活一旦缠住了一个头脑聪明、受过良好教育的人，"艾默里慢条斯理地说，"也就是说，一旦他结了婚，就现有的社会条件而言，十有八九，他就变成了一个保守派。他可以不谋私利，心地善良，甚至还可以我行我素，但是，他的第一要务就是要养家，就是要恪尽职守。他的妻子会不断催促着他，从一年挣一万，到一年挣两万，要不停地挣钱，在一个完全封闭、连一扇窗户也没有的场所里干着单调、繁重的活儿。他注定是要完蛋的！生活已经缠住了他！他已经彻底没救了！他已经成了一个彻头彻尾的精神上的已婚男人。"

艾默里停顿了一下，觉得他生造出的这个词语还不算太蹩脚。

"也有一些男人，"他继续侃侃而谈着，"逃脱了命运的束缚。也许他们的妻子并没有要跻身上流社会的野心吧；也许他们从某一本

‘危险的书’里偶然发现了一两句他们感到很中听的话吧；也许他们像我一样，刚开始做这种单调、繁重的工作就被人家敲掉了饭碗吧。不管怎么说，反正他们是你收买不动的国会议员，是不愿意当政客的总统，是堂堂正正的作家、演说家、科学家、政治家，而不是只让五六个女人和孩子喜欢的摸彩袋。"

"他就是那个天生的激进分子吗？"

"对，"艾默里说，"他也许完全不同于那些理想幻灭的批评家，跟老桑顿·汉考克不是一类人，也绝不是托洛茨基那样的人。瞧，这个精神上的未婚男人眼下并没有什么直接的影响力，因为很不幸的是，那些精神上的已婚男人，作为追逐金钱的副产品，已经占满了各大报纸、各大通俗杂志、各大有影响的周刊——于是，那些报纸太太、杂志太太、周刊太太们便开上了豪华型的大轿车，她们开的车子比马路对面的那些石油大亨们和附近的那些水泥大王们的还要高档呢。"

"为什么不可以？"

"这样一来，有钱人就成了这个世界有良知的知识分子的庇护者，当然，在一整套社会习俗的影响下，一个人如果有了钱，他就会理所当然地不肯拿他自家的幸福去冒险，让呼唤另外一整套社会习俗的叫嚷声出现在他的报纸上。"

"想不到还是出现了。"

"出现在什么地方？——在声名狼藉的媒体上。在那些烂透了的、纸张低劣的周刊上。"

"好吧——说下去。"

"嗯，我要说的第一点是，随着以家族利益至上为其最大特点的各种社会条件的不断混合，有这样两类有头脑的人应运而生了。一类根据其自身的理解来看待人的本性，利用人性的胆怯，人性的弱点，以及人性的优点,来达到他们自己的目的。与之相反的是另一类人,由于是精神上的未婚者,他们便一直在持之以恒地寻求着能够控制或抵制人的本性的新的社会制度。他们的问题要困难得多。关键问题并不在生活本身的复杂性,关键问题在于如何引导和控制生活的斗争。这就是他们的斗争。他们是社会进步的组成部分——而精神上的已婚者则不是。"

那个彪形大汉取出三支大号雪茄,摊在他那肥厚宽阔的手掌上主动向他们递过来,身材矮小的汉子拿了一支,艾默里则摇摇头,自己摸出一支香烟来。

"再接着说,"那个彪形大汉说,"我一直就想听听你们这种人发表的高见呢。"

加快速度

"现代生活,"艾默里又侃侃而谈起来,"在不断发生变革,已经不再是一百年一变了,而是一年一个样,变革的速度比以往要快十倍——人口成倍增长,一些文明国家更加紧密地与其他文明国家结合在一起,经济上越来越相互依赖,种族问题,还有——我们一直在悠闲自得地混日子。我的想法是,我们必须提速,大幅度地加快速度前进。"他略微加重了最后那几个字的语气,而司机也在不知不觉中提高了行车的速度。艾默里和那个彪形大汉哈哈大笑起来;那个身材瘦小的汉子愣怔了一下,随即也跟着大笑起来。

"每一个孩子,"艾默里说,"都应该有一个同等的起点。如果他的父亲能够赋予他健康的体魄,他的母亲能够在他的早期教育中赋予他正确的判断力,那应该就是他从父母身上继承来的财富。如果他的父亲不能赋予他健康的体魄,如果他的母亲在本该全身心地教育她的子女的岁月里却一门心思地追逐男人，那么，这个孩子的命运就会更加糟糕。他不应该成为用金钱揠苗助长的产物，不应该被送到那些骇人听闻的补习学校去受罪，不应该懒洋洋地勉强把大学读完……每一个孩子都应当有一个同等的起点。"

"说下去。"彪形大汉说，他的护目镜既不表示赞同，也不表示反对。

"接下来，我就要好好审视一下将所有产业都收归政府所有的问题了。"

"这一点已经得到证明了，是行不通的。"

"不对——只不过是没有做成功而已。假如我们实行政府所有制，我们在政府里就要有这样一批最优秀的、善于分析和有经营头脑的高智商人才，他们要为某一种事业而出力，而不是只为自己谋私利。我们要启用像麦凯[①]这样的人才，而不用博尔逊[②]那样的人；我们要让摩根[③]这样的人来担任财政部长；我们要让希尔[④]这样的人来管理州际商务。我们要让最优秀的律师来担任参议员。"

"他们不会什么好处也不拿就尽心尽力地为你工作吧。麦卡杜[⑤]——"

"不对，"艾默里摇摇头说，"金钱并不是最大限度调动人的积极性的唯一激励手段，即便在美国也不例外。"

[①] 麦凯（Clarence Hungerford Mackay, 1874—1938），美国金融家，据传于1902年继承近五亿美元家产。
[②] 博尔逊（Albert Sidney Burleson, 1863—1937），曾任美国邮政局长、国会议员。
[③] 摩根（John Pierpont Morgan, 1837—1913），美国金融家、银行家、慈善家及艺术品收藏家，1891年创办美国通用电气公司，1901年建立美国钢铁公司；将收藏的大量艺术品遗赠给了纽约大都会艺术博物馆。
[④] 希尔（Joe Hill, 1879—1915），美国劳工运动的著名活动家，"世界产业工人组织"（Industrial Workers of the World）成员、流行歌曲作家，在美国产业工人中享有崇高威望。
[⑤] 麦卡杜（William Gibbs McAdoo, Jr., 1863—1941），美国律师、政治领袖，曾担任美国参议员、美国财政部长（1913—1918）、联邦储备委员会成员、美国铁路管理局局长。

"你不久之前还说是呢。"

"没错,现在也还是。但是,假如金钱超过了一定数目就被判定为非法所得的话,那么,最优秀的人才就会纷纷涌向另一个同样也很吸引人的奖赏——荣誉。"

那个彪形大汉嘴里嘟囔了一下,听上去很像是"呸"的一声。

"你说到现在,就数这一句话最蠢。"

"不对,这绝不是一句蠢话。这是一句很有道理的话。假如你念过大学,你一定会被大学里的那种刻苦学习的气氛所打动的,大学里有上百种荣誉称号,虽然全都微不足道,但是莘莘学子却会为了获得其中的某一项荣誉而加倍努力学习的,他们刻苦努力的程度一点儿也不亚于那些为挣钱养家而奋力拼搏的人。"

"娃娃们——小孩子们玩游戏才那样!"他的对手嘲弄地说。

"才不是玩游戏呢——除非我们大家全都是小孩子。你有没有看到过一个成年人跃跃欲试地想加入某一个秘密组织时的情景——或者一个新兴的家族看到自家的名字登上了某个俱乐部的排行榜时的情景?他们一听到自己的名字被提及,整个人都会高兴得跳起来。为了让一个人卖力地干活儿,我们难道就非得拿着金子在他的眼前晃悠不可吗?这种做法只是治标,不能治本。这个办法我们已经沿用了很久啦,弄得大家都不去想还有没有什么别的办法了。我们已经创造了一个必须采用别的办法的新天地。我来给你们解释一下吧——"艾默里加重了他说话的语气——"假如现在有十个人,不管是衣食无忧的富人还是挣扎在饥饿边缘的穷人,预先都给他们投了保,然后,一天工作五个小时就发给一条绿色的绶带,一天工作十个小时就发给一条蓝色的绶带,那么,这十个人里面就会有九个人要争取拿到蓝色的绶带。这种出于本能的竞争,完全是为了要赢得一个象征性的标志。如果说他们家住的房屋的大小就是这个象征性的标志的话,那么,他们拼死拼活也要争取得到的就是这个标志。假如仅仅只是为了一条蓝色的绶带，我就他妈的相信，他们照样也会非常卖力地工作的。换了别的年代，他们也还会这样。"

"我不同意你的说法。"

"这我知道，"艾默里一边说，一边悲哀地点了点头，"不过，现在也已经无关紧要啦。我感到这些人很快就要来抢夺他们想要的东西了。"

那身材瘦小的汉子发出了一声尖厉的嘶嘶声。

"机关枪！"

"啊，不过你已经教过他们该怎么使用了。"

彪形大汉则摇了摇头。

"在我们这个国家，有产业的人多得很呢，他们不会容许这种事情发生的。"

艾默里真希望自己能掌握这些有产业的人以及无产业的人的统计数据。他决定换一个话题。

但是，那个彪形大汉的兴致已经被挑起来了。

"当你说到'要来抢夺东西'的时候，你已经站在一个非常危险的立场上啦。"

"他们不来抢，东西怎么能到他们手上？多少年来，人们就是被各种信誓旦旦的诺言敷衍搪塞过去的。要想引起人们的关注，你就必须设法造就出轰动性的效应来。"

"难道你不相信可以采用温和的做法吗？"

"你不会听从温和派的主张的，再说，现在也为时太晚了。事实情况是，民众已经做出了一件他们百年一遇的、惊天地泣鬼神的大事。他们已经懂得了一种道理。"

"什么道理？"

"不管人们的智慧和本领有多么不同,他们的肚子在本质上都是一样的。"

身材瘦小的汉子发言了

"假如你取得了这世界上所有的金钱,"那个身材瘦小的汉子颇有深意地说,"然后给大家平均分——"

"啊,闭嘴!"艾默里用尖刻的语调说,根本不理会那个身材瘦小的汉子气呼呼地瞪着他的眼神,继续大谈着自己的观点。

"人的肚子——"他开始讲起来,不料,那彪形大汉却相当不耐烦地打断了他的话。

"我是在耐着性子让你把话都说出来的,你明白吧,"他说,"可是,请你不要再提什么肚子了。我整整一天都在摸我自己的肚子呢。不管怎么说,反正你说的话我有一半不同意。政府所有制是你的整个观点的基本依据,可是,政府永远都是一个腐败的马蜂窝呀。人们不会只为得到那些蓝色的绶带而卖力地工作的,那全是胡说八道。"

他的话音刚落,那个身材瘦小的汉子便立即毅然决然地把头一点,抢过话头,仿佛他这回已经下了决心要亮出自己的观点似的。

"这世上确实存在着一些属于人性范畴的东西,"他非常武断地说,那神态活像一只猫头鹰,"从古到今一直存在,将来也永远存在,人性这种东西是没法改变的。"

艾默里无可奈何地朝这个身材矮小的男人看了看,又朝那个身材魁伟的彪形大汉看了看。

"你听听这是什么话!这就是让我对进步思想灰心丧气的原因所在。你听听这是什么话!我可以随口说出一百多种已经被人类的意志改变了的自然现象——说出人身上的一百种已经被文明所消灭或者被现行的文明遏制住了的本能。这个人刚才所说的话,几千年来一直就是世界上那帮沉瀣一气地纠结在一起的笨蛋们最后的避难所。那些鞠躬尽瘁、终其一生为人类造福的科学家、政治家、道学家、改革家、医生、哲学家所付出的毕生心血和努力,都被他的这番话给全盘否定了。他的这番话就是对人性中的一切可取之处的断然贬损。每一个冷血地发表这种言论的年龄在二十五岁以上的人,都应该被剥夺掉公民权才对。"

那个身材瘦小的汉子一口气说完这番话之后,便仰靠在座位上,脸气得发紫。艾默里继续高谈阔论,不过他的话是说给那个彪形大汉听的。

"世上就有这样一些只受过半吊子教育、头脑僵化的人,你的这位朋友就属于这号人,他们满以为自己很有思想,对别人提出的每一个问题都要评头品足,发表自己的看法,然而你会发现,他们这种人的脑子一般都处于浑浑噩噩的状态。一会儿大骂'那些普鲁士人野蛮残暴,灭绝人性——'没过一会儿又说,'我们应当斩草除根,把所有德国人都消灭干净。'他们向来认为'如今世风日下,形势一团糟',但是他们又'根本不相信那些理想主义者的言论'。他们一会儿说威尔逊'不过是一个梦想家,一点儿也不切合实际——'过了一年之后,他们又大肆攻击他,说他想把梦想变为现实。他们对任何问题都没有一个明晰的、合乎逻辑的见解,只知道不遗余力地、顽固不化地反对一切变革。他们认为,没受过教育的人就不应该拿高薪,但是他们却不明白,如果那些没受过教育的人得不到他们应有的报酬,他们的子女势必也将成为没受过教育的人,这样下去,我们就会周而复始地在一个怪圈里恶性循环。这——就是了不起的中产阶级!"

那个彪形大汉的脸上笑开了花,他探过身去,咧着嘴朝那个身材瘦小的汉子笑道:

"你挨了人家劈头盖脸的好一顿臭骂呀，加文；你感觉怎么样？"

那个身材瘦小的汉子想努力挤出一丝笑容来，却又笑不出来，便装出一副若无其事的样儿，仿佛整个这件事都很滑稽可笑，他根本就不屑一顾一样。可是艾默里的话还没有说完呢。

"人民完全能够自己管理好自己的事务，不过，这套理论还得仰赖这个人支持。如果他能够被教育好，学会该如何头脑清晰、简明扼要、合乎逻辑地思考问题，摆脱他的坏习惯，不再专找那些陈词滥调、偏见以及感情用事的言辞来为自己打掩护，那么，我就是一个富有战斗精神的社会主义者。假如他教育不好，那么，人类社会或者人类的社会制度不管发生什么样的问题，无论现在还是今后，我认为都不太重要了。"

"我觉得听你说话既有趣，又好玩，"彪形大汉说，"你还很年轻啊。"

"这句话也许只能说明，我还没有被当下的生活阅历所腐蚀，也没有被当下的生活阅历逼迫得胆小怕事。我拥有最宝贵的经验，人类的经验，因为尽管我上过大学，但我还是努力取得了良好的教育。"

"你很会说话呀，是个能言善辩的人。"

"这些话并非全都是一文不值的废话，"艾默里充满激情地大声说，"这是我有生以来第一次谈论社会主义。社会主义是我所知道的唯一能解决问题的灵丹妙药。我们整个这一代人都很浮躁。我恶心这样的社会制度，在这样一种社会制度下，最有钱的男人只要愿意，就可以把最漂亮的姑娘搞到手，而没有收入的艺术家却不得不把自己的才华出卖给制造纽扣的商人。即使我这个人没有什么才华，我也不会心甘情愿地打十年的工，万般无奈地保持独身，或者偶尔偷偷摸摸地去放纵一下，让人家的公子哥儿买得起大轿车。"

"可是，如果你自己也吃不准——"

"那也不要紧,"艾默里愤懑地高声喊道,"我的处境已经糟糕得不能再糟糕了。一场社会大革命或许能让我彻底翻身,爬到社会的最上层。毫无疑问,我是一个利己主义者。在我看来,我似乎就是太多的陈腐体制下一条离开了水的鱼儿。在我的二十几个有良好教养的大学同班同学中,我大概也能算得上一个佼佼者;可是他们照样还是只允许那些接受过单独辅导的笨头笨脑的蠢货去打橄榄球,而我呢,却连入选的资格都没有,因为有几个荒唐可笑的老家伙认为,我们这些人全都应该走曲线成才的路子。我讨厌军队。我讨厌经商。我热爱变革,我已经扼杀了我的良知——"

"所以,你就在前进的时候一路高叫着,我们必须再快一些。"

"这一点,不管怎样,终究是正确的,"艾默里坚持说,"改革的步伐怎么也跟不上文明发展的需要,除非硬逼着去做。不干涉主义的政策①,其实就是放任自流,好比说一个小孩子到时候自然会变好,结果却把这孩子宠坏了一样。孩子固然会变好的——假如硬逼着他去学好的话。"

"可是,你喋喋不休地说的这一大套社会主义者的行话,你自己也未必就相信吧。"

"我也说不清。在跟你说这番话之前,我也没有认认真真地思考过这个问题。我说的这番话究竟有多大道理,我自己也吃不大准。"

"你的话真让我感到摸不着头脑,"那个彪形大汉说,"不过,你们这些人全都一个样儿。人家都说,萧伯纳这个人,姑且不论他的那些学说观点,在对待他的稿费问题上,可谓是所有戏剧家中最较真的一个啊。较真到了少一个发寻②都不行的地步。"

---

① 此处原文为法语 laisse-faire,指政府对工商业采取的不干涉主义的政策。
② 发寻(farthing),英国旧时货币单位,为最小的硬币,约合四分之一便士。

"唉,"艾默里说,"我干脆把话挑明了吧,我就是性情浮躁的这一代人中的一个善于多向思维的头脑的产物——我完全有理由带着我的思想和我的笔投身到那些激进分子的行列中去。即使我也打心底里认为,我们全都是这大千世界里的盲目的原子粒,就像钟摆非常有限地摆动了一次一样,我和我的同道们也会奋起反抗传统习俗;无论结果怎样,也要努力用新的语言来取代那些陈旧、虚妄、言不由衷的套话。我已经想过了,我对于人生各个时期的看法是正确的,只是信仰还是一个难题。有一点我是知道的。假如人活着不是为了追求那神圣、美好的东西,那么,人生也许就是一场非常可笑的游戏。"

一时间两人都没有说话,过了一会儿,那彪形大汉问道:

"你上的是哪所大学?"

"普林斯顿大学。"

彪形大汉突然变得关注起来;他护目镜下的表情也有了些许变化。

"我把我儿子也送到普林斯顿大学了。"

"是吗?"

"说不定你还认识他呢。他的名字叫杰西·菲伦比。他去年在法国阵亡了。"

"我跟他非常熟悉。事实上,他还是我的一个特别要好的朋友呢。"

"他是——是一个——相当懂事的好孩子。我们非常亲密。"

艾默里这才看出这位父亲和他已故的儿子之间的相像之处,他暗自沉吟着,原来是这样,难怪这一路上一直都有一种亲昵的熟悉感呢。杰西·菲伦比,这个在大学时代就已赢得了他一直向往的荣誉桂冠的人。这一切如今已是那样的遥远。想当年,他们曾经是一群多么快乐的毛头小伙子啊,都在为赢得蓝色的绶带而奋斗——

汽车在一座大庄园的入口处缓缓停下来,环绕庄园四周的是植物生长茂盛的篱笆墙和一道高大的铁栅栏。

"进来一起用午餐吧,好吗?"

艾默里摇摇头。

"谢谢你,菲伦比先生,我还得接着赶路呢。"

彪形大汉伸出一只手来。艾默里明白,由于他与杰西熟悉,他的那些观点所造成的一切不愉快便因此而一笔勾销了。人真是灵魂在起作用的东西啊!就连那身材瘦小的汉子也硬是伸过手来要跟他握别。

"再见!"菲伦比先生大声说。汽车这时已经绕过那个死角,驶上了庄园前的环形车道,"愿好运陪伴着你本人,坏运陪伴着你的那些理论。"

"也祝你好运,先生。"艾默里高喊了一声,微笑着挥了挥手。

"冲出苦难,冲出斗室吧!"[①]

在距离普林斯顿大学还有八个小时路程的地方,艾默里在新泽西干线的路边坐下来,举目眺望着眼前这片遭受着霜冻的原野。大自然作为一种相当粗放型的现象,主要是由五彩缤纷的花朵所构成的,然而凑近仔细一看,原来花儿早已被蛾子啃噬得满目疮痍,还有成群的蚂蚁在草叶上漫无边际地跋涉着,这一切总是让人不免产生出理想幻灭的感觉;由辽阔的天空,清湛的河水以及遥远的地平线作为代表的大自然才更讨人喜欢。此时此刻,霜冻的出现和冬天的临近刺激得他心头阵阵发颤,使他情不自禁地想起了在圣里吉斯预科学校与格罗顿中学之间进行的一场激动人心的交锋,那是好多年前的事情啦,七年

[①] 引自鲁伯特·布鲁克的诗《夜行》(*The Night Journey*, 1913)第五节。

前——他又情不自禁地想起了十二个月前在法国的那个秋日,他当时就匍匐在一片茂密的草丛里,他那个排的士兵们全都俯卧在他的周围,等候他的指令去拍打一个名叫刘易斯的炮手的肩膀。每当这两幅画面交替浮现在眼前时,不知何故,他心头同样都会泛起一股原始的兴奋——这两种游戏他都玩过,尽管苦涩的程度各不相同,然而从某种意义上说,它们是相通的,因而与罗莎琳德截然不同,与迷宫的问题也大相径庭,因为那毕竟是人生的大事。

"我挺自私的。"他暗暗思忖。

"这并不是一种一遇到特殊情况就会改变的品质,比方说,'看到有人在遭罪',或者'失去父母双亲',或者'帮助其他落难的人'。

"这种自私不仅是我身上不可分割的组成部分。它还是最活生生的一部分。

"只有通过想办法来超越这种自私,而不是躲避这种自私,我才能给今后的生活带来安宁与和谐。

"这世上没有哪种无私的美德是我舍不得发挥的。我可以作出牺牲,我可以有慈善之心,我可以为朋友慷慨解囊,我可以为朋友忍辱负重,我可以为朋友献出自己的性命——如此等等,因为这些善举或许就是最能恰如其分地表达我心声的方式;然而我却没有一滴人情的乳汁[①]。"

对艾默里来说,什么叫邪恶这一问题已经固化成了什么是性爱这一问题。他渐渐开始将什么是邪恶与布鲁克的诗歌以及威尔斯的早期作品中所表现出的那种强烈的阴茎崇拜等同起来。与邪恶紧密相连、牢不可分的是美——美,依然还是一种仍在不断增强、让人心旌摇曳的东西;美体现在埃莉诺轻柔的说话声里,体现在深夜时分唱起

[①] "人情的乳汁",语出莎士比亚《麦克白》第一幕第五场。

的一首老歌中，体现在穿透生命、令人神魂颠倒的恣意宣泄中，如同气势磅礴、飞流直下的瀑布一样，其中有一半是有节奏的律动，有一半是不明就里的蒙昧。艾默里完全明白，每当他怀着渴望的心情去触及这种美的感受的时候，它总是带着那副荒诞不经的邪恶面孔嘲弄地斜睨着他。伟大的艺术之美，所有的欢愉之美，而女人的美则是美中之最。

毕竟，美与放纵，美与沉湎于肉欲有着太多的联系。脆弱的东西往往都很美，然而脆弱的东西却不是什么好东西。不管他将来会取得多大的成就，他已经选择了孤独，在这种新的孤独中，美必定是相对的，或者，由于美本身就是一种和谐，因此它也许只会制造出一个不协调的噪音。

从某种意义上说，这种对于美的逐步放弃，是他完全丢掉幻想之后走出的第二步。他感到他已经把自己有可能成为某种类型的艺术家的机会丢在了身后。做一个某种类型的人似乎远比做一个艺术家重要得多。

他的思想就在这突然之间发生了重大转变。他诧异地发觉，自己竟情不自禁地想起了罗马天主教会。他感到，那些坚持认为正统宗教不可或缺的人的身上总有某种内在的缺憾，这个想法在他的心中非常强烈，而宗教对于艾默里来说，指的就是罗马天主教。完全可以想象得到，它虽然只是一个空洞的仪式，但它却似乎是抵御道德沦丧的唯一具有同化作用的传统堡垒。除非大批的乌合之众都能被教育好，成为有道德修养的人，否则就必须有一个人挺身而出，高声呐喊："汝等切不可！"然而，就目前而言，任何承诺都是不能相信的空话。他需要时间，他不需要外在的压力。他想保持这棵人生之树的纯洁，而不需要再在这棵树上挂满饰物，他要充分认识这一新的开端的方向和势头。

午后的时光从三点的洗涤罪过、净化心灵的高潮中缓和下来，渐渐退向了四点的金色美景。后来，他缓缓穿行在渐渐西下的落日的隐隐疼痛之中，此时此刻，甚至连云彩似乎都在滴血，随后，在暮光中，他来到一处墓地。这里有鲜花飘散出的阵阵如梦幻般的幽香，一轮新月已如幽灵般升上了天空，周围处处幽影幢幢。他出于一时冲动，跃跃欲试地想打开建筑在山腰上，一个锈迹斑斑的墓穴的铁门。这是一个被雨水冲刷得干干净净的墓穴，上面长满了迟开的花儿，是那种水汪汪的浅蓝色的花儿，那花儿或许是从死人的眼睛里长出来的，摸上去黏糊糊的，带有一种令人作呕的怪味儿。

艾默里真想摸一摸那一行字："威廉·黛菲尔德，一八六四"。

他感到纳闷的是，坟墓竟然随时都会使人联想到生的徒劳。不知何故，反正他觉得他活到今天还没有遇到过任何一件完全无望的事情。所有这些断柱残垣、紧握的手、和平鸽、天使，全都意味着一个个富有传奇色彩的浪漫故事。他遐想着，一百年之后，他也会希望那些年轻人在前来瞻仰他的时候，也来推测一下他的眼睛究竟是棕色的还是蓝色的，他甚至还满怀激情地盼望着，他的坟墓会笼罩着好多好多年前的那种气氛。他感到很不可思议的是，在那一长溜联邦政府军阵亡将士的坟墓中，似乎总有两三个人会使他想起已经死亡的爱情和已经死亡的恋人，然而他们的坟墓确实又与其他人的完全一样，甚至连那淡黄色的苔藓也长得一模一样。

时间早已过了午夜，普林斯顿大学中那些鳞次栉比的塔楼和建筑物的尖顶仍然清晰可辨，仍然星星点点地亮着熬夜苦读的灯光——清朗的夜色中突然传来了一阵钟声。那悠扬的钟声，宛如一场无休无止的梦，在连续不断地响着；昔日的那股精神仍在这新的一代人的心中孵化着，他们这些年轻人就是这混乱无序、放任自流的芸芸众生中的精英分子,依然还在浪漫地从那些已故政治家和诗人的错误中,从那些几乎已经被人们忘却的梦想中汲取养料。他们是新的一代人,却还在高呼着陈旧的口号,研习着陈旧的信条,在幻想中虚度着一个个漫长的白昼和黑夜;但最终都注定要走出去,投入到污秽不堪、暗无天日、动荡不定的现实之中,去追逐爱情和自尊;新的这一代人对贫困的恐惧,对成功的崇拜,比起上一代人更是有过之而无不及;他们长大成人之后却发现,原来所有的上帝都已统统死光,所有的战争都已统统打完,人们心中的所有的信仰都已统统完蛋……

艾默里尽管为他们感到遗憾,却依旧没有为他自己感到遗憾——艺术、政治、宗教,凡此种种,无论他应该采取什么样的手段来谋生,他都知道,他如今已经不会再患得患失了,也不会再歇斯底里地发作了——他能够坦然接受一切可以接受的事物了,流浪、成长、叛逆、在酣睡中度过许多个夜晚……

他心中已经没有上帝,他知道;他的思想依然还在躁动;记忆的痛苦犹在;对已经逝去的青春追悔莫及的心情犹在——然而,让他幡然醒悟的冥河之水已然在他的灵魂深处留下了积淀,那就是,要承担责任,热爱生活,昔日的远大抱负和尚未实现的诸多梦想仍在他胸中微微荡漾着。可是——啊,罗莎琳德!罗莎琳德!……

"这件事完全就是一个拙劣的置换物,充其量也不过如此而已。"他悲哀地说。

他也说不清为什么这样奋斗下去就是值得的,为什么他要下定决心、全力以赴地利用他自身的价值和他从那些他所遇到的重要人物身上继承来的传统……

他朝着清澈透明、阳光灿烂的天空伸出双臂。

"我了解我自己,"他高声叫道,"不过,这就足够啦。"

传统价值体系与现代伦理话语的悖论
——评菲茨杰拉德长篇处女作《人间天堂》

一

亚里士多德认为，伦理是"风俗沿袭而来，因此把习惯（ethos）一词的拼写方法略加改动，就有了'伦理'（ethike）这个名称。"① 通俗地说，伦理是指人类社会中人与人之间的关系与行为的秩序规范，伦理传统是一个民族的文化传统中最具特征的内容。伦理准则由民族历史演化而来，与一个民族的形成和发展密切相关，而共同文化基础上的共同心理因素的形成则是一个民族形成的重要标志。伦理不仅体现了共同存在于人的普遍本性（因而也是作为任何民族或文明成员的任何个体的特殊本性）中的理想、激情、德性、甚至利益冲动，而且直接或间接地反映了决定他们生存环境和思想条件的客观要素。正因如此，人类对伦理这一历久弥新的话题

---

① 《亚里士多德全集》（八卷），亚里士多德著，北京：中国人民大学出版社，1992年版，第27页。

的关注和研究，从来就没有停止过。在多元文化语境下的今天，对伦理资源的开拓和对伦理价值体系的建设，更是人们关注的焦点之一。

文学作品作为人类文明的一种特殊的精神产品，总是与伦理道德存在着深刻、内在的联系，从而呈现出其特定的伦理精神。文学作品的伦理精神，除了取决于创作主体的伦理态度，还取决于文学反映对象的伦理内涵。"文学即人学"，高尔基这一涵蕴丰富的论断精辟地揭示了文学的基本对象——人和人的生活。作为文学反映对象的人，决非生物学意义上的"自然人"，也非社会学意义上的抽象的人，而是生活在特定现实关系中的具体的、生机勃勃的人。对他们来说，道德关系无疑是一种最普遍、也是最重要的社会关系。这种关系深刻影响着每一个社会成员的现实行为和心灵世界，使之打上鲜明的伦理烙印。更为重要的是，道德关系作为人的基本社会关系，与其他各种社会关系是相互依存、相互渗透的，从而使人类生活的整体图景中蕴含着极其丰富而又复杂的伦理内容。因此，当作家将笔触伸向人及人的生活时，就不可避免地要展示和描写这种道德关系以及由此而注定的伦理内容，同时也必然会表现出其特定的文化价值取向和道德判断倾向，从而赋予文学作品以特有的伦理精神。

"一部长篇小说如果揭示了真正的鲜明生动的关系，它就是一部有道德的作品，不管它里面包含一些什么。"[1] 这是一个非常有见地的观点。古往今来，无论是严肃文学还是通俗文学，伦理性题材的作品从来都占有相当大的比重，如爱恋、婚姻、家庭、友谊、乡情、义理、欲望、内省、权欲等等，无一不是文学常见的反映对象。由于这类作品直接描写的是人类的伦理生活，表现的是人类的伦常情感，而

---

[1] 戴·赫·劳伦斯语，引自《二十世纪文学评论》（上册），洛奇著，上海译文出版社，1987年版，第239页。

且作家总是要对其作出明确的道德评判，因而它们必然带有浓郁的伦理色彩。由于人的本质是"一切社会关系的总和"，生活中的每一个人，作为一个完整、独特、鲜活的个体生命，总是具有特定的道德情感和伦理品格，因此，即便在非伦理性题材的作品中，作家仍然不能不描写人物的道德关系与其他现实关系之间的联系、依存、矛盾和冲突，因为"文学从来就是人类生活和时代的审美反映。"[1] 非伦理性题材的作品同样会折射出其特有的伦理精神，作家也必然会表现人物的道德情感与伦理品格。由此可见，无论一个作家以何种姿态从事文学写作，都必定会关注呈动态发展的伦理价值体系，努力去开拓新的伦理资源。这是文学作品的功能价值和社会意义赖以存续、得以实现的一个重要因素。

二

美国现代小说家司各特·菲茨杰拉德的作品之所以在今天的文化语境下依然能广为流传，魅力丝毫不减当年的原因，除了其深刻的社会历史意义和现代诗学价值这两个方面的因素之外，便是贯穿、渗透、散发于其间的强烈的社会伦理精神和严峻的道德判断取向，以及由此而产生的伦理哲学的理性力量。他的作品数量虽不算多，却以极高的文学性生动地表现了美国社会由传统走向全然现代化的转型过程中，传统的清教文化与现代伦理话语之间所产生的激烈的矛盾冲突，以及由此而导致的道德判断要素的现代性价值悖论。菲茨杰拉德正是依据这一转型期中社会伦理标准的现代性价值悖论，来塑造其主人公的形象，刻画人物的心理和性格特征，描绘当代美国青年内心深处交

---

[1] 吴元迈语，见《二十世纪美国文学史》，杨仁敬著，青岛：青岛出版社，2000年版，第1页。

织着希望与失望、乐观与悲观、幻想与幻灭的"迷惘"心态的。他所特有的叙事主体"既身在其中,又身在其外"的"双重视角"(double vision)叙事手法[1],以及他的所谓"衡量一个作家是否具有一流的才华,要看他能否在同一时间里容纳两种相互矛盾的观点、相互对立的情感,却能不受干扰,照样思索下去"[2]的"双重"创作观,从某种意义上说,也是建立在这一现代性价值悖论基础之上的。

菲茨杰拉德曾说:"我在内心深处其实还是一个道学家,很想向人们诵经传道,可是必须以人们能够接受的方式来进行。"[3]他在作品中所塑造的主人公们大都年轻、英俊、才子气十足,对外部生存环境极为敏感。然而,"这个历史上最会纵乐、最讲究绚丽"的"爵士乐时代"[4],也在他们身上烙下了深深的印记。他笔下的风流才子们,事实上就是这个特定时代里的一个特殊社会群体的典型代表。他们的知识结构、家庭背景、个人阅历(大都受过良好教育,并亲身经历了第一次世界大战,如同作者本人一样),以及他们对社会、历史、文化、道德等问题的独特看法,使他们既显得比常人更加机智、敏感、浪漫、富有反叛精神,又显得比常人更加忧郁、感伤,经受不住来自各方的诱惑或打击。在这个新旧交替、传统的价值体系和伦理标准受到全面摇撼的年代里,他们在来自欧洲的各种新思潮、新理念的推动下,高扬着自己的旗帜,蔑视一切清规戒律,反叛老一辈人所尊崇的一切道德规范,并试图建立起一套具有"革命性"或"现代性"意义的价值体系和伦理模式。但在同时,菲茨杰拉德却又在他那些极富浪

---

[1] Bloom, Harold, ed. *F. Scott Fitzgerald: Modern Critical Views*, New York: Chelsea House Publishers, 1985, p.58.
[2] F. Scot Fitzgerald, *The Crack Up*, New York: New Directions, 1993, p.69.
[3] Turnbull, Andrew, ed. *Scott Fitzgerald: Letters To His Daughter*, New York: Charles Scribner's Sons, 1970, p.79.
[4] Fitzgerald, F. Scot, *The Crack Up*, New York: New Directions, 1993, p.14.

漫色彩、内心充满幻想的主人公身上附注了一种具有特殊意义的伦理准则，一种冷峻的道德判断符码，一种严厉的批判、谴责的声音——这些自以为是"社会精英"的风流才子们，或许幻想着要扮演"全知全能"的上帝的角色，或许希冀着能完全凭借个人的努力实现自己的梦想，或成为自己生活的主宰，然而，他们无论以何种方式抓住自己的头发往上跳，也脱离不了传统文化习俗为他们圈定的范围。社会的伦理价值体系和道德评判标准所具有的现实性和严酷性表明，没有人能够恣行无忌地超越它或摆脱它，无论他的才华有多出众，无论他奋斗到何种程度。于是，梦想幻灭之后，留下的只是无限的惆怅、迷惘、反思和痛切的哀伤。这一价值取向和道德判断倾向上的悖论式的话语特征，在菲茨杰拉德的作品中几乎无所不在。它或作用于人物的内心深处，或作用于人物的外部生存环境中，但都不可规避地限制了这些浪漫才子们的自由度，制约了他们随心所欲的可能性。菲茨杰拉德在作品中所描绘的那些充满自信、怀瑾握瑜的主人公们，事实上就是这种伦理价值的现代性悖论的体现者和代言人。他们的成长经历是整整一代美国人的范型。

三

美国文学评论家马尔科姆·考利曾指出："菲茨杰拉德从未丧失一个极重要的品质，那就是对生活和历史的感知，在这一点上没有几个作家能与他相比。他的一生经历了社会习俗和伦理准则的巨大变革，而真实地记录这些变革则是他为自己定下的使命。"[1] 构成他小说

---

[1] Bloom, Harold, ed. *F. Scott Fitzgerald: Modern Critical Views*, New York: Chelsea House Publishers, 1985, p.57.

创作核心内容和思想意义的道德精神和伦理话语的现代性价值悖论，在他的第一部长篇小说《人间天堂》(*This Side of Paradise*, 1920) 中即已昭然显露出来。这部小说以美国当代大学生的现实生活为题材范围，以一个名叫艾默里·布莱恩的文学青年的成长过程、他在"一战"中的经历，以及他与四位女性之间的感情纠葛为线索和内容，准确、生动地记录了整整一代美国人在现代化商品经济和消费文化的冲击、裹挟下，如何设计和把握自己的人生，如何战胜虚妄的幻想，在情智上逐渐走向成熟的历程，是一部具有现代化意义的"教育小说"（Bildungsroman），也是美国文学发展史上第一部真正意义的大学小说。小说主人公布莱恩身上几乎凝聚了战后美国年轻的一代人的所有精神特质。当然，他在一定程度上也是作者本人的真实写照。

　　《人间天堂》就其故事情节而言，并无特别引人入胜之处，表面看来，大部分内容描写的只是艾默里·布莱恩流金岁月里的平凡琐事、他在各种社交场上的征逐表现、他对周围世界的冷眼观察，以及他那大学生读书笔记式的对政治、哲学、宗教、伦理、文学、社会制度、文化习俗等一系列问题的看法和议论。然而，艾默里也恰恰正是作者所刻意塑造出的一个具有代表性意义的典型人物。他的典型之处并不在他的所作所为，而在他时常对自己的言谈举止所作的检视与反思，即"内省主义"（Introspectionism）特征，以及作者所赋予他的对自己的才华和理性与感性的充足信心。如同现实生活中的许多富有才气和浪漫情怀的才子佳人一样，菲茨杰拉德笔下的那些浪漫人物共同具有的一个显著特征，就在于他们强烈的自我反省意识，在于他们内心深处的与众不同，在于他们骨子里的睥睨物表。他们未必一定要以自己的行动去向世人证明他们的敏锐才智，然而，呈现在他们眼前的纷繁复杂、变幻莫测的社会现象，却又使他们深感迷茫，连人生的方向也扑朔迷离。因此，他们在纵情参与社会生活的同时，也在不断地自检和反思，努力探寻着人生的真正意义。小说的主人公艾默里是美国东部名校普林斯顿大学的一名在校生，虽然他也身不由己、随波逐流地把大量时间花在了那些灯红酒绿的舞会和社交活动上，但他始终保持着清醒的头脑，以严峻的道德标准审视着自己的思想、行为，以及发生在他周围的一切。作者正是通过艾默里的自检与内省，对一系列严肃的伦理话题作出评判的：

例如，在对待"情欲"这一敏感的道德问题上，艾默里"看到女孩子们竟然能够做出甚至在他的想象中也是让人难以置信的事情来""那些因袭维多利亚时代的规矩的母亲们根本就想不到，她们的女儿们背着她们在外面跟人家接吻是多么地随心所欲，而且习以为常"。然而在艾默里看来，这些行为则是"真正的道德沦丧"的具体表现，是他所不赞成的。在小说第二卷第一章以戏剧形式表现的男欢女爱的场面中，"他：我真的忍不住要吻你啦。她：我也是。（于是，他们接吻了——吻得真真切切、痛快淋漓。）"然而只有激情，而不是以爱情基础的接吻，却又无法激起艾默里要采取更进一步大胆行动的欲望，因为他依然恪守着传统道德规范的底线，在内心深处对那些时髦的花花公子（sheiks）和新潮女郎们（flappers）充满了厌恶和鄙夷。在普林斯顿大学求学期间，包括在后来的"一战"军营里，他一直对自己在那些狂放周末的夜晚思想上出现的道德真空感到痛悔不已，并对他亲眼看到的物欲横流的社会和盛行在年轻人当中的及时行乐的伦理话语提出了严肃的质疑，尽管他的批判性还不够成熟和深入。

在这部小说中，作者对青年男女的情爱诉求或行为的描写是坦率而直露的，但菲茨杰拉德要着力表现的却是当代大学生对性爱的开放态度，尤其是具有现代意识的年轻女性对自由、独立和女性解放的渴望，因此，作品的基调是严肃而审慎的，反映了年轻的一代对传统的道德习俗偏激到了极点的否定态度，同时也揭示了他们在价值取向的选择上所表现出的矛盾心理。小说所呈现出的伦理价值的现代性悖论,无疑是对当时的"斯文文化传统"(Genteel Cultural Tradition)的一种认真而又理性的反叛,也是作者在开拓新的伦理资源,试图建立新的价值体系上所做的大胆尝试。

又如,在对待"自为与为人"(Egoism and altruism)(原出拉丁文,也可译为"利己与利他")这一伦理问题上,作者的道德观取向也是显而易见的:只有自爱的人才能有博爱之心,只有自尊的人才能尊重他人,只有自为的人才能很好地为人。非但如此,人还应当有积极的自表(Self-assertion)和自培(Self-cultivation)。惟有这样才能显示出人的个性特征,才能超凡脱俗而不随波逐流。诚如美国哲学家、心理学家和社会学家约翰·杜威所说:"道德的核心问题之一就是要调和自为与为人,要兼顾两全、一举两得才好。"①

这部小说的原本篇名为《浪漫的利己主义者》(*The Romantic Egotist*),主要描写的就是艾默里·布莱恩在人生观和品格上逐渐走向成熟的心路历程,与美国大文豪亨利·亚当斯的自传体小说《亨利·亚当斯的成长》(*The Education of Henry Adams*, 1907)颇有相通之处。艾默里在检视自己的言行时,很坦诚地承认自己是一个自私的人,但他的"自私观"并不是那种世俗的"只见近利""一切为我"的自私,而是一种"开明的自私"(Enlightened Selfishness),"不忍心看到别人受苦受难的自私"。他在回首往事时总结道:

> 自私不仅是我身上不可分割的组成部分。它还是最活生生的一部分。只有通过想办法来超越这种自私,而不是躲避这种自私,我才能给我今后的生活带来安宁与和谐。这世上没有哪种无

---

① 《杜威五大讲演》,约翰·杜威著,合肥:安徽教育出版社,2005年版,第287页。

私的美德是我舍不得发挥的。我可以作出牺牲,我可以有慈善之心,我可以为朋友慷慨解囊,我可以为朋友忍辱负重,我可以为朋友献出自己的性命——如此等等,因为这些善举或许就是最能恰如其分地表达我心声的方式;然而我却没有一滴人情的乳汁。

作为一个富有正义感和爱国之心的热血青年,他想赚钱致富、想在事业和爱情两方面都能获得成功的念头,是"一种非常自然、非常健康的欲望"。但在同时,他对社会上的种种不公平现象也深感忧虑,对有钱阶层的腐败堕落甚为愤懑,而对下层民众则又乐善好施,对他们穷困疾苦的现状深为同情。此外,他在苦苦思索和探寻具有美国本土特色的现代文学样式的过程中,也对国家的前途和命运忧心忡忡。这一切都表现出当代美国青年品质上可贵的一面。

约翰·杜威曾把人类伦理道德的演化过程划分为三个时期:"第一时期以风俗为道德,是非善恶都以社会风气的向背为标准,这是道德发展最幼稚的时期;第二时期则以明心见性为道德;第三时期则可谓进化的道德,不但修己,还要正人,还要改良普遍的道德。"[①]从认识论的角度说,小说中艾默里的伦理观的形成,也经历了从幼稚到逐步成熟的艰难过程,作者所赋予他的省察的道德(Reflective Morality),在他的成长过程中尤为重要。"省察的道德不以风俗为标准,而是根据良知良能,用省察的工夫,找出原理,去辨善恶,定是非。"[②]艾默里在经过一系列深刻的内省、自检与反思之后,最终战胜了自己虚妄的幻想:

---

① 《杜威五大讲演》,约翰·杜威著,合肥:安徽教育出版社,2005年版,第293页。
② 同上,第295页。

他心中已经没有上帝，他知道；他的思想依然还在躁动；记忆的痛苦犹在；对已经逝去的青春追悔莫及的心情犹在——然而，让他幡然省悟的冥河之水已然在他的灵魂深处留下了积淀，那就是，要承担责任，热爱生活，昔日的远大抱负和尚未实现的诸多梦想仍在他胸中微微荡漾着。

四

有不少评论家认为，菲茨杰拉德在《人间天堂》中所塑造的艾默里·布莱恩是一个"济慈式的浪漫人物"（Keatsian Romantic Hero），是"二元对立论"（Abstract Polarity）的形象化体现[1]。然而，艾默里的"极端纵情"与"极端克制"，远没有宗教上的"原罪论"那样极端或深重。他的"二元对立"是理想与现实的对立，是对人间真善美持怀疑态度的理想主义者的二元对立。作为作者的化身和代言人，小说中的艾默里就是采用这一悖论式的价值观来分析和解释人性中的互为对立的本质特征和意识活动的，只是作者在他身上又附注了一种批判、谴责的成分：艾默里的远大志向和高尚情操，因为他的自命不凡和社会阅历的浅薄而大打折扣；他一心想出人头地、"爬上社会最顶层"的欲望，在一定程度上影响了他真挚的同情心和对他人的关爱；他对自己风流倜傥的外表魅力所产生的自豪感与他富有理性的自检、自省常常会产生严重的冲突。从他常挂嘴边的言论和他与别人交往的方式，我们即可看出他的"二元对立"的双重性格特征：他认为自己

---

[1] Harold Bloom, ed. *F. Scott Fitzgerald: Modern Critical Views*, New York: Chelsea House Publishers, 1985, p.110.

在那些乡村俱乐部的舞会上的潇洒纵乐是他"缴纳的精神税";他担心自己对金钱和财富的追逐"会导致他道德上的自杀";他曾对一位女友说:"因为自私的人,从某种意义上说,极有可能假戏真做,闹出沸沸扬扬的爱情故事来。"他承认:"也许我曾经是一个处于幼稚阶段的自我中心主义者,不过,我很快就发觉,过多地考虑自己使我的思想陷入了不健康的状态。"这些悖论式的话语充分反映了他在价值取向上的矛盾心态。小说中的艾默里与现实中的菲茨杰拉德在价值取向上的双重观点是互为平行的,因为作者在作品中不断变换着叙事的视角和场景,并不时地插入自己的议论,一会儿吹起一个浪漫的肥皂泡,一会儿又把这个色彩斑斓的泡泡炸得粉碎,把整个小说的氛围渲染得既畅快淋漓,又凄婉动人。传统价值观念和现代伦理话语之间的激烈碰撞所导致的现代性价值悖论,构成了这部小说的核心内容,赋予了它似可触摸的历史的可感性,也使作品的思想性和文学性得到了和谐的统一。

尽管《人间天堂》着力表现的是一个愤世嫉俗的理想主义者的"二元对立观"和他在价值取向的选择上所面临的两难处境,但菲茨杰拉德后来的作品中反复出现的一些主题内容,在他这部处女作中也已显露端倪。小说处处透露着作者对社会、对人生的敏锐观察和他的忧患意识,浓墨重彩地描写了商品经济的空前繁荣和社会上腐败之风的盛行;日益悬殊的贫富差距所造成的人际关系的隔阂和感情上的日趋淡漠;金钱和财富对人的性格和爱情的扭曲作用——"我们整个这一代人都很浮躁。我恶心这样的社会制度,在这样一种社会制度下,最有钱的男人只要愿意,就可以把最漂亮的姑娘搞到手,而没有收入的艺术家却不得不把自己的才华出卖给制造纽扣的商人。"艾默里与他的同窗和战友艾列克之间既有融合又有距离、既有友情又有竞争和冲突的复杂、微妙的关系,等等。这一切又赋予了小说一种深刻的社会意义。此外，艾默里在承认自己的道德观和价值判断上存在悖论式的反常取向的同时，又将其与约定俗成的宗教伦理紧密联系在一起。虽然他有时也会质疑宗教伦理的合理性，有时甚至还会诅咒上帝，但他还是严词谴责并拒绝了一位曾与他相爱过一段时间的姑娘，原因就是她太喜欢标新立异，而且还是一个彻头彻尾的"无神论者"。艾默里常把他的自检与反省建立在宗教伦理的原则基础之上，并将他富有哲理的思考或模糊不清的观点毫无保留地告诉他的恩师达西先生。

作者在小说中塑造的达西先生是独具匠心的。达西先生是一位学识渊博、智慧过人、德高望重的神父，扮演着艾默里的替身父亲和良师益友的角色。他视艾默里为自己的家族成员和精神传人，在物质和精神两方面给他以莫大的支持，对他的成长起着至关重要的作用，因而深受这位文学青年的景仰和爱戴。比如，在一次长谈中，达西先生向艾默里讲述了人的个性与人品的养成之间的关系：

> 个性几乎完全就是一种具有物理属性的东西；当个性这种东西开始作用于人时，它会降低人的身份——我就亲眼见到过这种事例，一个长期卧病在床的人，他身上的个性特征最终都消失殆尽了。然而，当某一种个性处于非常活跃的状态时，它又会使人飞扬跋扈，全然无视"下一件事"。而一个重要人物则不同，他的高尚人品是靠平时一点一滴地积累起来的。人们对他的看法绝不会脱离他的所作所为。他就好比一根横杆，上面挂着千百种各式各样的物件——往往都是熠熠生辉的物件，就像我们所拥有的一样，但是他在使用这些物件时，一定会保持着一种冷静的心态重新审视这些物件的。

后来，当艾默里得知达西先生猝然去世的噩耗时，他在痛苦中回顾了自己所走过的人生道路，突然感到"胸中涌动着一股想放纵自己、走向堕落的强烈欲望"，他感到如今"这世上再也不会有什么智者了，这世上再也不会有什么英雄了"；他发觉自己"是伴随着上千部书籍、上千个谎言成长起来的；他曾经怀着渴望的心情聆听过那些道貌岸然、标榜自己什么都懂、其实什么都不懂的人的教诲"。他出席了达西先生的葬礼，并暗下决心，一定要继承和发扬先生的人文精神、道德品格和过人的智慧，做一个能给人以安全感、为社会所不可或缺的人。他终于找到了自己的定位。这是艾默里在价值取向上的一个重要转折点，对这部小说的主题起着画龙点睛的作用。在小说的结尾处，当他伸出双臂，向着阳光灿烂的蔚蓝色的天空喊出了"我了解我自己，不过，这就足够啦！"这一苏格拉底式的至理名言时，菲茨杰拉德的旁白式的解释是：

  他的思想就在这突然之间发生了重大转变。他诧异地发觉，自己竟情不自禁地想起了罗马天主教会。他感到，那些坚持认为正统宗教不可或缺的人的身上总有某种内在的缺憾，这个想法在他的心中非常强烈，而宗教对于艾默里来说，指的就是罗马天主教。完全可以想象得到，它虽然只是一个空洞的仪式，但它却似乎是抵御道德沦丧的唯一具有同化作用的传统堡垒。除非大批的乌合之众都能被教育好，成为有道德修养的人，否则就必须有一个人挺身而出，高声呐喊："汝等切不可！"然而，就目前而言，任何承诺都是不能相信的空话。他需要时间，他不需要外在的压力。他想保持这棵人生之树的纯洁，而不需要再在这棵树上挂满饰物，他要充分认识这一新的开端的方向和势头。

由此可见，作者并没有被眼花缭乱的社会现实所迷惑，在伦理价值的取向上依然保持着谨慎的姿态，因为他知道，要想开拓新的伦理资源、探索新的文学样式，要想成功地展现年轻的一代对旧传统、旧道德的反叛精神，以及他们丰富而又复杂的情感世界，他"必须以人们能够接受的方式"来"诵经传道"。

五

事实上，《人间天堂》是一部令评论家很难用几句话就能概括，还原到概念上来的现代派风格的小说。它所涉及的内容十分丰富而庞杂，包容了作者对政治、哲学、宗教、伦理、社会制度、文化习俗、功名利禄等一系列严肃的社会问题的看法。在创作艺术上，它不仅融合了现实主义与浪漫主义的诸多特征，作者还试图打破类型界限，在书中穿插了戏剧、诗歌、书信、文章摘录、谈话记录、内心独白等体裁形式和表现手法，借以凸显人物的性格和心理。这部小说的重要意义就在于，它既是一部真实反映了作者本人生活阅历和心路历程的自传体小说，又是一部忠实记载了那个特定的社会历史阶段演进过程的编年史。小说所着力表现出的战后美国年轻的一代对传统价值标准和道德习俗的强烈反叛精神，以及对他们如何设计自己的人生、在情智上逐渐走向成熟的过程的准确描绘，尤其对青年大学生们的自尊、虚荣和恋爱心理的有血有肉的描摹，与后来的美国名作家J.D.塞林格的代表作《麦田里的守望者》异曲同工，交相辉映，赢得了一代又一代读者强烈的心灵共鸣。作者在这部小说接近尾声时通过主人公艾默里所发出的呐喊："所有的上帝都已统统死光，所有的战争都已统统打完，人们心中的所有的信仰都已统统完蛋……"，至今仍回荡在无数读者的耳边。

诚然，作为菲茨杰拉德的第一部长篇小说，《人间天堂》在结构机理和叙事技巧上还难免存在一些不够成熟的地方。但是，正如美国文学评论家艾德蒙·威尔逊所指出的："它把偏离常规、混乱无序的社会生活描写得饶有兴味，波澜起伏。它热情奔放，意气昂扬，充满活力。相对于深沉凝重、艰涩难懂的严肃的美国现实主义小说而言，它犹如一股清风，令人赏心悦目……它清秀优美的文体、鲜活灵巧的文字，也令同时代的一些喜欢矫揉造作的作家们羡慕不已。"[1]H.L.门肯、考利等评论家认为：这部小说一个最令人瞩目的特色就是，它向世人庄严宣告，衡量一切事物的标准已经发生了巨大变化[2]。(Bryer，1978：28)威尔逊还指出："菲茨杰拉德的几乎每一部作品都具有一定的道德意义或伦理精神。"[3] 这一论断无疑是正确的，不仅点明了菲茨杰拉德小说创作的核心内容，也印证了文学作品的功能价值和存在意义。

如今，人们在重读经典时，对《人间天堂》这部现代"教育小说"依然感到清新、亲切，兴趣不减当年，其原因就在于，人们不仅能从中获得美学意义上的享受，获得对历史的感知，更能从中获得对人生的感悟，对现实的伦理观念和道德原则的思考。作为美国文学史上第一部以当代美国大学生校园文化生活为题材内容的严肃小说，《人间天堂》的社会历史意义和它所呈现出的独特的伦理精神，是值得我们加以关注和研究的。

---

[1] Harold Bloom, ed. *F. Scott Fitzgerald: Modern Critical Views*, New York: Chelsea House Publishers, 1985, p.8.

[2] Jackson R.Bryer, ed. *F. Scott Fitzgerald: The Critical Reception*, New York: Burt Franklin, 1978, p.28.

[3] Harold Bloom, ed. *F. Scott Fitzgerald: Modern Critical Views*, New York: Chelsea House Publishers, 1985, p.12.

六

一九二〇年由斯克里布纳公司首次推出的菲茨杰拉德的第一部长篇小说《人间天堂》，几乎轰动了当时的美国文学界。它不仅使菲茨杰拉德一跃而登上了美国文坛，成为一名风格独特的小说家，而且也使他成了他那一代人的杰出的代言人。评论界和读者群对这部作品的反应是十分强烈的，认为这是美国文学史上第一部真实地反映了战后美国年轻一代人的信念、心态和生活方式，揭示了二十年代传统文化和道德标准在发生动摇、变革转型时期的诸多特征的小说。尤其是书中对大学生群体形象的如实描绘，更是迎合了年轻读者的口味和个性体验。"相比之下，这部作品几乎使得塔金顿的《那年十七岁》、约翰逊的《斯托弗在耶鲁》等小说成了引人发笑、内容浅薄的滑稽剧。"[1]年轻读者们认为："《人间天堂》生动描写了以普林斯顿大学为场景的大学生们的校园生活，满足了对大学生活有着切身体验的读者们的阅读需要，是一部难得的好小说。"[2]当然，这部小说也遭到了一些评论家的非议，"假如在艾默里身上所发生的那些风流韵事与爱情纠葛就是当代美国女孩的真实写照，那么，这个国家就在飞快地走向堕落和毁灭。"[3]无论如何，大多数评论文章还是高度评价了菲茨杰拉德在这部作品中所表现出的写作技巧、艺术风格和他热情奔放的个性特征。美国著名文学评论家 H.L.门肯撰文评论说：《人间天堂》"的确是一部令人拍案叫绝的开创性的小说——在结构处理上颇有独创性，艺术表

---

[1] Jackson R. Bryer, ed. *F. Soctt Fitzgerald: The Critical Reception*, New York: Burt Franklin, 1978, p.3.
[2] *Ibid.*, p.16.
[3] *Ibid.*, p.25.

现手法极为精湛，常有神来之笔，这在美国文学中当属少见，如同在美国的那些管理国家事务的人员当中也很少能见到诚实一样""这是我近来所看过的最好的一部美国小说"。①

《人间天堂》出版以后，大多数读者和评论家，甚至连一些思想较为保守的人士，都曾预见，菲茨杰拉德必将有朝一日在文学史上占有重要的地位。文学批评家伯顿·拉斯库曾在《芝加哥论坛》上撰文说："我认为，《人间天堂》已足以使他在当今为数不多的仍在从事文学创作的美国小说家群体中占有一席之地。在我看来，这部小说就是一部天才之作，是一部迄今以来对美国的青年一代做出了精深研究的唯一作品。"② 菲茨杰拉德的生前好友、美国名作家约翰·奥哈拉在为《菲茨杰拉德选集》所做的序言中，深有感慨地回忆了《人间天堂》当年在读者中所产生的轰动效应，"二十五年前，很多年轻人都把《人间天堂》当成了考大学的入学指南来阅读。在二十至三十岁的男女读者中，大约有五十万人都对这部作品爱不释手。"③ 毛德·沃尔克先生说："最为重要的事情是，要看这位作家将来能够做出什么样的成就。"④ 正因如此，菲茨杰拉德的同窗好友、著名文学批评家艾德蒙·威尔逊曾出于关心他的角度一针见血地向他指出："这部小说其实什么道理也没有说明""不过是对别人的精彩模仿"，并告诫他不要成为一个"非常时髦却又毫无价值的小说家"。⑤ 菲茨杰拉德自己后来也说："许多人认为这是一部虚构出来的故事，这也许是实话。但

---

① Jackson R. Bryer, ed. *F. Soctt Fitzgerald: The Critical Reception*, New York: Burt Franklin, 1978, p.28.

② *Ibid.*, p.3.

③ Dorothy Parker, ed. *The Portable F. Scott Fitzgerald*, New York: Viking Press, 1945, p.vii.

④ Jackson R. Bryer, ed. *F. Soctt Fitzgerald: The Critical Reception*, New York: Burt Franklin, 1978, p.31.

⑤ Edmund Wilson, ed. *Letters on Literature and Politics 1912—1972*, New York: Farrar, Straccs & Girroux, 1977, pp.45&46.

还有不少人觉得这是一部谎言之书,这就不对了。"①

客观地说,《人间天堂》确有许多虚构的情节。作者假充老练地描绘了各种他其实并不十分了解的对世界的看法和对社会生活的体验,但这决不意味着这就是一部充斥着谎言的无知之书。虽然在当时的条件下,作者还不具备很强的抽象思维的能力,对政治、历史、意识形态的剧烈变化还没有形成足够的认识和理解,他的个性体验也还带有很大的局限性。因此,书中的某些地方似乎描写得不够朴实,脱离现实,内涵欠足。但这部小说还是准确而又真实地传达了作者的内心世界和切身经历。它以饱满的热情和生动的笔调颂扬了年轻的一代对根深蒂固的旧文化、旧道德的反叛精神和对美好未来的憧憬与追求。虽然作者力图要表现的现实生活往往却是他心中的梦幻或遐想,但他对外部世界的真实面貌还是十分重视的,因为这是他的内心所想能够得到满足、能够得以实现的唯一之处。他既想真切地表达出内心深处的丰富情感,又想如实地记录下时代和社会的震颤,这种复杂的矛盾心绪便是他创作这部小说时的心理背景。他以自己的颖慧和一个作家所特有的敏锐的觉察力忠实地报道和评判了美国二十年代在社会生活和价值观念上所发生的诸多剧烈变动,同时也毫无保留地展示了他丰富的内心世界,把《人间天堂》这部小说写得有色彩、有波澜,极具真情实感,使得它产生出了一种特殊的韵味,因而也久久萦绕在一代又一代读者的心间。

如今,《人间天堂》已被视为一部集现实主义和浪漫主义于一体的重要的美国小说。由于它以严峻的道德标准审察了美国大学的校园生活,塑造了思想解放、观念新颖的美国青年,尤其是女性青年的生动形象,《人间天堂》已被人们视为继欧文·约翰逊(Owen Johnson,

---

① F. Scott Fitzgerald, *The Crack Up*, New York: New Directions, 1993, p.88.

1878—1952）的《斯托弗在耶鲁》(*Stover at Yale*, 1911) 和布什·塔金顿（Booth Tarkington, 1869—1946）的《那年我十七岁》(*Seventeen*, 1916) 以来的第一部描写美国大学生活的严肃小说。在历史已进入二十一世纪的今天来看，人们对这部小说的喜爱程度依然不减当年。作者在小说中所娴熟运用的那些流传于大学生中的专门术语和现代语言艺术更是引起了当代语言学家和翻译学家们的广泛注意。菲茨杰拉德也因此而被称誉为战后美国年轻一代最杰出的代言人。

吴建国